长风行

张德荣 著

九州出版社 | 全国百佳图书出版单位

JIUZHOUPRESS

图书在版编目（CIP）数据

长风行 / 张德荣著. -- 北京 ：九州出版社，
2017.6

ISBN 978-7-5108-5460-6

Ⅰ．①长… Ⅱ．①张… Ⅲ．①长篇小说－中国－当代

Ⅳ．①I247.5

中国版本图书馆CIP数据核字(2017)第144043号

长风行

作　　者	张德荣　著
出版发行	九州出版社
地　　址	北京市西城区阜外大街甲 35 号（100037）
发行电话	(010)68992190/3/5/6
网　　址	www.jiuzhoupress.com
电子信箱	jiuzhou@jiuzhoupress.com
印　　刷	三河市九洲财鑫印刷有限公司
开　　本	787 毫米 ×1092 毫米　16 开
印　　张	19.5
字　　数	320 千字
版　　次	2017 年 10 月第 1 版
印　　次	2017 年 10 月第 1 次印刷
书　　号	ISBN 978-7-5108-5460-6
定　　价	39.80 元

目　录

他以为黑夜中点一盏灯，人便会趋光而至，却不知在黑暗中呆久了，人心发霉长了毛，眼睛最是畏光。

这世界必是要翻个底朝天的，不就因着天道不仁，生了冻疮的人众多。但万事都讲个时机。你看这夜，可不管有多少人睡不着眼巴巴盼着天明，它不到时辰，就亮不起来。

世界本来只是清水，无色亦无味，有了茶，也便就有了颜色，有了滋味。一杯茶，佛家品禅，儒家品礼，商家品利。而茶归根结底只是一杯水，给你的也只是你的想象，你想什么，什么就是你。

他们在对方的身上看到了自己。这是一种奇妙的感受，就像在深冬的浓雾里，模糊了世景万物，唯有眼前的人儿触目惊心的存在。

第一章　金错刀

他以为黑夜中点一盏灯，人便会趋光而至，却不知在黑暗中呆久了，人心发霉长了毛，眼睛最是畏光。

一九一一年注定不太平。

立春这日，紫禁城上空惊雷滚滚，闪电络绎不绝，夜幕下的皇宫犹如白昼。举朝上下惶惑不安，坊间民众窃窃私谈——立春打雷，遍地是贼；六畜不安，十处猪栏九处空。果然，四月二十七日，广州武装起义，七十二名革命党丛葬黄花岗。每有好事之徒携祭品临吊，又有女学生结伴成群携带花圈花球置于冢前，行鞠躬礼，欷歔流涕。五岁的小皇帝忙着斗蛐蛐，并不关心江山万年。然而于老百姓来说，谁做皇帝，或有没有皇帝都不重要，战火不到家门口，日子就是恒久安然的。这世道再变，不也是月落日出，冬去春来，也没见谁把山河变成了平川。

已是六月，山西祁县大街上，摊户们还穿着夹衣。节气反常得厉害，倒有小半年没正经下雨了。街道两边大树蔫蔫的，叶子上厚厚一层灰。这几日街上却是热闹。荣生茶楼新请了戏班子，适逢中路梆子正火的时候，茶楼里早早满了座，不少人从十里八乡赶过来听戏。

茶楼下常年有几个摊户，卖豆腐脑拨鱼儿，卖馄饨儿凉粉。推车上架个炉子，炉子上支个锅子，便是另一种烟火。有时茶楼的伙计出来，代客人买碗凉粉或是豆腐脑。伙计端个托盘，托盘里盛一二三四只碗，嘴里吆喝着'香喷喷的来了哟'，一径上楼去了，稳如轻舟泛平湖，手中的托盘点汤不沾。

这会儿烟火冷清。炉灶旁横七竖八摆着些篮筐扁担，装的无非是石头饼、豌豆糕之类的吃食。这是沿街叫卖的小贩的营生。摊户小贩们聚在一棵大槐树下，正抄着手支着耳朵听楼上的梆鼓。

唱的是六月雪。

那窦娥一段滚白泣不成声，楼下的听众听得悲悲戚戚，竟是痴了。梆点儿突然紧急，一下下如不断线的雨珠，众人的心又吊了起来。正听得精彩，一声哗啦切断鼓点，却是茶楼三楼的栏杆断了。但见一个人从三楼摔下来，头撞上茶楼门口的大石狮子，又落到地面，鲜血溅了一地。一名青年男子站在阳台上，那男子长眉入鬓，一双丹凤眼神光逼人。身姿极为挺拔，穿一套银灰色西洋礼服，头上没有辫子，头发只余四五寸长短，三七分了条发际。他脸色煞白，想来也惊着了。

有人认出阳台上的青年是乔家堡乔致庸的孙子乔宫元，地上躺着的是隔壁街上古玩店刘掌柜的公子刘明浦。

这日是六月十五。黄历上写着鬼哭，天牢，重丧，冲虎煞南。命理中的刀砧杀日。宫元正是属虎。但他在大学里读的是哲学，哲学衍生科学，信科学的都不信神学。他不看黄历，看了也必说是骗子。他照旧出门，与堂兄映朝来祁县办事，事情办得很顺利，之后二人就去荣升茶楼喝茶听戏歇歇脚。

茶楼里戏唱得正欢。

小姐奶奶们见到宫元就掩着嘴吃吃笑，她们看宫元倒像是只猴子，不伦不类的穿着，辫子也剪了，头上短短的一层毛。这只猴子要她们放脚。她们越想越好笑，裙摆不知怎么就高了几寸。于是地上凭空生出许多尖尖的金莲，盈盈一握，楚楚可怜。金莲卧在绣花鞋里，鞋面上密密绣着嫦娥奔月、榴开百子、双蝶恋花、龙飞凤舞。花样繁美。只可惜不好翘起脚，鞋底的千兽图才显功夫呢。

宫元早习惯了这些异样的眼神，从北平归来，他热情澎湃地以启发民智为己任，可是结果却让他失望。他以为黑夜中点一盏灯，人便会趋光而至，却不知在黑暗中呆久了，人心发霉长了毛，眼睛最是畏光。可是在他二十二岁的这一年，他对一切满怀希望，希望于他是理想，即便如海潮般起起落落，涨涨停停，也绝不肯息了潮音。

映朝吩咐伙计给他们找了个靠门的位置，自去方便了。宫元坐下喝茶听戏。刚咽了一口茶，刘明浦就走过来，满身的肥肉摇摇晃晃，两只眼睛通红，一身酒臭熏天。

"你会下地狱的！你们这些人一定都会下地狱！"他的手指着宫元叫骂。

"你滚远点。"宫元一脸嫌恶。几月前他开展禁烟运动，刘明浦拢了当地几个抽大烟的浪荡子，在乡民中造谣生事，两人明着暗着狠斗过几次。

"你把爹娘给的头发剪掉，你怎么不剪掉你撒尿的玩意儿？只敢剪上面的辫子，不敢剪下面的鞭子，孬种！"刘明浦看来是醉了。

旁边有人爆笑，不少好事者凑过来围观，台下的戏可比台上的好看。

刘明浦受了鼓舞，他之前蒙受的屈辱便似有了补偿——他家的大烟馆一应筹备齐全，却在开业之际，宫元轰轰烈烈戒烟土，县衙门口扯条幅。官府迫于舆论压力，硬是封了他家的烟馆。他父亲几乎是一夕白头，投入的银钱打了水漂，还落个祸国殃民的名声。他酒劲掺着恨意，恨意便如火上淋油，骨头缝里都是灼疼："瞧你这身皮——我替你扒下来，让大家看看你是人是妖！"他竟真的上前，来撕扯宫元的衣服。

宫元哪里肯让他近身，闪退至了门外。

门外是个大阳台。

"你们这些乱臣贼子！你知道黄花岗的那些乱党什么下场吗——砰一声，脑浆子开花了！接着碎尸，连亲娘都认不出来！最后还喂了野狗！！"刘明浦仍不罢休，跟跄几步也跟至门外的阳台。他左手扯住宫元的衣襟，右手对着宫元扬起手。

宫元怒极，他从来没有这般厌憎一个人，他甚至觉得与这个人再说一句话都脏了自己。他使力推离刘明浦，然后一脚踹过去，正中刘明浦的肚子。他在大学里，原是足球队的前锋，这一脚踢得凶猛，刘明浦吃疼哎呦喊了一声，跌跌撞撞倒退了好几步，身子碰在阳台的栏杆上。谁知栏杆竟断了，刘明浦头朝下，直直摔下楼。

宫元一时回不过神，他的愤怒渐渐消失，脑子一片空白。刘明浦一动不动，竟是没了性命。任谁的脑袋撞上那大石狮子，也会成裂壳的鸡蛋，更何况是从高空坠落撞上去。

从进门到现在，一盏茶没有的功夫，他说了一句话，杀了一个人。

茶楼里乱作一团。

快走！宫元的堂兄映朝闻声上前，低低对他说，拉住他的手就走。他甩手，本能地抗拒离开。在他心里，这并不是两个人的战争。但映朝握紧他的手，生拉硬扯像牵着一具木偶。他脚软的使不上力，跌跌撞撞跟着下楼。茶馆里众人议论纷纷，却无人敢拦他们。

出了茶楼，映朝把宫元塞进车子里，映朝看起来很镇定，但握着方向盘的手也在发抖。

车镜里，刘明浦趴在地上的肥硕身子如一滩泥。鲜血还没凝固，阳光下刺眼的红。围观的人在他出门的时候便不再关注地上的死人，对着他指指点点，但仍然没有一个人上来阻止他离开。宫元宁愿他们围攻他。然而不，他们活着，但世界与他们无关。

由祁县至乔家堡，开车不过二十分钟，有一条官路直通。官路修得平整宽阔，修路的银子是宫元的祖父乔致庸在世时捐的。

映朝闷声开车。半响方道："你几岁了？"

"我没想杀他，这是意外。"

"你，你惹了大麻烦！"

"我知道。"

"你知道？你知道什么！？前几日，京城里咱们的相好还有信来，说朝廷要借着广州之乱向全国大户筹借钱粮，名单上第一号就是山西乔家。这下子倒好了，人家借十个咱不敢给九个半，还不必妄想还！"映朝忿道，"你是乔家人，跟着那群流民乱党胡闹什么？"

"我一人做事，一人承担就是！断不会连累了大家！"宫元松了松领口，他喘不过气，觉得孤独而悲凉。他忽然涌出恶意的快感，一点不后悔做过的事了。他神态看起来有种不屈的庄严，心里却又歇斯底里的疯狂，想把那些脏乱的、邪恶的东西砸得粉碎，然后重新捏一个新的世界。

宫元一呛口，映朝不再言语，只加大油门，车子疯了一样行驶，平时二十分钟的路程今天硬是短成了几分钟。

乔家的大院原在乔家堡大街与小巷交叉的十字路口，后来经过三代人的扩建，已然是个占地四千平方米，几百间院房的城堡了，十余米高的厚重砖墙，把城堡裹得严严实实。

"老爷在哪里？"映朝下了车便问下人。他脸上的戾气分明，神色更有几分狰狞，下人不敢看他，只低着头回道："老爷在书房。"

书房铺了一地的青石板。映朝毕恭毕敬站在案桌前，对端坐的乔家掌门人乔景轩细细讲述原委。

宫元跪在地上。日光透过窗棂斜射进来，有一缕照在他背上，照着的那块西装就热辣辣的，倒像是挨了一刀。光影中有微尘在他眼前飞舞，灰色的，有银的亮，热闹又肃静。但盯着看久了就成了红色，雾蒙蒙的红。像刘明浦的血，也像埋在黄花岗的那些人们的血。宫元不明白，人的血都是一样子的红，怎么心就差那么多，黑的黑，红的红。

石板渐凉渐硬。宫元听到父亲偶尔问一句半语，都是一些子当时的小细节。他没有抬头，似乎就看到了父亲紧蹙的眉心。他身上的那缕子光不留意就逃了，躲在了书房的一角，被窗棂切割成奇怪的畸形，一颤一颤的，仿佛在叹息。宫元像是在海底，披了一身咸湿，看海水中的光忽明忽暗，他身上也跟着忽冷忽热。他确是闯了大祸。

乔景轩捏了捏眉心，他十根手指干硬，精瘦的脸上满是疲惫之态。他掌权乔家以来，虽然从不懈怠，但终究抵不住时局的影响。自从清政府设户部银行，乔氏票号业务多被官办银行夺走，公私存款大幅度减少。时世乱，人心为私，又有官方虎视眈眈。这当口，行错一步落了有心人的把柄，偌大的乔家就成了砧板上的鱼肉。多年前，朝廷不就借着父亲乔致庸偷偷埋葬太平军将领之事，圈禁父亲十年，并勒索了乔家一笔数额巨大的银两？

真是个不省心的孽障，乔景轩叹了口气。同辈兄弟中，宫元资质最佳，却偏偏生就了一身的反骨，从北平读书回来，麻烦惹了一大堆。

宫元听着父亲的叹气，抬起头道："父亲，今日之事，原是我的过，累了乔家。但事有可为，儿子生而为人，做点为人的事，即便结果不堪，也并不后悔。只求父亲莫要为儿子急坏了身体，更不必顾惜儿子。"他伏地叩首，便如交代后事一般，竟是把生死置之度外，倒有一种豪迈的悲壮。

"痴儿逆子！"乔景轩骂了一句，语气却有了几分怜悯。他想起了自己的父亲。祖孙俩真像啊，连说话的语气都一模一样。父亲最是爱惜宫元，直说宫元胸怀天下，做人做事必都考虑他人的利益。父亲无奈弃文行商，总教导子孙要义字当先，以天下人利为利，方可汇通天下。但也是一个义字，害父亲被圈禁了十年。

书房的窗户啪啪响了几声。起风了。院子里那棵石榴树今春长了好大一截，枝桠正随风抽打窗棂，这棵树还是父亲圈禁时亲手栽上的。父亲被圈禁在家的那十年，最不济的时光不过是盯着窗棂发发呆，日子纵使难过，尚可安身。若在狱中度过十年甚至几十年一辈子，那光景又会是怎样的煎熬。

劫运命定啊，避不开的轮回。乔景轩不愿再往下想，看着宫元道："闽南多雨，今年的茶必定别有滋味，你不妨替我走一趟泉州张家，讨些明前茶。"

宫元瞬时知了父亲的心意，泉州张家是福建数一数二的茶商，与乔家素有生意往来，张家的二少爷又是自己的大学好友。去了那里，自然比去乔家的至亲处稳妥安全。他此刻方有了愧意，只觉得父亲的鬓角又白了好些似的，不由得急道："父亲，我不可以一走了之，我做的我担着！"

"你担着？"乔景轩脸色一沉，怒斥道："整个乔家的身家前程又岂是你能担得住的！去见见你的母亲，即刻动身。"

宫元欲待争辩，乔景轩挥挥手道："还不下去！"

宫元不敢再说话，垂首退出书房。

乔景轩待宫元去了，方才吩咐映朝道："你送他上路，然后在太原等我。"

映朝低低回了声是。

乔景轩又道："丁宝铨走了吗？偏生在他调离这档口出了事，他若还任山西巡抚，这事倒好办许多。"

映朝回道："已经走了。新上任的巡抚是陆钟琦，据京里的爷们说，倒也不必劳心他，不过是一路货色。竟是个伸手讨的角。"

"倒不怕他伸手，就怕他不要。他的手多长，我们的事就多好做。仔细约个日子，我见见他，"乔景轩道："丁宝铨前几日还来信说谢谢乔家多年的支持照应，他这一番进京，也断不会忘。时局这样乱，要偷得平安，少不得这种人搭衬。但时局乱成这样，这些人又岂是脱得了干系的！"最后这句话说出来，乔景轩神色间已有悲愤之态，他气息不稳，连着咳嗽了几声。

映朝默默端起案上的茶，捧给乔景轩，方才问道："那刘家怎么处理？"

"我记得他家店铺那条街上有我们几个门脸，都给了他吧。他还有什么要求，一并答应就是。再告知他，他的子孙日后若有事，乔家断不会坐视。刘家若能息了事，可是最好，那帮官老爷也就没得闹了。"

"宫元走了，由得他们闹也没什么。人不在他们手里，我们不至于太被动，逼得紧了就送宫元出国。"映朝迟疑片刻，还是道出了心里的疑问："为何要宫元去福建？"

"你祖父曾经开商路贩茶至俄罗斯，泉州张家近年与我们多有往来，他们扩展生意，必是想借我们的路子。他家儿子和宫元是好友，他家女儿也已成年。咱们的银号不是长久之计了，乔家本是茶粮起来的，近年为着银号，倒稀荒了根本，我寻摸着还得把茶粮弄起来。我们与张家联手，普天之下有茶的地，还不都是我们两家的了。"乔景轩喝了口茶又道："即便没有今日之事，宫元也要去张家走走的。"他还有一层意思没有道明，泉州港是海外交通的重要港口，畅达东、西二洋，东至日本，南通南海诸国，西达波斯、阿拉伯和东非等地，事态若失了控不可收拾，宫元出走更敏捷。

他一个念头，便是四角俱全。映朝尽管早已见惯这位叔叔的心谋，听了此番话，却也叹服。

正说着，书房门响了，有下人在门外道："老爷，衙门里来人求见，厅堂里候着呢。"

"来得倒是快。"乔景轩一边说一边站起往外走，映朝紧随其后。出了书房方知不单起了风，天色也变了，不远处乌云沉沉翻滚，眼看就要压过来。

"早做准备吧，这场雨来了，只怕不会轻易走。"乔景轩嘴角下斜，眸中掩不住的讥嘲："有些人巴不得我们有事，墙筑得再高再厚，也挡不住无数双虎视眈眈的眼睛。但乔家还不至于为个该死的死人乱了方寸！既然做那害人命的营生，丢了性命也是当然。"

乔景轩把该死两个字说得极重。映朝在后面看着叔父的背影，身形消瘦，腰背微驼，步子迈得沉缓，像只皮毛斑驳瘦骨嶙峋的老猫，老则老矣，双肩却端得极平。

这背影和祠堂里祖父的一张画像有几分相像。映朝想，宫元的肩也是端得极平。祖孙三人骨子里有一股子同样的气。他又看四周的高墙，错落的庭院，雄厚威严又不失精致华美，俨然是个王国。几代人辛苦建起的王国，难不成又要地动山摇？他轻吁一口气，若是他做得主，家规中必添一条——在商言商，莫参政事。然而由不得他，现在由不得他，将来只怕也由不得他。

乔景轩进了厅堂，手一挥，伺候的下人退出去。厅堂里端坐的一人站起身，行了个官礼，恭敬道："乔东家。"乔景轩还礼，道："周大人请坐。"二人分别就座，乔景轩道："劳烦大人专门跑一趟。"周大人道："不敢，不敢。今日这事闹得太大，我若不亲自来，实在放不下心，上对不住朝廷的俸禄，下对不住黎民百姓，这且不论，若负了乔东家多年的厚爱，我可就无颜见您了。"

乔景轩叹了一口气，道："流年不利，是非不断，全赖诸位的帮衬。"周大人一笑，道："更不敢当，我芝麻大的县官，混口饭吃而已，这饭吃得提心吊胆，哪里比得上乔东家行事痛快。咱们山西近年生出两句俗话——有儿开商店，强如坐知县。又有一说——生子可作商，不羡七品空堂皇。我若有乔东家万一的本领，也不做这劳什子的小破官，上下的受气。"

乔景轩一笑，道："周大人这就过谦了。不知今日所为何事？"

周大人叹了口气，道："令公子脾气未免爆了些。"乔景轩道："这孽子又做了什么？"

周大人道："怎么老东家还不知？令公子杀了古玩店的刘明浦。"

乔景轩咦了一声，惊道："怎么可能，那孩子前几天去了太原，今日并不曾回祁县，难不成分了身？"

周大人抿了口茶，放下茶碗，笑道："想是已回来，还未见老东家，谁知就出了事。满茶楼几十号人，明明白白指认凶手就是令公子。"

"来人。"乔景轩喊了一声，一个下人进来应道："老爷。"

"去瞧瞧少爷回来了没，若已回家，马上来见我。"乔景轩说完，又对周大人道，"我这孩子虽任性，但心正人善，无故杀人是不会的。"

周大人笑笑，意味深长道："令公子的性子我是见识过的，我那衙门口可是令公子堵过的。说起来这事可大可小，乔家为朝廷也是出过大力的，就在皇上那里，也没得就不讲情面。我的意思呢，令公子认个误杀，写个悔过书，也就过去了，我跟上头也得有个交代不是。"

乔景轩心道，悔过书一写，整个乔家便就任凭朝廷拿捏了。他眉眼低垂，掩饰住眼底的厌憎，沉默片刻后望着周大人道："周大人一心为乔家，我岂不领情。然而那孽子至今未回家。等他回来，我必定严打拷问，若真杀了人，朝廷容他，我也不容他！倒是打死了干净！"

周大人亦沉默片刻，方道："乔东家既如此说，在下官职卑微，不敢做主，少不得报与上面，咱们共同商量个对策。"

乔景轩道："甚好，乔家自当尽力配合。"

二人呵呵对笑，乔景轩端起茶碗，周大人就告辞而去。

雨是凌晨下的。酝酿了一宿的雨势煞是惊人，一开始暴雨如注，地上砸出一个个坑窝，泥点子溅得半尺高。半晌后成了滴滴答答的银珠子。下午又白花花苍茫一片。雨势时急时缓，足足下了三天三夜。久旱的祁县被浇了个透。荣升茶楼大门口地上的血迹也被冲刷的干干净净。

三天后，祁县大街上又热闹起来，今天茶楼里有小曲儿听。

几个小贩抬头张望荣升茶楼，断裂的栏杆已修得齐整结实，木头换了碗口粗的南山松。

拉板车的洪三狠咬了一大口烧饼，咽猛了，噎得直伸脖子，顺手抄起馄饨摊上的一碗水，汩汩喝下去，方一抹嘴道："那怪物一走，老天爷就下了喜雨，可知他不是个好的！只是可怜刘家公子成了祭品。"

"我的爷，那水是涮抹布的！"馄饨李便叫起来。

"难怪有油星，好喝。"洪三咂咂嘴，讪笑："两个烧饼进了肚皮，还是饿，你送我一碗馄饨尝尝？"

"老子都不舍得天天吃，你可是做梦呢。"

"打个赌！三年之内，乔家迟早败在那孽障的手里，你信不信？就赌你一碗馄饨！"

"三年内没有改朝换代，三年内你没有饿死，再说。"

他二人插诨打科，旁边众人哄笑。两个乡绅模样的男人经过，其中一人皱着眉头道："一帮子草民妄谈国事，天真变了。皇上啊，您可得坐稳了！"

他的同伴则道："不恼，不恼。自太祖爷入关，大清朝多少的战役都安过了，还惧了家贼不成？"

两人就进了茶楼，叫了一壶碧螺春，几碟点心，津津有味地听起了小曲。

唱曲的是一对父女，父亲拉胡琴，女儿唱小曲。女儿十一二岁光景，细细的身条，黄黄的脸儿，举止怯怯弱弱。嗓子却是清丽的，黄鹂般婉转。据说是安徽逃荒过来的。也有人说是山东。没有人关心他们来自哪里，到处都是饿的满世界寻吃食的人。

小曲儿飘出茶楼，楼下的摊贩们翘起拇指赞叹。人多惰性，苦难的生活更容易让人堕落。苦水里泡久了，但凡点滴的欢愉，便能让人麻醉，在麻醉中沉沦，一直沉到底，根本忘记了生活有多么糟糕，从而彻底放弃了改变。

胡琴咿咿呀呀，就像秋天飘在空中的叶子，随着风沙打卷。因为飘忽不定，便有了命运和季节的气息。有的人只看到枯败、灰暗的来临。但有一些人，向往那份新绿，开始期待另一场生机。

一九一一的夏天，祁县的人们回忆起来，都说有深秋的肃杀萧瑟。

第二章　相见欢

　　这世界必是要翻个底朝天的，不就因着天道不仁，生了冻疮的人众多。但万事都讲个时机。你看这夜，可不管有多少人睡不着眼巴巴盼着天明，它不到时辰，就亮不起来。

　　宫元抵达泉州港时已近日暮。他站在甲板上眺望，远处的海岸线犹如一条铜丝，晚霞笼着的海水殷红，油汪汪分外润泽。

　　眼看就要靠岸，甲板上早站满了人。几个东南亚模样的商人高声谈论着什么，不遮掩的兴奋，想来对此行期望殷切。有妇人俯身拥住甲板上玩闹的孩童，那孩子和船上新结识的小伙伴追逐打闹，几次三番冲撞宫元，手上的果汁抹了宫元的裤子。妇人温婉地向宫元道歉，并要孩子说对不起。孩子于是端正站立，看着宫元说叔叔对不起，小模样极是认真郑重。宫元倒笑起来，几日里的郁结消散了好些。他摸了摸那孩子的小脑袋，掏出西装口袋插着的一支贮水笔，送给了他。那孩子拿着笔惊喜地尖叫，一溜烟跑去船舱，不知是去找他的父亲还是去找纸了。此时船正逆水而行，甲板上的果皮、烟头、酒渍随处可见。人的汗味，船上的杂味混着海水的腥气，凝成一股股酸臭，无风浅尝，浪起深嗅。这味道是整个时代的浓缩，除非闭了腔子里的一口气，再躲不得。宫元瞧着孩子的背影微笑，世界再脏再乱，总还有一些可爱的事物，让人于这脏乱的尘世中生出欢喜，便为这些许的欢喜，经受任何苦痛也都有了意义。

船终于靠了岸。但见港中大船几十，小船无数。满目皆是肩上垫块白毛巾抗麻袋抬箱子的码头工人，泉州港不愧为海上丝绸之路的发源地，尽管往日的一枝独秀不再，但这份繁华，仍是盛世的风光。

宫元随众多旅客提行李下船，脚刚踏上陆地，就听到有人叫他的名字。他的大学好友张立然正对着他挥手。立然短发长衫，看起来神采飘逸。

宫元快步上前，立然也迎上他来，二人大学毕业后第一次见面，纵然心中激动，却先行了西式的见面礼，文质彬彬握了一下手。然后方都笑起来。

宫元在立然肩上敲了一拳道："你小子怎么越发细皮嫩肉的了，闽南的山水可真是毁人。"

立然笑着道："你却清瘦了许多，只是依旧的凌厉，想出手便就出手。"

两人初相知即是兵戈之交。那日的公共课堂，两个东北学生要占用立然的位置，口口声声叫立然娘们，立然还没怎样，宫元不声不响上去就是一拳。那两名学生怨怒宫元多管闲事，恨着心要给他存个念想，教训他便不肯留一丝余地。两个打一个，宫元的脸上挨了几拳，落了下风。从小没动过粗的立然冲上去，打了平生第一场架，狠劲竟不输宫元。事后，两人带着满身满脸的伤喝了一场大酒，醉中便嚷着要拜了兄弟。

"二哥。"一个花朵儿似的姑娘站在几步远的汽车旁，娇声轻唤。姑娘穿一袭鹅黄的轻纱洋装，恰似一枝开得正盛的迎春花。她的眉眼和立然有九分的相像，那样相像的脸，立然看起来清逸，她却是无比的娇媚。

"我小妹，丽君。"立然道："她听说你今天到，撒泼打滚也要来接你。"

丽君脸儿绯红，跺着脚道："二哥，你再胡说，我可不依！信不信我把你书房里的画儿都画上小猪！"

她娇嗔薄怒一番，倒令宫元觉得放松，随着立然笑起来。

丽君把脸一扬道："随你们笑去，看我还理你们不成！"扭身打开车门，坐到车子里。旋即却又探出身子道："宫元哥，家里做了好吃的等你，莫要凉了菜。"这姑娘声脆如铃，一副明秀山水里浸出来的好嗓子，真正是明快爽直之至，无有半点扭捏做态。

他们便就上车。离开码头往北开，约莫十分钟，车子拐进泉州城的一条老街。老街极安静，幽幽长长，一色儿种的都是凤凰树。正值凤凰花开，火红的花簇簇团团结成一片，一棵棵大树熊熊燃烧，烧得那渐浓的暮色分外壮观。

老街的尽头即是张家大宅。喇叭一响，大门就开了，车子驶进前院停下，仆人上来接了行李。

三个人下车往里走，走进第二重院子。第二重院子更多了几分精巧雅致，飞檐斗角，雕梁画栋，地道的南味儿，与北方庄院的粗狂豪气又是不同。

"这院子玲珑得可爱。"宫元赞道。

丽君面带喜色，道："宫元哥喜欢，那就多住些时日。我哥天天念叨你，盼着你来。说起院子，倒是乔家堡的乔家大院天下闻名，我好想见识一下的。"

宫元便道："我家虽是大，却无这般精致，也没什么好玩。哪天让你哥哥带你去，我陪你们逛逛。"

立然打趣妹妹："也不知是谁缠着我，要我一遍遍讲宫元如何帮我打架的。一个姑娘家的，却对这些打打杀杀的感兴趣，瞧将来谁敢娶你？"

丽君虽是大方，终是个没出阁的小姐，禁不住这般调侃，不由得脸儿火热，想说什么又止住了，片刻后跺着脚道："你懂什么，宫元哥是大英雄！"说完径直跑进厅堂。

立然道："在她心里，你倒真是个英雄。"

宫元道："我哪是什么英雄，是你太过虚夸的缘故。她知道我失手伤人的事了？"

"当然没有。接到你电报，我连父亲都没有说缘由的，他们未必能够理解。"立然看向宫元，眼神坚定："你在这里，断不会有任何事。"

入夏的太阳落得慢了些，早有一轮圆月冒出来，那月亮浅白，太阳火红，天地就成了赫青。赫青中立然惯常的斯文温和，然而宫元却深知，这是一头优雅的豹子。他看向立然，只道了一句："我知道。"二人相视，皆知对方是可性命交付的人。

"二哥，宫元哥，父亲在等你们呢。"丽君站在厅堂口喊。

"家里人都在等你。"立然微笑，宫元心里一热，二人并肩走向厅堂。

厅堂灯火通明，立然的父亲张庆瑞虽是长辈，却也迎在门口。如此盛情，倒让宫元心里不安，叫了声伯父，恭恭谨谨地问好。张庆瑞见了他，满心爱惜，亲热招呼他进了厅堂。

厅堂里，紫檀木的圆桌上摆着各色菜肴，还有下人在上菜。圆桌上方是一盏西洋的水晶吊灯，映着正面墙上雕福禄寿的紫檀挂屏越发富丽。暗紫色丝绒窗帘深垂及地，时而飘动几下，起伏的波纹细致如静塘风起。条几上，紫砂观音熏炉里香雾缭绕。香炉旁偏摆上西洋鎏金的自鸣钟，那钟摆四平八稳地晃着，倒似无所谓时间，天长地久日月永恒一般。

宫元看整个厅堂是中西合璧的摆设，想着应是泉州联接中外客商，这里的大户人家总有些外来的精巧好玩物件。只是这般繁盛丰美的气象，天经地义的安适，倒令宫元恍惚不已，似乎外面世界只是个幻象，这个厅堂里才是人间真味。

"原想着去拜会令尊的，接到电报，说你要来，这样更好！"张庆瑞笑道，"令尊身体一向可好？"

宫元恭敬回道："家父身体倒还康健，有劳伯父惦念了。"

"上次与令尊见面，还是三年前了，如不是你们乔家出手相助，我这泉苑茶庄只怕是已改了姓喽。"张庆瑞感慨不已。

宫元听过这个典故。三年前父亲巡视各地商号至泉州，正赶上泉苑茶庄库房走水，一千多担的岩茶烧成了灰烬，有茶商趁火打劫，要求双倍赔偿，否则就拿泉苑茶庄的招牌抵债。宫元的父亲亲自打开了银库的门，任张庆瑞搬了个空，方才保住了张家几代人创下的百年老字号。这笔生意，是乔家在泉州最大的一笔，也是最成功的一笔，赚了个满贯不说，还落了个侠义。

"伯父言重了。也是泉苑茶庄实力所在，家父方敢出手。"宫元道。

张庆瑞见宫元说话漂亮，更是欢喜。

说话间，立然的母亲出来，立然的哥哥嫂子也随后。寒暄一番，大家围着桌子坐下。

席间这一番热情又是非同小可。立然的大哥立新久病之人，竟也陪宫元小酌了半盏。

宫元尽兴饮了几杯，生了醉意，微醺中心事翻腾，万般的不痛快涌出来，言语间露出随性的癫狂。立然便说要两人聊聊私话，张家都是聪明人，各自回房安息，留了他二人继续。

"我是个懦夫！鄙视我吧，唾沫吐我脸上，让所有人都知道我是个逃兵！"宫元举起杯中酒一饮而尽，他自觉羞耻，宁可舍身成仁也好过亡命天涯。

立然自然清楚宫元的心思。生就的大侠大义大胸怀，又因着信仰孙文的大同理想，安心要做一番事业。然而他们这种世家子弟，向来是比樵夫渔农更多束缚的，即便舍得了这肉身，却总不能不顾及家族身世。

"留的青山在，这话你却忘了不成？若为着狗命，搭上自己，那才是愚蠢呢。"

"总有一天，我必然要开出一番天地，你们等着！"他一字一句，好似面对着千军万马。

"嗯，那是。"

"可是，我能做什么呢——什么也做不得，只因我身上流的是乔家人的血，我做任何事与乔家都脱不开干系，无耻的强盗恶霸的逻辑！你看，这是个多么邪恶的时代。革命，革命，这两字真好，我几次三番咬牙要革那丑的烂的恶的命，可乔家几百口人，偌大的家业，压得我半点动弹不得。立然，你告诉我，我还能做什么？"他一忽儿雄心勃勃，一忽儿绝望茫然，犹如受了严重伤寒打摆子，煎熬的牙都咬碎了。

立然是个耐得住性子的人，最是沉得住气。他斯文有礼，安静从容，凡事心里过一遭，便有了主意。但他不声张，认定了的，只闷头行事，执拗的事情素来不会动摇。两人都是不达目的不罢休的人物，只是行事的方式不同。若宫元是疾风骤雨，立然便是大雪，无声无息就席卷了天地。

立然舀了只鱼丸放宫元碗里，道："要去一个地方，未必只有一条路可走。我倒觉得发挥我们的优势，比拿枪杆子更有意义。"

"哦，我们有什么优势？"宫元一杯酒又一口干了，拿起酒壶接着斟了个满溢，面前的菜却不动筷。他胸中一口气顶着，几日里不思饮食，哪里吃得下。

"钱！做事做人都离不得钱，革命尤其是。枪支弹药，粮饷车马，哪一项少的了银钱？"立然道，"我们在钱堆里长大的，天天看无数的银钱流进流出，我们擅长赚钱。何不赚个满壁江山，手里有本钱，随你要筑墙还是拆墙。"

"你可真是婆婆妈妈。"

"我是苦口婆心。"

"那我是什么？"

"你无非想战场上拼个淋漓痛快，方觉得才是真英豪。我看着你却狭隘了。"

宫元立时恼了，一拍桌子道："房子里结了寒冰，你不想法子铲了它，却告诉我，不妨多穿件衣裳，或就盖个新房子。你我盖的起新房子，盖不起的怎么办？冻出一身恶疮等死吗？"

立然依旧不急不躁，慢条斯理道："这世界必是要翻个底朝天的，不就因着天道不仁，生了冻疮的人众多。但万事都讲个时机。你看这夜，可不管多少人睡不着眼巴巴盼着天明，它不到时辰，就亮不起来。你急有何用？"

"却也不能无所作为，决不能……"

"自然不能。我心里一直是有个主意的，你即便没来这一趟，我也打算去找你的。宫元，上天从来不会辜负有心人，若还没有给我们想要的……不妩静对一心，且等且行，目的也许更容易达到。我们一起把生意做到世界各地……"

他这边说，宫元却已没了声息，竟是不胜酒力趴桌上睡着了，壶中酒已喝空。

他笑笑，想着宫元也是可怜，为着形势所迫，不得不低头求全，可一个豪气张扬之人，低了头的那份委屈难受，可比大脚穿小鞋更痛苦，尤其那小鞋还是铁打的。他有心引着宫元发了火，也是怕宫元憋闷成疾。等宫元醒了，他还有话讲。数月前几名革命党逃亡，由泉州坐船去日本，他虽没有面见，却暗里托人赠了大笔银两。这事不可在家中谈。他即便说是政治投机，他父亲也绝不答应的。他父亲必然说，大清朝未必就倒了，民主革命就会成功？尘埃未定，若押错了宝，可就万劫不复。他父亲是个纯粹的商人。他也继承了父亲谨慎的一面，心里对宫元的狂放不羁是颇有些不以为然的，但并不因此对宫元的感情而稍减。他甚至有种感觉，他和宫元这一生，无论是否心意相同，目标一致，也必将同船同渡。再说了，以后又多了层至亲关系，他是乐见两家长辈的心愿得偿。

夜深沉，院子里的虫鸣也息了声。立然叫下人，搀了宫元回房。

宫元模糊记得是立然扶他进了一间房。他喝了酒，又发泄了一番，身心都放松至极，倒头就呼呼大睡。这一觉睡得香甜，醒来看室内幽暗，以为尚早，又看到厚重窗帘的缝隙处有窄窄的一线亮，却是日上三竿的明光。他这间房收拾得一尘不染，布置颇用了心思。房里一式的西式陈设，身下的床是西洋的弹簧床，床前一对饱满的皮沙发，大理石的茶几，临窗的书桌光可鉴人，都是时髦的舶来品。早就听闻张家奢华成风，亲临乍见，但觉衣食住行，一应用度，竟比所传还要铺张。

他起床拉开窗帘，先就瞧见重重的院落，琉璃瓦的屋顶。他住的是二楼，房间也配了西式的浴室。他洗了个热水澡，始觉神清气爽了。他一动静，早有下人去禀告，正收拾着，立然跨进来，笑道："想着你长途劳累，索性让你歇个足，就没叫你起床，没成想你竟睡到了中午。"

"连日来总是做梦，昨晚却没有，"宫元道，"屋子里的香味儿真好，闻着心神就安稳呢。"

"香是丽君配的，也是她吩咐下人早早点上的，这功劳我可不敢抢。"立然对着门外喊："小妹，夸你呢，进来吧。"

丽君俏生生站在门口，她今天穿一身桃粉滚银丝的长袍，长袍的领子开成了低低的圆角，显得格外调皮。

"二哥，你不是说要请我们吃汤包吗，莫再磨蹭。宫元哥没吃早饭，怕是饿了。"她秀眉下两只杏眼，笑成了一对弯弯的卧蚕。

立然心中暗笑，很想问妹妹怎么就成了我们，又怕问羞了她，话到嘴边又咽回去，这个小妹可是家里的珍宝，轻易惹不得。

"我们去吃泉州的小吃，保你喜欢。"立然看看宫元道，"你穿长衫却也好看。"

宫元早起换了件象牙白的长绸袍，他身材原就挺拔，宽大的袍子在他身上松松垂垂，倒平添了几分文秀。

他们并不开车，因丽君只要吃胭脂巷的汤包，而胭脂巷就在附近。宫元觉得胭脂巷的名字好听，原来泉苑茶庄的店铺就在胭脂巷。三人说说笑笑就到了一条大街，正是胭脂巷。说是巷子，其实是一条宽且长的大街，从街这头望不到那头。街上房子有百年的老宅，也有仿欧洲的尖顶小楼，裁缝店、药铺、客栈、饭馆、当铺、茶楼，各色招牌林立，往来行走的客商模样的有许多。这是泉州最繁盛的商业街。

他们停在一栋古朴的小房子前，宫元看门面写的是养心斋，以为是笔墨书籍，进去方知是家饭馆。又忍不住感叹，山清水灵之处，烟火都是不一样的秀雅。

那汤包果然极美味，配着几个当地的特色小菜，三个人吃了有好几笼。

吃过饭沿街往东走，人少了些，两边的店铺明显的肃穆。他们在一座明式建筑的三层楼前停下，那楼朱色的门廊，锈红的砖墙瓦顶，招牌高悬，上面烫金的四个大字——泉苑茶庄。

进了门，入目但见柜台高耸，靠墙是一溜儿红木的货架，陈列着各式的瓶罐儿，装的自然是茶样。

伙计迎上来，立然问："可有客商试茶？谁在招呼？"

"有广州来的两位客商。柳叶姑娘招呼着呢。"

"在二楼的茶室吗？"

"是。"

"我们去染香阁。等柳叶忙完了，让她来给我们沏壶茶。

"是。"伙计应声，迟疑片刻又道："长风姑娘刚刚回来了，正在后院的小库房里验茶呢。"

伙计这话一出，旁边丽君扑哧一声，看着哥哥笑了笑，然后对伙计道："让长风也来。她去了茶园只半月，好像去了半年似的，着实令人想念。"

立然神色如常，转向宫元笑道："你真有福气，第一次来就能喝到长风的茶！"

宫元只是微笑，立然往日就时常谈起这位长风姑娘，说起来是样样皆好。现在这情形，倒似大家都挑明了一般，但看立然却形容不动，又让人觉得糊涂，不知他打的什么主意。宫元想见见这位长风姑娘了。

说话间上了染香阁。染香阁在泉苑茶庄的三楼，是张家品茶的茶室，每有新茶上市，招待大客商试茶便在此处，一般小客商却只在二楼。

宫元一进屋子，骤然身凉心静。染香阁三面墙开了通窗，草编的卷帘把窗子遮得严实。那草极纤细，编织的虽然紧密，日光依旧透射进来，只是被研成了粉末，又隔着帘子筛滤了一层，便就轻柔了十分。那粉末色儿亦是青的。没有流光溢彩，满室的幽意深浓，清雅到了极致。

立然与丽君面朝门坐下。地上铺的也是草编的席子，正中摆放着一张黄花梨的茶桌，茶桌上是茶盘，茶盘中是茶具。除了唯一没开通窗的墙上有个壁龛，壁龛里端坐一尊香兽，开阔的茶室竟是素简到再无他物。就像一副水墨画，大片的留白。宫元爱这屋子，窗前踱着，只管细细打量。

这时推门进来了一个姑娘。她微微低着头，一条乌黑油亮的辫子绕过修长的颈子，爬过小丘般的胸部，垂在了腰上。那腰肢绵软，行走间辫子如春柳随风起伏。她施了个旧式的礼，道："少爷好，小姐好。"方抬头来。是一张娇滴滴的瓜子脸，五官分明，单挑出来也自有鲜亮。

宫元不由得多望了几眼，想着这长风姑娘倒是俊，却听立然道："柳叶，这是乔少爷，你好好沏壶茶给我们，可别砸了泉苑茶庄的招牌。"

"哥哥怎么竟灭自家的威风，莫说柳叶的茶艺整个泉州数一数二，单说咱家的茶，又有谁家能及？"丽君道，"宫元哥，莫听哥哥胡说。"

"那我要品过再评。"宫元走至茶桌旁坐下。

柳叶又施礼，道了声乔少爷好，也便就坐于三人的对面。

又有伙计进来，手里提个箱笼，放在柳叶身边就出去了。

柳叶打开箱笼，捧出一只红泥的小炉子，炉中上部的木炭微红，下面的木炭雪白，隐隐有香气入鼻。

"这木炭与寻常木炭不同。"宫元道。

"自然与寻常外卖的木炭不同！这木炭是泉苑茶庄自己烧制的高原栎木，没有丝毫的烟气，任是火苗旺盛，火星也无半点飞溅。"说起自家的招牌，丽君颇有几分骄傲，原不是暴发户，也是几辈人积累的修为，代代传下来，倒比锦衣玉食更显家风。

"这烹茶的水也有讲究吧？"宫元问。

"宫元哥眼光真好。水取自武夷山的山泉，在林木高深处，上不见天日，下不着泥尘，极是甘醇清净。泉苑茶庄又有规矩，贵客不饮陈水。于是年年新茶上市，为招待客商试茶，每日间都有水车往来武夷山。不知今日这水可是新的？"丽君问道。

炉上银壶，壶中水响。柳叶手拿一方雪白的丝巾，正轻轻擦拭茶碗茶杯。

听得丽君问，柳叶欠了欠身，回道："也是巧了，恰好今天茶园里有人来，带了几桶水，可不正是新水。"

"就说你运气好，这水都像是为着你来的。"立然道。

"宫元哥是佳客，佳客自有仙福。"丽君白了哥哥一眼。

"贵客已不足以待他？这佳客用的不好，他纵然算是个才华风流之人，但你若见了他凶猛的一面，只怕也要称他为莽客。"立然笑道，"莫要被他骗了。"

"哥哥越发讨厌了，嘴巴胡乱吐牙！"丽君道，"男子顶天立地，又有柔肠情思，方是真君子。"

真君子幽幽感叹："今日开了眼界，喝茶竟这般讲究。"他看柳叶烫杯温壶，洗茶冲泡，一举一动都有章法。那茶具，古朴中泛着油润，他纵是看不出茶壶茶杯的来历，也知必非凡品。

立然道："我们的茶师没有几年的真功夫上不得染香阁，你以为是你家的烧火丫头在大锅煮茶啊？"

"我家的丫头可当不起。我也万万不敢这样想，你指责的没道理。"

"你又较劲！有时觉得你真是奇特的生物，于这世间万物，你最是仁厚礼敬，却偏又是个铿锵决绝的，容不得丝毫晦暗阴邪。你这性子，以后有的苦头吃。"

"如你温吞水不成？晴天里打个雷的痛快也胜你不声不响，肚子里做花花文章。"

他二人拌嘴，丽君手托下巴，听得有趣。

忽然鼻息浓郁，却是茶已入杯，那味儿染得满室温香。泡的正是泉苑茶庄的招牌，极品大红袍。

品着香茶谈天论地，不知不觉喝了几水。这时门响声动，又一个姑娘推门进来。

宫元看到那姑娘，竟是一怔，杯子举到嘴边却忘了喝，就停在了那里。

那姑娘一身素白的衣衫，明明是黑亮的眼睛，朱红的嘴唇，却让人觉得她整个人都是白的，云里雾里笼着的白。她的神色也是极淡的素净。她双手捧着个青竹的花瓶，瓶里只斜斜插了一朵玉雕似的白花，花瓣上点了几滴水珠。在茶室幽暗的光线下，水珠晶莹剔透，这一朵小白花竟是胜过万紫千红。

"长风，怎么这会儿才来，我们可等了你好久。"立然站起来迎上去，亲手接过长风手里的花瓶，道："这瓶子有趣，尤其配这朵四季兰。"他把花瓶放在壁龛，左右端详好一阵，方才坐下。

"我检完一批茶便赶过来了。"长风微微笑，就着柳叶身边坐下。

"长风，见见我的好朋友，他叫乔宫元。宫元，她就是长风。"他这般郑重其事，非主非仆，长风的身份便显得暧昧不明。

宫元慌忙放下手中的茶杯，道了句久闻姑娘大名。说完之后又觉得唐突，想着也许她要笑他轻浮，不由得脸上发烫起来。其实是极平常的一句话，他自己倒多了心。

长风望向宫元，神色沉静如水，一双眸子点漆一般，亦施了个古礼。

宫元的心忽然跳得猛了，眼前姑娘眸中幽深，他又魔怔住了。

第三章　壶中天

世界本来只是清水，无色亦无味，有了茶，也便就有了颜色，有了滋味。一杯茶，佛家品禅，儒家品礼，商家品利。而茶归根结底只是一杯水，给你的也只是你的想象，你想什么，什么就是你。

风吹进半掩的窗子，咯吱咯吱响。长风醒来，也不开灯，就着黑套上鞋去关窗子。长风直入，头发先就吹乱了，盖住半张脸。她闻着风中浓重的咸湿，又隐约看到窗外树木弯了腰的左右摇摆，知道是暴雨要来的阵势，慌忙地关紧了窗。

柳叶也醒了。两人同住一间小小的厢房。张家虽然下人众多，因着她们不同于粗使的丫头，房里一应用品倒都齐全。

"什么时辰了？"柳叶问。

"还早呢，子时刚过吧，你再睡一会。"

柳叶听着外面的风呜呜叫，却精神起来，翻了个身，道："睡不着了。乔家少爷来了有两月了吧？"

"差不多快俩月了。你问这个作甚？"

"你倒问我，可装什么糊涂！他们见天的染香阁泡着，一泡一下午，难道就只为喝茶不成？咱们的小姐喜欢他，也难怪，他长得和二少爷一样俊，又文武双全。老爷也拿他当女婿看待，他家开银号，银钱多的能填平大海，他家大的像皇宫，光仆人就二三百——可我看他老盯着你，眼睛里都是火。"

"你这丫头又胡思乱想什么。"

"你虽也无父无母，但到底比我强。不像我，自小被卖在了这儿。你是他们的工人，说走便就走。倒是要早做打算才好。你想过以后吗？"

"想也无益，何必自寻烦恼。无根之人不妨无心，流水浮萍，哪里由得自身。有得选自然是福气，若没得选择，倒是先做好自己最要紧。自己做好了，任是随风飘，落地也能生根。"

"偏你总是大道理讲来讲去，倒不如动动心思谋划眼前！你大约是离不了泉苑茶庄了，你种茶制茶样样精，你是美人儿，又是女秀才，二少爷喜欢你，老爷看重你，大家都说你会是少爷的人。"柳叶顿了顿，问道："你愿意嫁给二少爷吗？"

"你今天疯了吗，什么话都敢说。"长风道："我可歇了，明日还要赶几个时辰去武夷山呢。"

"可不是，听说老爷要我们去武夷山，乔家少爷便说要瞧瞧茶园茶厂，二少爷自然无异议——正中下怀了！偏生小姐也要跟着。这下子武夷山可热闹了。"

长风不言语。

柳叶隔了一会，叹口气又道："我倒是经常想自己的结果。配个茶师或者账房，总比其他下人要强一些。过个十几二十年，老爷看我们夫妻老实勤恳，照样给置办一份家业，一辈子安安稳稳也就过去了。可是，这不是我想要的。"她说到最后，声音便有些粗粝，但觉有块石头卡在喉咙，咽不下吐不出，疼得憋气。她心里凄楚，又想起十岁那年，母亲去世，父亲欠了赌债半夜跑路，河沟子里发现的尸体，大烟掏空了的枯瘦身子泡得肥白。她一滴泪都没有掉。债主原是要卖她进堂子的，一路拖着她进了胭脂巷，胭脂巷的怡芳院是泉州最大的欢场。她死活不肯去，着实吃了些苦头。路过一幢楼，债主被个少年叫住。后来她跟着长风学写字，认识了那幢楼牌匾上的字念作泉苑茶庄。也认识了那个少年，他的名字叫立然。可她只能叫他少爷。

你放开她，我要买她。少年说。他的眼睛可真好看，那么温柔明亮，柳叶再也没见过比他更好看的眼睛。

他真的买下了她，然后给她了两块银元，拍了拍她的头，对她说，你可以走了。

她不想走。她也无路可走。于是她跟着他，他去哪她也跟去哪。她留在了张家。可是，八年了，她与他的距离，最近也就是他拍她头的那一刻。也许此生都不会改变。

长风听柳叶叹气，也未免有几分伤感，不由得心事迷离起来。张老爷的主意她是懂的，给她个姨太太的身份，即留住她，又令立然欢喜。立然对她有心，她能感觉到。然而有心到要怎样待她，她却不知了。张家向来注重门第，她一个孤女，做不得张家的少奶奶。她性子原本豁然淡定，这会子却思量起来，是否也喜欢立然。她也是喜欢他的吧，立然是好男人。喜欢到甘心做姨太太吗？这时一道白光透过窗户纸，照的屋子闪亮，她眼前出现一张脸，那张脸上的眼睛又在盯着她，火辣辣的一双眼。她倒吓了一跳。

白光之后几声轰鸣，雷电伴着大风，地动山摇似的。显见得是场成了势的暴雨。

风雨来的急，前窗后台都在骚动，像极了汩汩冒泡不安分的心。两人静静躺着，睡不着。都是极聪慧的姑娘，但于感情、于人生，她们只是刚长出毛羽的雏鸟，翅膀看似丰秀，却飞不起来。然而女人的天性一旦觉醒，那便如散开了的发束，千丝万缕，每一根都牵着一个念头。思想的刺激注定了情绪的不得安宁。

这一晚，不得安宁的不止她们。宫元模模糊糊睡着，做起了梦。他梦见长风走进染香阁，披着一身光，悠悠然坐在他们的对面。

立然对他说道："一种茶多种味，人不同泡出来的茶也不同。你不妨尝尝长风的茶。我是从没喝过比长风的茶更有滋味的。"

柳叶的面色黯然，旋即低头收拾茶座上的茶具。

"不必换新茶叶，就还用这壶茶。"长风止住柳叶，笑着说道。

"姐姐，这茶已过五泡了，味道只怕淡了些。"柳叶道。

"无妨。这茶大可饮得。"长风说话间取出五只青花瓷的小碗，细细擦洗了，照样红泥小炉上烧水，不同于柳叶的是，她拿茶勺自一个小巧的竹筒里舀了一勺晶莹亮白的松子，放进了煮水的银壶里。水沸了也只冲泡茶壶，并不浇灌壶身。五只茶碗里浅浅注了大半满，冲了个七分。

她双手捧碗先敬与宫元，接着是丽君。立然却自己端起了茶碗，对着长风眨眨眼。长风回以微笑。

宫元看茶汤橙黄清澈，闻着香味儿更是稀奇。浅尝了一口，只觉得津香润滑，竟有高山流水之气。他待得茶水稍去了热烫，便一口气灌了下去。

丽君在旁边笑起来："宫元哥，你这般牛饮，真是糟蹋了好茶水！"

"辱没斯文！"立然道，"不过也怨不得他，这好茶好水，我也想学他这般喝。"他就真的举起碗，也一口气灌了下去，喝完还把碗倒过来，让大家看碗中一滴未剩。

"长风，你越发得高明了！"丽君举起碗轻嗅茶香，赞道："残茶冲出如此味道的，天下唯你一人。"

长风微微躬身道："多谢小姐。"

宫元道："长风姑娘好手艺。先前喝过不少茶，品不出分别，这茶却是每一泡皆有滋味。泉苑茶庄固然茶好，这泡茶的功夫却也是无双。"

长风道："是茶好。好茶七泡八泡有余香，九泡十泡余味存。今日的茶，五泡之后汤水仍未露薄，色泽尚带宝色，恰好配这煮了松子的水。品茶便是如此，经得起冲泡，方有别样的妙趣。"

"这松子用得刚巧。茶汤本已清淡，沸水煮出松子的油脂，发散了松香。松香水泡茶，调和了茶香。让人觉得，茶汤淡得倒恰到好处。长风的妙处在

于，她从不试图驾驭一泡茶，她只是享受这个过程。这正应了那句无心注水
水入心。"立然道，"柳叶，你的茶也好，但你太过注重结果，茶出来就带着
拘泥之气。将演绎好一泡茶变成挑战，便很难做到行云流水，茶即便入味也
落了下层。"

丽君拍手道："哥哥这番讲茶也是妙！"

柳叶道："少爷教训的是。"她低眉顺眼，一副乖巧的模样。

长风却道："事事若只求行云流水，那这番评说也落了痕迹。世界本来
只是清水，无色亦无味，有了茶，也便就有了颜色，有了滋味。一杯茶，佛
家品禅，儒家品礼，商家品利。而茶归根结底只是一杯水，给你的也只是你
的想象，你想什么，什么就是你。你说柳叶的茶太用力，你的解说又何尝不
是？"她说完，对着柳叶笑了笑，柳叶也回笑，两人之间竟是亲昵得很。

立然忍俊不禁道："你这张嘴！连我也不放过了。"

"我是见不得你谬论。你若只是歪评邪论诗词文章，倒还罢了。若讲泡
茶，你却是歇着的好。"长风微笑道。

宫元听她出口不凡，暗暗惊奇，转了个念头，道："泡茶者，泡其性也；
品茶者，品自性也。长风姑娘好修为。"

长风双眸一亮，道："乔少爷这移花接木的本领，长风佩服。"

"他说了什么，我却不明白。"立然问。

"'和香者，和其性也；品香者，品自性也。自性立则命安，性命和则慧
生，智慧生则九衢尘里任逍遥。'这是明代文学家屠龙对苏轼制香及品香境界
的妙论。苏轼爱香亦善于制香，他眼中手里，风花雪月皆可入香，品香更可
谓到了极致。乔少爷以茶代香，原是殊途同归的道理。只是这般敏捷，就比
屠龙高了一层。"

宫元自负文才武略，素来有几分睥睨天下的傲气，可是这刻，只觉眼前
的姑娘拈花之间，就轻描淡写破了他的阵势。

"姑娘学识过人。"他真心赞道。

"家父教书为生，我自幼跟着略微识的几个字，学识过人不敢当。"

"长风虽没上过学堂，却是饱览群书的，尤其是诗词上的功夫，真真是难有人及。"丽君道，她看宫元赞赏长风，并不多想，宫元留意长风，必然为着哥哥对长风的心。

"我书房里的书她都借了个遍。父亲每每进我书房，看到书页翻旧的痕迹，总是夸我勤奋，却不知我只当那些书是摆设。偏她好生的感兴趣，诗词歌赋，科学历史无一不好。又写的一手好字。竟是个女状元。"立然也叹道，"我要唤她师父，她总是不肯应，我一怒称她师太，她也不恼。一年年的，竟真有师太老成的样了。"

丽君道："你唤长风师父，无非是因为她仿你的字最像，父亲罚你抄书写文，你便去求她。二哥就这般出息！"

宫元盯着长风看，长风垂了眼睑。她面前的那碗茶丝毫未动。

宫元便道："姑娘的茶为何不喝？"

长风回道："这几日略有不适，正以清水调息。"

"好事成双。一碗孤单，再来一碗。我讨个彩头，姑娘既不便喝，给了我吧。"宫元笑道。

"真是没羞！怎么像个乞丐乞食，哪里还是山西乔家的公子？"立然道，"长风，把茶赏了他吧。喝了咱们的茶，他可要任咱们摆布。"

长风微笑，双手捧着茶碗奉于宫元。宫元伸手去接，眼见着白玉似的一双手越来越近，不知怎的就有些慌乱，急切中偏就碰上了长风的手，两人同时缩手，顷刻之间茶碗就歪在茶盘上，茶水洒了半桌。

长风倒是镇定，但脸儿也泛了粉色。

"说他是莽客你还帮他辩护，瞧他的鲁莽，一碗茶也接不住！"立然一边笑一边对妹妹说道。

丽君不肯跟着哥哥调侃宫元，只做没听到一般，使了个眼色给柳叶，柳叶会意，三两下收拾干净了。

宫元恍恍惚惚，竟脱口说了句："你欠了我一碗茶。"

立然笑得更凶了："这人疯了，如此不讲道理！"

长风仍旧眼睑低垂，并不看他，道："是，我欠你一碗茶。你几时要喝，我还你便是。"

要几时喝那碗茶呢？挑个秀朗之夜，清风，明月，亮闪闪几许繁星。又或者是秋日的午后，熏香，暖阳，金灿灿满庭黄菊。若得这青瓷碗，琥珀茶，琉璃心，素净人，任它流年若水，岁月匆匆，再无遗憾。

他梦中入心，正自纠缠，一个炸雷震得醒了。回想那梦正是他第一次见到长风的情景。记得这样牢。她安静的样子，她笑的样子，她的一字一句，都让他惊心。

他听着外面的风雨，只觉得劈头盖脸打在他身上一般，却仍是全身燥热，忽然生出烦恼了。

翌日，暴风雨到了中午方才停住。这日原本是要开车去武夷山的，可狂风过后，刮断了不少树干，大路上一片狼藉。张庆瑞唯恐不安全，索性让他们推后了一天。宫元憋了多半天没出门，定要出去逛。丽君向来唯宫元为是，不肯拂他半点心意，于是和立然商量，决定去清源山一游。

清源山在泉州城的北郊，距城区仅两公里。山上岩石遍布盎然成趣，更兼泉眼众多。其中的虎乳泉长年不涸，以其泉泡茶，香气独特，沁人心脾。山脚的少林寺极有名，香火旺盛，寺里的斋饭尤其好吃。他们自备了茶叶茶具，要取了虎乳泉的水去少林寺吃斋喝茶。既想喝茶，自然是少不了长风，长风又邀柳叶同行。几个人年岁相当，正是爱热闹的年纪，兼之趣味相投，日常间并无主仆之分，同吃同游也是常事，想着这一去必将玩得尽兴了。谁知出门之际，茶庄里来了人，道是上海的大客户昨儿到泉州，要试今年的新茶。张老爷不放心其他的茶师，留了长风和柳叶招呼客人。

宫元心里便有些懊悔，想着倒不如就茶庄里喝喝茶过了这一日，可即开了口出去逛，若再改主意，未免着了相，也就打起精神上了车。

丽君却是极有兴致，一路上欢声笑语。上了山，还定要自己取水。虎乳泉位于清源天湖上方的岩坡上，泉眼上下皆石，上石如壳、下石如砥，中坼有孔窍，泉从隙缝里流出，注入一方形石孔中。取水原就不便，她又忽略了雨后石滑，一个不留神，身子倒地，顺着岩坡往下滚，撞上一块突出的岩石，方才定住。

立然和宫元吓得魂都飞了。两人急忙过去，触目先就看到岩石上一抹红，更是慌张。立然扶起丽君，见她头脸几处磕破流了血，不由得抱紧了她。

丽君疼得呻吟，一叠声地问："我的脸，我的脸怎样啦？

宫元安慰她："并无大碍，回家擦点药依然如常。"

丽君眼泪就出来了，偏生在他面前，她这般狼狈。

立然搀扶丽君站起，哪想丽君大叫了一声，随即靠在了立然身上，一只脚翘着再不肯着地，显见是伤了腿脚。

宫元蹲身下去，卷起丽君的裤子看她的脚伤。因为要爬山，丽君穿了条法兰绒的格子裤，裤子仿欧洲的猎装，窄窄的裤脚。宫元往上卷时，唯恐弄痛了她，左手轻按住她的小腿，右手撩那法兰绒，手便就碰上了她的肌肤。

丽君不由得面红耳赤，宫元手到之处，好似火炙，她一时竟忘了疼。

宫元看她脚踝红肿，犹如发酵的面团，对立然道："走不得了，背着下山吧。"

立然背了一段山路，脚重腿沉，便换了宫元来背。

雨后初晴，山上林森茂密，阳光穿过树木就成了片片的金叶子，金叶子飘在空中，铺满碎石的山路，镶的他们一身金碧辉煌。山路的石缝中一丛丛小花，粉红浅紫，开得迷乱。鸟鸣时远时近，清脆空明，叫的心里酥麻。丽君趴在宫元的背上，微微的晕眩，她想是摔到头的缘故。宫元的背结实宽阔，身上出了汗，浅淡的温湿的皂香。她觉得莫名的安稳，不知不觉搂住了宫元的颈。

回家请了医生上门，道丽君伤了筋骨，要静养些时日。原计划的武夷山之行眼看着要搁浅，立然及宫元断不好舍下丽君就走，也是怕她闹。但丽君反而极力催促他们自去。原来她脸上多处青紫肿胀，自觉丑陋，不愿宫元日日看着，伤了脚不能下地于她倒是好事了——不然没借口回避。两个男人自然猜不透她的心思，倒觉得她通情达理。柳叶却悄悄对长风说了句，小姐是怕丑呢。长风嘘了一声，柳叶便不再言语。

次日一早，他们四个人一辆车，热腾腾上路。虽是伏天已过，但余暑尚存，正是传说中的秋老虎。宫元异常兴奋，途中遇见好的风景，便停下赏玩一番。走走停停，已至正午，太阳亮得晃眼，但呼吸间忽然凉爽湿润，并不是泉州那海边的粘湿，而是新鲜的犹如山涧清泉，通透中渗出草木清香。望前方，一道山脉连绵起伏，犹如一条翠绿的丝带。正是赫赫有名的武夷山了。车子爬上丝带，开进一个小镇。小镇依山傍水，景物秀美，俨然像个桃源。但街头车马载货，人挑扁担，往来穿梭，又是个闹市的模样。

"这便是星村镇，武夷岩茶的集散地。古来曾有'茶不到星村不香'之说，盛时有茶庄百余家，茶兴商茂，各路茶商云集，热闹非凡。泉苑茶庄的两家茶厂都在星村镇。"立然道，"说起来，咱们的先祖都是小贩起家。宫元，我最是钦佩你家先人乔贵发，推着辆独轮车就打下了一片天。"

宫元道："他老人家可钦佩之处多多，非常人可理解。家规中一条不可休妻，不准纳妾，足见风范。"

立然哈哈笑："极是！初次听闻，只觉匪夷所思！长风，你们女孩子对这家规可有想法？"

"凡不平常事，必有不平常因，"长风道："这家规因何而起？古往今来，或为生育，或为宜淫，纳妾已成古风古礼，哪里管得女子们的苦楚。这家规想来有个典故传奇。"

"姑娘玲珑心。"宫元赞，又道，"先祖乔贵发因家贫，而立之年也未能成亲。后得一程姓寡居妇人相助推着一辆独轮车越过杀虎口，到包头打天下，创立了广盛公商号。功成后婉拒无数良配，回到祁县，娶了当年有恩于己的程姓妇人，也就是先祖母，还认她的前子为长子，并立下如山家训——不许纳妾。也算个传奇了。"

"先祖竟是如此至情至性，至仁至义。"长风叹道，"这世上的男子若及得他三分，人间也少些薄幸怨憎 。"宫元道："都说男子薄幸，我倒是愿如先祖，得一知心人足矣。"立然道："只是知心人难求。"

说笑着，车子穿过码头、商铺、民宅，停在了一幢大宅院门前。

他们刚下车，便有管事模样的人急忙迎上来道："二少爷，你们可到了！家里来了急信，要少爷赶紧回去呢。"

"出了什么事？"立然问。

"老爷说广州的一批货出了岔子，要少爷马上回家赶去广州。"

立然不再问，心知事情必很棘手。他哥哥卧病在床，父亲年迈，自然是他赶去广州。然而他一走，宫元留在武夷山还是回泉州，他倒没了主意。

这时宫元开了口："你自去你的。我瞧着这里极好，又凉爽。你知我最怕热，便留在这里等你办完事再来找我。"

立然想想也是，家里病的病，伤的伤，宫元在泉州呆着只怕更闷。伴他去南京当然好，但又不知宫元的官司怎样了，没有消息之前，出头露面总是危险。

于是他对宫元道："有这武夷山陪你，保你一年半载都不会厌，我办完了事立刻赶来。"

"忠叔，"他回过头对那管事道："伺候好乔家少爷，万不可有一丝怠慢。"

"二少爷尽管放心。"忠叔道。

立然又微笑着对长风道："长风，你代我好好招呼宫元，把四周的景儿都逛逛，山鸡野味的都尝尝。他是咱们的娇客，可别让他挑出咱们家的不是。但他若胡闹，你也别由着他，只管说教。"

这竟如男子远行，交代内人料理家事，照顾小叔了。

柳叶胸口抽了一下，大太阳底下晒着，身子却泼了一盆水似的发凉。

长风却十分尴尬。立然历来都不曾如此显形，人前人后，即便调笑也不涉隐晦，不及终身。她只好回道："长风知道了，少爷放心。"她脱口叫了一声少爷，旋即一愣。已是多年没有这样称呼他了，今日却不自觉地叫了出来，倒似刻意一般。她只觉心慌心乱，慌又不知因何慌，乱也不知因何乱。但她本性沉定，心里慌乱也只是一瞬，面上并不露半点。

几个人的魂儿都有些飘散，各自沉浸在自己的心思里，都隐隐觉得不平常。宫元一旁大声笑道："你走便是，却弄出这生离死别的气氛作甚？难不成你走几日，这天会变，地会陷，人会飞？"

立然也笑，但他无来由的，只是心神不宁。又理不清头绪。风轻云淡人在眼前，原就无事无非。他定了定神，又反复叮咛忠叔。看着宫元安顿好，把车子也留给宫元，为着他出行方便，方才跟着报信的车子急匆匆赶回泉州去了。

第四章　拜新月

他们在对方的身上看到了自己。这是一种奇妙的感受，就像在深冬的浓雾里，模糊了世景万物，唯有眼前的人儿触目惊心的存在。

张家近年来原本守成为先，但自从立然插手泉苑茶庄的生意，便有意扩展商路，要成就一番霸业。立然的大哥痨病几年，张老爷私心里也指望立然接手茶庄，就放开了任他折腾。泉苑茶庄自立然的祖父张白源起，就已在武夷山的乌龙茶区承包了茶园，购买了两家茶厂。品质的保证是泉苑茶庄发展的基础，立然深知这一点，泉苑茶庄的茶要遍布世界各地，首先就要有充足的高品质货源。他一直在筹划开辟新的茶园，收购新的茶厂。为此张家茶园里新育了十万株茶苗。长风和柳叶伴着茶树长大的，皆为育苗的高手。这五万株茶苗，皆为武夷山百年的老丛茶树嫁接而生，其中一部分茶苗是直接用母本茶树枝条繁殖的，保持了良好的母本特征。为着这十万株茶苗茁壮生长，每隔一段时日，她二人必来武夷山。

张家在武夷山的这座别院，正房厢房算起来，大大小小也有二十来间，张家人亦或参观茶园茶厂的客商来武夷山都住在别院里。长风和柳叶因着近年来在泉州的时间更多，每次来武夷山也住在了这里。

连着几天，宫元跟随她们二人在茶园茶厂奔波，方知泉苑茶庄由街头流动的小贩，做至今日福建首屈一指的茶业龙头，金招牌由来不虚。张家茶园的岩茶只摘头春，第二春是从来不摘的，如发现茶青稍为粗老，虽是名枞，也放弃不摘。茶厂的制焙师都是根据陆羽的《茶经》再结合自己多年的经验，一道道工序极为考究。制焙完后还得储存四年以上，再打开逐包泡试，方可鉴定品级。在采茶制茶期间，泉苑茶庄都要派出富有经验的主家人和技工，现场监督指挥。

此时正是谷花茶期，张庆瑞派了长风来，便是做个监督指挥的意思。这谷花茶经过了春秋两季的采摘，茶树营养未免亏缺，此时采制而成的茶叶，不但茶叶滋味淡薄，而且香气欠高，叶色较黄。向来秋茶价格较之夏茶，差了一大截。然而长风在前年，竟配出春花香的谷花茶，立然小制一批投试市场，反响极佳，价格自然就提上来，竟卖出了春茶的价。今年立然要大制春花香的谷花茶，长风免不了要做个总监工。大家看得明白，这位长风姑娘，已是半个主家人。

这天，三人就着夕阳自茶园回到别院，忠叔已备好了酒菜。一只岚谷熏鹅金黄透亮，砂锅里红菇炖了只山兔，笋片腊肉烧了一大盘，更有宫元爱吃的炒溪螺。来到武夷山，宫元嫌一人吃饭孤单，定要长风和柳叶同席，在这世外桃源一般的仙地，他自觉那些世俗的礼节更显得呆痴无趣。长风与柳叶本不是拘泥之人，也就应了他。

宫元辣辣饮了几杯忠叔自酿的野果子酒，那酒是果汁的甜味，却后劲极大，便有些头沉。白日又凑趣，茶园里学着工人劳作，他哪里做过这种活，使力不当，腿脚酸麻如蚂蚁在爬。于是早早回房歇了。睡到半夜，他口渴醒来，起床喝了杯凉茶，看窗外银亮，一轮圆月照着院子里花木清秀，原来中秋节将至。算来离家已有两月，家中并无信来。他临行时父亲嘱咐过，只可等信，不可往家里去信。不知刘明浦的事可有结果。他心里不安静，身上又觉得热燥，索性不再睡了，想着院子里的几棵茶树开得正好，月光下不知又会是怎样的韵味，就去院子里吹风看茶花。

临山近水，夜色清凉。他打开门便见到院中的茶树旁俏生生一抹白影。

白影听到动静，徐徐转身。乌发明眸，正是长风。

"你也没有睡啊。"他莫名的欢喜，走过去道。

"睡下却又醒了，日里茶多了。"长风微笑道。

"破睡当封不夜侯，可见饮的是真茶了。"宫元笑道。

长风听他又引经据典，便道："半壁山房待明月。今晚的月亮就似我家乡的模样。"

宫元心里一喜，道："一盏清茗酬知音，这诗好。你是哪里人？且让我猜猜——你法相温而有骨，清中含凛，像极了寒天冻地里长出来的雪莲花，你是北方人对不对？"

长风倒被他逗开颜，笑道："我是山东人。我家也靠着山，也临着水，是个仙境一样的地方呢。"

"难怪出来的姑娘仙女一样子。"宫元笑道，"你这是想家了。"

长风道："我家也有个院子，院子里种着桃树、榆树、香椿树。你吃过香椿吗？我常常梦到母亲炒的香椿鸡蛋。桃花糕可真甜。母亲蒸榆钱窝头的时候，父亲手把手教我写字。我背出一章书，父亲高兴，就给我一颗糖，糖里夹着整粒的花生，香且甜。我便从早到晚地背书。母亲笑我说，上京赶考的也没你辛苦。她却不知我是为了父亲的花生糖。"

她絮絮叨叨的，像个小女孩，不见了平日里的凝重。宫元倒觉得亲切，笑着问道："后来呢？"

"后来，双亲先后去世，我随了姑妈来这里，便再也没吃到那样好的花生糖了。"她好似回到了那一年，父亲病的重了，听她背木兰辞，给了她最后一颗花生糖说，记住糖的味道，以后无论日子多苦，都不要哭，世间之事，唯有你尽力了，方有糖吃。

她舒口气，眼前的男人气宇轩昂，看她的眼神竟有几分像父亲，她一惊。再看时，却是深情款款的一双眼。不知为何，她只觉眼前的男人可信可亲，往日刻意的疏离也就消逝了，轻声道："今天是我父亲的祭日。"

宫元听立然讲过她的身世，小小年纪背井离乡，寄人篱下也不容易，否则不会宁可出来做工。她姑妈去年又去世了，她在异乡已无亲人。但听她轻描淡写说出来，仍不由得为她心疼。

"老先生千古，你节哀。我能为你做什么吗？"他一念温柔生起，却不知就结了心茧。

"都已经过去了。那些艰难的日子，一点春华秋实，就会留下星光一样的记忆，那星光支撑着我渡过了每个漫长的黑夜。如今想来，倒是感谢那些记忆的。"她神色恢复如常沉静，月光下眼睛清亮，虽有细微的浅淡的伤感，却又分明是沉淀的安然。宫元倒有些痴了，夜色中的白茶花如冰似玉，然而这银的圆月，玉的茶花，竟都不及她的一身素白衣衫。

"你若要，我就把这漫天的星星都摘了给你！"男子但凡动了心，便觉得心上的人辛苦，她受的丁点委屈也无限大，只恨不得把整个世界捧了补偿她，要亲眼看着她衣食丰足快乐无忧方能安心。他说了这句话，并不觉丝毫肉麻。

"明天就中秋节了。我们去爬山可好？我和柳叶想着得陪你去武夷山走走了，不能老让你跟着我们做苦工。歇了吧，明天还早起呢。"长风转身往厢房走，走了几步，又回身笑道："今夜星星虽是少，你一颗颗的摘，便是摘到太阳出来，也不能全部摘取，倒不如先欠着我。你虽欠了我无数的星星，但我也欠了你一碗茶。你不必慌忙，慢慢还就是。"

她自顾进房去了，那笑容却留在空中，映得四周越发朦胧。宫元如做梦一般，心里想啸歌，却偏哑住出不了声，手舞足蹈的快乐。

谁知第二日，柳叶犯了胃疾，疼得下不了床，宫元又必要按计划出行。长风拿金莲花、金盏菊、玫瑰茄热热地泡了一壶三花茶，叮嘱柳叶喝下去，这三花茶是长风配制，最是养胃和脾。

候着柳叶喝下一盏茶，长风方才放心上车。宫元车上等得急了，他只带了西装长衫来，都不便登山涉水，就借了忠叔新制的一身短打衫裤来穿，头上又戴了顶宽宽的草帽，倒像个樵夫。长风看了眉毛一挑，还没说话，宫元先道："你说什么无益，我是觉得今天的装扮有趣得紧。"

"你这可是心里虚了，我没评你，你先自己鼓气，可见不自信。"

"随你说，我可开心得很。我们去哪儿？请师太指路。"他原本想逗长风，可一句师太，车子里好似凭空多出了一个人，空气忽然紧促了。他暗暗后悔，转脸去看长风。

长风若无其事，只含笑道："往前开便是，我万不会带你走那无间道。"

宫元更觉这姑娘的心是冰雕成的，玲珑剔透得能照见人影儿。经过昨晚，二人仿佛有了默契，说话的气味全变了。他们从对方的身上看到了自己。这是一种奇妙的感受，就像在深冬的浓雾里，模糊了世景万物，唯有眼前的人儿触目惊心的存在。两个月来他就像是咕噜噜的一锅粥，大火里翻滚，文火中煎熬，万万没想到还有这番的境遇——突然的一道光，照的她如此清晰。他心里敞亮起来，因为确切的肯定。他只觉得从未有过的满足，笑道："纵是无间道，我也陪你走一遭。"

长风不知想到什么，脸慢慢红了，不做声，扭头去看车窗外。院门口的桂花，金灿灿开了一树，一咕噜一咕噜的，好似有人拿针线把天上的星星串成了团。

宫元一旁朗声道："月窟蟠根，云岩分种，绝知不是尘凡……常被此花相恼，思共老。"

"你再胡闹，我可不陪你上山了，你自去吧！"长风羞中带恼了。

宫元立时道："别！我好容易找到方向，可不想迷了路。"

长风听他字字双关，句句隐喻，不由得又好气又好笑，嘴角忍不住翘起来。

宫元开动汽车，不时看她儿眼。她的侧脸线条极柔和，睫毛根根分明，她身上有种似草非草、似木非木的味儿，混着丝丝茶香，直如入骨入髓一般。纵然这条路没有尽头，他也是愿意的。

他们走后约莫两个时辰，下了大雨。这雨来得突然，下午雨小了些，仍在滴答。忠叔眼看雨是一时半会停不了，急得团团转，道："也不知去了哪里，这武夷山大啊，要去哪里找他们。"

"昨天我们商量好的，先去虎啸岩，一线天。我胃疼得厉害，去不得，却不知他们改没改主意。"柳叶脸儿黄黄，她担心长风，床上躺不住，也起来了。

"去了虎啸岩？只怕是困在山上了！"忠叔道："他两人若出了事，我这张老脸也别在泉苑茶庄混了！就不应让你们出门，这时节的雨水虽不太勤，却下了就成阵势，若赶上山洪泥石流，可怎么得了！"

"好在走时长风带了把阳伞遮阳，多少顶点用。"

"你这姑娘一向伶俐，怎么这会儿就犯傻了？莫说阳伞挡不住这大雨，便是山高路滑，一个不小心，摔了碰了，只怕也下不得山了。不行，我去茶厂召集工人上山找他们。你守着家里。"

"忠叔说的是。只是我心里急躁，若家里等着，急也急死了。"柳叶定要同去。

他二人便穿了蓑衣雨鞋出门。当地人雨季上山，一向只穿蓑衣雨鞋，山风猛烈，雨伞当不得用。

出了院子没走几步，远远看到一辆车驶过来，溅起一地的水花。

"他们回来了！"柳叶欢声叫。

忠叔一连声地念叨："阿弥陀佛，阿弥陀佛！"回头兴冲冲亲自去开大门。

车子沾泥带水停在院子里。两人下车，衣服都湿透了。

长风脱湿衣时对柳叶道："赶紧的着人烧热水，让乔少爷泡个热水澡。"

"你自己淋得像个落汤鸡，却还有闲心管别人！"柳叶拿起干毛巾，搓擦长风的头发。

"我没怎么淋着，只回来路上湿了衣服。下雨时我们正在一处凸岩，来不及找避雨的地方，就在一方大石头下躲着。风劲雨斜，他为了帮我挡雨，石头下站了两个时辰，淋得嘴唇儿都青了。眼见得风雨小了些，下山路上一把阳伞，遮得住我遮不住他，他只护着我，又淋了一路。"

柳叶笑起来："他呀他的，叫的好亲热！不过乔少爷这般待你，也算有心。你可要打定了主意！"

"这时候还说疯话！快去吧。等寒气入了身体，疏散就难了，非病一场不可。岂不是我的罪过。"

"放心吧，热水早就烧好了备着呢。这会子只怕已经泡上了。"柳叶掩嘴笑，"你也泡泡吧，我去给你准备。"她放下毛巾就出去了。

长风坐在窗前，对着镜子梳头发，有一下没一下，心不在焉。头发淋了雨水，一缕缕集结成束，梳开了，又粘一起，难分难舍，也不知拂在宫元面上的是哪几根。那时宫元站在石岩下，把暴雨结结实实挡在外面，许是怕唐突了她，并不靠得多近，于是雨水满头满脸地淌。风吹进吹出，她额前的发直直跑到他脸上，两人痴痴傻傻的，都有些意乱情迷。雨下得大了，他也靠得近了，呼吸可闻。他比她高了一头，他的唇正好碰上她的发。镜子里的女人面若桃花，全非往日清淡的模样。

黄昏时候，天晴了。雨洗过的天干净得像一块象牙白中泛粉蓝的新布，布上刷着七色彩条。长风换了件桃色的裙子，柳叶道："啊，真是好看！难得见你穿红着绿，艳得这样美，眼神儿都喜兴了。"

长风微微笑："今天不是中秋节嘛，就翻出这件来穿了应景。"

"可不是，忠叔亲自在厨房里指挥做菜呢，他说少爷不在，他得把这中秋宴弄好。少了少爷，这中秋节也无趣。"柳叶出神："不知少爷的事情办得怎样了，但愿顺顺利利，早点儿回来。"

"必会顺利的。"提起立然，长风觉得些微的不自在。柳叶也看出来了，就不再言语此事。顿了顿又道："乔少爷先说头疼，要睡一下，也该起来了吧。"

"我正想着叫他看彩虹呢。他说头疼吗？"

"可不是，忠叔让他喝了杯酒驱驱雨气，他只说头疼，歇一会。"

长风本来是不肯去宫元房里的，但听得说宫元头疼，便顾不得许多，就打开门，走到宫元房前。宫元住的是紧邻书房的一间正房，与下人的房也有百来米的距离。她先敲了敲门，里面没有一丝声响。她心里着急，推门走了进去。

房间里窗帘也没拉，宫元躺在床上睡着，被子滚在一边。长风觉得不对头，她做出动静进来，按说宫元早该醒了。走近了瞧，宫元的脸通红，竟像是病了。她把手去试宫元的脑门，嗳了一声，手到之处，火辣辣的烫。

她一叫，宫元睁开了眼，呆呆看着她道："我又做梦了。"

"你发烧了，我去找医生。"转身要走。

宫元一把拉住她，她一个趔趄，竟趴在了宫元身上，立时羞得手足无措。待要站起来，宫元已揽住了她的腰。

"这梦跟真的似的，如果不是梦多好啊。"宫元抬手抚摸她的脸，她窘得僵了，紧跟着眼前一暗，他的唇凑过来，轻轻柔柔吻她的脸、眉毛、眼睛，恍惚中她腰上一紧，却是宫元使力搂着她，吻住了她的唇。

他的唇极热，烫的她浑身发软。她怕人进来，挣扎着想起来，急出了一身汗。忽然宫元放开了手。她迅速站起，一手撩头发，嗔怪道："怎么越发得没分寸了！"

但宫元并无反应。她看看，宫元闭着眼睛，又睡过去了，也许是晕了。她心里担忧又与之前不同，拉过被子盖在宫元身上，出去找忠叔。

忠叔请了星村镇有名的老大夫，据说是个犯了事的御医，隐居在武夷山。

老大夫仔细把过脉道："这是内里郁结，风邪外侵，六气不和，雨水一激，扩发了出来。小小年纪，怎么好重的郁气。"

"要不要紧？"忠叔着急问。

"遇上我，自然不要紧。"老大夫道，"先疏散了风邪，再疏肝解气，一副药下肚，保他生龙活虎！”随即开了药方。

忠叔吩咐人按着药方去抓药，又封了一包白银道："辛苦老先生了。"

谁知老大夫挥手道："钱我不收了，把你们泉苑茶庄最好的肉桂送我一些。"

"没想到老先生也是茶道中人，柳叶，厅堂橱柜里绿皮盒子拿过来给老先生。"忠叔笑道，"老先生，这盒子里的茶叶可是备了我家老爷来了喝的，今儿都给了您吧。您医好我家少爷的朋友，回头我家少爷只怕还要去拜谢您呢。"

"不敢当，不敢当！你们的好茶留点给我，老夫就感激不尽了。"哈哈笑着接过柳叶手里的盒子，又看着宫元道，"晚上留个人照料着他，莫断了茶水。"

"是。先生慢走。"忠叔送了大夫出门。

一番折腾，天就黑了，换了月亮挂在空中。长风亲自熬了药喂宫元喝下。大家方才放下心，这才记起都还没吃晚饭。宫元一病，宴席自然是不摆了。大家随便吃了几口，也没有心思赏那中秋圆月。

长风一碗稀饭就着月饼，勉强吃下。对忠叔道："忠叔，你劳神了一天，歇着吧，这里有我和柳叶呢。"

忠叔自知熬不住，看宫元喝了药很安稳，也就去休息了。

长风又对柳叶道："你若还好，就伴着我。若也倦了，自去躺着。"她心里指望柳叶能留下陪她，可又觉得她是盼着柳叶离开的。这样一想倒难为情了，无意识就倒了杯茶，却又不喝，只端着茶出神。

柳叶打了个哈欠，道："那我去睡一会。你累了就叫我。晚饭吃粗了，胃里又好难过。"她轻轻带上房门，站在门外凝视，一抹笑禁不住浮出来——不枉她今日胃疼一场。

许是因为下过雨，今年的中秋月比任何一年的都亮白，珍珠的华润。长风把灯光调得暗些，让那月亮也从窗户穿进来，屋子里月华清明，暖灯幽幽，月浅灯微正相宜。宫元喝下药出了许多汗，长风搬了个凳子坐在他床前，帮他擦汗。后半夜时，宫元气息均匀，脸上的潮红退了。长风吊着的心终于落地。她疲惫至极，趴在床边睡着了。

迷糊中忽觉有人摸她的头发，一激灵醒了，正对上宫元一双炯炯的眼睛。

"你可醒了。饿不饿？还是先喝杯水？"她小声问。

宫元只是目不转睛盯住她看，看得她低下头。

良久，她听得宫元轻笑道："我之前做了个梦。刚在想，现在是不是梦呢。我捏了自己胳膊，好疼。"

"你今天竟说傻话，痴了不成？"长风抬起头，笑话宫元。

宫元笑，倒有点痞痞的样子，问道："你不想知道我做了什么梦吗？"

长风瞬间想起在他怀里瘫软的情景，哪里还坐得住，只觉得自己也发起烧来，口干舌燥的。她站起身走到桌子前，倒了一杯茶来喝，手却颤颤发抖。又听得身后索索响，知道是宫元下了床。心里想着要不要走，可是两条腿僵着迈不动。再一迟疑，宫元已经从背后抱住了她。

"长风，嫁给我。"他的下巴温柔地摩挲着她的头，接着扳过她身子亲吻，吻得急切又坚定。

长风神思迷乱不已，她身世飘零，茕茕无依于人世，她太爱这种亲密的感觉，不由自主往宫元怀里靠了靠。

宫元一把抱起长风，几步放在了床上。他性情原就不羁，素来鄙视世俗礼教，兼之认定长风就是终身的伴侣，情之所钟，加之月色迷离，暗室生香，只觉得情欲勃发。他原不是多情之人，却不知大凡不易动情的人，一旦动了情，再按纳不住的。

长风慌了，要待挣扎，宫元的吻又细细密密袭上来。她身子抖得像风中的叶子，这个男人可真霸道，他的手所到之处，她便一无所有。她隐隐听到流水的声音，也许她听到的是他血液的流动。这么静的夜。四面八方都是他的气息。她是空谷，而他是谷中盘旋的风。有一刻她疼得抽气，他贴过来，吞咽了她的叫声。

　　真疼啊，原来花开会这般疼痛。然而她的心从未如此饱满，这世间，她再不是孑然一身。这个男子，与她亲近成了一人。

第五章　双红豆

我们与世间万物的相与，原就是个莫测。情深缘浅亦或有缘无情，并非有心既能改变，天上的云尚且有卷有舒，泥捏的人儿又岂能逃得了方寸。

"镜花缘里说花事不可乱了，但这武夷山，却是花期常艳，四季不衰。文人骚客总拿女人比花儿朵儿，大多是只取那时鲜的诱惑。真真是辱了这天地灵气。"

长风坐在竹筏上，一面说，一面弯腰垂手探那溪水清流。

"小心湿了鞋子！"宫元坐她身侧，握住她另一只手，那手柔滑无骨，清清凉凉。

这日二人自九曲溪租了筏子漂流。九曲溪贯穿于武夷山三十六峰，九十九岩之中，峰岩交错，溪流纵横，山挟水转，水绕山行，碧水丹山尽收眼底。正经过卧龙潭，因看到岩壁的山花灿烂，宫元便想起朱熹四曲棹歌中的一句'岩花垂落碧监毵'，由不得念了出来。惹出长风这番话，宫元倒笑起来："若定要比你做花，茶花堪可一拼。你有'唯有山茶殊耐久，独能深月占春风'的傲梅风骨，又有'花繁艳红，深夺晓霞'的凌牡丹之明艳。清新妩媚总相宜。倒似你今天的妆扮。"

长风穿了细麻的白衫，烟霞色的罗裙，这几日她不自觉总捡有颜色的衣裙来穿，自是因为心里喜欢。

那艄公是个长者，眉须已见灰白，一竿竹篙耍得顺滑，竹筏在溪中如游龙戏水。看这对璧人情义深浓，勾起了年少时轻狂的记忆，竟放声高歌起来：

好田哟，没水嘛，秧难栽，哟哟喂。

好花哟，没雨嘛，蕊不开，哟哟喂。

阿妹哟，若是哪，没阿哥，哟哟喂。

枯竹嘛，难望哪，生笋来，哟哟喂。

树叶哟，连根嘛，根连藤，哟哟喂。

阿哥和，阿妹的，心连心，哟哟喂。

树木哟，靠山嘛，山靠树，哟哟喂。

阿妹和，阿哥哟，心连心，哟哟喂……

淳朴的歌词，缠绵的调子，艄公的嗓门被年岁熏得嘶哑，透着烟火的沧桑，一曲小情歌竟唱出了天荒地老的味道。

水波一圈圈生纹，宫元揽住长风，只觉得神魂颠倒。他二人在这世外桃源，洞天福地，朝起出游，日落方归，神仙眷侣一般。温柔乡里泡着，哪里还顾得上世事人非。

然而山中无日月，世上有纷争。清宣统三年八月十九日，革命军武昌首义，于次日凌晨占领总督衙门。湖广总督瑞澄逃走，首战告捷。星火燎原，此后关内18省都发生武装起义，13省宣布独立。天被捅了个窟窿。清廷在慌乱之中发布了十九条立宪条文，包括赦免革命党人，民众自由选择剃去辫子，并下诏罪己，但已是回天无力。

在山西乔家的大院里，乔景轩封好信，递与映朝道："快信给宫元，要他速回。"

"是。"映朝接过信道，"也该回了。乱成这样子，他们自身难保，做事万不会再无顾忌。再则刘家已撤了诉讼，报了意外，衙门里也销了案。"

"这案子销得人憋气！我瞧着满人是气数已尽，袁世凯的君主立宪也行不通。记住我的话，但凡朝廷再有公文或官员上门，一律说我卧病不能理事，只等宫元回来见面。多事之秋，先且自保吧。"

"既然如此，倒不如就发封电报，宫元回来更快些。"

"我倒想让他快回，是怕他脑门儿一热加入了革命党。我们乔家不比平常人家，任性张狂的行为做不得，他更不可以。电报里不方便详细说，我信里把这几个月的善后劳心写于他，只盼他能豁然悟了，体谅大家的艰难，担起这份家业。几月来未联系他，也是冷冷他，让他静心思量。"

"叔叔说的是，宫元定能体会叔叔的苦心。"映朝垂头。

"宗族里，大家道我私心，定要自己儿子接手大业，不肯给别人机会。却不知你祖父临去时，选定的宫元。"乔景轩道，"偏生宫元志不在此，又生就的耿直激烈，每每怨我拘束于他。我唯此一子，若非你祖父遗言，我又何须违他心思，弄得父子两意。说起来，你又何尝不如他呢？"他这段话原是说与映朝听，也算对映朝多年来尽心辅佐的交代，可说到后来，自己却有几分心酸。

"映朝明白。宫元天资非凡，将来兴盛乔家非他莫属。祖父的眼光自然不会错。"

"望他经此一难，磨灭了反骨戾气。"乔景轩道，"我已与泉州张家订了宫元与张家小姐的婚事，等他回来，就着时机把亲事办了。成了家，他也能收收心。我累了，乔家该交于你们了。"

"是。"

天下大势未明，战乱纷纷，乔家的前程却乾坤已定。时代的浪潮会改变航船的方向，亦会决定游鱼的命运。大人物创造历史，小人物随波逐流，左不过是主角龙套的区别。乱哄哄你方唱罢我登场，人生的舞台，锣鼓丝弦，生旦净丑，戏码向来是一出出的，也没见谁能霸着戏台子一辈子。映朝面无表情，拿着信走在乔家大院里，院子一进又一进，走不完似的。这家业可真大。

这天傍晚，宫元接到两封信。

一封来自山西，他认出父亲的笔迹，急忙拆开来。信中道刘明浦之案已结，乔家与刘家约法三章，刘家撤了诉讼。只是官府方面费了些周旋，竟比苦主还要难缠。父亲通篇语气平缓，但他深知其中的弯折难以想象，又是一番羞愧。他父亲要他见信后即日启程回家，不可拖延。他便觉得不解，何至于如此迫切？

另一封信是立然的，洋洋洒洒写了七八页纸，道尽了现时的局势，还说见了一些革命党人，并肯定国民意志必将获胜，又说新时代来临了，他们二人可放手大干。宫元方知，他在山中短短数日，外面的世界已是闹翻了天。他不禁怀疑立然久时未归，是为了风波浪里观弄潮，说不定还水里洗了个澡。倒对立然生出了几分嫉妒。他旋即想到，父亲急忙要他回家，自是因为时局乱，担心他又出事端。

他只一沉吟，便做出了决断。

长风进房叫他吃晚饭，见他脸色凝重，问道："可是有事？"

宫元点点头："我的官司了了，父亲要我即刻回家。"说完又把立然的信递与长风，接着笑道："他倒是先我拔了头筹。"

长风看完了信，道："独不遇当乱世。你与他都不是平常男子，或许就为着乱世而生。"

宫元道："原本我无所惧，即便整个的文明塌陷了，不破不立。可是现在怕起来。遇到你，我祈愿这个世界山河永在，日月长明。"这时已近黄昏，晚风吹着轻雾，院外走廊早早亮起一盏灯，灯光亦是昏昏黄黄，分外幽柔。点点灯光跳进来，房间里便有金沙埋洞的感觉。那光正打在长风脸上，四下里的暗沉，掩不住脸上金沙流光。

长风倒笑起来："我没你想的那么娇弱。你要做什么自去做，不必顾虑我。无论你做什么，我都伴着你，我也都会欢喜。"

宫元也笑道："是我小瞧了你。若论才智胆气，你虽是女子，却半点不逊须眉。但我不护好你，终觉得不安。我明日一早动身，先回泉州，接着回家。禀明了父母，马上赶回来接你。若就这么不明不白带你回去，我是不愿的，没的委屈你，也委屈了我的心。"

"嗯，我等你。"

"乔家家规中有一条，不许纳妾，此生只你我相依相伴。你放心。"宫元笑着把嘴埋在长风头发里，"你头发的味儿像荷花。"

"我有什么不放心。你想什么，我又岂会不知？"长风道，"只是，你不等立然回来了吗？"

宫元道："等不得了。父亲催促，我也是心急。再说，少则一月，多则两月，我就回来了。"

"嗯，那便由你。"两人偎着，长风轻轻道："我们的事，要先告诉立然吗？"

宫元正想到此，道："我留封信给他吧，你不必管这些。"

一时沉默，长风又幽幽道："我还欠你一碗茶呢，你喝了再走？"

宫元道："我却也欠你星星呢。我们有一辈子的时间喝茶摘星星，何必急着一时。"

分别在即，两人只恨不得掏了心出来给对方。因为对未来满怀着期望，离愁倒像是春天里晶莹剔透的露珠，映出来的都是花好月圆。

宫元走后不久，长风也回到泉州。转眼一个多月过去了。期间立然忙着收购一家茶厂，在家的时候少，与长风见面的机会并不多。且态度没有异常，竟好似不知宫元与长风的事。长风很疑惑，宫元明明留了书信给立然。但长风记得宫元不要她去管两个男人的事，她索性不闻不问，只安静等待。

这日，长风极早就醒了。醒来便觉得不适，头晕身重的。想起近来多有疲怠，怕是病了。她口干难耐，却不愿费力气下床，要待喊柳叶倒杯水给她，见柳叶缩在被子里，只露出头来，鼻息深沉，正睡得好。早晚秋凉，她披上夹衣，自己下床去喝水。临窗放着一张槐木的桌子，一把小小的紫砂茶壶放在茶壶箩内，温热正可喝。她不喝凉茶，纵是夏天，睡前也泡一壶茶放茶壶箩内，塞上棉花保温。

窗外的天色似明还暗，她影影绰绰看到院子里几棵凤凰树，树上黄叶团团，落了一地。有叶子在空中飞旋，上下起伏，秋风正刮得肆意。凉风顺着衣领飕飕往身子里钻，哪里站得住，由不得回床上躺下。心里念叨宫元，想着还不如那时就跟他去了，免了这相思成疾。眼皮酸涩，又睡着了。

再醒来却是因着窗外的吵杂。张家规矩严谨，宅院里向来安静，下人们虽是住在后院的偏房，行走做事也是按着分寸。这样吵杂，竟是有大事的样子。

柳叶床上无人，青花薄棉被叠得整齐，却不知去了哪里。她想起今天还有客人试茶，赶紧地穿好衣服，正自梳洗，柳叶走进房来，神情古怪。

"你醒了也不叫我。外面在做什么？"

"哦，老爷说，这三日茶庄不开张。我见你身上不爽，正好多休息，就没叫你。"

"为什么不开张？这倒奇了。外面好吵，在做什么？"

"长风……"柳叶欲言又止。

"怎么吞吞吐吐的？"长风站在窗口往外看，这个院里有间储物房，众多下人正从屋子里搬运灯笼红布，"非年非节的，怎么把这些弄出来了，是要办喜事吗？"

柳叶低了头，不忍看长风，道："刚听管家说，小姐要成亲了，府里收拾得喜庆准备待客。"

"果然是喜事，我们也去帮忙吧。"她说完便往门外走。

柳叶一把拉住她，道："你不要去！"

"你到底怎么啦？"长风心里有个念头钻出来，无端地冒出一身汗。

"小姐的亲事定的是山西乔家，就是宫元少爷！"柳叶抬头狠狠道。

"哦。"

"你没事吧？你别吓我！你和乔家少爷——你们的事，我都知道！"

"我能有什么事？"长风忽然微笑，她看起来确实没事，除了面色比往常苍白了些。她的声音飘忽，像蒙了一层灰，张嘴尘扑扑："我能有什么事？"拂开柳叶拉着她胳膊的手，走出房间。这么大的喜事，她得亲自去挂个灯笼。

头还是晕的，外面日头又盛，她眯着眼睛站在门口，见四个下人正抬了一架锦缎屏风往前院走，屏风上绣着龙凤呈祥，圆满的堂皇的大美。秋日的阳光是那么纯粹的明朗，照着屏风上那金的龙，红的凤活了一般，凤缠着龙头，龙卷着凤尾，翻云覆雨，意气飞扬。她胸口闷疼，一口气提不上来，眼前一黑，重重栽在地上。

再醒来她又躺回了床上，床边站着立然。

"你们，你们倒是做得滴水不露。"立然的声音就像冬日屋檐下悬挂着的冰凌，又冷又硬，却又无比脆弱，随意一敲就裂碎，"你有了身子，我得恭喜你。"

长风从床上坐起，身子瑟瑟发抖。

"刚刚医生来过了。"柳叶拿起床头的夹袄披在长风身上。

立然道："你出去。"他仍盯着长风，看也不看柳叶一眼。柳叶暗暗咬牙，垂首走了出去。

"你知道，你知道吗？"立然顿了顿，终是没有说出那句话，"我以为你是知道的。"

长风便想，他永远这样子，就像春天里的风，温暖或是清凛，总归的暖昧不明。她木然道："我什么都不知道。"

立然气极反笑："你好样的！"

长风嘴角紧抿，面无表情，但眼中升起水雾。立然心就软了，叹了口气道："你们又何须瞒我？你若对我明说你的心意，安知我不会成全你？如今弄到这个田地，却怎么收拾。"

一番话情真意切，说出来两个人都震惊了。立然想，我原来这般爱她。长风想，他对我却是真的好。越发觉得苦楚，低低道："对不住。我并不曾刻意瞒你，我与他在一起时，你正在广州。说好要告知你的，他留了书信给你。"

"我未曾见到书信。"立然道："我想不通的是，他既然与你在一起，却又要娶我妹妹，置你于何地？置我妹妹于何地？这个混蛋！"

立然跺跺脚，扭头走出房间。

他出门时，房门没有带上，风便呼呼吹进来，吹得长风透心凉。柳叶端了一碗粥来，道："你早起一粒米也未进呢，先喝碗热粥吧。"

长风并不接那碗，低头道："我可真傻。"泪终于溢出，糊了双眼。

张庆瑞正在厅堂里招呼几个亲戚，便是立然的大哥立新也起床迎客。结了乔家这门亲，张家沾亲带故的都觉得荣耀，一天来，上门贺喜的人流不绝。

立然直奔进来，与客人招呼不打，便道："父亲，把宫元的信还我。"

张庆瑞一愣，随即斥道："叔叔伯伯们在此，你安也不请，大呼小叫，成何体统！"

"把宫元的信还我！"立然不理，坚持说道。

张庆瑞深知这个儿子貌似温和，执拗起来是无人可解，便道："你跟我来。"随即对众宾客拱手，说了声："慢待了，各位先喝几杯茶，老朽去去就来。立新，好好招呼各位。换上极品大红袍！"说毕他便转身向书房走，立然一声不响地跟在后面。

父子二人进了书房。张庆瑞从书架上取出一封信，狠狠掷于书桌上："你要的信！"

信已经拆过封，显见的有人看了。宫元于信中将事情讲得清楚明白，有情有义也有愧，结尾一句道，你我兄弟历来情趣相投，心意相通，我此时的心情你亦是能体会。见面时我任你打罚，只求兄弟依旧。

立然苦笑，果然是情趣相投，就连女人也看上了同一个。但他却也不得不佩服宫元的磊落。

"你读过了信，即知宫元对长风的情义，为何还要定这门亲？"他质问父亲。

"哪个男人不贪腥，这算得什么？你妹妹这门亲，谁也阻不得！迎亲的日子都已经定了。"

"长风怀孕了。"立然道，"也无关紧要吗？"

张庆瑞一惊，问道："此话当真？"

"我撒这谎作甚，"立然看着父亲，喃喃道："我倒宁愿是在撒谎。"

"这倒难办了，"张庆瑞沉吟片刻道："若赶了出去，只怕她就去山西，倒不如给她配门亲，先嫁了。茶厂里有几个醅师尚未婚配，从中挑一下吧。让她武夷山呆着去，再不要回泉州！"

"这太无耻了！"立然大声喊。

"怎么？难不成你还对那个女人有念想？之前我见她容貌秀美，且聪慧勤快，是想让你收进房。现在不能。这等伤风败俗的女人不配进张家的门。她有了身子，难不成你要做那便宜老子？！"张庆瑞也怒了。

"有何不可？"立然脸涨得通红，摔门而出，留下他父亲在书房里大骂："你这蠢货，宫元都不要她了，你干急什么！"

院子里花木披彩，门廊挂红。立然低着头疾走，走到一间房前停下，犹豫片刻，还是推门进去了。

"二哥，瞧妈给我的项链，真好看。"丽君正对着镜子照她的项链，立然的母亲也在。丽君镜子里见到立然，转身笑盈盈让他看。她穿了件大红的塔夫绸洋装，脖子上挂一条祖母绿的宝石项链，难得那宝石竟有鸽子蛋般大小。

"这项链是我出嫁时我母亲给我的。现下你妹妹要嫁人了，我自然要给了她。你可不许计较。本不是你们张家的东西，原是我的嫁妆。"立然母亲出身闽南世家，又嫁与泉苑茶庄做当家奶奶，形容气度更是不凡。张家自立然祖父那一代，家业已成，族中子弟婚配向来考究门第，但也正因如此，张家奢侈成风，众多子弟不事生产，却按月领取高额生活费。泉苑茶庄虽是名号响亮，排场阔绰，其实并没有积累住大财富，进得多，出得也多。立然深知其中的危机，才想着改变现状。

立然强笑道："妈您可真会玩笑。任你给妹妹什么，我与大哥也不争一字。"

立然母亲笑，又道："眼见着你妹妹有了好归宿，也就留心你了，我着人细细打听，哪家的小姐才貌双全，性情脾气儿又温顺。你天生的面瓜样，若找个彪悍的，可不得受气。"

"妈这话说的，二哥可不是面瓜样的男人。"明知母亲打趣，丽君亦不依，她与立然的兄妹情最是深厚。

"我担心你要受苦。"立然看着妹妹道，"那山西苦寒之地，冬季长而寒冷干燥，夏季短而炎热苦闷，春秋风狂沙尘暴。你青山绿水里长大的，哪里过得那样的日子。"

"和宫元哥在一起怎么会受苦，即便真是受苦，我也甘心。"丽君脸儿绯红。

立然母亲道："你妹妹这颗心啊，早就不是自个儿的了。我原先也顾虑，山高路远的，这一嫁倒像是发配！可她满心里愿意，我也就罢了，由她去吧。她一向心高气傲的，难得这么中意宫元，也是她的福分。你瞧瞧她，自从定了亲事，气色一天胜似一天鲜艳。"

丽君亦正色道："二哥不必多虑。虽说是孤身远嫁，乔家又家大业大，但妹妹也不是无用之人，心中自有主张。二哥，一句感谢早就想对你说了。"

"谢我什么？"

丽君含笑不语了，头靠母亲身上撒娇。

"你这孩子呆了。你妹妹谢谢你引了宫元家来，成就了她的姻缘。"立然母亲呵呵笑，无限怜爱看着丽君。

这样的场面，立然便是满心的事故，也说不出了，他道了句去电报局，便出来了。他真的去了电报局。要待给宫元发一封长长的檄文，最后却只问了一句：她怎么办？

电报局里出来，他憋闷难耐，找了间酒馆，喝了一下午，直到天黑了，才醉醺醺回家，先就去看长风。他决意娶她，不是娶姨太太，而是娶同生共死的妻子。

下人房里没有装电灯，柳叶坐在瓦油灯下，痴痴望着灯花。她穿着一件草绿的上衣，瓦油灯微弱的亮光，把草绿变成了暗淡的土黄。但她心里的草却发了芽泛了绿，隐隐的希望。长风泡的花茶还在桌子上，碗里的玫瑰花泡的久了，软塌腌脏，像是那些灰了心的人，被抽去了筋骨精气神。茶碗旁放着一封信，上面写着立然收。长风教她读书认字，教她泡茶制茶。这一生，除了母亲，长风是待她最好的人。她坐在灯下等立然，翻来覆去想命运真奇怪。但她才不要认命。

院子里有脚步声，她听出是立然。一个人对另一个人的存在惊觉到气息可辨，未必不是悲哀。但她是柳叶，她不想这些，她只一步步往前走，去走她认定的路。她起身打开门，腰身微弓，双手平举，把信递与立然，叫了声少爷，道："长风走了，下午老爷找她说了什么，我转身的功夫，她已不见了。"

立然只是愣了一下，并无多少意外，这倒是长风行事的风格。信不曾封起，他抽出薄薄一页张，娟秀的字体只写了短短几句话：我们与世间万物的相与，原就是个莫测。情深缘浅亦或有缘无情，并非有心既能改变，天上的云尚且有卷有舒，泥捏的人儿又岂能逃得了方寸。保重。另，请老爷放心。

立然捏着信跌跌撞撞往外走，自己如若不是把时间精力都用在振兴家业上，结果会不会不同呢？他一直以为时光悠长，有些事不必慌，且放放，有些人不必急，且等等，却不知这一放一等，就错过了一生。立然行在码头，走在港口，他渴望找到那抹纤秀的身影。夜色朦朦，这晚的月亮是腌过的鸭蛋黄，盐水里泡着，时光里浸着，生成了油汪汪一轮红金，暗哑的光。就像那含蓄的情爱，不明不亮，却厚重深远。

轮船汽笛声长鸣，有船靠岸，有船启程。那么多人站在港口等待，等待启航与归来，等待开始及结束。月影深沉，圆满亦或缺失都只是世人眼中的形态。然而月依旧，人事已非。

第六章　乐中悲

他忽然觉得又在做梦，一个诡诞的梦，梦里笙歌丝竹，万物丰美，朝夕欢悦。可眨个眼，就繁华褪尽，风干荒漠，孤寂凄凉。

天下的事情往往是叫人意想不到的。宫元这次回家，以为与家里必有一番争战，他家虽不至于像张家那样注重门第，可是他要娶个做工的孤女，只怕父亲也不会就此答应。他一路上预想了种种可能的困难，又因为困难设计出无数条对策，颇有几分破釜沉舟的气势，甚至打算不惜离家出走。他就这样蓄了一肚子的干劲回了家，安心要大闹一场。大抵革命者都是先从自己家里革起的。

他住的屋子在他父母院子里隔出来的的一个小院。他们家共有六个大院子，大院子里又套着许多小院子，大小房间倒有二百多间。他母亲只他一个儿子，自然是要他就近住着。屋子里和他走之前一模一样，案几上放着的那本书，亦是他走前读着的。他随手翻开书，看到夹着书签的那页，他墨水笔的注释。门帘儿一动，他母亲匆匆进屋，先拉了他的手，上下打量一番，才道："瘦了好多呢！在外面毕竟是受苦。"眼圈就红了，叫道："王妈，去问问厨房老参鸡汤炖好了没有。"

王妈赶紧地应了一声，颠颠地去了厨房。

"妈，我好吃好喝好玩，可没受苦，这不好好的。"

"下巴都尖了，还说没瘦，你这孩子就是嘴硬。不过瘦了却也好看。"乔太太端详他，看不够似的，"走，让你父亲看看，他一大早就起来等你了。这几日正好咱们商号的几个掌柜都在，你父亲说难得该在的人都在，便就巧把大事办了。"

宫元问道："什么大事？"

"见你父亲就知道了。"乔太太喜气洋洋，拉着宫元的手，把他送进了议事的前厅，自己并不进去，往后院的厨房去了。

他的父亲，两个伯父，三个叔叔，几个管事的堂兄弟，包头总号的大掌柜，还有各地分号的掌柜，满满地坐了一屋子。

宫元一进门，几个掌柜齐齐站起，叫了声少东家。倒把宫元叫愣了。映朝招呼他坐在空着的一张黄花梨椅子上，那把椅子的位置是他父亲左首第一位。他心里有些明白了，这是要给野马上套呢。

乔景轩端正坐着，道："我这两年身体日渐衰弱，每日里全靠参汤吊着精气神，可还是不支。你们老东家在世的时候，创建了大德通，大德恒银号，遍布全国各大商埠、水路码头，就连朝廷的封疆大吏们督办军务，所需军费也只在咱们家的票号存取兑换。这样一份大业传到我手上，我时时惶恐，只怕就负了它。虽不敢有半分懈怠，终是才智有限，勉强只落个守成。却已是耗尽了精神。老东家走前是定了宫元的份，这孩子性子耿直，遭了不少磨难，想来也长些智识了。我此番就卸了肩上的担子，让他挑起来，大家宗亲伙计，还要多扶持他才好。"

大约之前早有消息透漏，厅中一干人众皆是理所当然的祥和，几个掌柜又站起恭立，表示自当尽心。

宫元的大伯乔景奎道："自然是谁能兴旺乔家谁做主。莫说父亲选的宫元，便是宫元的资质，这乔家大业也非他莫属。"

"父亲说的是。"映朝附和，道："宫元必能兴旺乔家。"

他父子身居要位，这样表态坚定，宫元的伯父叔叔们更无话说，纷纷恭贺家门大喜。

"宫元歇两日，便去包头，商号的事务先熟练着，慢慢地上手吧，倒也不慌。"乔景轩道，"还有一件喜事，也给大伙儿说说，那泉州张家的小姐慧美无双，张家老爷又看重宫元，我想着便定了这门亲事，就近办了。"

宫元但觉脑子一懵，他耳边听得贺喜声，心里炸了似的毛躁，站起身道："我不能娶张家的小姐！"

厅堂里瞬间寂静无声。

"你胡说什么？"乔景轩斥道。

"我要娶张家的茶师长风姑娘，不是张家的小姐！"

"婚姻之事非同儿戏，哪里由得你胡来！"

"什么年月了，还在包办婚姻！我与长风姑娘已有盟约，若另娶她人，便成了个无情无义的小人，父亲定要强迫，儿子唯有舍了乔家的依托。"他语气坚定，不留丝毫回旋的余地，他志向本来不在经商，偌大的家业倒是完全不放眼里。

乔景轩听着倒像威胁了，这番震怒生平未有，只想上去打宫元几巴掌，骂他个不知好歹。然而他深知宫元的脾气，向来是吃软不吃硬的，厅中众人在侧，闹得僵了，倒不好收场。他微一沉吟，道："婚姻虽说是父母之命，可也要你自己中意。张老爷信中说你与她家小姐情投意合，你既然不喜欢，也就罢了。至于你说的长风姑娘，得空了你再与我细说。今日原来大喜，可巧又聚得齐，却要好好喝几杯。"

宫元见他父亲让步，也不再闹。那边早开了几桌宴席，他既已决心接了少东家的名号，便与父亲一起招待各地掌柜及亲友，很有个少东家的样子了。立然看到了是会赞赏他的，但他也是受了立然的影响。既然不可以上战场，那就提供武器吧，立然能大笔大笔的捐钱，不就是因为他掌着泉苑茶庄，所以他倒不排斥接手乔家了。杯酒尽兴，直至众人散去，他看父亲回房间歇午，也跟了进去。

他母亲正在房里喝茶，见他们进来，道："这是父子要聊知心话吗？"

乔景轩哼了一声："聊什么，差点被他气死。"

乔太太笑道："我不信，我的儿子最是孝顺。"

宫元也笑道："儿子不孝，您二老莫要与儿子一般见识。"

屋子里没了外人，便是天伦至亲的和气了，就连嗔怪都软了几分。

宫元讲起长风，开了头就滔滔不绝，只觉得讲不完的好。他父亲半躺在一张塌椅上，眯着眼睛似睡似醒，宫元知道他父亲是在听着的。乔太太不时插句话问，从年龄、长相，甚至问到长风说话的口音："是个山东姑娘？走南闯北的女子，好复杂的经历！女孩子还是深闺里养出来的安分贤淑。"

"妈，长风饱读诗书，是个明理聪慧的女子。儿子心意已决，请二老成全。"他是觉得长风的好，世上任谁也没有理由不爱。

"说起来那姑娘也真可怜，无父无母的，难怪你怜惜。"乔太太话里含酸，心里想道，养儿子就是白辛苦，长大了被别的女人勾了魂，哪里还有母亲的位置，那个长风可不知怎样的狐媚了。

宫元道："却不是因为她可怜。她也不让人觉得可怜，倒是非常可敬的一个姑娘。"

"嗳，天上掉下来个神仙不成！可配得上可敬二字？一个种茶的女工！你这是入了魔了。"

"妈！一个人可敬与否，与她的身份地位无关。"

乔太太见宫元急了，心里更不舒坦，要待说还没进门，就成了刮在母子间的西风，以后的日子还能少的了阴雨冰冻？这个媳妇我不要。可终究是不忍说出口，她生了三个女儿后得来一个儿子，宫元眉头皱一下她也不舍得，可也正因为这样，宫元为了长风与她争辩更让她难过了。于是赌气道："儿大不由娘，随你要娶哪个！"嘴里说着，眼睛却看着宫元的父亲，要他说话。

乔景轩道："你即把她说的千百般好，想来也不差。只是场面上不好看，乔家竟娶了个女工做当家奶奶。我刚想出个主意，请张家认了长风做义女。

说出去，我们仍旧娶的是张家的小姐。倒不是势利，终究要堵堵旁观者的嘴。"

宫元颇不以为然，然而父亲答应长风进门，他已是心满意足，别的他愿听父亲安排。

乔太太只赌气不做声，看着他父子二人商量婚事，又说了一会子商号的事情，宫元便站起来，捧了案上的一盏茶笑嘻嘻道："妈，我扰了您们的午休，您要打要骂，可别憋着。儿子给您端茶了。您那媳妇可是泡的一手好茶水，您老等着享福吧。"

乔太太倒笑起来，接了茶道："气完人再来哄一句，把你娘当成三岁孩子不成？上辈子欠了你个小冤家！你且去吧，我和你父亲还有话说。"

宫元去了后，乔太太抱怨道："你怎么就应了他呢，难不成真要娶个来路不明的女人？"

乔景轩道："我若不应他，只怕明日就见不到他影子了。你生的儿子，他性子你还不清楚？"

乔太太一时无语，终是不甘心，叹了口气道："这可怎么办，与张家的婚期都定了，却又临时反悔。亲家倒变仇家了！"

乔景轩道："你着人叫映朝过来，好些事得细斟酌。"他说完又闭上眼睛养神，乔太太见他一脸疲惫，虽是满肚子的疑惑，也暂且忍下了不问，吩咐人去叫映朝。

婚期定的是十月二十八，三合天喜的吉日，算来也没有多少时日了。宫元往来于包头祁县，乔景轩把决策的事儿交于他处理，宫元又是个要强的，即接了手，自当尽心尽力地做。婚事的筹备都是乔太太和映朝在办，虽然路途远，诸多不便，可一应礼数毫不废减，聘礼早就备齐了，着妥当人长途押送至了泉州。宫元见聘礼丰厚，父母并没有轻忽长风，他因为感激，便更加用心做事。忙忙碌碌的到了十月二十七日，映朝带着几个下人，赶去天津迎亲。张家早有电报来，说新娘子二十七号至天津港，送亲的是立然。老规矩是婚礼前新郎与新娘不可见面的，所以由映朝接了送亲的张家人留在包头一晚，二十八日一早再从包头动身。包头原是乔家的发起地，有个大宅子在那里，为了恭候新少奶奶，老宅子也彻底翻修了。

二十八日一早，乔家大院里张灯结彩自不必说，那么大的院子忽然就变得拥挤了，到处是人，到处是事。新郎是清闲的，宫元恍恍惚惚的，见谁都笑。他母亲直说他是乐得傻了。

突然的炮竹声响，由远至近。原来通往乔家堡的三里路，每隔一段有下人提了炮竹候着，见到花车就点燃，一为贺喜，二为通信。那边炮竹一响，这边厢唢呐也吹起来。众人便吵嚷着新娘到了，拥了宫元站大门口接新娘。大门口两边的路上站满了看热闹的乡民，这可是乔家的少爷娶亲呢！

几辆汽车停在门口。立然下车，牵着红衣红盖头的新娘，一步步走向宫元，把新娘送到宫元手上。宫元的心突突跳，他接过那大红缎子嫁衣下的手，踏着三尺宽的红布，走过重重院落，跪倒在父母面前。从此后他们就是夫妻了，生死相依，荣辱与共，他只觉生平最快意莫过于此了。

礼毕，好容易新房里只剩他们夫妻二人。宫元笑道："我没有亲自去接你，是因为他们说路上不便，怕我们婚前见了面不吉利。长风，你可不许怪我。"便拿了喜杆要去挑红盖头。谁知新娘突地站起，自己一把扯下了盖头，一张脸苍白，直愣愣看着他，问道："宫元哥，你在说什么？"

新娘子却是丽君！

"怎么是你？"宫元呆呆问，他忽然觉得又在做梦，一个诡诞的梦，梦里笙歌丝竹，万物丰美，朝夕欢悦。可眨个眼，就繁华褪尽，风干荒漠，孤寂凄凉。他手里的喜杆一寸寸成灰，落在厚实的团花地毯上，无声无息碎了一地。

"怎么不是我？"丽君也呆呆问，新房里红彤彤，衬得她的脸别样的白。

"偷梁换柱，他们偷梁换柱……"宫元喃喃自语，他转身打开门，梦游一般走了出去。

丽君的伴嫁小翠门外守着的，见宫元出来，叫了声姑爷。那宫元也听不见，理都不理。小翠赶紧地进房，她家小姐也似魇住了，一脸的恐惧。

"小姐？"

"小翠，你悄悄地跟着姑爷，看到什么，听到什么，立马地回来告诉我——一字一句都不许漏！"

"小姐，这是怎么啦？"小翠跟了丽君多年，从没见过她如此惶惑，丽君眉梢眼梢耷拉着，跟霜打了似的。

"你快去！"丽君挥手。

小翠不敢再问，急步去追宫元。

乔家的宾客众多，按着亲朋的疏密分了三个院子开席。宫元找到立然，道："我们找个地方谈谈。"

立然喝了许多酒，眼睛都红了，他看着宫元道："好，我正是要与你好好谈谈呢。"

酒席上众人看他们神色不对，端了酒打哈哈，立然推开劝酒的人，拉着宫元进了院子里的一间客室，砰一声关上门。

那客室是供客人休息的，这会子宾客都在吃饭，倒也清静。二人一进门，宫元便急切地问道："长风呢？"

立然气极，一拳挥过去打在宫元脸上："你始乱终弃！娶了我妹妹，又来问长风？！"

"我没有始乱终弃，我一直要娶的人是长风！"宫元回击，一拳打在立然脸上。

"你还狡辩，你要娶的是张家的小姐！"立然也回了一拳，"你既然要娶小姐，招惹长风做什么！"

他恨着他与一干人众设计自己，他恨着他横刀夺爱，两人拳来脚往，打红了眼。

"他们告诉我，张家认了长风做义女，以张家小姐的身份出嫁。"宫元停手，喘着粗气道。

立然挥着的拳头慢慢放下："当真？"其实他心里已明白，宫元说的都是真的。然而因为整件事太荒谬了，简直令人无法想象。

"长风呢，她怎样了？"宫元也放下手，凄然问道。

"她走了，无人知道她去了哪里。我找了许多地方，找不到她。以她的机智，若要躲，谁都找不到。"

很多事还没解开，比如宫元留给立然的信，比如立然给宫元发的电报，可他们都不问对方，所有的答案都顺理成章，尽管可怕。造化就是这么弄人，两个雄心勃勃改造世界的人，却连自己的命运都掌控不住。

"你有什么打算？"立然问。

"我不知道。"宫元回答，他跌坐在一张竹椅上，整个人半死不活。

"不好！"立然忽道："不知丽君怎样了！她肯跟我走，我就带她走——只怕她是不肯走的。若她必要留下，请你善待她。你已害了一人，莫再害一人。记住，你们已成亲，乔家家规不许纳妾，不得休妻！你若再负她，我必取你的命！"

他不再理会宫元，拉开门。迎面碰上小翠，小翠正附门外听墙角，见他出来，扭头一溜烟跑了。他心里一沉，更担心丽君了。进得新房，但见小翠正对丽君低语，丽君面色如陈年的白灰墙，灰败的黯淡。

见到哥哥，丽君嘴唇儿抖了抖，道："二哥，你说得对，这北方的天地果然是冷的，冷得人骨头都疼了。"

立然心疼不已，柔声道："咱们回家吧。"

小翠也愤愤道："小姐，跟二少爷走吧，何必受这样的委屈。"

"二哥，我不走。我已经嫁给了宫元，我们拜了天地，拜了祖宗，拜了彼此，这里已是我的家，他已是我的丈夫。"丽君摇头，眼里含着泪，手中的大红绸帕子拧成了一股绳，又松开，再拧成绳，千皱万结，寸寸难平。

立然长叹一口气，道："那你好自为之吧。"

山西晋商乔家少掌门迎娶福建泉苑茶庄的大小姐，原本是良配佳缘，可据说成亲那天新郎和送亲的舅爷打起来了，为争一个女人。还据说新娘自杀未遂。这当然都是传闻。因为第二天新娘子还奉茶给翁姑。又据说那茶香飘十里不散，采自武夷山千年古茶树，经张家秘方配制，保存了近百年，乃是泉苑茶庄的镇店之宝，喝了祛百病，延年益寿。张家爱女心切，陪送了这比黄金还金贵的老茶做嫁妆，新娘子又会做人，亲手煮水奉茶，讨得公婆好一场心花怒放。

这些传闻再精彩，也比不上皇帝要逊位的传闻。便是那庙里不问红尘的出家人，下山化缘也被责怪了——皇上都不是真命天子，你又充什么菩萨，要供养于你？但说归说，还是施舍了一顿斋食，宁可自己少吃一餐。乱世人不如太平狗，小老百姓只能拜佛求菩萨结个善缘，妄想保个举家平安，衣食不断。谁知道接下来的日子又是怎样呢，皇帝逊位，新君不定，这般的乱世，什么都靠不住。

转眼到了十一月六日，革命党人孙文自美洲经由欧洲，抵达上海。四天之后，他被推选为中华民国总统。新政府通过采行西历，旧历十一月十三日，算是民国元年一月一日，当日孙文就任中华民国总统之职。

新的纪元开始了，一个充满希望的世界。宫元曾为这个世界的到来朝思暮想，而他等来了，却发现他已失了意志。崭新的希望更衬托出他的悲凉及无望，这令他极其痛苦。他走了很多地方，走的最多的是福建、山东。他每去一个地方，便留下一副画，令各地分号找寻画中人。后来他开始去各省的产茶区。然而他一无所获。绝望之后他变得忙忙碌碌，做事的手段狠辣无情。今时的他，生意场上要起计谋，无人是他的对手。大家都说乔致庸眼光独到，选中的后人果然决断有为。但宫元时时有种漠然的疲乏，他用忙碌代替思念。他的思念入骨入髓，就像人的影子，在灯光下拉得长长的，那影子竟比人还要存在的鲜明。

　　宫元戒了茶，开始好酒，每每拉着映朝彻夜对饮。这日二人喝到丑时，宫元酒意已浓，指着映朝道："我跟你说，人活着，没意思，没意思啊！"映朝给他倒满杯，笑道："咋没意思了，我可觉得太有意思了。"宫元端起酒杯，吱一声喝干，道："我与天斗，与地斗，与人斗，斗来斗去，我想要的却始终得不到。即便我斗赢了整个世界，我也是个残缺的人啊。我的心，已经没了，我给了一个人，她拿着跑了。她不信我，她不信我啊，否则她不会跑。她若信我，就应该拿着我的心来找我。你跟我说，一个没心的是活人还是死人？你摸摸，我的脸是不是也凉了，心凉了脸也凉了，我快死了。"他抓住映朝的手，捂在脸上，呜呜哭起来，"我脸凉，我快死了，死了也是个没心的死人，我的心找不到了。"映朝道："夜里冷，脸未免就凉一些，怎么就要死要活呢。你死了，乔家可就没主了。"宫元怒了，甩开映朝的手道："怎么，我姓了乔，便连死都死不得了不成！"映朝道："可不，我们姓乔的生死都由不得自个。"宫元道："你把我的心找回来，我就死不了了。哥，你是我亲哥，你得帮我找回我的心。"映朝眼里闪过一道光，又给宫元倒了杯酒，道："好，好，我帮你找心。"

　　宫元举起酒杯正待往嘴里灌，门忽然开了，丽君提了个食盒进来，道："怕你们酒伤，我熬了醒酒汤，你们喝一点。"她穿一件淡金镶黑白辫子花边的大褂，下着百褶石榴裙，行走间裙摆小波轻纹，屋子里瞬间起了涟漪。她很少老式打扮，这般梳妆，越显得水润珠华，别有一番风姿。映朝不敢再看，忙站起身道："这大半夜的，又麻烦弟妹了。天天陪我们熬着，辛苦你了。以后这种事儿吩咐下人做，你何必亲自动手。"

　　丽君打开食盒，盛了一碗汤，灯光下笑意盈盈，道："哪里就辛苦了，我天天闲着，也是无聊。"她端着汤碗递向宫元，宫元却品起手中酒，小小酒杯，倒似个聚宝盘，饮之不尽。丽君的汤碗便僵在半空，脸上的笑意也僵住了。映朝赶紧接过丽君手里的汤碗，道："好香。"把碗放在宫元面前。丽君感激地看了映朝一眼，又盛了一碗汤递与映朝，映朝接过，连声道："不敢，不敢，弟妹太客气了。"放下碗，对宫元道："天晚了，喝完汤，咱们散了吧，我可真乏了。"

宫元哼了一声，道："好啊，那就散了吧。"重重放下酒杯，一阵风似的走了。

丽君努力保持微笑，映朝看着她，温声道："去休息吧。"

丽君点点头，没再说话，就走出屋子。小翠迎上来道："姑爷回房了。"主仆二人就着屋檐下的灯笼亮也回了房。却看见宫元已躺在床上，外衣都没脱，身上胡乱搭了半截被子。丽君示意小翠，小翠退出去，关上了房门。丽君便走到床边，道："脱了衣服睡吧，要不明天起来骨头疼。"宫元突地坐起，直问道："你就这么想要？"丽君的脸腾地红了，赤裸裸的羞辱令她难堪至极，她忍住羞愤，道："你娶了我不是？"宫元忽然冷笑："可不，我娶你，就要睡你。"伸手拉住丽君，使力一拽，丽君惊呼一声，扑倒在床上。还未回过神，宫元已从背后压住她，撩起她的裙子，横冲直撞进入她的身体，肆意大动。丽君趴在绫罗锦缎里，宫元比她高许多，全身的重量压在她身上，她的头直不起来，口鼻闷在被褥里，几欲窒息。凌迟一般，下体的疼窜至胸口。她疼得紧紧抓住那些冰凉的绸缎，心里反复一句话，要生，先得向死。

过了很久，房间里安静下来。宫元的喘息声平复，然后是一种无边无界的空虚。他默默躺着，简直不能忍受了，之前他不能忍受所有人，现在他不能忍受自己了。耳边有瑟瑟声，一个温香的身子靠在了他怀里，毛茸茸的一个头在他下巴上蹭了蹭。

他听到丽君满足地呼了一口气，带着羞意道："我要为你生个儿子。"他闭着眼睛一动不动，觉得自己真的死了。

宫元添了一个毛病，每到月圆之夜就做梦，梦见长风从虎啸岩跳下来，梦到长风在九曲溪里挣扎。这一天，他忽地惊醒，在床上坐起来，大口大口呼气。窗前月光洒了一地，映着屋子里薄薄的白亮，他四顾茫然，只觉那月光所及之处，影影悼悼，竟不知是真是幻。这时身边一只手挽住他，丽君隐忍地望着他，半脸小心翼翼，半脸讨喜的献媚，轻声道："我有了，你开不开心？"宫元从未见过如此卑微的丽君，心里抽着疼了一下，长叹一声，反握住丽君的手。

第七章　喜迁莺

原来今时的美好，都是过去点点滴滴的积累，仿佛那时光缓缓流过叶脉，清晰明了。

世事布下的局，谁也猜不透，破不了。却说那日长风出了张家，先就一个小客栈里躲了几日，立然却是码头车站的找寻，哪里找得到，只当她已离了泉州。过得几日，长风买了船票，海上飘荡几日，在青岛港下了船。下船后吃了一惊，这个她小时曾来过的渔村，竟又改了个模样。

她哪里晓得，自从德国强迫清政府签订《胶澳租界条约》，取得胶州湾及附近陆地租借权，为把青岛建成德国的远东根据地，德国倾力修筑港口及铁路。胶济铁路与青岛大港分别建成后，德国便将租地作为自由港向各国开放，并允许商品免税进入。交通措施，自由港制度，为商业贸易提供了优越的条件。短短十数年，青岛已经由一个海边渔村发展成了生机勃勃的新兴城市。长风远离家乡多年，记忆中的青岛，还是她父亲口中那个素朴的小渔村。

都在变，无论有心的人，还是无心的物。长风站在熙熙攘攘的城市里，只觉万分悲凉。北方的秋天有一种萧瑟的清冷，不像那亚热带的四季青绿。青岛新城的街道两旁种了很多梧桐树，枝干光秃秃，地上都是金黄的落叶，树上残余的几片枯叶，在风中左摇右晃，看起来更显孤零。

天色有点阴沉，她需要雇辆马车，天黑前赶到崂山沙子口镇栲栳岛村，那里是她的老家。她还有一个叔叔。只是当年父母双亡后，叔叔养她为难，她便随了姑姑南下。姑姑嫁了福建的一个商人为妾，男人比她大了十几岁。倒是疼姑姑的。然而正室不容，日常间总借故磨折。她为免姑姑作难，小小年纪便到茶园做工。然而姑姑终是在去年郁郁而逝。她此刻才意识到，几年来明知立然的心意，却总不肯回应，是怕步了姑姑的后尘。

雇了一辆马车。车夫是个精干的小伙子，也是崂山人，车马赶得敏捷安妥，几十里的路程，已行了一半多。马车上了一条窄道，两边皆是连绵的大山，山峦隐蔽，颇是险峻。车夫道了声此地常有土匪出没，便快马加鞭，两个车辘轳滚得滴溜溜转。长风怀孕后胃口极差，兼之心灰意冷，连日来少食多虑，身体受不住山路颠簸，正想唤车夫慢些，忽然旁边岔道处几个人骑着马冒出，先头的马矫健如飞，一个收蹄不住，正撞上长风马车的左侧车轮。那马疼的嘶声长鸣，扑通跪在地上。马上的人却是机敏，眨眼功夫离缰脱镫，伸手抓住路边的树干，稳稳站住。端得是好身手！

"瞎了你的狗眼，没看到老子急着赶路吗？"落马那人腰缠长鞭，手一扬，长鞭呼啸着落在车夫的腿上，车夫算是健壮的，竟被他一鞭抽的也跪在了地上。一人一马，皆跪在地上哀鸣。

"打死他！"他的三个同伴也纷纷下马。

车马相撞时，长风差点被甩出车子，惊魂未定间又见那人扬鞭，忍不住下车道："住手！"

那几人这才注意到长风，皆是眼睛一亮。其中一个留着小胡子的大头男人走近长风，吹了声口哨道："好俊的妞。"冷不丁捏了一把长风的脸。

长风一时不防，待得反应过来，也不动声色，只一巴掌朝小胡子挥过去。小胡子万万想不到一个弱女子竟敢打他，并无防备，这巴掌便脆生生扇在他脸上。

"这妞儿有趣！"另外两个人大笑起来，"大头，巴掌吃得香啊！"

大头挨女人一巴掌，人前没了脸，恼怒之下，胳膊呼呼抡起，双手成拳，向着长风的腰而去。这一拳若是击中，长风的腰非要折了不可。

又听见嗖的一声鞭响，大头的手上鞭痕鲜红，瞬间鼓起一串儿肉包，大声痛呼："老大饶命！"

先前落马那人冷冷道："滚开。"

大头不敢做声了，倒退至路边，低头咧着牙倒吸气，那一鞭抽得不轻。侧旁一个苍白瘦削的男人取出一方手绢，递与大头。大头感谢地道了声二爷，把手绢缠在了冒血珠的手上。二爷马云龙只是拍拍大头的肩，并不言语。

长风看那男人手持长鞭一步步走过来，倒更镇定了，最难不过一死。她手扶肚子，想着这样的结果也好，只是可怜这孩子，未出生便已夭折，到底是有些凄楚。

那是一个黝黑高大的男人，浓眉大眼，丰厚的唇，额头上斜斜一道疤。他盯着长风看，长风也毫不畏惧看着他，看着竟觉得奇怪了，怎么好生的面善。

男人忽然笑起来："长风！我是大勇啊！"

车马又行在路上，只是车夫换了人，赶车的换成了大勇。

长风坐在车上，但觉这番峰回路转，不亚于绝处逢生。大勇长她五岁，是她父亲的学生，自来护她亲如妹妹。大勇额头上的疤还是为她掏鸟蛋时摔的。她十一岁离开家乡，大勇送了她十里路。她七年后归来，接她回家的是大勇。这流年的距离，也并非就淡了所有情义。一路畅谈，许是太过紧张，长风胃肠不适，几次停车呕吐，大勇疑问："你病了？"

长风脸色青白，道："没有，我怀孕了。"

大勇顿了一顿，还是问出来："怎么一个人回来，孩子父亲呢？"

长风沉默片刻，说了一句："孩子没有父亲。"

大勇的后背一僵，心里一痛，却对着长风笑了笑，道："回来就好，有我在，你什么也不用怕了！"

长鞭扬起，一路轻快。栲栳岛村已至眼前。村子三面环山，一面临海，曾有风水师路经此地，大呼仙山灵水，必出能人。此时正当傍晚，层层山峦雾气缭绕，若隐若现，海浪声时有起伏。村落中炊烟几许扶摇，狗吠清晰可闻。大勇扯着喉咙吆喝道："回家喽！"

民国元年的一月二十六日，正是旧历的腊八。长风早早熬起了腊八粥，一锅的粳米、桂圆、莲子、百合、栗子、红枣、花生打着滚沸腾。汤汁儿粘稠，各色米粮果儿糊糊成抱时，香味就出来了。

"好香！不说了等我来熬粥，你咋先动锅了。"一个姑娘掀开灶屋的门帘，搓着手进来。她圆圆的脸蛋冻得通红，两只脚轮番跺地，一双半大的脚上，穿着织染的蓝布棉鞋。身上的棉袄棉裤却是亮丽的西瓜红，衬得人越发鲜嫩。这姑娘是长风的堂妹，唤作长云。

"妹妹，你来得倒早。"长风道，"我既已醒了，躺不住，索性把粥熬了。怎么就冷成这样子，快过来烤烤火。"便拉了长云坐在身边的木凳上。

"外面像是要下雪呢。姐，大勇哥今天真会来喝粥吗？"长云搓着手问道。

那日大勇送长风回到家，叔叔见她孤身一人，实是不忍，便留了在家里。只是过得月余，婶婶的脸色就难看了，日日间指桑骂槐，道世道艰难，凭空的多出一人两张口，讨债也找个欠你的！又道梳着个大姑娘的头，却有个双身子，俺虽是小门小户，也见不得这羞人的事，更别带坏了弟弟妹妹。

长风并不争辩，趁着大勇来探望她时，收拾了村北头父母留下的两间土屋，搬了过去。倒是堂妹长云，时时过来相伴。

"他上次走时说来喝腊八粥。大约会晚些。大珠山动身到这里，也要一个多时辰呢。"长风搅动锅里的粥，盛了两碗，端给长云一碗道："热热地喝了这粥，等下我们去石佛寺上香。"

那粥正自烫，长云吸溜着喝了一口道："不等大勇哥了吗？我们去了他进不来门咋办？"

"他要迟点才到。再说了，他自然知道我们不会走远。等得急了，不定就把门锁撬了——我恰好想换把新锁。"长风想着大勇撬门的样子，禁不住微微笑。

长云也笑，忽又神秘兮兮问："姐，大勇哥真的是大珠山的土匪吗？"

长风正色道："这话不可以随意说。"

"我才不会乱说，我喜欢大勇哥，才不会害他。"

长风倒笑了："你多大点小人，懂什么喜不喜欢。"

"人家都十五岁了，才不是小人呢！"长云噘嘴撒娇，长风道："好好好，你不是小人，你是大人。"

说笑着，姐妹两个喝了粥，长风套上件狐皮的坎肩，两人出门去石佛寺。长云看那坎肩皮毛雪亮，无有一根杂色，不由得羡慕道："好漂亮的皮子！"

"前几天大勇哥送来的，还有一件紫羔的皮袄，倒是合适你，回去你拿了穿。"

"姐姐最疼我了！"长云挽了长风的手，摇着笑。

一径到了石佛寺，就在栲栳岛村村东，背靠东北山前，距海边百米左右。该寺建于南北朝初期，为崂山三大寺院之一，寺正殿三间，内供十佛，庭院两侧有东西廊房，也算得规模宏伟。寺院山门前有一硕大荷花池，东西长二十余米，宽十余米。现时正值隆冬，池中唯有枯枝八九根，残叶十数片，错落于青黑水面之上。

长风的母亲在世时，初一十五总带着长风去上香。自回家来，长风仍当母亲还在，时常地去寺里礼佛。

石佛寺主持海静和尚一见她们便道："阿弥陀佛，刚还想着今日腊八，施主必来寺里。寺里熬好了腊八粥，施主且尝尝吧。"

长风道："多谢大师，我们是喝了粥来的。"

海静和尚道："施主，无有贪欲自是好，但也不必却人之意，万事随缘方可有缘。"

长风心里一动，道："大师说的是，弟子遵命。"

慢慢地喝下一碗粥，又请了一卷经书，便辞谢了寺中僧众。出的寺门，天上已飘起雪花，鹅毛般的漫天飞，铺了一地白。长风身子已显出笨重，长云搀着她，徐徐行在雪地上。走至村北，远远看到一人牵着马，静静站在路边，那人满头满身的雪糊了一层，看着像个雪人儿，可那霸道的站姿，可不就是大勇。

"你来了。"长风上前道。

"来了。"大勇抖了抖身上的雪花，嘿嘿笑道。

"等了许久？"长风又问。

"也没啥。"大勇卸下马背上搭着的两只袋子，拎进大门。

"大勇哥带了什么好东西，袋子都装满了。"长云一手关门，一手去摸那袋子。

"年关一天天近了，我弄了点野味来，熏了腌了最是入味。怕这院里沾了血腥，来时命人处理干净的。上次我见你姐姐胃口不好，只吃那腌的疙瘩菜下饭。那菜疙瘩不养人，还是这飞禽走兽的吃了长力气。这玩意儿熏腌了好吃着呢。"大勇说着，一边就取出袋子里的水鸭、山鸡，还有河虾海鱼，另一只袋子里装的是两包红砂糖及油纸裹着的各式糕点。

长云笑嘻嘻道："大勇哥好心细！想得真周到。"

"你瞧瞧这屋子里，满满腾腾都是你送的。吃的用的，便是那取暖的木炭也要巴巴送来，可还有插脚的地儿？"长风看着大勇，微微摇头。

"也是，屋子太小了，又破旧，可惜了挺大的院子。我想着来年开了春翻盖，索性盖个两层的小楼住着，过了年再说吧。"大勇笑道："还有你想不到的好玩意呢。"伸手至怀里掏出几只鸟蛋，他一路骑行，鸟蛋竟然还完整未破。

"鸽子蛋！"长风轻呼。

"来之前煮熟的，生的怕路上挤破了。虽是怀里暖着，也不如刚出锅的热鲜好吃。你小时最爱这口的，等下滚水里烫烫吃。这大冷的天，找鸽子蛋难着呢。"

长风眼睛忽然水水的，强笑道："你倒长进了，这次偷鸟蛋没有摔破头。"

大勇哈哈笑，接过长云盛来的腊八粥，大口喝完，一抹嘴道："我去给你整吃的。"

把鸡鸭鱼肉的腌制完毕，又诸多嘱咐长风，大勇方牵了马要走，那边长云也说要回家，跟着大勇出了门。

雪还在下，天地成了一个色，极目苍茫。白茫茫中一高一矮两个人，一个一身红，一个一身黑。红衣人迈着两条短腿吃力地追随黑衣人。

"大勇哥，你真的是土匪？"

"我是响马。"

"有什么区别吗？土匪不就是响马？"

"响马，比土匪好听。"

……

"为什么要当响马？"

"为了活着。"

其实不是。是他无意救了个腹部中刀的中年人，他自小习武，练得一身好身手，三两下打跑了围攻中年人的几个刀客。谁知那人竟是赫赫有名的大珠山土匪头子孙百万，孙百万见他功夫了得，便拉他上山。他原就随性，善恶只凭心，竟真的跟了那孙百万而去。孙百万无有子嗣，收了他做义子。众匪见他行事凶猛，却也都服。孙百万死后，他顺势就做了大珠山的头子。

"嗳，其实你不用难受，我觉得当响马还好啦，威风着呢！提起你们大珠山，官府都是要惧三分。"

……

"你杀过人吗？"

"杀过。"他故意吓她。倒是真杀过，他杀的第一个人是个官少爷。那天，一个告老还乡的三品大员经过大珠山，他们抢官车，那家的少爷掏出一把火枪，打死了义父。他用手里的匕首切断了那年轻人的脖子。

"那么，你可以不眨眼睛杀掉任何人吗？"

"不会。每个人都有想保护的人，死也要保护的人。"

她听了心动不已，很嫉妒他死也要保护的人。忍不住小心翼翼问："我在你保护的人之中吗？"

"在。"他想了一下回答，又接着轻声道："你是她的妹妹。"

她没听到后面那句，只听到一个在字，已欢喜得在雪地里蹦蹦跳跳，像是一只吃饱了心满意足的麻雀。

"照顾好你姐姐，我三天后再来！"他翻身上马，疾驰而去，雪地上马蹄花开了一道。

第二年的春天，柳絮空中飘的时候，长风做了母亲。她抱起那个蹬着脚的软软婴儿，轻轻亲了一下，竟不知是喜是悲。

婶婶临产前一月就搬过来了，大勇给了她好大一笔银钱。于是照料的长风衣食周全，态度的殷勤更不必说。这会她将剥了壳的鸡蛋放进红糖小米饭里，一边端与长风，满脸堆笑道："哎呀，你莫要抱他！月子里累不得，抱得久了可要落个胳膊酸的病根呢。"

长风放下孩子，道："麻烦婶婶多操劳了。"

"一家人不说两家话，咱们都是至亲骨肉，可说什么外气话！我还要帮你带娃娃长大呢。这娃娃生得真好，我一见就爱得不行，肯定是上辈子就有缘。"

长云在一边道："生得像姐姐，自然是好看。瞧这双眉毛，弯弯长长的，眼睛又黑又亮，和姐姐一个样。"

"鼻子不像你姐，必是随了他爹那个没良心的！"

"妈，你又乱说什么呢！"长云急道。

婶婶这才念起这话不该说，见长风只低头喝粥，倒是面色平静，看不出有恼怒。毕竟是尴尬，轻拍了一下自己的脸："我这张嘴！"又讪笑着道："大勇送来的海参泡了一天，我去看看啥样了。"打起门帘正要出去，迎头碰上大勇，不由得道："哎呀，哎呀！说曹操曹操就到，正念叨你呢。又带的什么？"伸手接过大勇的包袱，先就翻开看："这料子是杭绸吧？可巧我缺件吃茶见客的衣裳。"包袱里几块衣料，她拿出一块湖蓝印花的披身上比量。

长云看看大勇，羞得脸红了，叫道："妈呀，你可放下吧！"

她母亲便道："死丫头，你姐没说话呢，你吱歪什么！白喂了你个白眼狼！"

"姊姊喜欢拿去就是。"长风道："你吃过饭了吗？"她微笑着问大勇。大勇放下手中马鞭，道："赶得急，哪里顾得上吃饭。倒也不觉饿。"

"可不兴饿着！我去给你做几个菜，再打一壶酒，解解乏。"姊姊把包袱放在条桌上，却把那块衣料又拿起，揣在了怀里。走至长云身旁，故意亮给长云看，气的长云嘟囔着去追她。

大勇摇摇头，道："孩子取名字了没有？"他俯身去看那婴儿，尽管太小形容不足，但眉眼间可见俊气，小手紧握成拳，正自酣睡。

"还没有。倒是要请你费心给取一个。"长风也看着孩子。

"可别吓我！你还不知道我，读书总被老师罚站，你那时没少替我求情。"

"正经在劳你费心。你是这孩子的贵人，就要你帮他取个名字佑他平安。"

"贵人不敢当，但这孩子的平安我保定了。来时路上经过老师及师娘的墓地，专门去拜祭了，并告知两位老人，让他们放心，你们母子有我呢！"大勇想了一下，道，"学名就叫峻峰，咋样？"

"地到无边天作界，山登绝顶我为峰。好名字！你总是说自己胸无点墨，出口的豪气却难有人及。"

大勇挠头道："我可没想到这句，只是想娃娃站那最高的山峰上才好。"

长风抱起峻峰，道："峰儿，咱们谢谢大勇伯伯啊。"

"我只当他是自己孩子一般，你我之间何必分彼此。"

长风点头："是我俗了。只是有句话却得说，有你在，心里安稳。"

大勇心里一热，正待说话，长云气乎乎地进屋，一甩手坐床边道："怎么就摊上这么个妈！"说着眼圈儿就红了，豆大的泪珠子往下滚。

"这是怎么啦？至于就哭呢。"长风放下峻峰，拿起枕边的帕子给长云擦泪。

"姐啊，妈她……"一转眼看到大勇，闭了嘴不再说话，可委屈又多了几分，只低着头抽噎。

大勇见这情景，就借故走出屋来，留了她姐妹两个私话。院子里槐花甜香，他记得长风爱吃槐花糕，便一跃至树上，捡那鲜嫩的花串摘了许多，一边想，刚才若不是长云进屋来，他会说出什么呢？

婶婶打酒回来，树下大呼小叫："小心摔了！"她待大勇的热乎拿捏得很细致，既有贵客的尊崇，又表现出长辈的偏爱，心里的小盘算打得啪啪响。大勇虽是对她的势利腻烦，但也不好发作，跳下树来道："正有个事与您商量。我想着过个两月，把这院子拆了重盖，到时长风母子还回您家里住些时日。一切花费您尽管放心。"

婶婶简直想拿手在大勇身上拍一拍，以示她对大勇无以名状的喜欢。但终是不敢。她左手锡壶里酒正满，便就右手拍着大腿道："我私下里常与长云说，你大勇哥仗义大方，哪家姑娘嫁给他，那是烧了几辈子的高香！你放心，就为着你，咱也不能委屈了她母子！"婶婶还要说，大勇已出了院门，她后面大声嚷道："这又去哪里，饭还没吃呢。"

大勇也不应她，信步走到村口。春风正吹得欢畅，天蓝，海绿，山翠，触目清新。他胸中紧实，只觉得每一天都有了滋味。他想把长风家旁边的空地也圈盖起来，索性盖个大宅院，就去村长家商量买地之事。路过木匠铺，又心血来潮要给峻峰雕个木马，于是兴匆匆走进木匠铺，全然不去想峻峰还是襁褓中的婴儿。

到的峻峰骑在木马上含糊不清叫伯伯的时候，已是民国二年。这天大勇牵马进村，先就看到村落里新起的两层小楼，刚跨入红漆如意门，就听得长云和峻峰在院子里笑闹。玉兰花在院门的两端有了一些姿态，似开未开。院子里沏了个大水池，池中栽了莲藕，却还没有发芽，倒是水中游鱼穿梭嬉戏，争先闹起了春。长云抱着峻峰在池边喂鱼玩。长风穿了一件玉色的夹衣，坐在二楼的走廊上。新楼全用的青砖琉璃瓦，木料都是百年的楠木，朱砂的门窗，西洋的玻璃。这会走廊摆了藤编的桌椅，桌上一杯茶热气冉冉。长风捧本书，正读得入神，那太阳恰好照她脸上，皮肤透明一般，大勇一时看痴了。

婶婶急急迎上去，恨不得天神老爷的赞颂，搜肠刮肚表达她对大勇的心意，道："哪成想活着就上了天宫！神仙住的地儿也就这样子了。大勇啊，你积德行善的，将来一准儿孙满堂！我前儿还跟长风讲，你也得成个家了。长风都说我想得周到呢。长云，快打盆水给你大勇哥通通脸！"

大勇嘴角扯了扯，没出声。

那边峻峰张着手臂要大勇抱，大勇一把抱在怀里，胡茬的脸贴峻峰脸蛋上磨蹭，峻峰格格笑着躲，冷不防被大勇高举过头，转了几个圈，又惊喜地尖叫。

"你每次来，他都兴奋地晚上做梦，睡着咯咯笑。"长风下楼，"峰儿下来，你该吃蛋羹了。"

峻峰揪着大勇衣襟，把头埋在大勇怀里。

长云拿了罐花生糖，好歹哄着峻峰进屋吃饭去了。

"一早就盼你来了。"长风笑道。

"哦。"大勇心里一跳。

"陪我去后山走走吧。"

"好，现在吗？"

"就现在吧，回来正好吃午饭，饭后我泡壶茶咱们喝。"

两人就出门，去了石佛寺的后山。此时正是春风如剪刀的二月天。但山上却温润，草木生得鲜亮。原来这崂山的山脉虽是在山东境内，却因特殊的地理，气候温暖湿润，光照又强，山上植物由来葱郁得很。

长风道："还记得太清宫的古茶树吗，你每次去了都要偷摘叶子回来。"

"怎么不记得，为嘛想起了这个来？"

"我在山上也见过几棵茶树，可见咱们这儿是养得活茶树的。"

"当然有茶。那小龙女不是说：'崂山乃天下神山，不管是江南的，还是塞北的，只要是世上有的，崂山就有，何况是一株茶呢。'"

长风笑起来："这故事你记得却牢。"

少年时他们去太清宫游玩，长风的父亲讲了一个故事。一位白面书生云游至崂山太清宫，爱上这仙山灵水。书生江南秀才，家境殷实，只因自小两大嗜好，一是酷爱品茗饮茶，二是广习琴棋书画，而于八股学业上则聊无用心，所以屡试不第，遂心灰意冷，终致携琴揣茗，离家出走，遍访华夏名山大川，广寻天下茶友琴友。来到崂山太清宫处，正遇上东海龙王的女儿。那小龙女观书生俊秀，闻阳春白雪，嗅浓郁茶香，不由得凡心萌动。他们结为夫妻，在崂山安了家。崂山当地没有茶，断了吃茶嗜好之源，书生整日无精打采、心思不安，大有回归故里的意思。小龙女却笑对书生说："相公，崂山乃天下神山，不管是江南的，还是塞北的，只要是世上有的，崂山就有，何况是一株茶呢。崂山巨峰顶下、比高崮上，就有一株神茶，赶明天，我们一起去采回来，茶叶不就有了吗？"说完，从头上摘下一支珠花簪子，扬手一扔，只见这支簪子随风飘飘摇摇，朝着比高崮飞了上去。待到第二天书生和小龙女来到比高崮上时，但见崮顶上石缝中，已经长出了数株翠绿鲜嫩的茶树来。自那以后，书生和小龙女在崂山幸福终老了。

"龙女有心，爱惜书生如命，以书生的喜乐为喜乐，才成就了这千古的佳话。否则书生不快乐，即便终老，也是怨偶。"大勇道，"待一个人好，不过是要那人开心。"

长风笑道："你倒悟了。但我此番上山，却是为着世俗里生出个传奇。"

"知你向来有主意，你想做什么？"

"我想请你南下，走一趟福建，去那泉州的泉苑茶庄，找他们的二少爷，讨些茶树的种子。"

"你要在崂山种茶？"大勇惊道。

"是。自来这北方不产茶叶，南方的茶到了咱们这儿，经过层层商家的盘剥，那价格翻了不止几倍。我想试试看，能否让这山上茶树满园。没得就让南茶独占了风光。"长风轻描淡写，好似在说，买来的包子皮厚馅稀，又贵，不如自己做。大勇却听得惊涛一般，这心气儿，这胆识，便是平常男子，也不见几个能有。他又知长风素来含蓄谦逊，嘴里说试试，其实已有十分的把握。于是道："你要我去我便去。总之，你想什么，我替你做。那泉苑茶庄的二少爷，又是什么人，你讨茶树种子他就给？"心里道，难不成是峻峰的父亲？他虽然没有问出口，脸上的神色已见疑惑。

长风微微笑道："他只是我的朋友。但与我相识多年，这个忙是肯帮的。"

"既如此，我安置一下大珠山的事务，稍后出发。"

"事儿若成了，你也莫要大珠山呆着了，那营生终是个有煞气的，也损性德，我时常担心你的平安。"

大勇胸口一热，竟说不出话来了，多年了，何尝有人这般待他。半响方道："老师去世，我缺了管教。你又不在，只觉得事事无聊，很是混账了几年。娘病故后，我更无法无天，索性就上了大珠山。"

长风叹道："这烽火时代，乱象人间，倒是更要有所为有所不为。守住心性，方可无愧无悔于天地。这话听着矫情，又狼心狗肺，因为这一向吃穿用度都是有你。可日子越加精致，我心里越是不安的。便想着，我们二人，未必就不能正经闯出一片天来。"其实负气的成分也是有的。

大勇点头："我听你的便是。"

"却也得你高兴才行。若真舍不下那里，也定些条框法则约人束己，行事再不能无有底线。这世上苦人儿已太多，你又何必再造苦楚。"

大勇知她是说两人初见时的事故，便道："你放心，再不会那样。"

　　说着走到一棵树前，长风拣那够得着的叶芽摘了起来，一边唤大勇："就是这棵茶树，另有几棵在西山上。却也奇了，前几日上山，就见老树出了新芽，这才几月。高处的你来摘，摘那两芽的。回头杀杀青，配着荷花，制成花茶，最是去火气，味儿又清香淡雅，夏日里正好喝了解暑。"

　　大勇仿着她摘叶芽儿，他看那茶树形如巨伞，出芽有两三万片，老叶墨绿，新芽青嫩，但觉得光阴真是不虚不枉。原来今时的美好，都是过去点点滴滴的积累，仿佛那时光缓缓流过叶脉，清晰明了。他停住摘叶的手，道了一句："我很高兴。"

　　长风手一顿，嘴角轻轻翘起。

第八章　泛兰舟

物随人在，人间滋味在人心，哪分什么南北。若南北不相和，长风也不会生起南茶北种的念头。

立然又收购了一家茶厂，这是他接手泉苑茶庄后收购的第三家。加上早年购置的青云岩和蕊珠岩两家茶厂，自此泉苑茶庄已拥有五家茶厂。他没有再承包茶山扩展茶园，而是与当地的茶农签订了包销文书。恰好这年的明前茶丰收，明前茶，贵如金，大笔的购茶款需要速捷到位。而立然买了茶厂后，泉苑茶庄的流动资金已见紧促。立然便与父亲商议，族中闲职的子弟暂停发放月钱，不得停发的也要月钱减半。张庆瑞断然否决，道："万万不可！我能做泉苑茶庄的当家，就是许了众人的安乐，若反了悔，这位置哪里还坐得住。"

立然放下手里的账本，道："我看这些年的账目，只族人开销就占了收入的三成，且不说闲人按月领取生活费，但就婚丧嫁娶全包一项费用，竟每年倍长。倒不如趁着这个契机，整顿一番。"

张庆瑞摇头道："且收起这念头，想都莫想！你还没正式接任，就刻薄他们，他们岂会容你？必将一致地反对你来主事。我多年经营，却不能拱手让人。"

立然道："但是，我们签了包销合同的，若无法依约收购，茶农再不会信任我们。赔偿损失也跑不脱。"

张庆瑞笑道:"谁说违约?急什么。毕竟是小孩儿,遇事就慌乱。"

旁边忠叔也笑道:"少爷,你忘了咱家可是有开银号的亲戚呢。"

张庆瑞得意道:"你妹妹昨日来了电报,乔家在泉州的分号已领了消息,随时备着我们去取银子。"

立然道:"我并不想求那乔家!"

"儿女亲家,何来的求字?再者,原是互利互惠的事儿。那乔景轩可从头就打着我们的主意呢,只等我们张口。我知你心大,想学那下梅村的邹氏,把茶销往外国,那邹氏茶去粤东,通洋艘,至俄罗斯及欧洲,不就是当年乔致庸的采办?现成的路子,又是至亲,你却闹别扭,可用不用,天底下没见过你这样的傻子。不就为着你心里还放不下!?"张庆瑞越说越气,想到忠叔在,道:"忠叔,重新泡壶茶来。"

支开了忠叔,方又道:"你与宫元,即是同学,又是郎舅,原该搭手做事,却为着一个下人,伤了和气,再不往来。你妹妹生孩子,你都不肯去看一眼,亏着是那孩子的舅舅!我都为你脸红!你放不下,连累老子娘跟你丢人现眼,偌大个男人,无有一房妻妾,外面人可传得五花八门!"

立然脸色忽变,沉默许久,方道:"现时武夷山的岩茶八成归了我们,我确是为销往外国做准备。也罢,与乔家合作,资金门路都便宜。但我们也不亏他们,他们出钱出门路,我们出茶出技术,利润五五分成吧。"

张庆瑞不以为然,道:"五五倒不必,乔家心里有数,大头在我们这边。我已与乔景轩议定,四六分成,他四我们六。"一边心里暗自欣慰,这孩子终究以大局为重,可见是个做大事的。

立然听到两家连分成都已谈妥,丝毫不觉意外,轻轻笑道:"父亲,你做主就是,这事你来办可是最好。"说完径直出了书房。

张庆瑞呆了一下,然后大笑起来,原以为是老子算计了儿子,却原来是儿子算计了老子。这混小子是借鸡下蛋呢,只装作什么也不知,却风吹草动都看眼里,引着人往他挖的坑里跳。说起来是顺水推舟,其实刮的什么风,都是他那里吹出来的。

"利用老子，老狐狸栽小狐狸手里了！"张庆瑞笑骂，又喊，"忠叔。"

忠叔门口候着的，进门道："老爷？"

"备车回泉州。我可以放心躺着睡大觉了。"张庆瑞道，"今后，少爷吩咐你做的事，你不用再来请示我了，只管去做。"

"是！"忠叔道，"恭喜老爷，泉苑茶庄后继有人。"

立然父亲捻须笑："去吧。"

同一时，宫元听得父亲与张家商定了合作的事宜，冷冷笑道："又瞒得我结实！"端起面前的茶，喝了一口，眉头紧拧，道："这茶再喝不得！"一盏茶水全泼在地上。

乔景轩要待发作，又忍下道："这是何苦！"

宫元面沉如水："没得商量，这生意，不做。"

"毕竟是你的岳丈，要眼看着他们无路可走？"

"银子随他们用，商路也可给他们，合作却不必。尤其是茶生意，乔家永不再沾——家规加上这条吧。"

乔景轩怒道："乔家本是茶粮起来的，你也是吃着贩茶挣来的银钱长大，忘本的混账！再说了，你娘老子还没死，轮不上你来立家规！"手一挥，桌上的一盏茶碰倒落地，摔了个四分五裂。

"这世上的茶，哪还有半分味道，枉担个茶的名号而已！我不挣那恶心人的银子。"

"摆在眼前的银子你不去挣，你还有什么资格做乔家的东家！"

"定要与张家合作贩茶，这东家不做也罢！"

这边父子两人大声争吵，惊动了偏院里逗弄孩子的乔太太和丽君，乔太太哼了一声，道："爷俩三天两头急眉赤眼地吵闹，倒似仇人一般了。"

丽君垂头："都怨我，没劝好宫元。"

乔太太噯了一声，道："怨不着你。是那个冤家气不平，连累周遭大伙儿都跟着受罪。也委屈了你。"

一句委屈，触动的丽君心里刺痛，强笑道："母亲言重了，哪里就委屈了呢。您又这般疼我。"

乔太太叹了口气："你是个明理忍让的好孩子，且再忍忍吧，时日长了，他那心也就淡了。"

丽君但觉眼里的水气要飘出来了，忙就弯身抱起摇篮里的女儿，道："明月莫哭啊，哭了就丑了。爷爷生气发火，咱们去劝爷爷。"那女娃儿脸蛋粉团一般，圆白如满月，名字恰好就叫明月。

乔太太忙阻止道："你别去了，没得吓坏了明月。我瞧瞧那两头犟驴去。"

乔太太走进院子，迎面宫元屋里出来，喊了声妈，也不停步。

"站住！你这是去哪里？马上要开晚饭了，别吃饭又见不着你影子，你倒是陪你媳妇吃顿饭。"乔太太道。

"一大堆的事儿待办，我和映朝在外面随便吃点。"宫元说完又走。

"映朝再陪你喝猫尿，我就大耳刮扇他！天天拿酒当茶喝！喂，你站住，孽障啊！"眼看着宫元头也不回出了院子，乔太太气得直冒火。

小丫头赶紧地上前打起门帘，乔太太怒冲冲进屋，道："越发得荒唐，竟是变了个人。之前也招人气，可好歹的知晓分寸，现在却油盐不进，只是固执，又冷酷。"

乔景轩正盯着地上的碎片出神，听他太太抱怨，抬头苦笑道："你别骂了。他这一向心里也是苦，我刚在想，也许我做错了。"

"不就没娶到那个茶女。为了个女人糟蹋自己，还要一家子看他脸色。那女人就是个祸害，幸好没娶进门！"

"唉，他是真动了情，说起来是我对他不起。他要怎样，由他去吧。张家那边倒好说，只是儿媳妇，你好好解释，莫要她伤了心，她对宫元却是真好。那孩子也是个苦人。"

"他到底不肯与张家合作？"

"是。"

"真真的倔种啊！"乔太太一屁股坐在身边的圈椅上，没了脾气。

这日，立然在乔家的大德通泉州分号提了五十万两雪花白银。此时北洋政府已公布《国币条例》，正式规定重量七钱二分、成色89%的银元为货币单位，袁大头银元开始流通，但银元和银两仍然并用。张庆瑞几遍嘱咐只要白银，也是对时局的稳定没有信心。

万事俱备了，充足的货源，五家制茶厂，今年泉苑茶庄的产茶量将是以往三年的总和。立然计划先走欧洲及俄罗斯，原是乔家走熟的茶路。谁知他回到家，便有下人请他去书房，说老爷在等。进了书房，见他父亲脸色阴沉，微觉奇怪，便道："今日的事办得痛快，我去了银号，那掌柜二话不说，先开了库房。"

张庆瑞怒道："这五十万两白银，是要买命呢！"

立然问道："怎么回事？"

张庆瑞回道："乔家说，一时不便做这茶生意，且容后再议。这许多的茶怄在库房不成？这不是要人命吗！"

立然怔住，看他父亲急得跳脚，便道："我们可多做老茶存着。"

张庆瑞摇头："咱们签了茶农五年包销的合同，就现在的路子，再多十个库房也放不下。尤其是资金占用，不流通，哪里撑得住。"

"父亲是小瞧了我，难不成没有乔家，我的茶出不了国门，打不下江山？等着看吧，有他后悔的时候。"这个'他'自然是说宫元。此番乔家反悔，必定是宫元的缘故，可见宫元心里的刺，越长越深了呢。立然只想着宫元心里有刺，自己胸口却瞬间针扎似的痛了。

耳听得父亲骂道："那个小畜生！小畜生！"'小畜生'自然也是指宫元。

立然回神，道："父亲别急了。我有个朋友，在东南亚各国的华人圈很有影响，可助我们把茶销往东南亚。东南亚的市场若能打开，那乔家求我们也不再合作。"

张庆瑞问道："可靠吗？"

立然回道："没找乔家之前，我原就有这想法的。"

张庆瑞挥手道："你去办吧。"明显的疲累了。筹谋几年，眼见着成了事，却发现是一场空，还赔上了女儿，难免心灰。想到丽君，更是难过，道："你妹妹说，虽不能合作，但这五十万两也是不收息的，让你放心用便是。"

立然不置可否，淡淡道："再说吧，不见得就沾他们便宜。"

"唉，你妹妹也不好过，咱们莫要辜负了她的心。"张庆瑞难过不已，自去歇息了。

立然坐书桌前给胡毅生写信。这胡毅生是孙文的密友，一九一零年十一月，马来西亚槟榔屿的同盟会骨干聚会，其中就有胡毅生。当时胡毅生负责筹集广州大起义的巨款经费，立然捐了两万两。

到得胡毅生回信，答应帮忙，立然的心也就定了好些。茶厂里紧着收茶制茶，各地客商又时有来泉州试茶的，忙得没心思思虑。

这天，立然刚进茶庄，就有伙计迎上来，道："少爷，有位山东客人必要见你，等半晌了。"

"在哪里？"立然只当是慕名而来的茶商。

一个黝黑粗壮的男人从靠窗的长椅上站起来，盯着他看了再看，方一拱手道："在下王大勇，受人之托，拜见张少爷。"

立然还礼，道："请问王先生受何人之托，又有何事？"

王大勇道："长风，她要我来找张少爷。"

立然的长衫忽然抖动。他们站在大堂口，穿堂风带着一尾尾的鱼，钻进他的长衫里，那长衫犹如一张网，虽网住了那些活蹦乱跳，却不停骚动。风终于住了，立然道："请里面坐。"

两人客室里坐定，立然问："长风现在何处？"

"山东崂山。她要我带封信给您。"大勇掏出信来。

立然接了信看，可不正是长风的笔迹。

"不愧是长风，总能让人惊吓。"立然看完信微笑，"王先生即为长风的师兄，都不是外人，我便说几句知心话——那茶籽成苗成树可不是三五年的功夫能行，她既有南茶北移的豪志，倒不如茶树直种更快捷。"

大勇道："这我就不懂了，但是想来要弄很多茶树也不容易。"

立然道："我手里倒有几万株三年生的茶树，说起来，这些茶树苗长风也是经过手的，皆生于百年老茶树，这些茶树苗具有产量高、品质优、发芽整齐、芽叶的发芽期、长势、芽叶大小、色泽、茸毛、节间长短一致等优点，便于采摘加工，有利于茶园管理和提高茶园产量。长风虽为育苗高手，但异地新栽，成与否，茶树苗可是关键。"

大勇便问道："张少爷的意思，可以割爱？"

立然回道："长风需要，我便给！"

大勇一拍椅靠，站起来道："张少爷若肯把这几万株茶树给我们，我王大勇一定重金酬谢！您请开个价吧！"

立然笑道："请坐，请坐。咱们坐下慢慢说。"

大勇坐下，也笑起来："我太高兴了。不过，还请张少爷开个价，我保证绝不还价。"

"先不说这个。长风肯来找我，这份信任，我不能轻慢了她。"立然道，"只是几万株茶树由福建运至山东，可不是个小工程，路上的养护也是个问题。这样吧，王先生先住下，容我筹备得万全，我们一起去山东。"

大勇听说立然去山东，不由得一怔。立然旋即道："我怕这茶树路上有闪失。再者，王先生知道我与长风是朋友，断不会害她。"

大勇倒不好意思了，道："来之前长风叮咛过，让我听张少爷安排。"

立然微笑，问道："王先生住在哪里？本来应请王先生住家里的，只是我那老父脾气古怪，这事却不必让他知道。"

大勇道："我住在悦华饭店。"

立然道："好，王先生请在饭店等我消息，也不要再来泉苑茶庄找我，我去饭店找先生。"

大勇见立然的意思，竟是此事不能声张，他也不问，站起来拱手道："那我就回饭店了，劳烦张少爷。"

立然送了大勇出门，吩咐伙计道："让柳叶来见我。"又回到客室里坐下，拿出长风的信来，看得出神。

门响声动，柳叶进来，施礼叫了声少爷，埋头垂手，安静站在一边。

"有个事要你去办。"立然放下信。

"少爷吩咐就是。"柳叶恭敬回道。

立然道："长风回了山东老家，现托人带信，要在崂山种茶，求茶树种子。那新育成的几万株茶树，我就许给了她。可这事得瞒着老爷。你即刻赶去武夷山，把茶树起土包好了，再雇几辆大车拉回泉州。那茶树起土移栽，你本是行家，千万记得护好根须，路上有几日行程呢。"

柳叶抬头道："是。长风可还好？"

"她很好，你与她情同姐妹，好好为她把事办了吧。"立然微笑，他想着长风，笑得越加温柔。柳叶呆呆看着他，脸渐渐霞红，道："少爷放心，长风的事，就是我的事。少爷也去武夷山吗？"

"只怕不行，茶庄里离不开，所以想到你，这事你办最合适。"他留在泉州是要稳住父亲，免得节外生枝，"你到了后，就说我的意思，几个茶厂都可停停，多召集工人，先办这事要紧。"

柳叶低头，道："知道了，那我去了。"

一日竟犹如一年了，立然盼得心焦。好在不到三日，柳叶就带着五万株茶树回了泉州。立然联系上一艘德国的货轮去青岛，谈好了价钱。偏生那货轮带了煤粉、洋灰、火柴、米油烟酒来，走时也要装满桂圆、荔枝、各色干果及粗瓷，所以竟得等两日。立然就在码头上借了朋友的库房，先卸下了茶树。那茶树棵棵湿泥裹根，又青草围扎，枝叶水秀，没有丝毫干萎之态。立然暗赞柳叶是个细致的人儿，道："我见了长风，就对她说，这事你是大功臣。"

"少爷去山东？"柳叶脸色大变，怨怒蓬发，心中激愤，嘴巴就管不住了。

"怎么？"

"她心里没有你，从始至终她只爱乔宫元！"

"柳叶！你逾越了。"

柳叶叫道："我逾越了？我是下人，可长风也不是小姐。你看不上我，就因为你买的我吗？你救了我，可你也害了我！我活着的每一天都是为着你，我为了你愿意做任何事。他们白天挖树，晚上休息，我不休息，我晚上也干活，我把茶树的根用藤草护住，我捆得手上起了泡，就因为你要我做好这件事！你却从不看我一眼。你看看我啊，你看看我！"她的五官扭曲得错了位，狰狞无比。

立然有片刻的错愕，但旋即道："你自己回去吧，我还有事。"便径自走上车子，发动油门，扬长而去。

柳叶看着车子渐去渐远，风吹着一团青色尾气四散，汽油味儿扑鼻，她使尽全部力气说出那些话，身子软得站不住，靠在仓库的门上，闻着汽油味，不住呕吐，心肺都快吐出来了。

小观是家山东老菜馆，夫妻店，馆子不大，生意温平不火。立然与大勇靠窗小桌对饮。老板娘高头大脸，围一方蜡染的围裙，端了一碗九转大肠放桌上，笑嘻嘻对立然道："您可是有些日子没来了。"

立然道："最近事多，可我想着您的菜呢，这不就来了。"夹了一筷子菜，细嚼了咽下，对大勇说："长风觉得这家馆子菜品还算地道，王先生尝尝。"

大勇心想，这虽不是鸿门宴，但菜中有花样、酒中有名堂啊。他吃了一口菜，笑道："还不错，只是不够正宗。在南地，想吃口正宗山东菜，想来也不容易。可怜长风那些年。"

立然笑起来："王先生竟是个有心人。你这话只怕长风不爱听。物随人在，人间滋味在人心，哪分什么南北。若南北不相和，长风也不会生起南茶北种的念头。"

大勇浓眉一竖，道："说有心，我比不上张少爷，且不说白送茶树苗、千里护航，单就九转大肠这份心，我就及不上。"

至此，二人心思皆明，倒有点黯然。立然叹了口气，道："我若真有心，又岂会落到这般田地，又岂会让她落到那般田地？"

大勇道："张少爷，前事我并不清楚，也无能为力改变什么。我只知道，有我在的一日，决不再让她受苦。"

立然心头一震，道："长风初到我家做工，只有十二岁。我记得那天她打碎了一只茶碗，二姨娘骂，她说，我打碎的我赔。别人只当小孩子硬气话，谁知三个月后，她找二姨娘赔了三十八钱六文，而那只碗，泉州只有一家卖，可不正是三十八钱六文，哪里差分毫！"

忆起往事，立然唏嘘，"小小年纪，就那样的心气，灵慧也就罢了，偏还自尊自爱有韧性。我敬爱她，与她百般的亲近，她亦不矫不躁，做事反比别人更用心用力。她十三岁生日，我再三要求，在这馆子请她吃了饭。之后的几年，每到她生日，便来此吃饭庆祝。她走后，我倒是三天两日的来，有时只为吃碗面。说起来，我何曾为她做过什么，不过是每年一碗面。"

他二人喝着高粱酒，那酒性烈，几杯下肚，立然的话头就收不住了，大勇酒缸里泡惯了的，看立然酒入情肠，倒觉得感同身受，明知这人是个强敌，竟厌憎不起，便道："张少爷，我敬你这份心，在此立誓，我不阻你见长风。至于将来，长风要怎样，便怎么样。我们各凭本事。"

立然笑道："你就这般自信？"

大勇道："我只是给她开路，她要走哪条路，自然有她的道理，为了私心断了她的路，即便得了，也无趣。”

立然怔住，许久方道："大勇，请让我叫你一声兄弟。我亦敬你这份心，交了你这个朋友！如你所说，我们各凭本事。即便将来不能如我所愿，我也认你这个朋友。"

大勇眼睛赤红，恶狠狠问道："那个男人是谁！老子要废了他！"

立然冷冷笑："那个男人，已经废了。"

两个人念一颗心，不觉就喝到夜深，立然送了大勇回酒店，方开车回府。家里灯沉人静，上下众人早已睡了。他挥手让伺候的跟随退下，推门进房。正要开灯，一双手抱住他的腰，柔软的温热入怀，耳边却听得女人细碎的哭声。他一惊，使力推开怀中的女人，立即打开灯。柳叶瘫坐在地上，双眼红肿如桃，正哭得哀绝。

"你疯了不成。"立然眉头紧皱，低沉嗓音饱含怒意。更深夜浓，丫头在少爷房里哭泣，可解释不清。

柳叶倾身上前，抱住立然的腿哭道："少爷，收了我吧。我不求名分，只要能在少爷身边伺候，我就做个丫头也甘心。"

立然神色稍和缓，道："你起来，听我说句话。"

柳叶哽咽着站起，抬头望他，立然容色疏离，眸中凉如秋水，这样的男子，若无心最伤人。

"我这一生，不会纳妾。"立然道，"我的妻子，心里也只是一个人。若能遂了心愿，自然是我的造化，若不能，我也不愿去害了她人。你懂吗？"

柳叶哭声顿止，戚然道："我懂了，这世上再无人能比我更懂了。"她此刻烈火焚心，便如着了魔一般，"所以少爷宁可夜宿青楼，携妓出游。"

立然低喝道："柳叶！"

柳叶向立然施了个礼，转身往门外走。

"你等等。"立然叫住她。

柳叶身形一顿，她穿了掐腰的束身小衫，越显出那蜂腰削背，一根丰盛的长辫沉甸甸垂在翘臀，直坠得腰肢楚楚欲断。

立然语调平静："你留意着，看府里或是茶庄里茶厂里，有合心的人，我给你做主。你在张家这些年，断不会委屈了你。有什么要求，只管告诉我。"

柳叶慢慢转身，暗沉的脸色在灯光下刷了一层油金，像是一尊塑像，红漆金粉的皮相，却有形无魂。她方才的软弱已然不见踪影，仿佛那切切悲声只是一场梦魇。她嘴角浮出一丝讥嘲之意："少爷，你怎是看轻了我。"说完便走，再不回头。她织梦八年，日月颠倒也不肯清醒，然而她梦中之人，眼过流云，心念浮萍，何曾看顾过她的影子，她的神思。黄粱梦断，青烟随风散。多年来她纵容自己的执念，这执念终于反噬，痛的她生死无明。

立然灯下静立，这小插曲并不能影响将要见到长风的快活，洗刷完毕，带着笑意上床了。

转眼启程之期已到，立然和大勇盯着码头工人把茶树搬到船舱，收拾的干净了正要上船，却见柳叶跨个包袱从一辆黄包车上下来，木然对立然道："少爷，您说过，我有什么要求只管提是吗？"

立然道："是，你要什么？"

柳叶道："少爷就带我去山东吧。我无父无母，自小卖到张家，与长风情同姐妹，我就奔了她去。一是续我们的情谊，再是帮她一把。种茶制茶，我与她原是最好的搭档。"

立然心想，正好，早该想到。于是道："我却没想到，长风正缺你这样的帮手呢。你过来，"他对大勇道："大勇，这是柳叶姑娘，长风的好姐妹，种茶制茶的高手，我们带了她去山东，长风一准高兴。"

大勇旁边已听得明白，道："柳叶姑娘肯去帮忙，我先代长风谢谢了。请上船吧。"说罢亲手接过了包袱。

轮船鸣着长号，湛蓝海水翻出白浪花，煮沸了似的。柳叶觉得这船真像个大茶壶，装了无数人在壶里，经过一站又一站，人在壶中打着滚，就这样渐沉渐凉，谁也无法回头。

他们载了茶树出现在长风面前时，长风呆愣之下，便只是笑，那笑中分明含着泪。先就挽了柳叶的手说："一向在想你。"然后看着立然，轻轻道："好久不见。"

长风没料到带来的是茶树，不由得慌乱，毕竟栽种这些茶树，不是三五个人可以的，一时却去哪里找许多人工，偏生茶树远途运送而来，再耽搁不得。倒是大勇急回大珠山，带了人来。期间石佛寺的方丈又游说周边村民，替长风招了不少工人。开垦坡地，栽种茶树，引水浇园，硬是忙了几日。

夕阳下，立然沾了一手的泥巴，腮边亦有几处不净，惹得长风笑道："堂堂泉苑茶庄的二少爷，竟然做了苦工。"

立然道："说好了的，这茶园有我的一半。我为自己干活，不怕辛苦。"

"你说要一半茶园，我岂会不知你在想什么。"

"那你说我在想什么？"

"无非是名正言顺帮我。"

"是，也不是。"立然道："我们一起长大，虽知你才智过人，但见了你的信，说要南茶北移，仍被吓了一跳。长风，我服你这份胆识，也信你能成事，帮你即是帮我自己。"

"我且信了你。"

"我没服过女人，你是第一个。总有一日，你会知道我这话不虚。只是，南方的茶树真的能在北方生存？"

"北方不产茶，最要紧是茶树耐不得天寒地冻，而我选的山地，背风面海，气候温润，冬天稍加护理，茶树一定可以安然过冬，"长风道："你看这群山云雾缭绕，雾气滋润出来的茶叶，得是怎样清凛的味儿。"

"你一说，我更期待了。这五万株茶树，已可采摘，若养得活，明年就有茶喝了。长风啊长风，你绝想不出，我有多怀念你泡的茶。"

长风笑起来："这几日让你喝个够，喝到你反了胃，厌了茶。"

"如能厌了，倒是救了我。"立然顿了顿，笑道："你走那天，我喝了酒去找你，你猜我找你做什么？"

两人见面后一直回避从前，即便看到峻峰，立然也只字不提过往之事，现在说起这个，长风不由得一怔，半晌后微笑道："你素来不可捉摸，我可猜不出。"

"我去向你求婚，但终是晚了一步。"

长风又是一愣，强笑道："嗳，说这些作甚。"

立然不管她的躲避，直直望着她道："现在，我把没来得及说的话给你听，了了我的心事——今时今日，我依然是同样的想法。"

长风脸儿煞白，道："这是不能的……"

立然叹道："你果然不肯。"

正说着，那边柳叶牵了峻峰过来，小人儿手中的风车描红画绿，迎风滴溜溜转，转着紧了，那红花绿叶模糊成一团晕，看得人眼花，脑子也糊涂了。前尘往事如年轮，一圈圈刻骨。初见时的青葱少女，成了母亲。而那个温雅的少年，眉宇间也爬上沧桑。两个人都有浮生若梦的恍惚。

立然又住了几日方恋恋而归，大勇陪他去青岛码头。长风及柳叶送他们，走至村口几棵梨树下站住，正是梨花开的时节，不见风过，那梨花兀自纷纷扬扬，像雪片，却沾衣不逝，落地留香。立然拈了一朵花瓣，念念不舍。回身看向长风，说了句："我等你。"便上马与大勇而去。

马上人渐远，长风想着与立然的许多年，只觉得马蹄一声声敲在她心上，那颗心愈薄愈软，几欲张嘴唤住立然。这时一只手拉住她，柳叶看着她道："我们回吧，峻峰在家里等着呢。"

长风反手握住柳叶，道："好在还有你。终归是我们两个人相依相伴。"

柳叶道："来了这许多日，你为何从来不问？"

"问什么呢？"

"问小姐，问姑爷，问他们俩好不好。"

"有何可问？你不也说，他们一个是小姐，一个是姑爷。好与不好，与我何干。"

"你倒是沉得住气，"柳叶长叹一声道，"他们生了个女儿。"

"哦，恭喜他们了。"长风淡淡道，她一脸平静，脸色白得像下了一晚的冬雪，那冬雪在太阳下反射出苍茫的光，刺得人眼疼。

第九章　喝火令

单单是旅居，未必能看出一个地方的好。但是身处其中，年复一年，总归能住出来感情。所谓感情，也许就是无惊喜，不嫌弃。

一九一六年，长风的茶园大丰收，终于实现了南茶北移的梦想。

她的茶园已扩充至三面的群山，石佛寺的海静大师也是个雅人，把寺中后院给了她做茶厂，此举定了附近几个村里渔民的心，陆续都成了她的茶工。她本性良善大度，待工人礼敬有加，这个以渔为主业的小岛上，她在村民眼里，竟有了菩萨一样的光芒。

首批茶叶，立然的泉苑茶庄包销。之前长风寄给立然的茶样，立然在茶商中推出试茶，尝过的客商赞不绝口，只说，今年的乌龙茶别有风味。又道，这绿茶叶片厚实，香气高，耐冲泡，干茶青翠细嫩，汤色黄绿明亮，闻之清香幽韵，竟不逊西湖的龙井，却不知泉苑茶庄何时做出了这般的绿茶？于是纷纷求货。立然却是笑道，不急。

好茶的打造需要三个要素——天，地，人。即好的原料，好的山场，好的技术，缺一不可。长风想那泉苑茶庄的招牌以乌龙茶为主，她即便是做到极致，也胜不过武夷山的岩茶。而崂山高山云雾，昼夜温差大，水质优良，产出的茶叶，制成绿茶更有味，又填补了泉苑茶庄的空白。与人合作，自然是要具备别人匮乏的资源，长风深知这个道理。

其时政局依然混乱。这一年，袁世凯复辟帝制，又被迫退位，军阀割据时代正式开始。而青岛在 1914 年第一次世界大战爆发后，日本便以武力占领了青岛，并向中国政府要求自派日本人充当青岛港口海关人员，之后，日本人立花政树担任税务司，截留二成税银，此前的税银数十万两也被日本侵吞。大勇是个硬气的，几百担茶走海运，偏不肯在日本人的眼皮下行事，又想到以后南北运货是个常事了，倒不如寻个万全之策，于是连日来窝在大珠山，和军师马云龙商谋。那马云龙奸诈狡猾，熟读国学，精通兵法，而且能言善辩，光绪二十一年曾经进京考过举人，因无钱打理官场而名落孙山，一怒之下上山落草当了土匪。因出谋划策击退过几次正规军的围剿，大勇对他极是看重。

这天两人去青岛，拜会洪帮帮主秦秋生。

那秦秋生也是个传奇，跺一跺脚，青岛就晃一晃的人物。德占青岛时期，那时虽没有明火执仗的强盗，可小偷小摸的地痞流氓肆意猖獗，他们神出鬼没，惹得民生怨道。无奈之下，德国提督找来两位"道上"的人，很快将这些盗贼清理干净。有幸存活下来的漏网之鱼不敢兴风作浪，纷纷进了"家理"（即洪帮）寻求保护，这便是"洪帮"在青岛的开始。洪帮后与占领青岛的德国人建立合作关系，成立了货运公司，手下控制着数千的装卸工人。青岛港每一个航运码头，都由洪帮的把头把持，凡货物经过码头上下，皆必须经把头安排手下工人搬运，他人不得侵犯。由此，凡想在码头上谋生的工人，不得不加入洪帮。几年时间，洪帮购置了几艘货轮。后来德国人败于日本，洪帮在青岛已是根深蒂固，日本人见动他不易，又兼之秦秋生也是个识时务的，只闷头捞钱，并不关心时政，也就放了心，倒有延揽之的意思。

秦秋生也是早闻大珠山之名，见到大勇的拜帖，心中疑惑，对夫人道："我向来瞧不上打家劫舍的，却不知他见我作甚？"

秦太太笑起来："敲竹杠的看不起明抢的，可不都是一样。大伙儿说好不好笑？"她对坐在议事厅的几个帮众道。

几个人哄笑，秦秋生也不恼。秦太太不同于一般女人，陪着他一路打下这江山，原就是个女中豪杰，帮中事务多有参与。这坐下的几个人亦是患难与共的兄弟。

"令法，你说见是不见？"秦秋生问一个白面青须的中年男人。

孔令法回道："见！他们来的正是时候。"

"哦，继续讲。"

"自从日本人占了青岛，虽没有动我们，一来我们也不是省油的灯，再是他们根基未牢。但我们毕竟靠着德国人起来，即便依顺他们，他们始终怕我们怀着二心。所以，我们得给自己多修路，多个朋友多份筹码。"孔令法道，"大珠山送了拜帖，必是有事相求，结了这个善缘不说，最要紧是，咱们洪帮不日做焦炭生意，出了港口货运四方，青岛的哪条陆路可都在大珠山的掌控之下呢。"

"真不愧是洪帮的智多星！"秦太太先就赞起来。

秦秋生便吩咐道："请他们进来。"

洪帮的总舵在斐迭里街，属德国等欧美侨人的居住地。总舵设在欧人区，原是为着不受清政府的管制，但自从日本人控制了青岛，洪帮的总舵方圆百米，日夜设了帮众巡视。若非门外站立的岗卫，任谁也想不到这座美丽的房子会是洪帮的总舵。

马云龙看着眼前的欧式花园洋房，一脸的艳羡，道："哪里像个帮会的窝，这群老千混子真他娘的会享受！"

"老马，你也算见过世面的人，皇城根上也走过几遭，就差进太和殿逛逛了，怎么还这般没出息？"大勇戏谑。

马云龙笑笑不语。这时，黄铜门上的八卦双喜门扣动了，门无声大开，三个人迎出来，其中一人抱拳鞠躬道："在下孔令法。王兄远道而来，洪帮蓬荜生辉，我们帮主恭候您的大驾。"说着请了大勇进大院。

院子里三步一岗，五步一哨，大勇素来有平视王侯的傲气，马云龙亦是半生风雨凝练的胆气，两人在这豪壮排场、刀光枪阵中，淡定如庭中散步，倒让孔令法暗暗钦佩。

迈上三四丈高的石阶，迎面是挑高的门厅和橡木的大门，圆形的拱窗，典型的欧式大宅。进的大厅，有下人打开右侧的一扇门，却是一个安静的会议室。

秦秋生自意大利雕花沙发上站起，朗声笑道："久闻王老弟的大名，今日一见，果然是少年英雄，风采斐然。"亲自上前挽住大勇的手，并坐在沙发上。

大勇道："秦帮主过誉了，小弟草莽一个，怎及得上秦帮主宏才大略。小弟也不说客套话了，此番来到贵帮，是求秦帮主指条路子。"

"老弟尽管吩咐，但凡用得上洪帮，洪帮上下义不容辞。"

丫头推门进来，手里端着个银盘，盘里高脚杯中，酒汁殷红如血，细声细气道："夫人开了法国大使送的葡萄酒，说贵客到访，务必招待周全。"

秦秋生端起两杯酒，递与大勇一杯，问丫头道："夫人去找酒，怎么还不过来？"

"小姐闹着夫人呢，夫人一时脱不了身。"丫头说完，躬身出去了。

大勇喝了一口酒，道："这酒水虽好，却是个不小心就伤人的物件。秦帮主不爱喝茶吗？"

但听得左侧沙发上一人哼了一声，道："不识抬举！"那人皮黄肉粗，小头小眼，却生着猿猴一般的长臂细脚。大勇望之，心里先就生了厌。

"哪里有你说话的份，出去！"秦秋生斥道。那人也不争辩，闷声出门去了。

"我这弟弟不懂事，不要与他一般见识。"原来那人是秦秋生的同胞兄弟秦秋国。

秦秋生接着道："茶水有茶水的好处。我近年来好酒，就爱酒的刺激。这世道，喝酒比喝茶快活。老话都说，文人爱茶，武人好酒，老弟爱茶，竟是个儒将。"

大勇道："在下之前也是个酒徒，终日里借酒舒意，要么越喝越来劲，要么喝得颓废。这两年品茶，却喝出个淡定从容，只觉得任这世道沉浮，也安之若素了。"

"我那夫人也爱茶如命，与老弟倒是同道中人。令法，着人泡一壶好茶给王老弟！"

"且慢，"大勇道，"既然夫人也是茶友，我这有一包茶，请夫人一品。"

秦秋生便道："去吧，请夫人尝尝老弟的好茶。"

孔令法听秦秋生说毕，接了大勇的茶叶出去。

大勇又道："正是为着茶来的。自来山东无茶，我家妹子偏不信邪，与福建泉苑茶庄联手，在崂山种出满山茶园。有批茶要运去福建，所以来拜会秦帮主开条路。只怕以后也要劳烦秦帮主关照了。"

秦秋生笑道："这点小事。老弟来找我，我自然给你办得妥妥当当。我手下有几条船，南来北往的做点小生意，官道黑道的多少给我几分面子，并不为难。你搭用我的船便是。"

大勇听他包揽，不由得大喜，道："秦帮主肯帮忙，这货物是万无一失，小弟先谢过了！"

"打算几时出发？"

"自然是越快越好，当然还要听秦帮主安排。"

两人正商讨航期等事宜，门开了，还没见人影，先听到一个女人声音急急道："别让大珠山的朋友走了！"紧接着秦太太进屋来。众人面面相觑，大勇嘴角却露出笑意。

"你那茶哪里来的？"秦太太眼光一扫，劈头问大勇。

"崂山茶，我家妹子种的。"大勇回道。

"了不起！我品遍天下名茗，这茶的味道生平未见，闻着清香醒脑，喝到口里浓醇鲜爽，竟是我们崂山茶！兄弟，你妹子种出这般好茶，可是千古功臣啊。"秦太太果然是好茶之人，见着好茶，不由得情不自禁。

大勇道："夫人好品位！为着夫人对我家妹子的赏识，我替她打个保票，年年的新茶，必先给夫人送到府上。"

"王老弟正是为茶而来。"秦秋生对夫人说了一遍来龙去脉。秦太太豪气万丈："这是天大的好事、雅事！可比帮盐贩子煤贩子走私来的光彩。"又对大勇道："王老弟，你放一万个心。回头告诉你妹子，让她只管种好茶，她要把茶运去哪里，都有我呢！"

秦秋生笑起来："你忘形了。"

秦太太这一忘形，宾主更觉融洽。言谈正欢，一个三岁左右的女娃格格笑着，朝秦秋生扑过来。女娃跑着猛了脚下不稳，身子一歪，眼看着要摔到地上。大勇手疾眼快，一把接住女娃，揽在了怀里。女娃儿不认生，睁着黑玉一般的大眼睛道："你脸上长了个蜈蚣。"小手就抚上大勇额头的疤。

"海音，过来。"秦秋生笑道，"这是小女。"

海音索性搂住大勇脖子，只管玩弄大勇的疤，不肯理父亲。

秦太太就笑道："海音倒是与大勇兄弟有缘。我们水陆两家更得好好合作了，今日里一定要吃过饭再回。"

"对，对！老弟今日就陪我喝几杯。我们喝了你的茶，你喝我们的酒，这才公道，哈哈！"秦秋生附和太太。

一场酒直喝到黄昏，大勇喝了第一杯酒就覆水难收。秦秋生的一见如故，秦太太的同道相惜，轮流着劝饮。大勇就有了九分的醉意，便嚷着要回栲栳岛村，秦秋生吩咐了司机送客。马云龙是滴酒不沾的人物，陪送大勇到了栲栳岛村，自己回大珠山了。九分的酒意，又路上颠簸，大勇见到长风只说了句，事办好了，就一头栽床上大睡。这个家里，原就留了他的房间，在西厢房的靠大门处。

长云拿了棉被盖在大勇身上，道："茶也不喝一口就睡了，没事儿吧？"

长风道："且让他睡一会，再喊他起来喝茶醒酒也不迟。不过看他这样，只怕前半夜是醒不了。"婶婶旁边道："哎呀，你们别管了，交给我吧。"长风道："也好，婶婶照料他，更方便一些。"

果然，大勇一睡就是几个时辰。长风带着峻峰上楼休息，一边哄孩子，她自己也睡着了。

婶婶见长风房里灯熄了，轻轻推开了长云的房门。

"妈，你鬼鬼祟祟干什么，吓我一跳！"长云抚着胸口说。

"丫头，妈问你，你喜欢大勇不？"

"喜欢！"

"你看大勇喜欢你不？"

"好像喜欢，又好像不喜欢，嗳，我也不知道。"脸就拉得长了，嘴巴也噘起来。

"真是个傻丫头！妈教你个办法，让他喜欢你。"拉过女儿，窃窃低语了一番。

长云惊吓得眼珠子要瞪出来了："妈呀！羞死人了！我不！"

她妈一巴掌打她头上，骂道："死丫头，笨死你算完！我告诉你，过了这村没这店，大勇娶了别人，将来有你哭天抹地的！"

"大勇哥不会娶别人的！"

"不娶别人娶你？做你娘的清秋大梦！莫说远的，就眼前的人儿，他想娶的也不是你！"

"妈，你什么意思？大勇哥想娶的是那个妖精一样的柳叶？我就知道，她跟着大勇哥回来没好事！她那贼眼睛滴溜溜冒水，走路一步三扭，也不怕扭断腰！勾引谁呢！"

婶婶气得手指头直戳长云头，道："我精明一世，咋生了个你啊！妈不说透，这事得靠你自己咂摸。你也不小了，多长个心眼，别让人耍了——你细想想，大勇有娶你的意思吗？"

长云的脸在灯光下通红，是啊，他从没说过会娶她。"妈，我去了，大勇哥就会喜欢我，就会娶我吗？"终是不安了。

她妈道："好孩子，你听妈话，妈还能害自己闺女不成？"说着轻轻推长云出屋，"你照着妈说的做，妈让你不出三月嫁给他。"

院子里寂静无声，乌蒙蒙的一个夜。星星全然不见，只一牙儿线月在云层中忽隐忽现。傍晚就起了风，天上的黑云随风变幻出各种形状，时而似人，时而似兽，那云层里藏着千军万马，牛头马面一般。长云看得害怕，心头冒出一句话，"每个人都有想守护的人，死也要守护的人。"她不再犹豫，伸手推开了大勇的门。

屋子里黑漆漆的，酒气弥漫，大勇粗重的呼吸在黑暗中格外清楚。长云绕开房中的一张桌子，站在了床边，不知道该做什么。大勇忽然道："我要喝水。"她瞬间欢喜无比，摸着黑提起桌上的茶壶，小心倒了一碗茶，放在床头的柜上，去扶大勇起来。就着长云的手，大勇喝了几口茶，口齿不清道："长风，我什么都听你的……一切有我呢！"

长云一愣，立时明白了她妈那句话——莫说远的，就眼前的人儿，他想娶的也不是你！

她扔下茶碗在床沿，任茶水湿了被褥。大勇嘟嘟囔囔，在床上翻来覆去，想来酒劲儿正盛。她一肚子的冷气，转身就走。走了几步又停住，咬着牙回到床边，脱掉衣裤，钻进被子里，搂住了大勇的腰。

一场秋风一场凉，长风早上醒来，房间四下里清寒，她摸摸峻峰的小手，倒是温热。她穿衣下床，突然听到楼下婶婶的尖叫"要了亲命啊！"，叫声急迫，那嗓门扯着，但听见长长的尾音"啊……啊……啊"，跟丧事上请的哭丧似的。婶婶平日里就一惊一乍地，长风也不在意，不过是长云又惹着了她妈。

下得楼来，却见婶婶堵在大勇房门口，身子倚着门框，既不进屋，也不离了那门，嘴里骂着："长云，你给老娘出来！"

长风道："婶婶一早好大的火气，心妹妹又哪里错了？"

婶婶一秃噜坐在地上，双手拍打地面哭起来："你进去看吧，你自己去看！我可说不出！作孽啊，咱们家的老脸可是剥了一层又一层，露肉见骨的，丑不死人也要吓死人！"

长风听她这话不成样子，脸就沉了，也不言语，跨过她的腿，进了屋。

长云半坐在床上，只穿着贴身小衣，发辫凌乱，满脸红晕。大勇站在床边，手忙脚乱整理衣服，脚上的鞋子都穿反了。回头看到长风，那脸涨得黑中泛紫，结结巴巴道："我，我，我不知道怎么回事，我以为……以为……怎么回事？"再说不下去，就拿手捶打自己的脑袋。长云从床上跃起，抱住大勇的胳膊道："大勇哥，我不怪你！我是愿意的！"

婶婶又叫骂："我让你送水，你倒好，把自己送了——长风啊，你得给你妹妹做主，她年纪轻不懂事，以后可怎么做人。万一有了孩子，天啊，我们家的姑娘命都好苦啊！"

"婶婶且静静，"长风道，她立在那里，也不看谁，只盯着方桌上面碧玺瓷盆里的仙人掌，肥厚的叶子上，密密麻麻的小白刺，根根贲张。她带着浅浅的笑，道："前几日读易经，其中一句由颐利吉，大有庆也，读着动心，却原来应了这事。大勇哥是该成个家了，妹妹自然是最好的。"

大勇发楞，然后呆呆问道："你要我娶长云？"

长风声音轻柔却坚定："是！"

大勇乌油面上瞬时无了光泽，却点头道："我什么都听你的，你要我娶，我娶便是。日子你们定吧，我先回大珠山，回头去泉州，得赶着先把正事办了。"拿起床头上的褡包，边往腰间系，边就低头匆忙而去。出得院门，但见秋色潇潇，天海茫茫，一阵凉风伴着沙尘袭来，迷住双眼，竟硌得流出了泪。

"嗳，三媒六聘的可得齐齐的，一样不能免……"婶婶从地上爬起，冲着大勇的背影喊。

"婶婶莫急，不会委屈云妹妹。"长风道。

婶婶扑打着身上的灰，道："这楼是新盖的，先就在这里成亲吧。我瞧着二楼东的房间好，只是窄了些，不如就打通了隔壁的两间。要不，你挪挪？恰好峻峰也大了自己学走路，上下楼太不安全，你们挪到一楼倒方便。那个柳叶也要搬下来。"

长风笑笑，还没说话，长云闹起来："妈，我就在这间屋子里成亲！你再不讲理，我就不成这个亲！"

"好好好，听你的！小没良心的，我告诉你爹去！"婶婶趔趔趄趄着一双小脚，喜滋滋地走了。她煞费的苦心开花结了果，真正是心满意足，更为自己的足智多谋得意。

长云慢腾腾穿好衣服。她原是个脱略惯了的随心脾气，加上年少气盛，虽觉得昨晚的事不光彩，但并不后悔。又因知道了大勇的心思，对着长风便觉得莫名烦躁，说道："我们未必就在这里成亲！"

"你要怎样都可以，只要你喜欢。"长风一边说，见长云的头发有几缕垂脸上，便伸手去整理，长云却一侧身，她的手就落了空。

"姐，你真的想我嫁给大勇哥吗？"长云紧紧盯住长风。

"咱们家的孩子，难不成都是峻峰？"长风道，"你也大了，终归的要嫁人，嫁给大勇我倒是放心。"

"姐，你没想过嫁给大勇哥？"到底是年轻，沉不住气。

长风微微笑起来："我说你这丫头怎么不对劲，却是在想这些个。"

"姐，你得告诉我实话。"

"我当大勇是兄，是友。我这一生，是不会嫁人了。"

"你心里装着峻峰的父亲，才不嫁人，而不是因为别的，对吧？"

长风道："并不是为你所想的。再者，你是我妹妹，我又岂能让你步了我的后尘。"

"姐！"长云扑到长风怀里，哭道："姐，对不起！"她这句对不起含了几层意思，但长风却当她在为要性子道歉，并不追究，笑道："马上做新娘子，可不兴再哭哭啼啼。"

这时天色已大亮，长云抬头，泪水洗过的眼睛小溪般清明，说道："姐，我还在这院子里成亲，咱们就在一处。我还要跟着你种茶制茶，我还要陪着你养大峻峰！"

这时柳叶牵了峻峰进来："你们吵什么呢，孩子也不管了。"她住在长风的房间隔壁，早起听得楼下嚷，又听见峻峰醒来叫人，便抱了峻峰下楼。为着柳叶住楼上，婶婶没少言辞，直说野鸡占了个凤凰窝，自家婶娘都没住楼上呢。柳叶涵养却是好，任她说什么，只做听不懂。

"不是吵，是热闹。正商量大勇与长云成亲的事儿呢。"长风接过峻峰，道："今天醒得好早。"峻峰小脸一正，回说："早起好读书。"长风失笑，问道："今儿要学什么？"峻峰想了一下，说："就学峻峰二字"。

那边柳叶眼珠子溜了一圈，扫过长云松乱的发辫，落在床上的枕头边，嘴角不由得斜斜上翘。

长云顺着她目光望去，见枕头边一团红，可不正是她辫子上的头绳。她的脸立时比那团红还艳，抓起头绳，狠狠瞪了柳叶一眼，暗暗骂了句鬼婆娘，一溜烟跑了。

"你会不会后悔？"柳叶问。

"悔什么？"

"大勇娶长云。"

"我这辈子后悔的事不少，但绝不是这一件。做饭吃吧，回头咱们把茶再验一次，大勇已定了南去的航期。"长风道，"你想南回一趟吗，要不要跟着去？我虽不是生在泉州，离开得久了，有时亦会想念那座城那片海。单单是旅居，未必能看出一个地方的好。但是身处其中，年复一年，总归能住出来感情。所谓感情，也许就是无惊喜，不嫌弃。离开的那晚，听着窗外风声掠过，恨不得一夜白头，可以听天命不再折腾。"

"我不想念，"柳叶冷冷道，"你想念因有想念的理由，我却没有任何理由想念。"

两人的谈话戛然而止，过往历历，彼此心明，却也只好对视无言，哪里堪得回首。院子里那株茶花，红透枝头，若只看景，心有远方，不必远方。

第十章　十样花

不管世界什么样子，我始终认真相待万物。世人眼中即便是可笑的又怎样，我却只要不负本心，清澈明朗。人生是如戏，但总有些人是守着本色书写春秋的。

冬日的傍晚猝不及防，斜阳还挂着，才一个转身，天色便灰扑扑暗沉下来，墙上的时钟尚早，屋外已是寒烟浓郁，点亮的廊灯自顾吹散着白气。一只灰蓝色的尖嘴大鸟站在院墙的飞檐上，翘着长尾巴咕咕叫，一种惦念的、甜蜜的不安。不远方，铅灰的空中一抹暗影由远而近，两处鸟鸣渐渐交汇。黄昏，原是一日最好的成全。

长云的惦念中不安多过甜蜜。她几次三番掀起门口棉帘儿往外瞧，这会又看了一眼道："天就黑了，今日又不回！鸟儿都知道归巢，他连只鸟都不如！"憋着气转头扭身，一屁股坐在椅子上。她穿了件绯红牡丹花的织锦棉袍，灯光下那红看着尤其不正，牡丹花倒似被谁拧去了花汁，失了光华。

屋子里地龙烧的热烘烘，案几上两盆十八学士开的正艳，峻峰手里捧着罐花生糖，嘴角沾满糖渍，柳叶拿了手帕帮他擦嘴。婶婶把一碟菜重重摞到八仙桌上，道："也就你钝性子，只管顺着他！成亲前隔三差五的跑来，现在倒十天半月也难见影子！你若是个成器的，就拿住你男人！偏生见了面就成了软脚鸡，却只在我这里抱怨，你娘看不上你这捏不成形的稀泥样！"

"我的事不要你管！你要唠叨，就回家找我爹！"长云道。

"还没成人，就扔娘？狼崽子也比你强！老娘这屋子住定了，住到你们给我披麻戴孝！你爹不肯来住，恋着那漏风的破屋烂院，那是他挡福，福来了挡门外头，要遭雷劈的！莫说是你，大勇也赶不走我！他乐不乐意，我都是他真真儿的丈母娘！该走的多了，有的没的，八竿子打不着的都不走，要老娘走？万般轮，也轮不到老娘走！"嘴里骂长云，眼睛却瞟着柳叶打转。成亲时，大勇坚持住在原来的厢房，她恨得牙痒痒，别人住着正房绣楼，自己与女儿倒住厢房，怎么算都是矮了一截，她不敢与大勇较劲，就时不时指桑骂槐一番。

柳叶拿起一个苹果，挥刀切成两半，哄峻峰："峰儿，糖吃多了牙牙长虫子，咱们吃苹果。"顺手把峻峰手里的糖罐拿过来，峻峰嘴一瘪，撒娇道："柳姨坏，抢我的糖。我不吃苹果。"

"这是啥心眼，都见不得个孩子开心。孩子的眼睛就是干净，能认出妖魔鬼怪！"婶婶过去，狠狠夺了柳叶手里的糖罐，又塞给峻峰，"尽管吃，你是我们家的外甥，吃自家的糖咋啦，又不是没脸没皮蹭别人家的吃食！"

柳叶桃花眼一睬，却也不说什么，只是微微笑，那微笑满含深意，好似一匹绢布，绣了幅八卦连环图，却偏一折一折地卷着，撩着人只想摊开了看个完整。

"你笑什么？哪里就可笑了！"婶婶果然忍不住问。

"是笑婶婶的话巧妙。我想着，大勇来得疏了，必是因为现在这院子里有了妖魔鬼怪。不然之前为何来的勤呢？"柳叶的笑意更浓。

一番话噎住婶婶，正待发作，那边长云耐不住道："你们别说了，烦死人！怎么姐姐见天的躲阁楼里不出来？"

几月前二楼上仿着六角亭建了个阁楼，楼顶是原木搭成的格子天窗，白日里一屋子的暖阳，夜晚满地的星光。阁楼建成后，长风便把自己关在里面，常常是吃饭也想不起。那阁楼除了她与柳叶，却又不许别人进去。

"柳叶，这许多天，姐姐在做什么？"长云问，"非要建个阁楼，又要四下里通透，房顶还要全采光，依着她建好了，她竟是入了魔。"

婶婶哼了一声道："你姐姐可是个神道，哪用得着你操心。你先把自己的男人管好吧。"

"柳叶？"长云不理她妈，又问柳叶。

"事儿没做成，长风不会说的，她就这性子。"柳叶道。

"我问的是姐姐在做什么，没问她做没做成，你老老实实说话不行吗？"

柳叶又微笑："你若问我，我只能是这般说。或者你去问长风。"

长云猛地站起，呼了口气，道："我偏就问你！"手一扬，一巴掌就扇在柳叶脸上。她多日来各种的郁气，此刻聚集掌心，那手倒似练了铁砂掌，硬邦邦火辣辣。柳叶本是南方人的娇小，经不住长云的敦厚巴掌，一个趔趄差点摔倒，手险险扶住桌沿，粉白黛绿的脸上瞬时五指鲜红。

"打得好，让她眼皮子浅，嘴又贱！"婶婶拍手道。

"妈说不可以打人。"峻峰却不乐意了，上前护住柳叶，他小小年纪，竟就有了侠义之心。

柳叶嘴里涌出咸腥，她也不吐出，生生的咽下肚，轻轻弯腰，揽住峻峰的头道："好孩子！"

"又是个不知远近亲疏的。"婶婶看着峻峰骂。

"峰儿过来云姨这边。"长云叫峻峰。

峻峰只是摇头，仍然护住柳叶。他人小主意大，也是个执拗的主。

"这是做什么？"长风不知何时站在楼梯口，她盯着柳叶的脸，眸中少见的锐利。

"云姨打柳姨。"峻峰童声稚气地回道。

婶婶并不当回事，道："这一向你妹妹心里不自在，大勇又有半个月没回家了。偏生有人嘴贱，戳她心窝子，也怪不得她动怒。"

"姐……"长云一语未出，泪先流出来了，掩着嘴打起门帘，回了自己屋子。

"嗳，饭还没吃呢，"婶婶扯着嗓子叫，就要去追。

"婶婶且住，我有几句话对您说。"长风就着桌子坐下，"婶婶请坐。"她脸含秋霜，端正坐着，一双眼如深潭水，望之生寒意。婶婶竟觉得心里发怵，讪讪道："小灶上炖着鸡汤呢。"

长风道："婶婶是个有心的，但太有心往往就累了身边人。云妹妹嫁给大勇，有了归宿，婶婶原该享享清福，多陪陪叔叔，叔叔一个人在家也是寂寞。"

"你要赶我走？"

"长风不敢再留婶婶。"

"这院子是我姑爷出钱盖的。"

"大勇没告诉你，茶园也有他的一份吗？长风虽然是个女子，但尚且懂得有恩必报，有借有还。大勇定是不肯收回盖房的钱，我便当他入股茶园的股金。至于这院子，是父亲留下的，是我的。谁走谁留，我说了算。"

婶婶急了："你有今天，全赖大勇的功劳，不是大勇事事出头，你能挣下这份家业？撕破了脸面，没得大勇不顾丈母娘！"

"婶婶倒不妨试试，"长风道，"许多事原不必道破，尤其婶婶又最是个明白人，否则不会巴巴让云妹妹深更半夜去给大勇送茶水。说起来这门亲事不能再好了，我并无异议。只是婶婶，你这般闹下去，只怕就害了妹妹，到时就算我也无能为力了。"

婶婶老脸一红，强道："你为了个外人，至亲骨肉都不顾了？"

"婶婶，我又何曾只是为了外人呢，你又何曾只是对着外人呢？"长风语气轻淡，却句句绵里藏针。

婶婶额头冒出汗，她素日里嚣张，明是仗着大勇的名头，更因着见长风温良可欺，当初既然能把怀着身子的长风赶出家门，那现在把这家业捏在手心也易如反掌。却不料平日里柔和淡然的姑娘，竟是个金刚。不由得就软了，大勇是指不上，她又岂会不知。辛苦半生，好容易过上的日子，万不能就这么糟蹋了。她脸上强堆出笑，道："哎呦，你说说咱娘俩在干吗啊，一家人万事好商量！"心里虽是怯了，嘴上却撑着脸面，"我是必定要带大峻峰的，你这几年越加忙碌，照顾不好你娘俩，别说对不起你叔叔了，将来黄泉下都没脸见我那老哥老嫂！峰儿来，姥姥给你盛饭！"她拉过峻峰抱到桌边的椅上，盛了碗红米饭，又夹了块鱼放碗里，"等姥姥别刺。"只管心肝儿肉的叫着峻峰。

"婶婶，你要给柳叶道歉。"长风不为所动。

"打她的是你妹妹，可不是我。"婶婶拿筷子拨刺儿，低着不抬头。

长风道："长云是个炮仗，一点就着。火捻子却在婶婶手里。至于长云，我也是要找她说道的。"

柳叶在一边一直不语，这时道："不必了，长云也是心情不好。你忙了一天了，吃饭吧。"

"吃饭吃饭！柳叶姑娘说的对，你们先吃饭。我去煮两个鸡蛋，柳叶姑娘趁热脸上滚滚，那红肿就消了。姑娘啊，婶婶年老糊涂，说话不着调，你可别放心上。"说着就去了小厨房，小脚迈着大步子，也是遮羞。

"你为我惹她们不快，是我累了你。投奔了你来，原想着咱们两个继续作伴，又能给你搭把手，谁知却生出无数是非。"柳叶幽幽叹道。

"你来伴我，我自然护你妥当。没有你在，我亦照管不过这茶园茶事。倒是我倚靠你更多。说到底，她左不过是借你敲我，我再避让，以后的日子更不得安宁。"长风慢慢说着，冷冷笑，"千人千主意，本就是各有各的活法，但若一门子算计，怎不令人心冷？我那婶婶，也该醒醒了，梦做得怎大了。"

"什么是算计？算计很坏吗？"峻峰忽然插嘴，他一双长眉长眼，透着疑惑。他自小受母亲熏陶，气度异于村中小童，虽知大人言谈不可插话，但今晚之事样样超出他理解，不由得就问出来了。

长风温声软语道："好坏要看算计的目的，若为着争抢别人的东西去算计，伤害别人，自是不好。但若为对的事情而算计，却是聪敏呢。"

"这孩子有涵养，遇事有你的淡定，但骨子里却是豪气侠气，像他！"柳叶道。

峻峰又问："什么是涵养？"

长风笑笑，道："什么是涵养呢，先说涵，涵即滋养、润泽。具象的了解涵的意味，曾文正公说的最好，他讲的是涵咏。涵好比清水之溉稻，晨露之润花，春水之濯足。有汲取养分的意思。这个意味，需要你慢慢体会。再说养，养是培养、长养。柳姨所说的涵养，乃是修养、气量的意思。尊敬周围人和物是涵养。克制私欲是涵养。宽容不同观点是涵养。懂得付出是涵养。理解别人的自私是涵养。涵养亦靠修行，先知后明，再醒终觉，一个人只有意识到了自身涵养的不足，才可能知明觉醒。"

峻峰若有所思，道："我还不能懂，但终归会懂的。"说完低头自己吃饭，他早就饿了。

柳叶摸摸峻峰的头，轻轻道："你比我有福气。"心里由不住想，若临行前那晚得了立然的孩子，任是此生辛苦，也无怨无悔。屋子里暖和，案几上一盆十八学士开的倒比在南方还美，那茶花花瓣层叠，玉白中镶着粉霞的边，清且艳，见之忘俗。

长风道："已经过去了，何必再提，各安天命吧，"她也看向案几上的茶花，那日宫元以茶花喻她，原以为今生得遇知己良人，却不想也是一转身的薄凉。心里难免波纹起伏，片刻方道，"不管世界什么样子，我始终认真相待万物。世人眼中即便是可笑的又怎样，我却只要不负本心，清澈明朗。人生是如戏，但总有些人是守着本色书写春秋的。"

柳叶嗤一下笑出声："每每谈男女，你就大讲世事道理，笑死个人。所谓男女，不就是个吃饭睡觉，生时同屋共床，死后同墓共穴，其他都是假的。"

"亏你还笑得出来。这一笑，瓜子脸倒成了歪把子梨，"长风也笑，"过来，我给你揉揉。"

"可不敢劳您大驾，您那手是做大事的。这几月你不眠不休的制茶配方，我看着都心疼。"

"上次大勇去泉州，我信里要立然把库里的老茶各样都带回，我是想，若能配制出南北茶风味兼有的品种，那才算的圆满。"

"你还说姊姊梦做得恁大，你这心才恁大呢！"柳叶道，"咱们的崂山茶已经在泉苑茶庄的客户中供不应求，你还不满足？不过，也许正是你这股做事的韧劲，招的人人爱，更招福气呢。"

"这算得什么。等着吧，咱们要做的大事儿还在后头呢。"长风难得有大话的时候，柳叶心知，长风也有安抚自己的意思。

正说着，姊姊进屋来，左手端碗，碗中两只鸡蛋，右手拉着长云，长云一个劲儿道："我说了不吃，你拉我做什么！"说着却也就坐下，对柳叶道，"打你不对，你打还我吧，我绝不还手。"她原就是个爽快分明的人。

柳叶淡淡道："这又何必呢。"

"真是胡闹！"长风道，"成了亲的人，还孩子一般。"

"姐，你别生气，我改了。你让大勇哥回来，再不要回大珠山了！"长云拉住长风一只手腕，轻轻摇撼。

长风道："我早就要他退出大珠山，他也应了，只说等等，等茶园做起来。他来了我再与他谈。只是你这脾气也得改改了，否则我怎么放心把茶厂交给你？"

"姐！你要教我制茶了？"长云喜不自禁。自柳叶来到山东，她见长风与柳叶同进同出，茶事也只与柳叶商议，早酿了一肚子的酸醋，又吐不出，少不得肠肚反复烧灼。柳叶做事精细，育苗制茶，无所不通，自己却是门外汉，虽想做个局中里手，可四下里摸瞎。她有时觉得欠了长风的，有时觉得长风欠了她的，但她心里明镜一般，大勇只听长风的，她的命握在长风手里。明镜挂在她心里，可人人看得清楚。她就像戏台子上的花旦，再真切的春闺怨，别人看着也是戏。

"你五心暴躁，茶香里润润才好。却有一样，做就做好，莫令人说出，我们家的姑娘竟是个没出息的！"长风回道。

一番话挑得长云芒刺在背，直跳起来，道："我立军令状！做不好我一根麻绳吊死在梁上，也不辱没了咱的姓氏！"

"还是你！"婶婶朝着长风竖大拇指，"任我嘲骂，她油盐不进，你却三言两语，引出她的血性了。"

桌上的饭菜有些凉了，柳叶不声不响，早喂饱了峻峰，峻峰在灯下打了个呵欠，说："你们吵的我都困了。"

草草吃过饭，各自回房歇着。长云跟着进了长风的房间，道："姐，大勇明日回来时……"话说半截，便就弯下腰抱起峻峰，坐在床边的圈椅里，问峻峰："怎么不喜欢云姨了？"

"不喜欢打人的云姨，喜欢现在的云姨。"峻峰想了想，一本正经地回答。

"这不公平，你啥样云姨都喜欢呢。"

"那我没办法了。"峻峰小脸镇定，神气与母亲一模一样。

长云笑起来，下巴埋在峻峰头上蹭："小鬼，咋就这么惹人疼！"峻峰痒了，也咯咯地笑出声。

"大勇明天若来，我先与他谈大珠山之事。"长风接着长云的话道，"你呀，且敛敛性子吧，不说将来要独当一面，单就为着大勇，也莫要再任性而为了，难不成你要他一生当你是个小孩子？"

"不要！我要他当我是他妻子。"

长风暗暗叹了口气，道："你已经是他的妻子了。"

"但他心里并没有当我是妻子，"长云瞬间的恍惚，旋即岔开话锋道："今晚我打了柳叶，你待她比待我亲近，我心里难受。"

"这话真是傻。"长风道，"柳叶背井离乡，我岂可薄待了她？你愿与她亲近更好，如不愿，礼貌客气也须做到。这以后，各属分定就是，过了年她就不在这里了。人也没白吃饭，若不是她在，我万无这般轻松。你是我妹妹，难道还不如柳叶体谅我？"

长云点头："我记住了。姐，你天天在阁楼里做什么？"

长风道："正要对你说，明日起跟着我上阁楼吧。"

"好咧！"长云雀跃，又闲谈了一会，方才欢天喜地回房去了。

然而大勇又过了几日才来。那天正午，长云在阁楼上看长风制茶，她靠着北面的通窗，忽然道："他来了！"放下手中茶饼，急冲冲下楼。不过一会功夫，长风听得楼梯脚步蹬蹬，回首时，只见大勇笑嘻嘻进来，问道："你找我？"

长风对他一点头，道："尝尝这杯茶。"她背后一张蛮大的流理台，上面瓶瓶罐罐列了一堆。临窗一张茶桌，桌上几只茶壶，及各式茶杯茶碗。她执了一只粉彩的德化茶壶，倒了杯茶，端与大勇。

阁楼里本就茶气怡人，然而这茶入杯，香味立时抢了鳌头，那味儿也是古怪，深深浅浅几多重。大勇也品茶几年了，自觉这茶不同凡响，喝了一口，道："怎么弄了这仙茶来？"

长风微笑道："你先说如何？"

"入口淡雅，瞬间甘甜，然又清凛，后韵醇厚，口腔里竟似含了一年四季，品出个轮回。"

"你说的真好，简直可以做招牌词了。"长风道，"再尝尝这个。"她执起桌边红泥小炉上的滚水，热热冲进一只青花盖碗里。

大勇端起茶碗，掀开碗盖，见茶汤青绿泛金，味儿更又是个稀罕的。喝了一口，但觉清心醒脑，不由得一声声赞："跟着你品茶无数，自以为道中人了，不成想还有茶能惊着我，这茶哪来的？"

长风道："我们的崂山茶啊。"大勇摇头："这，不对啊，味儿不是啊！"长风方才笑道："确是我们的崂山茶，我其中调配了武夷岩茶，制出这两款茶，前者名青阳，后者名宛月。"大勇道："名字很好，茶更好。你必是又有打算了。"长风道："打算有，现时还不好说，要看立然那边。劳你走一趟青岛，寄青阳、宛月给立然尝尝。"大勇便道:"不值什么,我明日就去。"

"还有一件事,"长风道,"茶园尽可以营生了,又缺人照管,那大珠山你就莫再混着了。"

大勇低头,半响才道:"我的意思大珠山不能弃。现今,各地军阀混战不说,与那日本只怕迟早也会开战。手里有枪有人有山头,总比任人宰割的好。我们又南来北往的做茶生意,更需要人马。但你放心,大珠山再不会胡作妄为。"

"我想着你是不肯的,不然早就舍了那里了。"长风道,"你的心思我倒懂,由你吧。但这一大家子人,全是妇孺,只你一个壮年男子,你却十天半月不回来一次,却教我们怎么倚靠。"

大勇笑起来:"你初回来那年,怀着峻峰,一人住着孤院,也没见你要依靠。"

长风倒了杯茶,抿一口道:"那时,你没有成家。现如今有了妻子,又怎可不顾念她的感受?"

大勇沉默,一时又道:"你走时,我只道此生再难相见,不想你就回了。我暗暗发过誓,要陪护你一生,便是豁出命,也不让你再受一丁点苦,谁知老天操蛋,不肯顺我心愿。我素来不信神鬼,夜深人静,竟想着莫不是我杀人的报应。"他笑了笑,又道:"如此一想,别说老天爷,即便是我自己,也觉得不配了。也好,这种方式守护你们母子,倒更坦然。你放心,我知道怎么做。峻峰叫我了。"院子里传来声声唤,峻峰在踢球。喝了碗中茶,大勇便下楼去陪峻峰了。

长风端着茶杯出神,鼻息间茶香缭绕。外头阳光一缕缕进屋,铺得满室温暖光亮,而楼下大勇和峻峰欢闹声正响。她放下手中的茶碗,站在窗口,但见云轻风浅,心里渐次安定。这人生亦如饮茶,左不过是拿起又放下,方得天地开阔,心境疏朗。

大勇当晚留下,第二日去青岛寄茶,之后也是回了家。自那以后回家勤了。长云高兴之余，免不了暗暗心酸，他毕竟只在意长风的话。然而虽是意难平，却也无可解。

下了几场大雪，年就到了，忙碌中又收到立然的信，这是青阳宛月寄出后南来的第三封信。立然信中道，过完年即来山东，与长风共商茶事。这些时大勇也常去青岛，朝去暮回，回来即与长风密谈，忙乱着在张罗什么。

大年夜，纷纷的大雪。围炉吃年夜饭，长风禁不住欢喜，道：明年是个好年成。柳叶心里突地一跳，眼瞅着长风想，那么大的事儿终也让她做成了。

第十一章　柳初新

山盟海誓不过一时的动情之说，听过就是，能够回味便好，当不得真。世事无常，名利处处，几句话，几个字，过于柔弱，总会被其他更加硬实的东西覆盖了去。这尘世沧桑，风花雪月的缥缈终究不敌坐拥江山的牢靠。

青岛的柏林街虽在城市的心脏，却不显山不露水，极内敛的一条街道。马路的最东端是初期的天主教堂，每个礼拜日，皆有侨民举行礼拜活动。鼎鼎有名的第四公园也在柏林街。这条街不似一般的商业街那般的品流混杂，街上商铺多为各地的行业头脸。

开春恰逢三月三。晨曦乍现，柏林街上爆竹噼啪响。临街的一座三层楼前，有伙计挑了竹竿在放鞭炮。随着日头渐正，各色的花篮贺匾店门口左右摆了一溜。时有汽车停住，客人们或西装革履或长袍马褂，被迎进楼去，楼面招牌上大大的四个金字——泉苑茶庄。店堂里布置得端正雅致，一男一女忙着招呼客人，男的温雅，女的俊美，面目神态皆为南人相，正是立然与柳叶。

民国六年，泉苑茶庄在青岛开了分店。早在茶园初成时，长风就有了令立然惊叹的想法。泉苑茶庄在南方几个大城市虽也设有茶庄，但多年来精力还是放在种茶制茶上，北方的市场并没有亲自专营，一直是各地茶商赚取中间差利。长风便建议立然，以青岛为主场，扩张分店，做直销，各地分店同时供应南北茶批发零售。少了中间商，茶叶价格自是凸显优势。"垄断国内茶叶市场，奠定茶行话语权，才算做到了圆满。"立然初听长风这话，几乎跳起来，他虽是个有野心的，却不成想有人比他心更高，这人还是长风。当然是天赐的良机，且不论武夷茶天下闻名，崂山茶已成业中新贵，单就长风研制的青阳与宛月，一旦投入到市场，必对茶行造成极大冲击。年前就看了房，选中这柏林街的三层楼，一层为店铺，二层为茶楼，三层为私密茶室。

大掌柜的早定了柳叶，这位置非她莫属。她一身初春的柳黄，场面中应接女客，安排事务，无不大方周全，倒是个天生的掌柜模样。外边大勇引了秦秋生夫妇进来，柳叶迎上前，招呼秦太太去三楼。

三楼清室雅静，数位女客艳服美妆团坐，坐中一玉衣女子正自执壶倾杯。秦太太但觉眼前一晃，脱口叫道："长风?！"

长风闻声抬头，见一中年女子当门而立，舒展的五官中透着英气，便放下手中银壶，起身微笑道："秦太太。"

二人并未见过面，秦太太见她搭眼便猜中自己身份，真是个玲珑通透的妙人，不禁又多了几分喜爱，执了她双手，百般亲热。室中众客原以为长风只是茶庄的技师，不成想秦太太这般推崇，青岛上流场面，谁人不知秦太太，向来目中无人的主。都暗自揣测长风的身份，便有几个官商女眷窃窃私语。其中胶澳警察局局长马彦哲的夫人素来与秦太太交好，问秦太太道："这位姑娘何人? 瞧着好生的招人爱，又泡的一手好茶。"

秦太太还未回答，长风先道："长风多谢太太，我是泉苑茶庄的茶师。"

秦太太心知她是茶庄大股东，却不肯出头正身，虽觉奇怪，但也不便当众问询，只道："我这妹子于茶上的功夫可不止这些，今日里咱们先享享口福。马太太，怎么不见你家老马? "

马太太道："那日里你家老秦带了张老板登门，他便心里生了根，只怕南来的贵人在青岛行事不顺畅，昨儿个就把周遭的痞子二流子清理警示了一番，说不能负了老秦的嘱托，今日里早早的就来了，这会大概歇下来在喝茶。"马太太体丰，一袭锦袍勒得身上几处山丘起伏，脸上的肉兀自松垮，自暴自弃的堕落着。她养不出孩子，喝了无数中药催育，孩子没怀上，身材先变了形。马太太几句话说完，就有些气喘，但这几句话却说得非常漂亮，即恭维了泉苑茶庄，又表明了自家的态度，可见是个撑场面的高手。

秦太太明白马彦哲如此上心，是收了泉苑茶庄的大笔拜金，只道："亏得老马上心。自从换了日本人坐城头，青岛无端冒出许多流氓，欺行霸市敲闷棍。人家做茶的清贵人，在咱们家门口遭恶心，老马和老秦的脸上可都没光。"几句话挑明了泉苑茶庄的后台子，坐中有两位北方茶商的家眷，秦太太亦不怕人多心。倒是长风看那两位茶商太太不自在，不动声色端了茶奉与秦太太，秦太太方才住口。

柳叶还要在下面迎客，便就下楼，临行前听到两位太太轻声细语："这姑娘得着秦马两家的佑护，真是走运。"她倒笑起来，长风是走运啊，多少人付出更多的努力，可也得不到想要的，佑护她的何止秦太太。回头看，长风通身兴逐孤云外的淡然，柳叶胸口一闷，别人求不得，她却一副避之不及的姿态，老天到底是不公，真是同人不同命。但这般想着，心里倒安静了。

行至二楼，碰上大勇在楼梯口，似要上来，却又站在那里张望。大约是想看看长风能否应付。可毕竟要顾着些身份，即便他敢明目张胆晃荡，也须顾虑有人认出他来。楼梯太狭窄，两人迎头碰上，竟有狭路相逢的感觉。柳叶笑道："不放心她？你这妹夫倒像哥哥。"大勇黑脸一寒，冷言道："哪里轮得上你说话了？"拂袖下楼。

柳叶双腮热疼，给人左右开弓狠狠扇了几耳光似的。自己原来还是个下人。她眼珠乌沉沉，那一点瞳仁冒出火花，好不容易安静的心又起了波纹。她今天穿了双高跟的皮鞋，一步步往楼下走，但觉得鞋紧腿重，踩着楼梯咯咯响，每一脚都在践踏自己的心。

大勇刚出门，楼下却出了事。一个镶满白菊的花圈摆在店门口，花圈上大大的挽字，落款是国武株式会社。众人围做一团，指指点点。开张收到花圈，原是大忌，送花圈之人心性歹毒可见一斑。寻常人做此等事，大多会遮掩藏头，似这般明目张胆留名的，实属张狂至极了。立然初至青岛，并不知国武会社为何方神圣，听得旁边有人道："这家店咋就得罪了国武会社，不得了啊，等着关门吧！"立然倒是镇定，吩咐伙计扔掉花圈。人声惊动，秦秋生与马彦哲得了消息，也下楼来。秦秋生拨开众人道："都一边凉快去，看热闹也长个眼色，不怕瞎了双眼！"围观者瞬时退后，却不肯离去，远远站着等结果。马彦哲并没有穿警装，灰色长衫，功夫鞋，他是个矮壮的精干汉子，三十几岁，粗眉细眼，他问立然："送花圈的人呢？"

立然手指一方，回道："放下刚走。"

这时对面停着的汽车里下来一人，走到秦秋生跟前，附耳一番。秦秋生冷冷笑道："我把车停在店前，就是告知这些人，我在这里。在青岛，三岁的孩童也识得这辆车。不等我离去就来闹，倒不知是打谁的脸了！秋国，你且去吧，知道怎么做？"

秦秋国点头回道："是！回头再来接您。"又转身向立然拱手："恭喜张老板开张！"便上汽车，疾驰而去了。

秦秋生道："国武金太郎恁猖狂了！强买了李村一万多亩地，建了青岛最大的农场，尚不知足。老马，真怕有一天，他把我的生意也给端了！"

马彦哲道："粮食和茶叶原本就是国武会社的命脉，一直以来雄霸着北方的商业市场，自然是不容旁人插手。青岛在日本手里，日本商人这一向欺行霸市，强买强卖的，国人却也无可奈何。"

秦秋生眉一挑，又待说话，立然微笑道："倒不如店内客室喝茶说话的好。"

马彦哲会心一笑，道："还是张老板细致。不像我与老秦，粗人两个。"

三人进店内，一楼也仿着泉州的老店设了间会客室，分别坐下，伙计上茶。立然斥道："糊涂！这茶有色无味，秦老板与马署长怎么喝得！"

伙计辩道："这是店内最好的茶，柳掌柜亲选的。"

立然道："却不是她亲泡的。让柳叶亲自来招待客人。"又对秦马二人道：

"这泡茶亦如行事,在不同人手里,结果大不同。"

秦秋生哈哈大笑:"张老板果然是文化人,喝个茶都能喝出兵法。大勇兄弟呢,也叫来喝茶。"

立然道:"刚见他出门,想是忙别的去了。"

马彦哲问道:"这大勇是何人?"

原来大珠山声名赫赫,众人都知匪首为王百万,并不知早换了个头子,加之大勇刻意掩饰真容,行事向来黑巾蒙面,竟无人知他身份。秦秋生也不点透,笑道:"一个好兄弟,走镖的汉子,一身胆气。刚才他若在,只怕送花圈的出不了这条街。"

马彦哲道:"倒不必硬碰硬,金太郎也只是立个下马威,不至于怎样。老秦,你让秋国去追送花圈的人,小心惹出大事。"

秦秋生道:"哎呦,老马,你平日里螃蟹横行,咋一听日本人就成了虾爬,难不成你在日本人地盘做官,就成了日本人?"

马彦哲道:"你又取笑老子!妈的,这民国政府实在不争气,连得我们做事也畏手畏脚。"

立然道:"青岛还算好,东北三省的局势更糟糕。"

马彦哲道:"张老板明白人。咱们虎口里觅食,何必争一时之长短。真有事了,也不见得就怕谁。你们聊着,我得去方便。"站起来开门往外走,迎头撞上一个女人,但听得哗啦响,热热的茶水溅了他一脚。女人哎呦一声,受了惊吓的脸红白分明。可不正是柳叶。

话说伙计受了委屈,寻到柳叶说:"掌柜的,老板让你去伺候客人呢。"伺候二字咬得甚重。柳叶今日里顶着大掌柜的名号,兴头足足,众宾客待她亦有礼有节,然而一天之中,先前大勇,此时立然,都噎得她胸口刺痛,已是心凉若秋水,再笑不出。于是冷冷道:"我自会去。花圈可已烧掉?不烧了晦气送不走。开张的好日子,你倒是机灵点!"伙计一呆,道:"要烧掉?东家可没说,只吩咐了扔掉。"柳叶怒道:"东家过几天就回南方,你也只听他吩咐不成！"伙计不敢再言语，低头去烧花圈。柳叶洗手泡了壶茶，端着进客室，心神难免恍惚，不提防马彦哲正巧出来，手里的茶盘撞翻，热茶滚水，手烫红了一片。

立然叫道："柳掌柜，你做事一向谨慎，怎么今日倒毛手毛脚起来！马局长，可烫着没有？"

柳叶耳听立然的话，神色渐次惨败，桃花眼直欲汪出水来，马彦哲只管盯着柳叶，竟是身上一软，拉住她的手道："疼不疼？"

柳叶原要抽回手，听到立然的话，便知握住自己的是何人，千万念头闪过，手轻轻一抖，直直看向马彦哲，嘴唇微张，却欲言又止，手心里就冒出一层汗，又凉又湿。马彦哲像是握了一朵雨打的花，水湿泡着花香更浓，劈头盖脸扑到他身上，神魂竟是不知何处了。

秦秋生哈哈大笑："老马，你吓着柳掌柜了！"

马彦哲放开柳叶，道："我鲁莽了，冲撞了柳掌柜，勿怪，勿怪。"

柳叶道："怪我不小心，与马局长不相干。您的外衣湿了，要不要脱下，我帮您烫干。店里有客房，一应用品倒也齐备。"

马彦哲听了，心里先就热起来，道："柳掌柜行事周全，泉苑茶庄真是福气！不麻烦柳掌柜，我叫小厮回家拿套干净的，我家离这也不远。倒是你，手不要紧吧？"

柳叶道："不要紧。我去重新泡茶。"她收拾了地上的杯盘，转身去了。

马彦哲道："我得叫个小厮去拿衣服。"也跟了出去。

秦秋生又笑道："今天真是喜上有喜，果然是好日子！"

立然稍有不安，微笑道："确是好日子。若无秦帮主照应，泉苑茶庄落地青岛，可也不容易。"

秦秋生笑笑，也不说破，只道："张老板何必客气，与人方便，自己也方便。我虽是粗人，却也懂得铺路搭桥，自己亦好走。"

立然道："来青岛数日，家中老父已来电相催，不日只好启程返家。好在一切事务倒也安置妥当。只是今日花圈之事，着实令人担忧。店里主事的又是个女子。大勇只能暗中护卫，出不得头，还得劳烦秦帮主多关照。"

秦秋生道："张老板尽管放心。我让人跟踪送花圈之人，便是伺机行事的意思。"

立然道："不知这国武会社是什么来历？"

秦秋生叹了口气，道："一言难尽啊。"原来，自从日本侵占青岛，便优先向日本本土居民开放青岛，大批日本人移居青岛。为便于日侨在青岛生活和经营，日本当局向日侨出租、出售大批地产，日侨强买中国市民土地的情况屡有发生。国武农场是日商国武金太郎及其子在青岛强夺农地开设的农场。1915 年，国武金太郎串通李村军政署，用强迫手段前后三次强买李村民地，建立国武农场。所收买土地均为良田，每亩时价 100 元到 500 元，国武每亩均按 30 元收买。李村民众虽不情愿，但在李村军政署强压之下，被迫到军政署签字卖地，同时签订租地契约，仍然耕种原来的土地，每年缴纳 4 元 5 角或 5 元的地租。

"国武金太郎原只是个粮商茶商，如此横行霸道，是咱们中国人不争气。"秦秋生叹道。

立然道："国将不国，民不聊生啊。"

正说着，柳叶端茶进来，马彦哲紧随其后，他换了警服，手上也托了个茶盘，茶盘里点心三五样，竟是地道的南方小吃食。他进屋就兴冲冲道："我家厨子南方糕点做的最好，我着小厮带了来，正配柳掌柜的好茶。"秦秋生与立然对视，两人不觉失笑。

喝茶聊天至中午，春和楼酒家定了酒席的，客人陆续离店赴宴，马太太与秦太太寻了来，秦太太进门便道："今天喝得好茶，长风姑娘真真好手艺！那茶叶是我素日喝惯了的，怎么她泡出来味道就不一样呢！邀她陪我们去吃饭，偏就是不肯。"

立然笑道："她笨嘴拙舌的，不去也好。后院里小灶上备着她的饭菜呢。

柳叶跟着吧，陪陪太太们。"

柳叶应了一声，几人便去上汽车，马彦哲忽地立住回身，柳叶正低头疾走，又撞了个正着。一晌撞了两次，终于把柳叶撞了个脸红。这一幕落在马太太眼里，她眉头一皱，低低道："你且安生些吧。"马彦哲嘿嘿一笑，也不回太太话，弯身钻进汽车。

立然打开车门，候着柳叶上了车，他站在车门处抬头望，见三楼窗边隐隐一抹白，知是长风。想她诸多顾忌，不肯台前应酬，还不是因为那个人。他自己亦想藏她，听闻那个人在青岛也有产业。但她心结这般深重，由不得他难过。轻叹一声，也坐进车里。那车子是新置的德国汽车，为着长风以后青岛与崂山往来，他紧实逼着大勇狠学了几日开车。柳叶在车内看着立然隔窗传情，更是拿定了主意，眼前救她的这个少年，她再是恋恋不舍，此生都与他无路可走。她周身爬满蚁虫一般，又麻又痒又痛。

汽车一辆辆驶走，门店慢慢安静。长风凭窗而立，看着立然寸寸远去，终至不见。太阳正当午，阳光一缕缕，一片片，一团团，奋发往屋里钻，所照之处，雪白明亮。岛城风湿，伴着阳光吹到脸上，温润丝滑，倒令她想起武夷山九曲溪的风光，想起那个人。然而很多东西都变了。山盟海誓不过一时的动情之说，听过就是，能够回味便好，当不得真。世事无常，名利处处，几句话，几个字，过于柔弱，总会被其他更加硬实的东西覆盖了去。这尘世沧桑，风花雪月的缥缈终究不敌坐拥江山的牢靠。她要打造她的王国。

阁楼里灯亮着，一日已近尾声。灯光下，三个人还在喝茶，喝了一壶又一壶，谈过了开分店，又谈过了清阳与宛月在东南亚上市。

"平生第一次醉茶，竟不是在泉州。幸好是在你这里，倒也得偿所愿。"立然笑道，一日里食少茶多，便觉得心跳兴奋，血液流动都沸腾起来。

长风拈起一块枣糕递与他，道："吃块糕垫垫食，不然今晚有你受的。茶若醉了，可是胜过醉酒的不适。"

立然笑嘻嘻，就着长风的手咬了一口糕，道："不好吃！把你的花生糖拿来奉我。"

长风脸就红了，道："酒品见人品，茶品亦见人品。你醉个茶竟成了土匪，要抢别人的吃食。"

立然道："土匪长土匪短，现成的坐着呢，你是骂我还是骂大勇呢。"

大勇正襟危坐，只是低头喝茶，嘟囔道："你两调戏，关我嘛事。"长风脸更红了，起身下楼道："我去拿花生糖。"

"她走了，你想说什么快说。"大勇放下手中的青瓷碗，盯住立然，眼睛幽深不见底。

立然收起嬉笑，道："你竟娶了亲。"

大勇道："她要我娶，我岂能不娶。"

立然问道："她要你做什么，你都肯？即便你心中不乐意？"

大勇倒笑了："她要我做的，自然是她乐意的，那么我乐不乐意，有什么关系。"

立然心头震动，嗳了一声："对她的心，我终究是不如你。我为她做许多事，都是为着自己。我想要陪着她，我想要她陪着我。我想要她的人，亦想要她的心。"

大勇沉吟片刻，道："其实我做的，也是为自己。她开心，我才会开心。她不开心，我活着也无趣味。"

立然忽地站起，长身低躬，道："兄弟，我此番南归，只怕要过些时日才可再来。茶庄初开，茶园要扩，原该留在山东搭把手。今日又有那日本人做乱。把挑子撂与长风，我真是万千担忧。然而老父病沉，兄长卧床，虽有两个庶出的弟弟，奈何年幼。我不得不回。长风交给你了！"

"你把我不当盘菜了，"大勇道："也是，如今的我，对你已无任何威胁。你这番话，倒像她已是你的了。别最后打了脸！"

立然微笑道："只要你不争，便打不了脸。"随即正色道："老实讲，磊落如你，仁义如你，即便输给你，我也无话可说。上苍待我不薄。大勇，不瞒你说，听闻你娶亲，我庆幸不已。你可怪我？"

大勇道："我谁都不怪，都是命。我不是认命的人，老子的命老子做主！天道人伦是个屁！可是这次不行，她要我认，我就得认。"然而脸上终究是有了苦相，再假装不出心平气和。

立然要待说几句安慰话，自己都觉得矫作。落座提壶，给大勇倒了杯茶，道："以茶觉心，一切就了了分明。每次与你喝茶，茶心无二，但觉从容、坦荡、酣畅淋漓。连带着我也掏了心窝子，失言多多，却是真心真性，兄弟海涵。"

"你不必如此姿态，你并不欠我。"大勇道，"长风与你在一起，我倒还放心。只是丑话说前头，你若负了她，便是天涯海角，我也一定取你性命！"站起身就下楼。

"无论何时，无论怎样，她都比你的命重要？"立然静坐不动，只细细嗅那碗中水。

大勇背对立然，脚不停步，回了一句："无论何时，无论怎样，她都比我的命重要。"出了阁楼，却见长云立在楼梯口，脸已哭花了，红脂白粉混成一团脏乱。她直勾勾问上来："她比你的命重要？那我呢？"

"回屋！"大勇仍不停步。

长云穷追不放，拉住他的胳膊，恶狠狠地又问道："她比你的命重要，那我呢！"

大勇顿住，面无表情，看着长云道："走，还是不走？！"

长云一下哭出声，跺了跺脚，跟着大勇下楼回了房。

质问声与哭声穿透竹门，立然听在耳中。他往红泥炉中添了块木炭，火苗渐渐由蓝转红，银壶里水吱吱响。到得水声沸腾，长风捧了木雕的点心匣子上来，道："峻峰刚睡着，我拿糖，把他惊醒了。听说是你要吃，分了一半给你，我看着他心疼得很呢。换了别人是想得一颗也不能。到底哄睡了他才能来。"

立然笑:"好孩子,不枉我疼他一场。"

长风摇头道:"你们要把他惯坏了。这孩子也是,先前粘大勇,现在又粘你,满打满算,与你相处不到一月,却只听你吩咐了。"坐在茶桌边,打开匣子,"好歹吃一颗,难为你演戏辛苦。"

立然捏了一粒花生糖,却不放嘴里,道:"自是瞒你不过。不然峻峰岂会被惊醒,你又岂会哄睡他再来。"

"你们要说悄悄话,我拦不住,索性由你们说个够。峻峰还不知你明日回泉州,否则有的闹呢。"

"他如此依恋我与大勇,你可想过为何?"立然问。长风眸子一暗,避开立然眼神,道:"自然是你们疼他爱他。"

"长风,他需要父亲!"

长风的脸半边透着亮,灯光照不着的那半边脸,有种青幽的暗。她执起炉上银壶,热热注入到茶盏中,一边道:"咱们的新品种,清阳的成分偏重武夷茶,意味醇厚,宛月的成分偏重崂山茶,意味甘芬。按理是清阳耐泡,可茶过三巡,宛月的余韵较之清阳,反而更加绵长不断,你可知为何?"

立然微微一笑:"愿听君布道。"

长风道:"一泡醇,二泡浓,三泡清。醇也好,清亦妙,唯怕茶性过量,茶水就馊得喝不得了。可见过于浓烈的世事,往往经不住品味。"

立然脸一红:"你在怪我?我只是请大勇照料你。"

"一杯茶,洗心尽性。"长风端起茶盏,轻轻嗅那香气,"茶过事了,喝了它吧。"立然变作苦笑,端起茶盏细品:"这茶喝苦了,只不知是我嘴苦还是心苦。我很想问一句,你是为大勇还是为他?"

"只有空的杯子才可以装水,空的房子才可以住人。空是有的根本因缘。"长风叹气声几不可闻,幽幽望着立然:"立然,我的杯子装了太多东西,已装不下其他。"

"也罢，由它茶烟袅细香，我自饮罢方舟去。"立然一口喝空杯中茶，竟拂袖而去，步履急怒，踏声咚咚。

第二天，立然一早起床，早饭已摆好，婶婶在给长风盛粥，大勇啃着馒头，而他面前独独放了碗鱼丸，心里就一软，道："何必劳神做这个，回去天天能吃到。"

长风道："也不劳神。你昨晚醉茶，怕你早起没胃口，又要海上漂几日，吃不上可口的，便做了这个，你一向爱吃。"

婶婶那边接话："哎呦，天不亮就起来做，我说我做，她只说咸淡我拿不准，不肯让我插手，她对你可真用心！全然忘了，这半个月，张少爷的吃喝不都是我张罗！"

"您少说两句！"大勇不耐烦，"长云不舒服，您去瞧瞧。"

婶婶走了，三人倒一时无话可说。闷声吃完饭，大勇提了立然的行李放车里，准备送立然去青岛搭船，长风站在车旁相送。

眼看要上车了，立然回望小楼："峻峰还没醒。"

长风道："我去叫醒他？"

"不用，叫醒了也麻烦，回头你还得哄他。"立然道："这一去，只怕一时不得再来，你万事小心。有事及时通知我。对了，记得茶庄里装上电话，我回到泉州也就装上，通了电话就方便多了。"长风声声应着，立然又道："还有，还有什么来着……"

长风嗳了一声，道："茶庄有柳叶，茶厂有长云，她二人尽可独当一面。外事有大勇。你放心。"大勇就在车里大声道："有我呢。走吧，小心误了船！"

立然道："我走了。"长风道："嗯，走吧。"立然脚不动，又对长风道："昨晚你说，一杯茶，洗心尽性，我整夜辗转难眠。人心百态，茶心百韵，天道自然，由不得人。但是长风，昨日，今日，明日，我始终空杯以对。我总归是等着的。"

第十二章　转应曲

肯相守的未必就爱，但爱的一定肯相守。人本来就是孤独的存在，孤零零来，孤零零走，谁也不是谁的救赎。风月无边，繁盛有时，心里的洞，就算装满鲜花彩虹，也是虚华幻影，终会成空。

五月末，青岛的天儿已大暖。马府院子里晒了两竿的皮子、袄子、袍子，小丫头扑哧扑哧拍打衣裳，惊了廊下的画眉，在鸟笼里上蹿下跳，嘤嘤呼叫。马彦哲握一把官窑贴花掌中壶，壶口对嘴，吱溜一口茶，咕噜咽进肚，大声嚷嚷："轻点，轻点，别吓着它！"马太太哼了一声，道："这畜生就是矫情，见着你，百般的撒娇作态；你不在家啊，打雷它眼皮都不翻！哪里就惊着它了？"马彦哲道："你跟一只鸟瞎较什么劲？胡三，备车！"那胡三应了一声，就去开车。马太太不依了："你又出去？这天天的不着家，那泉苑茶庄吸了你的魂不成！"马彦哲道："收了人家的大礼，总要照应着些。"

"呸！"马太太冷笑，"少在我面前打马虎眼，你那臭心思瞒得了谁，不就是色迷了心窍？"

马彦哲一想，倒不如今日就挑开了这层纱。他能发迹，全仰仗马太太娘家的关系，又是少年夫妻，一路走过来，也不容易。为此即便马太太无法生养，他在外面玩女人，也没动过弄回家的念头。可是她不一样，马彦哲想到柳叶，那个秀美娇弱的女人，小鹿一样羞涩的眼睛。一时心神荡漾，他定定神，笑道："太太大人大量，等她进了门，还少不得太太多管教。"

马太太见他不否认，一颗心就凉了，知道他是动了真，哪里还忍得住，哭道："往日里任你胡闹，我不说一字。原是我对不住你，没为你生个一男半女。但你许过我，我在一日，谁也不许进门！"这一哭，肥白的一张脸变得暗红，充了血的牛肉红。偏又穿了件酱紫的织金袍子，衣裳紧裹身子，整个人倒像五花大绑的一头牛，剥了皮的肉牛。马彦哲看着就有点厌恶，眉头不经意皱了皱，随即又笑道："是我对不住太太。别哭坏身子，刚喝下药呢。我是想，一来你总是生病，天天要吃药打针，身边有个人伺候着也是好的。二来真能添丁，我们夫妻也不至于晚年凄凉。难不成太太忍见马家绝后？！"他软硬兼施，马太太倒不好再闹了，心想与其他天天往外跑，不如把那女人放家里，左不过是个小妾，还不得在自己手下讨生活。于是长叹一声道："你个没良心的！我一碗碗的苦药水往肚子里灌，为的什么！那一年老太太法云寺上香，滑一跤，我在旁边，被老太太压到地上，一个成形的男娃硬生生掉了！再也怀不上！"越说越伤心，又哭起来："等她进了门，生了儿子，她做大，我做小！你们好歹给我口饭吃就行。"

向来夫妻有两种，一种越来越像，一种越来越不像。越来越像的，好便一同好，坏便一同坏。越来越不像的，好的更好，坏的更坏。马彦哲与太太是前者，公母俩都擅长软施硬磨。马彦哲早就呆不住了，却还赔笑道："这是胡说八道了！就算嫦娥进了这门，生个太子哪吒，她也是小，太太为大！你尽管把心搁肚子里。我得走了，昨天就约好老秦打牌，再迟就晚了，回头我给太太赔罪。"马太太道："还撒谎没意思。走你的吧。我这就找师父看个吉祥日子，把她接回来，了你的心愿。"马彦哲道："我的贤惠太太！吉利洋行新进了极好的蓝宝石，我去挑颗大的给你。"他换上外衫，穿过院子里一排排衣裳往外走，那衣裳花花绿绿，撩得他飘飘然，步子都心猿意马变轻快了。马太太盯着他的背影，恼得直咬牙。

马彦哲出门就去了吉利洋行。吉利洋行在公共租界，是上海一号大佬开的，天南海北的玩意，英格兰的洋装，法兰西的油画，东南亚的宝石，南非的金刚钻，值钱的，稀罕的，这里都能找到。进去了半个时辰，喜气洋洋地出来，带着三分春色，对胡三道："去泉苑茶庄。"一溜烟到泉苑茶庄，不等胡三开车门，自己便下车，三步并两步，进了店门四下一望，就问："你们掌柜呢？"那伙计见惯不怪，问了声安，道："在后院歇着呢。"

后院里正房三间，柳叶住了一大间。这种新式的房子，仿了西洋的风格，但又要保留几分中式特色，后院就建了宽堂，窗户却还是紧迫的老样子，颇有点不伦不类。马彦哲进屋，便见柳叶恹恹地躺在床上，青天白日里厚窗帘放着，屋子里光线阴暗，红花缎面枕头上一张惨白的脸，不由得问："一天不见，怎么就这副模样！"柳叶床上支身，道："做了一晚的噩梦，醒来魂魄丢了一半，许是我要去了。"她香汗淋淋，头发蓬乱，更显得娇弱，马彦哲搂住她，哄道："不许胡说！瞧我给你带了什么。"牵住柳叶的手，套了个闪闪发光的白金镶钻的镯子，"前些天见秦太太手上的镯子好看，一问是吉利洋行的，我找了那家掌柜，务必要个胜她一筹的镯子，今日才拿到手。英格兰来的，这镯子可是全青岛独一份！"

"我不要！"柳叶使力捋那镯子，不知是镯子紧，还是她病中无力，那镯子卡手腕下不来，手腕就红了。马彦哲按住她的手："这发的哪门子邪火，你是跟谁过不去？"柳叶呜呜地哭起来："你害人性命，却拿个镯子来哄人！"马彦哲搂的更紧，道："那天是我莽撞了，可也因情不自禁。正要告诉你，选个日子就接你正式过门呢。她也愿意的。"

"她愿意我不愿意。把我接回去，不过就做个丫头一样使唤。这也罢了，谁让我心甘情愿跟你。可昨晚我那亡母托梦，直说我违了誓，连累她在黄泉下受油锅之苦！我这心，哪里受得住。"柳叶哀哀怨怨，把个马彦哲哭的心疼不已："小祖宗！你倒是说明白，只管哭，急死个人。"

柳叶哭道："我母亲原不是正室，一辈子做小伏低，弄出一身病。临走前发狠，要我跪她床前发誓，便是剃了头出家做个姑子，也不许给人做妾，如若我违背誓言，她就在黄泉下油锅炸了自己！谁知偏遇上你，谁知就动了心，竟像上辈子欠你的，不管不顾跟了你。做小我认了，但连累着母亲皮开肉绽，我可就禽兽不如了！"一边说，一边就推开马彦哲，气呼呼下床，硬生生把个镯子捋下来，扔给马彦哲。马彦哲连忙喊："镯子是扣的，小心伤着手！"然而已经晚了，她这么强捋，手上一片青紫红痕。可见是狠下心的。

"这是何苦呢，啥事不能商量？"马彦哲捧着她的手吹气。柳叶哭倒在他怀里，手轻轻锤着他的胸口道："你个勾人的冤家，我命中的天魔星！"马彦哲就是石头心都软成了豆腐："你知道我心里只有你。她身子骨一向不好，生不出孩子。将来你生个一男半女，家里主事还不是你。这会儿肚子里不定孩子都有了。"柳叶道："我是为争名分吗？我是为了我的亡母。你就走吧，我再不见你。有孩子我自个养，孩子长大成人，我便剃了头当姑子去。"又推着马彦哲往门外走。马彦哲不敢使力罩，一步步退到门外。门哗啦一声关上，柳叶在里面落了门栓，任马彦哲百般恳求，就是不肯开门。马彦哲听着门里细细的哭声，只觉得心意烦乱，劝了声："你好生养着！"便去了。

随后，马彦哲每来泉苑茶庄，柳叶要么不见，便是见着了也不言不语，更不肯亲近。马彦哲本是个混世魔头，从未受过这般对待，向来都是女人哄他，稍不顺他心意就翻脸的角色。却也奇了，一见着柳叶，身子就软了，一点脾气没有，竟是对她无可奈何。

那边马太太紧赶着喝药，又四处寻访名医。这天，马太太去寺里烧香，遇到个神医，据说给醇亲王福晋看过病。那神医也是邪门，号完脉，就问马太太："五年前的冬天可是滑过胎？"马太太一番惊喜非同小可，看过医生无数，搭眼找出病根的只此一人，这病不就有了希望。于是谢了重金。按着药方抓药，谁知才吃了三副，就肚疼难忍，嚎了半夜，大睁着两眼死了。再找那个神医，早没了踪影，原来是个江湖骗子。马彦哲伤心之至，风光大办丧事，又披麻戴孝。众人见他粗壮汉子，直哭得要随了太太而去，情义真是无比深重，都夸赞不已。马太太娘家虽觉蹊跷，但也挑不出理了，暗叹自家女儿无福。头七刚过，便有好心人张罗续弦。老规矩是大守守三年，小守守周年，不可守者就得五七内成亲。马彦哲已至中年，为子嗣着想，大可五七内婚配。然而马彦哲因痛失夫人，推却了几门好姻缘。就把个马老太太气得卧了床绝食。为着孝道，马彦哲到底五七内成了亲。一个月里，灵堂变喜堂，白布换红绸。

娶的是泉苑茶庄的大掌柜柳叶。

成亲那日是七月初六，六辰值日的好日子，俗称青龙金匮。因是好日子，泉苑茶庄济南分店也在这日开张。新娘子不可从店里出嫁，柳叶三天前就回到栲栳岛村。长风亲自置办了丰厚的嫁妆，权当嫁妹一般。婶婶自然不忿，但柳叶嫁了个官爷，自己女婿又是匪，多少有些顾忌，只在心里嘀咕，并不敢说三道四了，推说长云的父亲病了，索性时时回老宅子躲开。长云害喜，也帮不上忙。长风忙得饭也吃不上。好在立然开张前一天赶过来，便分了工，长风送柳叶出门子，立然去济南。至于大勇，为筹备新店开张，早就在济南住着了。立然也备了厚礼，一套珍珠头面外加柳叶的卖身契。他赶着去济南，便委托长风转交柳叶。

"这礼赏得还真重，一个下人而已。"柳叶坐在镜前，轻轻笑，"难为少爷了。"

长风依着沙口子镇嫁女的规矩，给柳叶梳头："立然何尝当咱们是下人，莫亏了他的心。"

"你是你，我是我，他眼里咱俩不一样。你叫他立然，而我却叫他少爷呢。"柳叶拿起卖身契，"我是他买下的，他又把卖身契还给我，兜兜转转，我就是个没人要的！"两手扯住卖身契，慢慢撕成一条条，又把一条条撕成一片片，随手就撒地上了。

"马上成亲的新娘子却说没人要，你越发矫情了。"长风道，"我听着倒像是在讥讽我呢。"

"谁矫情谁知道。"柳叶笑，"别让我说出好听的来！"

"怕了你了。你是新娘子，我不与你计较，"长风道，"立然送的珍珠头面倒雅致。"柳叶道："是雅致，我明儿就戴它出门。"

"这可使不得，"长风道："这套头面虽雅致，却太素了些，还是戴那套赤金的喜庆。"

"你素来不是俗物，今天怎么就变俗了，"柳叶道，"我偏就戴这套珍珠头面成亲。我心里高兴，戴素插白也喜气，我心里不高兴，那赤金不过是陪葬的物件。"

长风越听越不得劲，便问："柳叶，你可是不愿嫁那马彦哲？你若不愿嫁，任谁也逼不得咱们。"

柳叶摇摇头："你看你，又做圣人。马彦哲有马彦哲的好处。我嫁给他于大家于泉苑茶庄都好，你们好，我便好。长风啊长风，未必我做不得圣人。"

长风忽然全身发冷，暗道她果然是被逼的不成。然而镜中的柳叶神情淡然，看不出悲喜。她看着她的眼睛，她也看着她的眼睛。长风道："你犯什么傻，我不会让你去受苦。"

柳叶倒又笑了："我自愿嫁他的。他待我如何，我心里有数，这辈子再找不到第二个。"

明明是笑面，长风却觉得凄凉，这么多年柳叶的心思她也猜到几分，然而又能怎样呢，人的心最是无法控制。他们这些人，谁也管不住自个儿的心，偏又谁也不肯委屈了自个儿的心。她瞬间生出一种悲伤的情绪，简直把持不住，几乎要落泪，却微笑着放下梳子，把柳叶的头发挽成一束，道："那就好。天晚了，赶紧歇息，明天一早就得起床梳妆打扮，难不成黑着眼圈做新娘子。"

"黑眼圈配白珍珠头面。黑白分明，黑白无常，才是绝配。"柳叶对着镜子念念低语，笑面如花。肯相守的未必就爱，但爱的一定肯相守。人本来就是孤独的存在，孤零零来，孤零零走，谁也不是谁的救赎。风月无边，繁盛有时，心里的洞，就算装满鲜花彩虹，也是虚华幻影，终会成空。

第二天，她终是戴着素白的头面出了门。

马彦哲原以为柳叶嫁了他，他就不再想起她就心疼，见了她就没魂。哪成想夜夜搂在怀里，心里却没了底。为着一朵珠花，那个温婉的小女人变得冷若冰霜。成亲当晚，他嫌弃柳叶头上的珠花刺眼，怎么看都像花圈上的白菊花，于是摘了扔一边，不巧珠花上一颗珠子脱落，滴溜溜在地上打转。柳叶便发了狂，长指甲挠得他脸上冒出一座五指山。她的眼睛冷冷对着他，瞳仁里模模糊糊，他认不清里面是不是自己。他抱住她往死里折腾，听她喘息、呻吟，及至哭泣，一晚上没罢休。天似明非明时，柳叶两眼紧闭，忽然嚎了一声，痛彻心扉的一声嚎叫。他吓得从床上直跳起来。那声音干哑粗闷，竟与马太太去世前的嚎叫无二！

之后他对柳叶又爱又怕，不敢违背她丝毫意愿。柳叶婚后留任泉苑茶庄的大掌柜，他心里不满，却也无法阻止，只能盼着早些怀个孩子，总会守在家里了吧。

民国九年的春天非常燥热，路两边的三球悬铃木老果尚在，新果蓬发，花粉、绒毛满天飘。柳叶坐在汽车里，打了几个喷嚏，嗔道："把窗子关上。"

马彦哲道："一出门就打喷嚏，还要去茶庄。把儿子打出来，看我怎么收拾你。"

柳叶不理他，歪头看车外。但见市区各地凭空多出许多宪兵、警察和武装日侨，便问："官兵抓贼？"

马彦哲回道："这不五月四日北平学生闹事，要求国民政府收回山东主权。青岛城里近几日发现反日标语，还有人在闹市发传单。司令官采取了高压防范举措，调动武装力量封锁青岛。我的人也全都上街巡逻去了。"

"港口可会封？"

"不会，货运正常。"

柳叶点点头，道："明天有批茶走海运发南洋。"

车子行至静冈町路，华商门前清冷，不少挂牌关了门。马彦哲嗤了一声道："这些商人也跟着学生凑热闹，等着瞧吧，有得苦头吃。东莱银行不就糟了秧子。"

正行至东莱银行，银行门口排了长龙，场面乱哄哄，许多人争着取款。柳叶不由多看了几眼。马彦哲道："这银行是乔家的生意，他家是大股东。前年他家联合华商钱庄抵制日币，搞得日汇大跌，硬把华币1元兑成日币1.64元，让日本人在自己码头栽了个跟头。占了便宜不跑，去年又拉着刘子山成立东莱银行，明摆着是跟日本人对着干呢。这又挑唆华商罢市，说响应全国罢课罢市运动，抗议巴黎和会。终于惹恼了日本人，弄了个杀人逃犯的罪名，关进监狱了。日本人又故意放出风来，众人怕银行倒了，都来哄抢提款，虽说他两家家底丰厚，这么下去，东莱也得完蛋。可怜乔家百年基业，要败在这乔宫元手上了。"

柳叶一激灵，问道："山西祁县的乔宫元？"

马彦哲看看柳叶，反问道："正是他，你认识？"

柳叶神情怪异："他是泉苑茶庄的女婿。"

马彦哲道："这倒奇了，女婿与舅爷咋跟陌生人似的，没见他们有来往。"

柳叶笑笑："这话说来就长了。杀人可不是小罪，他能逃过这劫数吗？"

马彦哲道："难说，要看上头的意思。守备军司令官大岛健一做派强硬得很。"

柳叶忽道："胡三，先送爷去局里，然后送我去沙口子镇。"

马彦哲道："又作什么妖，你给我安生点！最近不太平，前几日郊区上百名师生上即墨街演讲、宣传，还沿路查缉日货。你带着球四处跑，出了事看老子饶谁，一把火把那狗屁茶庄点了。我是奈何不了你，那茶庄可跟我没关系。"正说着，车子猛地停住，柳叶身子前扑，差点没趴下。马彦哲一把搂住她，骂道："娘的，车子咋开的！"

胡三道："前面走不动了。"

明德中学门口，停着宪兵队几辆大卡车，十数名老师双手反绑，被押上卡车。一群学生围住卡车，与宪兵队对峙。

"掉头，回家！"马彦哲吩咐胡三，"宪兵队的事少掺和。"柳叶看那些学生都还是孩子，忍不住问了句："这些孩子怎么办？"马彦哲道："凉拌！自己不要命，天王老子也他娘的没办法。"

柳叶到家即摸电话，想起栲栳岛村并没通电话，于是匆匆写了封信，让胡三送到茶庄。又给茶庄打了个电话，交代伙计把信立即交到长风手里。忙完这些，她半躺在贵妃榻上，心道，午饭前长风应该就到了吧。她专心想着心事，却听得吱溜一声响，马彦哲又捧着个掌中壶喝茶。她的眉头不自觉就皱成纹，胃里泛腻。成亲一年之久，她亲自烧水泡茶，也改不掉马彦哲这个喝茶法，有次说得急了，一套稀罕的法兰瓷茶具砸得粉碎。可知这是骨血里的粗鄙！吱溜一声一声，她闭上眼，深深吸了口气，把眼睁开，笑着道："你过来，跟我说说乔宫元的案子，没凭没据的就能把人下大狱？"

马彦哲就坐在榻前的脚凳上，道："就等你问。说吧，他与你有恩？"

柳叶道："无恩。"

马彦哲又问："有仇？"

柳叶道："无仇。"

马彦哲道："无恩无仇，你操的哪门子心。"

柳叶一笑："这人与人之间，恩仇相与倒容易了，就怕的是恩仇纠缠不清。"

马彦哲冷笑："难道你们有情？"

柳叶噗嗤一声，尖尖指尖戳了一下马彦哲的脑门，娇嗔道："又吃干醋。"顿了一下，面沉如水了："他是峻峰的父亲，我那好姐妹的心上人！我能坐视不理吗？"

柳叶午睡醒来，问丫头并无客来访，倒佩服长风沉得住气。起床刚喝下一碗燕窝粥，电话响了，长风已在泉苑茶庄。

　　下半响变了天。风至东海起，挟着薄雨浓雾。灰濛濛苍茫茫的天，地面铺了青黑的湿，并不见水汪。空中飘着细小银屑，分不清是雨碎还是雾碎。茶庄的沉香阁内，靠窗摆了张梨花案，长风立于案前，挥笔徐书，峻峰站母亲身边，一字字念道："总道春归去，君知否。画阑幽处，留得韶光住。大勇伯伯，妈的字最好看，写的什么呢？"

　　大勇望了一眼，便道："是一首词。"又问长风道："你确定要救他？"长风放下笔，摸着俊峰的肩，看向大勇道："我能不救吗？"

　　大勇眼中一抹痛惜一闪而过，道："你要救，那便救。大不了我去劫牢。只是苦了你。"

　　"那倒不必。再说，若为救他折了你，我心里也承不住。"长风道："我不想惊动他，亦不想让他发现我的踪迹。我救他，只是救他，无有其他。"

　　峻峰好奇了，问："他是谁，你们要救谁？"

　　大勇看长风，长风轻轻摇头，大勇便道："要救一个叔叔，他进了大牢。"

　　峻峰问："他为什么进大牢，他是坏人吗？"

　　长风弯身，望着峻峰的眼睛道："他不是坏人，有时好人也会进大牢，所以我们要把他救出来。"

　　峻峰举起手中的木剑，说："那我也去救他！"长风竟不知心里是何味了，站起身，声音已有了几分颤抖，对大勇道："你带峻峰出去转转吧，我听着是柳叶来了。"果然，走廊里高跟鞋由远而近，门就推开了。

　　峻峰欢叫着扑上来："柳姨，你好久不看我去，不疼我了吗？"柳叶摸摸他的脑袋："傻孩子，柳姨最疼你了。给你准备了好多玩意儿，回头我让人送来。"

　　大勇牵住峻峰的手道："走，我带你去吃点心。"

　　"你也来了。"柳叶点头打招呼。大勇嗯了一声，拉着峻峰玩去了。

　　"让你跑这一趟，我想着还是茶庄里见面的好。比起上次回去，你身子见沉了，还好？"长风扶了柳叶坐在椅上，又把个大靠背塞到她腰下。

"好着呢，没那么娇贵。"柳叶道："我听闻消息也是犹豫，不知该不该告诉你。后来想，这事不能瞒你。"

长风道："你做得很妥帖。只是我还有些疑问，谁是原告，证据是什么？"

柳叶嗳了一声，道："你来，我就明白了你心意，这些我定然弄清了的。原告是山西祁县一家茶楼的掌柜，案发地正是那家茶楼。至于证据，真真就见鬼了，是一封信，乔宫元的父亲写给他的信！信里提到了那桩命案。最要紧的是，信上有乔宫元的批语。这可不就成了铁证！"

长风沉思良久，道："马局长怎么说？"

柳叶道："他看不懂日本人的意思，杀又不杀，放又不放，竟像有所图似的。我缠了老马半天，他只说难办，毕竟铁证如山。掌柜是人证，信是物证，想翻案，除非人死物灭。"

"掌柜只是个棋子，关键在那封信……"长风道"那封信一般人可弄不到。乔家什么动静？"

柳叶顿了一下，看着长风道："丽君小姐在青岛，昨个到的。"

长风微笑道："哦，她自然是要来的。她住哪里？"

柳叶回说："乔家在青岛的分号。说来也奇，这两年他在青岛有几个来回，立然少爷似乎全然不知，两人并无往来。"

长风脸色微变，柳叶叹了一声，继续道："乔家人一到青岛就送了拜帖，老马没见。"

"我想去见见小姐。"长风道。

"你疯了！"柳叶惊道："见她作甚，再说，你不担心峻峰吗？"

长风道："那封信太过蹊跷，明摆的是内鬼。我见小姐，是不相信乔家其他人。小姐不会害他。至于峻峰，哪里还顾上许多。他若真的出不来了，我总要让峻峰给他磕个头，谢他给了一条命。"

"所以你带了峻峰来，"柳叶叹道，"其实你何必瞒我，你自己何曾放下。他就那么好？"

"喝口茶吧，我泡了你最爱的阿娇。"长风倒茶，茶气烟白，茶色嫣红。阿娇原是她们少年玩笑自创的茶品，寻新鲜时令花儿三种，配着新摘的茶芽，滚水半凉了冲泡，取其鲜味儿。长风不爱阿娇的浅浮，柳叶却是喜欢。

柳叶端起杯子，喝了一口道："难为你还记着。也只有你记着我的喜好了。我偏爱甘茶，你却喜苦醇。"

长风道："与人相与，甚至于万事万物的看取，便如对茶的选择，是依着潜意识透露的欢喜。只要是欢喜就会甘愿，而甘愿终会承受，包括一切苦，所有涩，都能品出香甜。"

柳叶笑了："行行行，你既然甘愿，我无话可说，帮你便是。"

长风取出一张银票，道："这五千银子，给你家老马打点上下。"

柳叶道："你辛苦挣下的家当，倒是好不心疼！乔家金山银海，要你出这个头！"

"乔家是乔家，我为峻峰出这份力，便是万一救不成，我在峻峰面前也不负疚。"长风把银票塞与柳叶，"你我的情义自不必说，但是老马那里，我不能令你难做，劳烦他的事只怕不少。"

柳叶想了一下，接了银票："由你吧。我这就去缠老马。你一时不会回去，不如住我府里，店里人来客往的不安稳。"

"后院里住着很好，我就不动了。"长风道："我送你出门。"

送走柳叶，长风去后院，见大勇正教峻峰打拳，对大勇道："陪我出趟门吧。"

第十三章　丁香结

故人不相忘，新茶自如常。人世间有多少偶然之结，却往往掺杂着宿命的味道。有时候，信誓旦旦的归宿，竟然只是过渡；那些看似缥缈的所在，原来就是归宿。

屋角开始滴水了，一滴落下，良久才又落下一滴。倒像是雾气凝成水。不知人心里塞满雾气，是否也会下雨。丽君但觉胸闷不已，操起手边的茶盏，摔个粉碎，怒道："来了两日，人见不上，生死无信，你们乔家就这点本领吗？"

映朝声色不动，回道："已托了乔家的相好，都答应尽力，刘子山也在全力营救。我们且沉住气等等。"

丽君道："沉住气，沉住气！这气我沉不住。要等到判了死刑吗！"

映朝道："能做的都做了，就差劫狱了。这是青岛，是在日本人手里，咱们乔家再能呼风唤雨，在这里也得按着人家的法规来。"

丽君一下子泄了气，道："若老当家在世还好。他老人家走得太早了。"她惨然一笑，喃喃道："他死，我也死。"

映朝眉头紧皱，正待说话，小翠慌慌张张进来，叫着："小姐！姑爷有消息了。"

丽君腾地站起，道："快说！"小翠低头，小心翼翼回道："是长风，她说有姑爷的消息，要见您。"

丽君一呆，随即道："你再说一遍。"小翠更加小心，回道："长风求见，说有姑爷的消息。"

丽君整个人烧起来，脸都涨红了，道："她竟然敢来。很好，让她进来。"

小翠刚出门，映朝便道："这个长风，便是宫元心尖上的人吧。"丽君冷冷道："是与不是，与你何干。"映朝一笑，道："自然与我无关。"

不多时长风跨进门，照旧施了个礼，道："小姐好。"丽君端坐堂前，十年过去，风采依旧，只是眼中的明亮略减，嘴角紧抿，较之少女时多了凌厉。

四目相对，丽君下巴一抬，厉声道："叫我乔太太！"

长风神情不变，道："是，乔太太。"

"十年不见，你样子未变，仍是一副贱薄相，性子倒变了，变得越加轻贱无耻，竟敢公然上门讨男人了。"丽君斜眼打量她。

这般羞辱临头，长风亦不恼怒，只道："乔太太，我们二人可否私谈，此事关系乔先生之生死，还望乔太太听我一言。"

丽君怒极反笑，道："大伯，你先出去。我倒要听听这贱人要什么花样！"映朝心有疑惑，但也不好阻止，就留了她二人私聊。

"你那野种呢？听说你有了自己的茶园商铺，我哥为你至今未娶，宫元的魂儿就没在身上呆过，岳父家是武夷茶王，他却不沾茶叶生意，不就是怕个睹物思人吗？你日子过成这样，尚不知足吗？要的太多是没好下场的。你来做什么呢？这乔家祖训可不允许子孙纳妾，你想进门，除非我死了！我虽然只生了一女，可我肚子里怀着呢，不稀罕你那野种！"丽君多年郁闷，加之恐惧宫元的生死，躁狂不已，一肚子的火肆意烧灼长风。

"乔太太，请您慎言。我来是为救乔先生。"

丽君道："乔家人就算死绝了，也轮不上你来救，你算哪块地里的野葱？！"

长风见她癫狂，自顾道："您来青岛两日，未能见乔先生一面；您托了人走关系，却得不到半点消息，都只让您等。"丽君一下子愣住。长风继续道："乔先生的官司，人证是祁县茶楼的掌柜，物证是乔老爷写给乔先生的亲笔信。"说完，她静静看着丽君，眼见着丽君脸上红白交错，先是疑惑，再是恍悟，一双手不自觉颤抖，便知丽君心生了疑惑。又道："想来你心中已有怀疑之人，能拿到这封信，自然不会是外人。"

丽君沉默半响，方问："你消息何来？"

长风回说："柳叶的丈夫，便是青岛警察署署长。"

丽君气得笑起来："原来如此。听父亲说，泉苑茶庄在山东开了几家分店。柳叶自然也来了山东，你们倒真是好姐妹。乔家送的拜帖她只当没看见，可知也是忘恩负义的货色！"

长风不接她话，只道："乔太太，乔先生并不知孩子的存在，更不知我们就在青岛。我亦不会让他知道。"

丽君不置可否，只追问："你可有把握救他？"

长风淡定回复："是。"

丽君想了想，道："你坐下吧。话说前头，即便你救了宫元，我也不会容你进门！"丽君直直看着长风，便似要看到她心里一样，长风亦看着她，目光不躲不闪："乔太太大可放心。他出狱，我便离开青岛，不会让他知道救他之人是我。"

"说吧，怎样救？"丽君不再犹豫，宫元进了圈套，设圈套的人打的是死结，她解不开扣子，也剪不断绳索。她还不至于为了与情敌斗气赔上丈夫。

两人密谈到天色昏黄，听着外面雨声大了，丽君唤了小翠进屋，吩咐道："给她把伞，送她出去。"小翠应着，丽君又道："送了她出去，请大伯来见我。"又望向长风，长风点点头。刚跟着小翠出了院子，路边的一辆车灯就亮了，大勇从车里下来，打开了后座的车门，淋雨立车旁等她。她忽然觉得全身脱力，撑伞站在雨中，脸湿了一片。雨线在灯光中像一条条银丝，细细的银丝，把原本不可交融的天地连在一起。她一步步走过去，缓慢而坚定，道：

"我要见秦太太。"大勇并不多问，只迎合一句："好，咱们去。"

丽君不是十年前的丽君了。十年前她天真，明知宫元心里有人，可也信着能捂热他。后来渐渐认清，人啊，一旦走了心，想收回来，难哪。宫元不能，她也不能。这是魔怔。难免灰心，在每个孤独阴冷的夜里，恨得咬牙切齿。然而临近生死，她才发现，她的心再冷再僵，也是为宫元才跳动的。

她难受得忍泪不住，呜咽出声。这时后腰一紧，一双手臂把她环在怀里，那手向上移，停在她的丰满处，慢慢收拢。

"你就那么盼着他死？"丽君一动不动，任凭身后人扳转她的身子，亲吻她的脸。

映朝看着她，反问道："难道是我逼着他杀人的？"

丽君一把推开映朝，一巴掌就掴在他脸上，怒道："老当家写给他的信怎么就成了物证？谁拿出去的？"

映朝摸摸脸，道："家里人多手杂的，保不准那个不要命的得了好处，偷出去也不难。"

"糊弄鬼呢！当我真是傻子？"丽君道："你敢再动他，我与你同归于尽，他是我孩子的爹！"

映朝一笑："哦，那我是你孩子的什么？"眼睛扫向丽君微隆的肚子。

丽君怒极反笑："你们乔家家大业大规矩大，大伯与弟媳有染，是淡出乔家生意还是家谱除名？族中的叔爷们可最见不得这个。"

映朝脸色一变："你倒是狠，事发了你又有何好结果。"

"不过是拨间屋子，青灯冷床过一生，乔家可没休妻的规矩。"丽君冷笑，"你呢，离了乔家，你还有什么？"

映朝亦冷笑道："你！不！敢！"

"有何不敢，顾忌宫元吗？他怎么看我待我，都得活着。顾忌后世结果吗，事已至此，我还怕什么？最坏不过现在。这乔家的当家位置，你坐不上，也不能坐。我不许！！！"一个女人，豁出去了，可是天塌地陷也不在乎。

"我能保证，我虽子嗣几个，但下一任乔家的继承人，是你肚里的孩子。"映朝做最后的努力。

丽君低下头，俯视肚子，然后抬头望着映朝，一字一句道："你哪来的信心，我要让这个孩子做乔家的当家人？"

映朝一下被击中了，宽袖中拳头攥得生疼，他生在一个大家族，这个家族曾经辉煌到掌控民间经济命脉。朝堂上下，文武众臣交好，便是慈禧太后逃难山西，密函也先行至乔家。他十几岁跟着父辈打理家族生意，那时宫元在哪里？然而当家人的位置却早已注定。他在一个没有希望的宅院里生存，忍受、谋划，眼见着得偿所愿，却不得不承认，他失败了。他死盯着丽君，良久方道："你待他竟是这般的心，这是我唯一没算到的地方。只是，"他摇头，"只是，没办法了，救不得了。这棋是死局，天时地利人和，三样齐齐的，落子那一刻，就没了活路。"

"是呢，挑个外邦占领地来拿他，不就想让乔家的人脉无用？"丽君冷笑："乔公致庸果然慧眼识人，论才论德，这当家的位置，真真是非他莫属。有他在，乔公看不到你。只是，你救不了，我却能救！"

映朝任是淡定，也生了躁意，问道："你说了许多，到底要我做什么？"

丽君道："那掌柜既然是你寻的，我不管你用什么法子，重金封口也好，杀人灭口也罢，总之我要他闭嘴。那苦主听闻消息不愿趟浑水，跑了。我要苦主出来说话。"

映朝摇头："这事不难，但不管用。那封信才是关键。"

"你尽管去办，别的不劳你操心。只要宫元活着，他那里，我不说一字。"丽君狠狠望着映朝："你千万记得——他活，你好活；他死，你生不如死！"

映朝忽然一笑，道："宫元的心肝宝贝果然有一套，难怪他魂牵梦萦。论才论德，宫元心里的位置，还真该是她。有她在，宫元永远看不到你。他们总有相会的一天。但你放心，他那里，我不说一字。要不，我先祝你好运？"

"滚！"丽君拿起面前的香炉扔过去，砸了一地灰。

映朝带着一抹笑意，一边走一边笑。屋子里的女人爱焚浓香，她厌恨一切新鲜草木的味道。屋外的空气有雨打大地的土腥，但很醒脑。雨雾中前途后路两茫茫。这是一个带伤的黄昏，每个人都很残酷。

翌日，丽君早早起床梳妆。时值旗袍初兴，她挑了件深蓝丝绒的短袖旗袍，外罩羊毛披肩，照镜子嫌颜色丧气，又脱了换上一件桃粉夹金丝的洋装，头发低低挽个小髻，插根碧玉簪子，方觉得合心。她只带了小翠，也没有用家里的车子，走到路口拦了辆人力车，就去关押宫元的大牢。上次来，不许见面，不许传递消息，只留下了一些换洗衣物。而今日，她一出现，就有看守上前，低低问："乔太太？"她点头，那看守便引她进了一间屋，又把门关好退出去。屋子四面无窗，只有两把未上漆的木头椅子，宫元坐在其中一把椅子上，听见动静，扭头看向她。宫元精瘦的脸更瘦了，眼角处有一块青紫，神情倒是一如既往的孤傲不羁。丽君单手捂嘴，堵住哭声，哽咽道："你可就小心了吧。"

宫元叹了口气，站起来走过去，牵着丽君的手，扶她坐在椅子上，问道："家里都还好？母亲与明月无恙？"

丽君眼泪纷纷，胡乱点头道："家里都好。母亲与明月也好，都等你回去呢。"

宫元道："只怕是不容易，你得有个心理准备。日本人耗着我，一来是为东莱银行，我若把东莱银行给了日本人，心里不甘。二来全国罢课罢市要求收回山东主权，在这风头上，要杀我，必得名正言顺。他们拖着，等我低头认输。这一关凶多吉少，你能来，想必也废了不少周折。我现在交代你一些事，你一定要牢牢记住。"从账簿房产，各地商铺，说到可靠可用之人，巨细无遗。

丽君听他交代后事，虽知此番有惊无险，却也忍不住，差点又哭出声，强自镇定，打断宫元道："你不日即会出狱！"

宫元一怔，问："莫是谁找你，谈了条件，骗说能保我出狱？你不可轻信上了当。"

"你信不信我哥？"丽君问。

"立然？"宫元就笑了，"我若不信他，这世上还去信谁。是呢，他心思缜密，若肯出手，我出狱倒是有望。他现在青岛？"

"泉苑茶庄在青岛开了分店。"

"我听闻了。"

夫妻一时无语，丽君的怨气渐渐升起，丈夫与兄长不相往来，说到底，难堪的是她。脸上就带出来不忿："他当然肯出手。他若出事，难道你会袖手旁观！"

宫元正色，回道："是，你说的都是。他若出事，我亦做不到不管不顾。"心里有一句没说出，若无要命之事，两人想都不愿想起对方吧。

"那么，他打算怎么做？"宫元问。

"他令我叮嘱你，无论怎样，一问三不知。他深知你的脾性，只怕你被人激将，认了官司。"丽君道，"你只要不认，我们就有办法。"

宫元满肚子疑惑，但在狱中，也不便详问，便道："你告诉他，我照他说的做，不会冲动。还有，替我谢谢他。"

"都是一家人，谢他作甚，"丽君道，"我得回了。少则七八日，再则十天半月，我来接你。你自己保重——天杀的，他们下这么狠的手。"手轻轻抚摸宫元眼角的伤痕，说着要走，身子却不舍得动。

"走吧，你在这里，我也不放心，"宫元顿了顿，"怀着身子呢，千里迢迢从山西至山东，苦了你了。"

丽君的手瞬时收回，立刻站起来，许是起力猛了，头一阵晕眩，身子晃了晃，宫元已搀扶住她，问道："小翠呢，有人陪你来吗？"

"小翠在外面等着呢，你放心。"丽君抓住宫元的胳膊，"宫元哥，我不苦，我没有半刻后悔嫁你！"

一声宫元哥叫得两人五味混杂，宫元定定神，笑道："嗯，跟着我受了那么多委屈，这点苦，倒觉不出苦了。走吧，我等你来接我。"他的笑脸难得的温柔，眉目间十分宽容，丽君的眼泪又流出来了，在脸上泛滥成灾。她跺跺脚，道："便是把牢门炸了，我也要接你出去！"毅然转身而去。

却也熬了十日，丽君方接到宫元。

街头不远处，停了辆汽车，长风坐在车子里，看着丽君挽了宫元出来，丽君头似乎朝这边偏了偏，随即拉着宫元上了汽车，车子发动，眨眼不见。

大勇愤愤骂了一句脏话。长风但觉疲倦不已，道："回家吧。回头记得把北山茶园的地契送到洪帮。"

"秦太太说了不必抵押。"大勇道。

"咱们请人帮忙，那么大的款子，总要让人心安。送过去吧，等风波平了，洪帮的资金能撤了，咱们再拿回来。"

"只怕秦太太不肯收。"

长风嘴角一抿，道："秦帮主会收下的。"

大勇不再言语，闷声发动汽车。

峻峰扭头问："就走呀，咱们不是来救人吗？"长风闭上眼睛，道："他没事了。"峻峰挥舞手中的木剑说："啊，可我的剑还没用上。"十分惋惜的样子。

故人不相忘，新茶自如常。人世间有多少偶然之结，却往往掺杂着宿命的味道。有时候，信誓旦旦的归宿，竟然只是过渡；那些看似缥缈的所在，原来就是归宿。

宫元无罪出狱。茶楼的掌柜翻供，自认为了敲诈才诬告。苦主亦出面，原来死者是酒后失足坠楼，与他人无干。乔家拿出了一封与信中笔迹无二的信，可见那封成为物证的信也是仿冒。长风仿写他人的笔迹，少女时便可以假乱真，更何况仿宫元。十年前，他们赌书泼茶写字，那字是刻在长风心头的，莫说字形，就连字的风骨神气，也仿得惟妙惟肖。

乔家在青岛最大的投资便是东莱银行，宫元在狱中已做好东莱破产的准备，出狱后方知，七日前，以洪帮为首的十数名华商，大张旗鼓往东莱存款，安定住民众小客户对东莱银行的信心，这些华商可都是青岛赫赫之人物，有他们站台，东莱自是稳如泰山。

宫元满心钦佩立然，一场凶险，未伤一人，未损一事，便化之于无形，这般智慧胆识他亦刮目相看。他想见立然，丽君道哥哥已回泉州。黯然神伤是有的，立然救了他，却不肯见他。

——拜谢了支持东莱的华商，处理完善后之事，宫元吩咐厨子做几道山西菜，开一坛老汾酒，请了映朝，兄弟二人喝酒。

"咱们有些日子没一起喝酒了，"宫元举起酒杯，"我第一次闹着要喝酒，你把大伯珍藏了十几年的一罐子老汾酒偷了给我，你说，喝就要喝最好的。那年我九岁吧。"

"八岁六个月。"

"为此你跪了一天祠堂，"宫元道，"五岁那年我玩火龙，把柴房点着了，正逢腊月，风真大呀，呼呼地刮，差点把整个下院给烧了。父亲大怒，要对我动家法，你说火是你放的，挨了大伯二十几杖。四哥，从小我闯祸无数，你都替我担着，我敬你这杯酒。"

二人碰杯，映朝一饮而尽，看着宫元道："过去的事何必再提。"

宫元执壶，给映朝倒满杯："很多事你不提，但我忘不了。众多兄弟，咱们最是投缘亲厚，所以我怎么也不愿相信，你对我起杀心。"他放下酒壶，也看着映朝。

他们互相打量，好像谁都不认识对方似的打量。映朝就开口了。

"我想要你在牢里，一辈子。倒不是要你死。可这是没法子的事，进了大牢，是生是死我掌控不了。死的几率大过活，我自然知道。可我顾不上了，你不能再掌管乔家，我只能这么做。"

"你们闹啊，斗啊，大清朝倒了。这么多年，各地混战，哪曾有过太平日子。这就是你们争来的世界。你的心不在生意，不在乔家。该做的生意你不做，不该做的你非插手，你牺牲乔家成全自个的狗屁信仰。祖父让你当家，不是把乔家给你，乔家是大家的乔家，不是你乔宫元的，你作死，不能拉着乔家陪葬。"

映朝直面宫元："所以，你不配当家！"

"所以，我得死？"宫元道，"我志不在经商，却担着百年家业。你恼我与日本人斗，不顾乔家安危。我在青岛开疆破土，自然有我的意图。我也不奢望你懂。四哥，我之前本有打算的，我留驻山东做想做之事，乔家就正式交于你。你太心急了。"

映朝忽然笑了，道："看来，是我弄巧成拙了。"他把杯中酒一饮而尽，又道，"害你的事是我做的，你虽平安出狱，但凡事得有个说法。你照着家规处置便是。也给族人一个交代。"

"是得有个交代。我仍留驻山东。所以乔家还得四哥多照应。"

"你说什么？！"

"四哥，你辅助父亲多年，又与我共同操持乔家，对家里生意了若指掌。还有，你对乔家的忠诚与守护远胜于我。"宫元道，"是，你有私心，可谁没有私心呢？只不过，经此一事，我不能把乔家正式交给你了，还得担着当家的名头。你可还愿意帮我？"

映朝一脸震惊，转念一想，宫元可不就是这样的人。倒有几分羞惭了，满腔的话头，却只道了一句："我尽力。"

"那么早回山西吧，家里缺不得管事的。还得请你把丽君带回去，我要做很多事儿，她跟着我不安全。"

映朝正端杯欲饮，手突地一颤，酒就洒了，弄湿了衣襟。

"我不走，你在哪里，我便在哪里！"丽君从后堂走出来，脸呈潮红，语调决然，那是一种入骨的绝望："你休想再离开我，我不走！"

映朝掏了手帕，低头擦身上的酒渍，一言不发。头低得很，只看见裸露的一方脖颈红中发紫。

宫元望着丽君，眼神平静无波，道："我不畏死。有明月在，将来坟头一杯薄酒，总会有的。你腹中再有一子，将来的福气大着呢，跟我担惊受怕的，有什么好？"

"那不一样！百年后，女婿祭奠的是人家祖宗，你孤坟无烟。我不许。你生，我陪你生，你死，我让你香火不断。"丽君道，"你是我的丈夫，是我最亲最近的人。我不跟你，要去跟谁？"

夜风从窗户里袭来，宫元转头注视窗外，天黑得无有一丝光，他忽然心生怜悯，怜悯丽君，亦怜悯自己与映朝。世事如云涌，来去无痕迹，有何可计较的，他有些疲倦了，便道："那就留下吧。"

房间里电灯啞啞作响，丽君简直睁不开眼。她头昏脑涨，疯狂跳动的心脏总算安稳了一点，长长吐了一口气。然而还有无数的气在腔子里。好在，都过去了，都会过去的。

第十四章　混江龙

巡城与点将，原为检验自己是否偏颇，可做到公正公道，而你却带有兵气，坏了一壶茶水。你反客为主，心贪了；你争强好胜，心躁了；你患得患失，心乱了。你既然以茶论道，岂不知茶魂讲究个清净淡然，最受不得腌臜之气。

栲栳岛村来了几个日本人。领头的五十多岁，平头宽面，戴着细巧的金丝眼镜，嘴角翘一抹山羊胡子。他用娴熟清晰的中国话问路边捡柴的大娘，长风的住处所在。大娘心里哼了一声，山雀装老鸹，当俺认不出你那短尾巴，满身的生人味还想装相。也就不言语。日本人又问一遍，旁边的男孩大叫，村里最高最漂亮的小楼就是她家啦。日本人掏出一块巧克力给了男孩。男孩撕开包装往嘴里放，大娘伸手打掉，骂了句，嘴碎手长，小心被人毒死。

那日本人摇了摇头，身边一人道："父亲，前面不远就是了。为何把车停在村口，何不开至村里？"

"一郎，你初来乍到，不懂中国文化。中国人自古，见贤者能者素来草履布衣，弃车马足行，以示尊敬。我大和民族，亦不能失了风范。"说话之人为国武会社社长国武金太郎，日本侵占青岛后，第一批移居青岛的侨民。国武会社主要经营粮茶、煤油，生意做得非常大。八年前，金太郎串通青岛李村军政署，强买一万多亩农地开设农场，今年，国武会社再次购买沧口农田，开辟为市街地。至此，国武农场成为日本在青岛最大的农场。金太郎志得意满之时，国武会社的茶路却日渐萧条。之前日本茶经他之手，远销东南亚、欧洲，就是在这茶文化起源地的中国，也有一席之地。他又与几名中国茶商联手，低价收购中国各地名茶，高价出售，江北产茶之地本就罕有，国武会社竟就垄断了北方茶叶市场。

然而这两年，泉苑茶庄的清阳、宛月不仅在国内一炮打响，还迅速席卷了东南亚、欧洲市场。金太郎请茶师琢磨门道，但那茶连最高明的茶师都喝不出产地，品不出工艺。他秘密查访，得知福建百年老字号泉苑茶庄在崂山开辟了茶园，便就生起了歹念，国武农场添个茶园岂不是锦上添花，谁叫你把茶园开在青岛地呢。先去拜访泉苑茶庄，大掌柜的是个美妇人，淡淡地说，我只是个管事的，你要买茶我做主卖你，别的一概不知。轰了出门。金太郎手下人要闹，谁知后堂出来个拿枪的，竟是警署局长马彦哲。两人打过几次交道，寒暄一番，就客气散了。后来经人指点，想要茶园，想要取经，得找一位叫长风的女子，那才是真金的菩萨。

一行人很顺利地找到最高最美的楼，又很顺利地进了院子。院子里开着两篱菊花，靠东窗种了一棵桂花树，满院子的桂花香。树下摆一套青花石雕的茶桌椅，桌上竹雕的花瓶里插了几枝干莲，徐徐汲取紫砂壶里的茶气。桌边坐着一位女子，一个三四岁幼童。女子头脸光洁，神态非常沉稳，梳妆打扮也奇异，说少女非少女，说妇人不妇人，竟看不出年龄。她穿一身象牙白的衣裙，正专心教小娃儿认字。桌上的半碗茶汤，兀自在秋风中，发散香味。

金太郎有些无措，不知为何，他断定女子就是长风。这庙进的太容易，都没用拜山门。菩萨看着更像不食烟火的仙女，真有传说中的法力？这时女子听到动静，缓缓抬头，凝视金太郎。

金太郎搭了个礼，道："国武会社，国武金太郎，求见女先生。"他不愿称之为夫人，称之先生倒合适，又隐含此番来意，但眼前女子素净雅致，神韵出尘，一声先生，虽然尊敬，到底还是觉得有些辱没她的风采，思想半天，叫了声女先生。

长风拍拍小童的脑袋，示意小童离开。小童摇头。她道了声嘉禾乖，然后低低对小童说了几句话，原来小童叫嘉禾。嘉禾立时笑逐颜开，抓了碟子里一把糖，对国武金太郎做了个鬼脸，一溜小跑，跑出院子，不知去了哪里。

"请坐。屋陋室寒，就不请您里面坐了。"长风道。

金太郎亦不介意，坐在石桌另一面，挥手。便有两名手下分别捧上礼盒。其中一只玻璃礼盒中，一套茶具色青如天，莹无暇庇。"小小礼，不成敬意。"金太郎眼望长风，面上有考究之态。

长风微微一笑，道："名瓷之首，汝窑为魁。汝窑器，出北地，宋时烧者。玛瑙末入釉。淡青色，有蟹爪纹者真，无纹者尤好，土脉滋媚，薄甚亦难得。世人皆传，纵有家财万贯，不如汝窑一片。"

金太郎赞道："女先生眼力非凡。名品赠佳人，方不负它的风姿。"又挥手，身后一人打开木制礼盒，里面只是一把铜壶，造型古朴，色调含蓄，搭眼瞧不出特别。金太郎这次考究都免了，他不认为长风能解此壶。

谁知长风又是微微一笑，道："贵国玉川堂的锤起铜器果然名不虚传，能得见一二，也是有缘。"

金太郎微讶，道："女先生竟然认出此壶来历？"

长风道："此壶浑然天成，整块铜锤制，无有焊接，壶嘴便似长在壶身一般。但凡见过一次，很容易认出，这般精湛的工艺，模仿不出。"

"女先生可知此壶好处？金太郎心有不甘，追问道。

"此壶因是整铜所制，其密封性极为优良，热度均衡，蒸煮之时可保持并加深茶香。"长风道："玉川堂的壶，每一件皆是独一无二的珍品。今日再见，亦是有幸。"泉州泉苑茶庄有一把玉川堂铜壶，立然的朋友东渡扶桑，托了人带给他的。她神识不免飘移，第一次见宫元，烹茶煮水，用的便是锤起铜壶。然而壶无拼接，人生却是处处不完整的。

"在下见女先生饮茶以粗器，深觉遗憾。有好茶喝，还要会喝茶。我的家乡，茶道精深，可惜这里不便演示。在下久居贵国，贵国茶道也略懂一二，愿为女先生烹水煮茶，尽享汝窑杯、玉川铜壶之妙。"金太郎话音未落，随行便把茶壶茶具摆于石桌壶承之上，"还请赐茶。"金太郎认真鞠了一躬。

长风道："竹筒内是宛月，木盒中是清阳。你所寻访，这二物便在此。"说着，夹了块木炭至炉中。

金太郎听她已知自己来意，倒也不意外，这女子一双眼亮如镜，心里是个通透的人。他存心要斗一斗，煮一壶好茶，显显本领，也显显诚意。铜壶煮水，滚水暖杯醒茶，点杯之势行云流水，一道茶敬上，他已有轻微的汗湿。

长风端起茶杯，嗅那茶气，轻轻沾了一下唇，道："可惜了好茶好水好壶。"

金太郎一怔，旋即鞠了一躬，道："请赐教。"

"巡城与点将，原为检验自己是否偏颇，可做到公正公道，而你却带有兵气，坏了一壶茶水。你反客为主，心贪了；你争强好胜，心躁了；你患得患失，心乱了。你既然以茶论道，岂不知茶魂讲究个清净淡然，最受不得腌脏之气。"长风把杯中茶倾倒一地，"茶敬同道，不喝也罢。先生有话就且说吧。"

金太郎鼻息变得粗重，然而只一刹那，他就恢复了镇定，举起面前的热茶，细细品味，放下杯方道："果然好茶。听闻女先生大名，且不说这青阳宛月的无敌，单就南茶北移，行常人难为之事，已然令人敬服，后世茶史，女先生必着墨在册。今日一见，女先生貌如秋水柔美，却更有松柏之风骨，在下更为倾慕。此来有二事，一是想与女先生合作经营茶园，二是请教青阳宛月的制作工艺。"

长风道："早就听闻您的农场，低价买了农民良田，再高价租给原主，您的合作便是如此？"

金太郎一笑，道："您请开个价。"

长风见他已有威逼之意，摇摇头道："茶道，天道，久闻贵国茶道盛名，本来向往，现已无心领教。您请回吧。"

这时金太郎身后随从中站出一人，搭了个礼，道："那么，我来请教一下夫人的茶艺可好？"

长风看看他，道："请便。"

那人道："鄙人无名小卒，但祖上亦有几亩茶园，也是吃茶叶饭长成人，家传有一款茶，已然有救命之药效，然而我茶艺粗陋，只知其珍贵，竟不知其前世今生，不知其来处，夫人可否指点一二？"说着自顾坐下，怀中取出一个棉纸包，一层层解开，方见掌心大小一块茶饼，那茶饼乌中带白，条索紧密，看似坚硬如石。此人又取出一个茶锥，用力插入茶饼，慢慢剥撬，撬下拇指大的茶饼。

长风往红泥小炉里添了两块木炭，火苗儿顷刻就亮起来："我的壶鄙陋不堪，你请自便。"

金太郎的玉川堂铜壶中尚有半壶热水，那人掀开壶盖，把撬下的茶饼放入壶里，对长风道："老茶还是要煮煮方得其髓。"长风道："老茶贵在一个陈字，陈生香，却也容易败在一个陈字，陈生霉。离开品质谈陈化，就是个笑话。煮还是泡，也要看茶性，有的亦煮，有的亦泡，泉苑茶庄的老茶，倒是亦煮亦泡，煮泡各有惊喜。"那人笑道："泉苑茶庄赫赫有名，自然是好的，夫人且尝尝我的老茶再说。"说话间，他执起铜壶，把壶中水倒出，看了一眼石桌不远处的瓷缸，长风便道："缸里的水取自崂山上的山泉，虽不比高山溶洞之水，也勉强一用。"

那人道："夫人过谦，水是上品了。"

金太郎示意，便有随从取水，那人只装了半壶水，就放在炉火上烹煮。

"泉苑茶庄以岩茶名誉业内，近年来推出的崂山绿竟有抗衡龙井之势，尤其青阳宛月，更是天下无双，闻听七十五斤茶叶卖到二两黄金了，泉苑茶庄有今日之业绩，实在令人钦佩，夫人功不可没。"那人道，"他泉州张家真正是走了狗屎运！"他一直言辞斯文，忽然一句脏话，只显诡异。长风望了他一眼，道："张家走运，自是张家的命数，然则命数亦是人为，德品，操守，智慧，行走，皆是命数的成因。"

那人一笑，道："冒昧一问，夫人是张家什么人？若不是张家人，对张家能知了几分，不过是镜月之说。"

长风道："故人非亲，张家是师是友，我能有今日，得益张家良多，受教张家良多，你说镜月，未免诛心。"

旁边金太郎一笑，插嘴道："夫人如云上仙。东篱君，你我尘中人，望而不及。今日夫人若能品出此茶来历，我们自当回头。"

"若品不出呢？"长风道。

金太郎笑道："品不出，咱们不妨就伙做一团，好好研究，做出更好的茶来。"

长风容色不变，道："只怕做出的茶无有茶样了。"

那人提壶倒了三杯茶，道："请。"

长风见茶汤殷红油润，心里暗赞，嗅那茶香，有参草的味道，慢慢喝完一杯，身上发热，只觉得遍体通透。便道："云浮山际掩禅院，月涌天心透客居。幽径不寒林影下，红袍味里夜可无？真真是极品大红袍。"

那人笑道："自然是大红袍，夫人与张家有故，这大红袍自然是熟识的。我求教夫人的是此茶的来历。"

长风放下手中茶杯，道："下梅邹氏自前朝与晋商合作，每年获利百余万两银子，建豪宅七十余座，修当溪建码头，立家祠设文昌阁，大兴土木，传教化，赫赫望族。今日竟就沦落到隐名埋姓傍身而活？"

那人手一抖，手里的杯子啪一下落地，摔了个粉碎。长风接着道："武夷山的六棵大红袍母树，有四棵曾为邹家所有，此茶应该自天心寺后山大岩壁下的那棵所得，那棵树枞有将近一米，上面有水滴从数丈高的岩壁上滴下，终年不干，正好滴在茶树上，茶叶非常茂盛，较之其他几棵大红袍母树，所产茶叶入口滋润，莫说这百年老茶，便是新鲜的茶叶嚼一嚼，也可润肺生津。茶是好茶，可惜了邹氏的百年根基。今日一见，方知邹氏的没落，不关泉苑茶庄的兴盛，更与风水无关，邹氏的命数，乃是人为之结果。"

原来那人却是福建武夷山下梅村的邹氏传人，下梅村邹氏兴盛多年，早在清朝时，邹氏的茶便已远销欧洲，风光至极，彼时泉苑茶庄未显头角。然而那邹氏兴则盛极，败则涂地，卖光四棵大红袍之后，每况愈下，近年来随着泉苑茶庄的扩展，更是萎靡不振。人都说是泉苑茶庄夺了邹氏的风水。听了长风一番话，邹东篱脸色煞白，一动不动，良久方站起身来，一揖到地，扭头便走。走了几步，噗一声喷出一口热血，但他毫不停步，就蹒跚而去。

金太郎骂了一句日本话，扭头问道："此事已无回旋？"

长风道："您请回吧。"忽然微笑，对着院门道："你们回来了。"大勇抱着嘉禾，大踏步进门，身后跟着几个粗壮大汉，皆是腰间鼓囊，别的不是枪还能是何物。长风接了嘉禾在怀里逗弄，再不看旁人一眼。嘉禾道："我一下就找到我爹了，我爹没在茶厂，我爹在茶园。长风笑道："你好厉害，我可没想到呢。"嘉禾便道："因为我爹不喜欢茶厂，茶厂里有我娘，他们老是吵架。"大勇呵斥道："再胡言乱语，小心我的鞭子。"

金太郎如坐针毡，站起身，道了声多有打扰，回头就走。听得身后长风道："东西带走。"金太郎随行之人收拾杯壶时，长风又道："真的汝窑杯手感如玉，纹理裂片随茶汤变色。此器仿得甚好，但终究只是仿品。"金太郎身形一顿，脸现乌云，道："多谢！"刚出了院门，一脚踢向玻璃礼盒，哗啦一声，一地碎片。

"找到北平那个古董商，娘的，敢卖假货给我！？"金太郎道，"沙口子镇的主事人也给我找出来。敬茶不喝，要喝罚酒，那就成全她！"

"父亲，京都传来消息，陛下正着人与中国政府交涉山东主权，已是势在必行，此时不宜行众怒之事。"国武一郎提醒道，"刚刚那几个人，身藏武器……也不是普通人。"

金太郎冷笑："凡事有两种做法，台面的，台下的，台面行不通，那就走下面的路。"国武一郎嗯了一声，父亲行事狠辣，否则成不了青岛最大的地主。他希望不要伤着那个女子，那真是一个美好的人物，他小时见过一幅中国画，穿着白狐斗篷的女人在雪地里折一枝红梅，整幅画红白绮丽，更衬得那女子的眼睛黑亮如海底的珍珠，直看到人心里。

翌日，长云茶厂里忙了一天，回到家一边洗手脸，一边问："嘉禾呢？"婶婶躺椅上养神，回道："下午说去茶厂找你了，没跟你回来？"长云道："他没去茶厂，一下午没见他了。"婶婶便道："不定在村头玩儿呢，你们各干各，都不陪他玩耍，他爹不疼娘不管的，眼见成了个野孩子。我腿脚一天不如一天，也顾不得你娘俩了，你们自求多福吧。"家里雇了个本村的婆娘帮忙做饭洗衣，叫六嫂，这时六嫂正端盘上菜，见问嘉禾，便道："要不，我出去找找去。"解下身上的围裙就去了。

长云问道："姐姐在阁楼？嘉禾会不会也在阁楼里？嘉禾最爱缠着姐姐。嘉禾，嘉禾！"于是喊了两嗓子。

婶婶便道："说到这个，你也长长心，你早出晚归的，脚底板钉在茶厂里，你儿子都不知道谁是亲娘了。你呕心沥血生个孩子，别落个给人家做了嫁衣。"

长云心烦意燥起来，道："妈你少说几句吧，我这一向烦着呢。"

婶婶哼了一声，道："你不得意都是自找的，早跟你说打定主意，你偏不听，里里外外窝一起，一道住，一道吃，一道讨生活，迟早出大事儿。等出了事儿，你一根绳吊死自己，也当不了用。"正说着，忽然停住嘴。长风从阁楼下来，问道："嘉禾不在家？"

长云回道："不在，妈说去了茶厂，可又不在茶厂。"

长风眼皮一跳，莫名怕起来，道："嘉禾皮是皮了些，但知道分寸，不会让家里着急。"

婶婶道："可不，从来没一个人在外面这么久。就他爹的身家，他也得算是个少爷了，却哪里有个少爷样，连个贴身伺候的都没有。"

长云看长风神情有异，问道："姐姐，怎么回事？"

长风道："我觉得不对，心里头不安得很。"

长云追问道："哪里不对？"

长风道："昨天来了几个日本人，要强买茶园茶方，我自然回绝。当时，嘉禾也在场。"

长云听不懂，问道："日本人买茶园，跟嘉禾什么关系？"

婶婶一下坐起来，道："别是被日本人抱走了！"

长云脸色大变，看了看长风，正待说话，六嫂领着个六七岁的小孩进来，道："我家山娃见过嘉禾。你说，说不清回家打你。"山娃说："别打我，我说的清楚。我们挖沙坑，忽然冒出来好几个人，那些人说'就是他。'就捂住嘉禾的嘴，带着嘉禾走了。"

六嫂啪地打了山娃一下头，道："不知道回来叫人呀！"山娃瘪着嘴道："有个人给我们一大包点心，不让我们喊人，还说，喊了人就把我们舌头割了。"

六嫂又打了山娃一下道："你个小瘪三，为了点心不做人了！你大嘉禾三岁，咋就没个人样！"山娃哇一声哭起来，道："都不说，我干嘛说。"

长云一屁股坐下，眼睛直了。婶婶长声嚎叫："我的嘉禾呀，亲亲的外孙子，这是要了我的老命啦！作孽呀，大人作孽，报应孩子，让我替了嘉禾去吧！"

长风身子发冷，简直站不住了，强自镇定道："先别慌，等大勇回来。"

峻峰放学后一直在房间温书，这时听到动静从二楼下来，道："你们又吵架。"看到长风的脸色，不由得一愣，随即扶住长风，道："妈，你没事吧？"长风靠在峻峰臂上，摇了摇头，没说话。峻峰也不再问，只扶着母亲坐在了一张靠椅上。

这母子情深的一幕，落在长云眼里，她忽然冷冷道："我真想热辣辣打自己两记耳光！姐，嘉禾回不来，我就陪他死。"婶婶顿时止住嚎叫，道："你敢！"

峻峰惊问："嘉禾跑丢了？"

婶婶叫道："哪是跑丢了，是被日本人绑走了！你妈得罪日本人，连累了嘉禾。"

长风道："日本人要茶园，嘉禾不会有危险。等大勇回来，我进城找回嘉禾。"

绑匪是谁已然显而易见，国武农场那强买的一万多亩良田，哪一块地头上没有鲜血的腥，眼泪的苦。大勇回家，当时就要领了大珠山的兄弟杀进城，虽然明知与驻守日军及宪兵队厮杀，并无胜算。日本是个非常团结的民族，为了保护自己的子民，他们不惧战斗。家里只有长风一人保持着冷静，她去了青岛。走之前再三嘱咐大勇，她没回来不许轻举妄动。

长风先去拜访了洪帮，请求秦秋生动用洪帮的力量密查关押嘉禾的地点。然后就去了马府，马彦哲已在府里等她。

"我总不能就把国武金太郎捆了拷问吧。"马彦哲道，"你们也是，惹不完的麻烦，那儿硬往那儿碰，都当自个是铜头铁臂。"

"你好好说话，阴阳怪气做什么！"柳叶瞪了马彦哲一眼，又对长风道："他是没办法，急的。毕竟在日本人地盘做事，难啊。"

"我今日来，也是给马局长送好处，"长风道，"今年开春，北洋政府就与日本国签署了《解决山东问题悬案条约》及其附约，归还胶州湾的主权。12月10日在青岛举行接收仪式。这些人尽皆知。马局长可有打算？"

马彦哲不置可否，日本人野心勃勃，嘴里的肥肉吐出来，他不信。

"长风，你想说什么？"柳叶问，她莫名想起了三年前那些反日的学生，年轻的新鲜的脸上，全是无畏的勇气。她倒相信有那些学生一样的人在，赶走日本人是迟早的事儿。

长风道："我可以许诺，无论青岛换了谁来管制，这警察局长之位都是马局长的。不论之前马局长立场如何，做过什么事。"

马彦哲笑了，道："确实是天大的好处，只是你哪来的本事做保证？"

"马局长从日本人手里救出被绑孩童，立场鲜明，爱国之心昭昭，青岛名流联名作保保住一个警察局长，任谁也挑不出半点不是吧。"

"说两个名流我听听。"马彦哲仍是一副好笑的神情。

长风淡定道："刘子山，隋石卿。"

马彦哲和柳叶对视了一眼。刘子山不用说，青岛数一数二的大富商，乔宫元东莱银行的合伙人，拐弯抹角地算，因着乔宫元的官司，也有些人情。然而请动身为青岛商会会长兼青岛自治筹备会理事长的隋石卿，可就不简单了。

柳叶了解长风为人，言出必行，有始有终，便道："加上秦帮主，乔少爷一干人，还真行。"

马彦哲深谙生存之道。日本占领青岛这些年，他明里暗里替日本人做过不少事。他眼中的日本人像狼，执着、勤奋、凶猛，那个民族的光芒令他着迷。他小时候家贫，上下一溜儿七个兄弟姐妹，他母亲做饭，便拿烧火棍在地上画个圈圈，赶鸡鸭进窝一样把七个鼻涕虫轰进圈里，恐吓说谁出圈没糊糊吃，还要挨顿揍。瘦成骷髅脸的兄弟姐妹在圈圈里闻着饭香流口水，一动不敢动。他等母亲转身的瞬间，一阵风扑过去，抢了重病小妹妹的蒸鸡蛋。母亲哭号，狼崽子呀，小妹妹救命的口粮也抢，这就是狼呀！他只顾吞咽，任烧火棍在背上绽开火花。不满周岁的小妹妹咽气时，他站在旁边看，满嘴的榆钱，嚼了一嘴绿沫。他的两眼精光四射，那是鸡蛋提供的养分。他是狼。有些人成为狼为了活着，有些人成为狼因为野心。中日必有一战，野心家的眼中没有界限。谁败谁胜，他都可进可退，这当然是最完美的前程。"我救。"他道，"给我几天时间，火中取栗的事儿，没你们想得容易。"

"三天内得见到孩子，不然事就大了。"长风道。

柳叶也道："娃子才几岁，拖不得。娃受不了，娘也受不了。若是我的妹琪丢了，我还不定怎样呢。你快去，快去救人！"

"好啦，好啦，我就去。"马彦哲道了个别，唤上胡三，出门了。

柳叶嗳了一声，道："这两三年不消停，窝心事一件又一件。回头看，倒还是最初那几年舒心，虽劳苦了些。不过想想，人活着好没意思。有时一觉醒来，听着台风，闻着海腥味，还当是在咱们俩的那间小屋。惊了心照镜子，脸都不像是自个儿的。"

"可不是，我们都老了。"长风微微笑道，"老也有老的好。那时我们一无所有，无亲无靠，现在你我都有了亲人。往前走，总是有收获的。不见得就比过去差，不见得非要回头。"

柳叶笑了一下，道："你呀，就是嘴巴硬。既然要往前走，你为何不放下。跟我说句实话，你就没起过见他的念头？上次他吃官司，你们墙里墙外，咫尺天涯的，你就不想问问他？"

长风脸上笑意淡去，道："不问，不见。这样最好。"柳叶歪头笑道："哪一日他知道了你就在青岛，又知道峻峰，那光景才好看呢。"

长风不语，片刻又道："眼看着年底了，今年海外走茶，倒比往年增了一倍。"

柳叶见她不愿继续方才的话题，也就道："亏你想出了锡罐锡纸包装的法子，长途运送妥妥当当，别的茶庄竞相模仿呢。"

长风道："也就模仿个包装，不中用的。"

柳叶道："是呢，青阳宛月的配方，我都拿不准。"长风笑道："早说与你了，不过是老陈茶与新茶相互取其茶性，进行'接种'，加速'陈化'，再观其色味，添加各种花果香。只是每批茶配量都不同，三年的旧茶与五年的旧茶调配岂能一样。便是所用花果，也要依着茶的气性，弄不好就冲了茶香。若要写方子，能写一本书。"

"哎呦，你有空写，我还没空看呢。"柳叶道，"说起配方，如果嘉禾救不出，你会把茶园和配方拱手让给那日本人，换取嘉禾吗？"

长风何尝不知道，这话只怕是每个人心里的疑问，只有柳叶敢问出来。她淡淡笑道："我还能怎么做？"

没用三天，在第二日的正午，柳叶亲自把嘉禾送回了栲栳岛村，孩子毫发无伤。人如何救出的，旁人只道是日本交出山东主权，金太郎怯了。长风却知绝非如此。她见识过马彦哲的德性，又与金太郎有一面之交，早看出金太郎是个行非常道之人。但她并不问一字。柳叶倒问过马彦哲，马彦哲回道："这事儿要么以武力压迫，要么以利交换。我不会与日本人翻脸，小日本就像那旗子上的青天白日，落不了。我得给自己留后路。既然不能动武，那么只有合作互利了。"柳叶问："合作什么？"马彦哲眼睛贼亮，捏了一把柳叶的脸，嘿嘿笑道："泼天大的好事！"柳叶握住马彦哲的手，笑道："说与我听听。"

十二月十日，日本将"德国旧胶州租借地"正式归还中国，举行交接仪式。北洋政府任命王正廷为鲁案善后督办，来青岛开展接收工作。但因连年军阀混战，北洋政府根本就无钱为接管警察更换服装和发放粮饷。在商会会长隋石卿的发动下，各大商家纷纷借款与政府，确保了青岛接收工作的顺利进行。泉苑茶庄出资五万元。东莱银行筹借二十万。在隋石卿举办的庆功会上，泉苑茶庄无人出席。宫元盼望见到立然，仍未如愿。

同月，北洋政府组织建立了胶澳商埠警察厅，马彦哲任厅长，手下四科五队。民国十二年三月，胶澳商埠警察厅改为青岛警察署，下设四个分署，一个巡警教练所，分署又设分驻所若干，警力雄厚。马彦哲实权在握，风光无限。

然而如柳叶所言，近几年日子总是不消停，这年的春茶在运往济南分号的途中，行至泰山脚下，险些被截了货。好在大勇用的都是自己的手下，不是普通的工人，倒也有惊无险。但他心里隐隐觉得遇匪不平常，倒像是有计划地伏击。此后茶庄货运，无论路途长短，他每次必亲自押运，大珠山索性放于马云龙照管。

青岛的收回，使受到压抑的民族精神得以伸张。在恢复发展经济方面，包括纺织、烟草、火柴、面粉等工业在内的轻纺工业发展势头快速，因青岛港航贸易在北方占据重要地位，金融业也得到迅猛发展。文化教育亦是大力发展，建立了私立青岛大学后，又相继建造了新式大型体育场、现代水族馆等，设立了国民教育系统。峻峰闹着要去青岛读书。长风因乔宫元的缘故，不肯搬去青岛。峻峰写信求助立然。立然心疼孩子，恰好大勇到泉州运取岩茶，索性跟了来山东。

一路平安，至青岛港正是凌晨，天色乌蒙，海港无风无波，偶尔一两声夜航船鸣笛，打破海港的寂静。货船抛锚靠岸，十几个蒙面人突地冒出来，迅疾蹬步上船，持刀弄枪，逼住船上船员。半柱香的功夫，眼看着上百担岩茶卸到岸上的大车里。大勇头天晚上与立然喝了半宿的酒，船舱里打呼噜。立然心里闹腾，晚上睡不沉，听到动静不对，叫醒大勇。二人刚上甲板，便被枪指住了头。大勇身子一侧，抬脚踢中那人举枪的胳膊，枪啪地落下。大勇手中的枪举起，正待射击，却听得一声枪响，他的胸口一疼，眼一黑，栽倒在甲板上。昏沉中听到有人问，这人咋弄。紧跟着有人回答，是只肥羊，带走。大勇觉着那个声音很熟悉，一定在哪里听过。他努力想睁开眼，却由不得自己丧失了意识。

第十五章　无漏子

茶者，草字头，木字身，人生即在草木间，不解茶道又如何懂得人道？

长云本是个大咧的姑娘，喜怒形于色，就像一棵杨树，风一来全身的叶子哗哗响。然而经过嘉禾绑票一事，她变得少言寡语，明显心事重了。这会她坐在床边双目赤红，眼皮肿得成了发面的包子，望望病床上的大勇，木着脸道："姐姐，他一时半会不醒。你们请回吧。"

长风还未说话，那边柳叶道："百担老茶呢，就这么不见了，等着问他原委呢。"

长云霍地立起来道："他就剩半条命了！难道他的命不值几担茶钱。姐姐，你们是来看病还是来要命？"

柳叶嘴角一扯，带点轻微的嘲笑，却不再说话。长风拍拍长云手背道："我不放心，想看着他醒了再走。"

长云哼了一声，抽回手，又坐回床边，目不转睛地望着大勇，分明有了几分凄惶。大勇失血过多，古铜厚重的脸色暗灰无光，胸口白纱带缠了好多层，六月暑天，一条棉被盖了半截身子，头上却无一滴汗。窗户开了两扇，病房里消毒水的气味浓郁不散，长风呼吸艰难，好似她胸口也中了一枪。床上躺着的男人如父如兄，是友是伴。命运是个谜，从不肯顺遂心意，有时最亲爱的人，手里就藏着尖刀。长风经历了太多的事，也遇到过很多人，在她心里，只有大勇，不会背叛她伤害她。然而这个人，差点从她的生命中逝去，她却连心疼都不得放肆。

病房的气氛清冷，是那种执着阴郁的天，气压低闷。她们久久沉默着。直至大勇呻吟，风一般吹散了乌云。毕竟是个武人，身体较比常人健壮，大勇醒后就问："立然怎样了？"长风心里咯噔一下，问道："立然在船上？"

大勇道："他跟着来的。"

哗啦一声响，窗台放着的一盆茉莉摔得粉碎。柳叶手里捏着一朵白花，她的脸比花还白，喃喃道："他也在。"

"你倒是轻点！护士，护士！"长云嗔怪着，高声叫护士收拾地上的瓦块黑泥。大勇支着身子要坐起来，长云又把枕头垫高，问道："舒服点吗？"

大勇把来龙去脉说了一遭，说到昏迷前听到的话，几个人倒松了口气，看来劫匪是求财，立然暂时没有危险。那么当下只有等。长风回茶庄等消息。柳叶直去警察厅找马彦哲，软硬兼施，逼马彦哲全城搜索。出了警察厅，迎风一吹，泪就下来了。失魂落魄回到家，拿起电话拨了个号码，道："立然少爷跟着来了，劫匪绑了去。"不待那边回应，便挂了电话，失声痛哭。

她们前脚刚走，大勇就对长云说："四方区有家来客旅馆，你去找掌柜的，就说头要吃果子，让他们马上送来。马云龙若在，让他亲自来。"

长云正削苹果，手一顿大声道："你中了枪，得养着！"

大勇道："你不去，我去。"说着就要拔掉手上的针头。

长云按住他，把削好的苹果塞给大勇道："我去，我去！"她眼睛里烧起两团火。

劫匪要一万大洋。信是个小乞丐送到泉苑茶庄的，有人给了他一个白馒头。信封里装了立然日常随身的怀表，表壳的玻璃面裂开了两条缝。柳叶得到消息赶到茶庄，看了表急道："表面都裂了，敢是吃了苦头！"

长风问道："账上有多少现金？"

柳叶道："足够，不够我补！我只怕给了钱不放人。"

最怕是撕票。大勇说劫匪声音熟悉，若真是熟人，给了钱断然不能生还。长风道："钱先备着。天怎黑这么快？"竟也是六神无主了。

柳叶道："全城都备了防，车站码头查的紧，他们出不去。"长风点点头，两个人对着发呆，却不知大勇正在大闹洪帮。

秦秋生一见大勇，就愣住了。大勇脸寒如霜，白绸短褂遮不住身上的绷带，大哥亦不叫了，直道："秦帮主，您的货可曾在我地盘出过娄子？"秦秋生道："兄弟何出此言？你我多年协作，互惠互利，秦某是很感激兄弟的。"

大勇道："这几年南北茶运，但凡走水路，也没亏着洪帮，这次为何就在您的码头杀人越货，还劫了东家要赎金？"

秦秋生大惊道："竟有这样的事，谁这么大胆！"

大勇道："是啊，谁这么大胆，问洪帮主您呢？"

马云龙在一边道："出了码头不敢说，有本事在码头杀人越货的，除了洪帮，还真没人敢撒野。"

他话音刚落，洪帮的几个兄弟就按耐不住了，骂骂咧咧要动手。

"退下！！！"秦秋生喝道，又对大勇道："兄弟，你信与不信，我也得说，此事我一无所知。但既是在我地盘上出的事，我自然给你一个交代。兄弟伤的不轻呀，先坐下说话。"

大勇道："坐不住。我大珠山几百人嗷嗷欲动，誓要抓住伤人的剥了皮，我得回山镇住，省得他们乱窜，枪眼子走火。那茶不当什么，伤人绑票可忍不了。我听您消息！"

说完，扭头就走，一口水也没喝洪帮的。出了大门，脚一软，马云龙上前扶住，大勇忍疼道："老严，着人盯着这里。"老严是大珠山插在城里的眼，来客旅馆的掌柜，他回道："头儿，您把心放肚子里，我知道咋做。"

院里边秦秋生望着大勇的背影，问道："令法，你怎么看？"

孔令法回道："除了洪帮，确实是没人能在码头干成这事。"

秦秋生道:"查!查出来按帮规第二条办他!"洪帮几个主事的打起寒战,洪帮帮规第二条:欺上瞒下,损害洪帮者,三刀六洞七十二棍。

城边的一个院子里,灯已经亮了。但是立然看不到,他的眼睛蒙了一块黑布。他听到院门啪啪响,又听到开门声。有人进屋,有个女人叫了声二爷。那二爷说了句麻烦来了,声音极其急躁不安。立然心里一动,他听出二爷是谁了——洪帮帮主的亲兄弟秦秋国。

秦秋国好赌,平日里又爱抽几口,依凤楼偏又看上个小凤仙,重金赎了身,买房置地娇养着。因而拉了好大的饥荒,码头的几笔账,怎么也补不上。正愁无法交代,有人出两千大洋,要他劫了泉苑茶庄的货。他虽知此事做不得,可盘账之期将至,一咬牙,接了那钱。事儿倒不难做,委托之人给了船期,给了押货的人数。并说如果干掉押货人,再加一千大洋。谁知押货人是大勇。倒没料到泉苑茶庄的东家也跟着,他索性就掳了,干脆做票肥的。却不想大勇没死,还闹上洪帮,他有些慌了。

秦秋国在屋里踱了几步,道:"我哥是个法大于情的,他饶不了我。收拾收拾,咱们随时走。"

小凤仙道:"未必就查到你,干嘛先怯了。"

秦秋国道:"码头各段都有洪帮的当值,原本不是石头值班,我让他借故换了班,才轻松成事。谁不知石头是我的人。"

小凤仙忽然一笑道:"既然如此,一不做二不休,倒不如拼一下。"

秦秋国道:"怎么拼?"

小凤仙道:"呆子,你做帮主不就行了!"

秦秋国顿时愣住,道:"胡说!"

小凤仙嗳了一声,偎在他怀里道:"他能法大于情,你为何不能利大于亲?隐名埋姓,四处逃亡的日子,终究人不如狗;再说,能不能逃得过还不一定。"

秦秋国怔怔发呆,半响方道:"很难。"

小凤仙掩嘴一笑道："说难也难，说易也易，关键就在今晚。过了今晚，那边查出来什么有了防备，想动手也来不及了。"秦秋国不语，小凤仙会心一笑，又道："石头，你过来。咱们给二爷筹谋个更大的。"石头嗯了一声，原来他一直在里屋看押立然，却能一声不哼，竟是个闷头棒子。

石头从里屋出来，回头努努嘴，意思立然听得到。"不管他，"小凤仙忽然又笑，对秦秋国道："二爷，今儿还有个趣事忘了跟你说。晌午天，孙奇上门，说客户要见咱们。我想啊，这孙奇啥时这么不懂规矩了，他一个中间人，怎么就让客户见咱们呢。我说不见。孙奇说他之前也不知客户的身份，只当是泉苑茶庄的仇人，或是商业对头，可是今儿看起来，戏精彩着呢，估摸着唱的是豪门恩怨，见了没准儿能再发一笔财。我一听好奇呀，就去了，见着一位贵太太，你猜她要做什么？"

秦秋国问："做什么？"

小凤仙道："她要我们放了肉票。我说可以呀，拿一万大洋来。她气得不行，说手上没那么多现大洋，我让她去筹款，她还威胁我，肉票少一根毫毛，她就怎样怎样。我让人跟踪她，见她进了一座宅子，一打听，是东莱银行乔宫元的家。那女的就是乔宫元的太太，肉票的亲妹妹！原来亲妹妹绑了亲哥哥！"

小凤仙再忍不住了，哈哈大笑。秦秋国也笑起来，道："放人？"

小凤仙道："今晚上天就变了，明儿的事明儿说。看她偷偷摸摸见我，自然是自知所作所为见不得光，放不放人她都不敢怎样，咱们先收钱。这个人啊，"她指指里屋，道："留不得！你做了老大，咱们杀人越货的事更不可有任何痕迹，省得被人抓住把柄。"

立然五花大绑的身体不停战栗，倒不觉得恐惧，因为太愤怒。之后越听越惊心，这三人心狠手辣，将行之举丧尽天良人伦，且毫不避讳他，可见在他们眼里，自己已是个死人了。

墙上的自来钟响了九下。秦秋生的小夜酒也喝空了，秦太太端给他一杯茶道："这茶加了陈皮，去去酒气。嗳，这法子还是长风给的。"

秦秋生撇了太太一眼道："你也不用拐弯，无非是要我持个公正。"

秦太太道："咱们风风雨雨大半生，亏心事没少做，现如今虽还沾着泥水，可好歹上岸了，这就很好。海音一天天大了，我们得在她成人前，把身上弄干净……哪怕只是看着不脏。如今日子不太平，多结善缘吧。"

秦秋生道："你的意思，我懂。我不手软就是。"

秦太太叹了口气道："明天只怕不好过，早歇吧。"这边话音未落，门哐当就被推开了，秦秋国闯进来，扑通跪在秦秋生脚下，哭道："哥，哥！"

"把门关上，"秦秋生吩咐太太，又对秦秋国道："真是你！"

秦秋国不停叩头："哥，哥，你救救我！！"

秦秋生骂道："畜生！"站起来在屋子里踱步，一边踱步一边大骂。秦太太随手掩门，然后坐着喝茶，也不说话。

秦秋生喘了几口粗气，坐下道："把人放了，把货还了。找个替死鬼顶缸，你滚回老家。"

秦太太低低叹了口气。

秦秋生又道："一则骨肉手足，杀了你没法跟黄泉下的爹娘交代。二则亲兄弟拆台使绊子，我以后咋管他人？左右都难，真想刮了你个东西！"他这话是说与太太听的，为私为公，他都得放一马。

秦秋国跪伏在地，左手抱住秦秋生的膝盖，右手偷偷掏出一把锋利的匕首，抬起头道："哥，我，我都听你的！"举手对着秦秋生的心脏狠狠刺下去。他本是走偏门下黑手的行家，秦秋生亲自带出来的，这一下出手迅疾，秦秋生哼都没哼出来，身子一歪，靠在椅背上。等秦太太觉察不对，要站起来时，秦秋国已经站立在她面前，匕首落在她脖子上，喊了句："嫂嫂，对不住了"。匕首划了个半圈。鲜血喷涌，染红了秦太太的法兰绒睡衣。秦太太挣扎着站起来，去抱秦秋生，后心却一疼，再动不得，倒在地上。

秦秋国探了哥嫂气息，知已命绝。匕首反手，回插在自己肚子上，长声大叫着："有响马！帮主，帮主！响马杀了帮主！"跌跌撞撞往前厅跑，惊动了院里院外的众人。

洪帮帮主之下六大掌事，秦秋国为其中之一。等六大掌事聚齐了，已是后半夜。大家愤怒至极，孔令法沉寂不语，忽然问管家："小姐呢？"众人才惊觉，此番闹腾，宅子早翻了天，小姐却不见人影。四下里搜寻，人竟是凭空飞了。这时有人回说后门虚掩，铜锁大开。

秦秋国道："这还了得，海音被贼人绑了不成？"心里却纳闷，总觉得哪里不对。

掌管内事的黄振世怒道："曹管家，后门一向不开，钥匙在你那里，怎么就开了锁？"

曹管家慌道："黄爷，我钥匙没离过身啊！以我家四代单传的小崽子起誓！——太太也有钥匙。"

秦秋国道："你暗示太太勾结响马吗？瞎了你的狗眼！给我把他捆了，查明了再发落！"

曹管家一个劲喊冤，几个掌事面面相觑，就由石头带人上前，捆了曹管家，扔到后院的地窖里。秦秋国又道："哥几个跟随帮主多年，洪帮遭此大难，还得同舟共度，贼人虽蒙了面，但想来与那王大勇脱不了干系。"便有掌事的嚷嚷要端了泉苑茶庄。秦秋国道："我何尝不想马上报了这血海深仇！但那茶庄商界政界都有人罩着，没有证据，明里动不得。找着证据，发葬帮主之日，就是我们报仇之时！都给我出去找去！"他俨然一副继帮主的模样，捆人立威，发号施令。旁人不哼声，只孔令法道："先找小姐！咱们手下的人全停下活儿，便是把青岛翻个个儿，也得把小姐找回来。"

秦秋国道："我哥唯一的血脉，我老秦家的人，谁敢动她，那是不要命了。石头，让码头工人都出去找，找不到小姐，你不要回来见我！"石头会意，点点头，带人匆忙走了。余下众人各自行事。这一夜，青岛城起了大雾。

海音正站在泉苑茶庄里。她穿一身粉蓝法兰绒的睡衣，脚上套一双软底绣花的缎子睡鞋，头发很浓厚，披散在肩上，还带着湿气。她的脸蛋不大，但是眼睛非常圆。此刻圆圆的眼睛里全是恨意，一个十岁的小姑娘要经历怎样刻骨的仇恨，才会瞬间脱了稚气，细想令人毛骨悚然。

长风满心怜惜，拉住她的手道："好孩子。"海音却甩开手，转身趴在大勇身上。大勇道："老严把她送来时，满手的牙印子，她咬的。小人儿成了只小兽。见着我才安静了，却还谁都不许碰。真惨，亲眼见着爹娘被杀，没吓傻，还能伺机拿了钥匙逃出来，是个有胆有识的娃。"大勇摸摸海音的头，海音在他手下一动不动。

"亲叔叔？"长风问。

大勇回道："可不。"

海音开了口："他不是我叔叔，那是个恶鬼！"

长风道："不怕，你很安全。"

海音突然全身发抖，扭头大叫："我不怕！我才不怕！"嘴巴张着，脸涨得通红。

其实是怕的。吃了晚饭，秦太太陪她写字，稍后她回房洗澡，等头发干的工夫，想起明日要去新学校面试，新买的洋装还在秦太太房里，便兴冲冲去取。到得父母房门口见房门关着，只余窄窄一条缝，隐约听到房里有人哭泣。她一时好玩，趴在门缝中往里望，看见叔父抱着父亲的大腿哀求，她正觉得奇怪，眨眼间匕首刺中父亲的心脏，母亲成了个血人。她恐惧得发僵，像一株小树苗。她想大喊，但却喊不出来，亦或是本能让她不出声。她是秦秋生的女儿，对危险有天生的警觉。当叔父反刺自身，小树苗变作小兽，几步蹲在窗台的花坛下。等秦秋国出了小楼，她哆嗦着进屋，叫爹叫妈。她的父母脸相狰狞，她不敢再看，拿了后院的钥匙，跑到大街上。家已是地狱，唯有逃离。然而哪里都不安全，世界是个川戏台子，人人都会变脸。

长风取了个茶包，冲出一碗热茶，端与海音道："你不怕，我知道你不怕。"茶气有种安宁的静香，海音不接茶碗。大勇拍拍她的头，她摇头。大勇接了茶碗送到她嘴边，海音看看大勇，就着大勇的手，几口喝下去。茶比闻着还好喝，温度热而不烫，像暮春的五月天，像母亲怀抱的暖热。她记得母亲说过，茶者，草字头，木字身，人生即在草木间，不解茶道又如何懂得人道？想着血泊中母亲的脸，她又觉得有阴冷的气扑上来。然而眼皮开始变得沉重，昏昏间大勇抱起她，道："你配的安神茶真神效。"

长风叹了口气道："这孩子太可怜了，需好好安神调心。"海音在仅余的清醒里愤怒不已，她厌憎做个可怜人。可她确是个可怜人，认清这一点令她更难过，她闭上眼睛去睡，拒绝想这个问题了。

这一睡就到了第二天正午，不知是否那碗茶的缘故，长长一觉混沌，连个梦也没有。睁开眼见到头顶的帐子，白色的细棉布稀稀疏疏绣了几枝金丝黄梅，屋子里很亮堂，黄梅发散出莹莹的光。寂静中忽听声音索索，她在床上坐起，循声望去，窗边有一张书桌，有两个小男人，一高一矮。高的站在桌边写大字，矮的坐在椅子上翻书，两只短腿悬着，在那荡。写字的那个忽然放下笔，对上她的视线道："你醒了。"那是俊秀端正的一张脸，年纪和她相仿，却极力做出一副大人样。海音眨眼间，两张脸就到了眼前，杵在床边。小个子扑上来，扯着毯子道："姐姐，姐姐，哥哥不理我，你起来读书给我听。"

"别闹，回头我给你讲。"高个子清了一下嗓子，郑重其事道："我叫峻峰，他是我弟弟嘉禾。"

"对呀，对呀，我是嘉禾。我六岁，哥哥十一岁。"嘉禾道："姐姐几岁了？你饿不饿？"他低了头掏白绸小褂上的兜，先是掏出一把贝壳鹅卵石，不好意思地抬头对海音笑笑，又伸手掏，终于掏出一颗皱巴巴的水果糖："给你。"

"她要先吃饭，妈备好了鸡汤等着的。"峻峰有一双很亮的眼睛，此时眼睛里的怜意分明，"你，没事了吧？"

嘉禾不由分说地把糖果塞到海音手里道："你留着，想吃再吃。爹说你是个了不起的姐姐，坏人都捉不住你。我比较挫，坏人捉我，我就被捉。"

海音有些呆滞，这二人你来我往，一个端肃，一个活泼，却都满怀着善意，屋子里温度瞬时就更高了。恍惚中倒觉得在做梦，血泊中的父母，黑暗中逃亡的她，或许真的只是一场梦。她呆坐了片刻，下床道："我饿了。"

长风接两个孩子来青岛，指望着于海音有纾解，为着秦太太，她也无法坐视这事儿。晚饭的时候，柳叶的女儿姝琪也来了，四个孩子围着饭桌团团坐，男娃俊，女娃俏，着实养眼。海音低头扒饭，吃相有点凶狠。姝琪咯咯笑道："你吃相比我老爹还难看。我妈老骂他野蛮人。"峻峰扫了姝琪一眼，夹了一块红烧肉，放进海音饭碗里。姝琪竟似有些怕峻峰，伸了伸舌头，也学着挟了一只蝴蝶虾道："姐姐，这个好吃，给你。"嘉禾不甘示弱，索性把自己喜欢吃的菜就端给海音："都给你。"

海音抬起头，逐个看看他们，又低头猛吃，吃饱了才有力气报仇不是吗。

柳叶低低对长风道："这姑娘可不是个凡胎，了不得。"长风心道，秦氏夫妇的女儿，自然差不了。只是小小年纪，就这般做派，竟似强过父母的势头，难怪柳叶都感慨不已。

柳叶心中有事，第二日又早早来，等立然的消息。几个孩子在院子里摘树上的果子。长风泡了一壶茶，见柳叶只顾踱来踱去，全不管高跟鞋踏踏响。叹了口气道："大勇枪伤未愈，一刻不歇，大珠山倾巢而出，你且安稳一下吧。"

柳叶眉一挑，道："你倒沉得住气！你心疼大勇的枪伤，可知少爷受着什么折磨呢！真真白搭了他对你的心！"

长风一怔，道："这话没道理，你是急疯了不成。"

柳叶冷笑道："可不，我急疯了。我替少爷不值！你待秦家那丫头片子都比少爷上心。少爷若去了，连个披麻戴孝的都没有——即便他没了，茶园茶庄就都归了你，你晚上睡的着吗？"

长风正坐在椅上喝茶，听见这话心里一阵堵，血气上涌，道："立然被绑票，上下众人哪个未尽全力？你要我去换了他来，我去，原是我亏欠他。你告诉我哪里去换。至于海音，她母亲与我们有情，洪帮与我们有义，更何况劫货绑票与洪帮内乱我总觉得有干系。于情于义于理，我都需护好海音，那姑娘或许便是风眼，平风暴的关键呢。"一番话说完，她心境渐平，苦笑道，"你我自幼相识，手帕之谊，车笠之交，实在不必拿糙话激我。这两日我有个打算的，只是不说也罢，且看看此事的结果吧。"

柳叶默默站窗前，院子里妹琪拽住嘉禾的白猫的尾巴，许是猫要送海音，嘉禾紧抱不放手，猫吃痛喵喵叫。海音呆坐在树下，峻峰守在她身边，手里编织的草蚂蚱快要成形了，他不时注视海音几眼，并不打扰她。十一二岁的少年少女，眉眼已开。心性也开了。

"我们相识十九年了。那一年，你十一岁，我十岁半，一样子无父无母，无兄弟姐妹。孤零零地活着，没有人疼。尽管这个世间不爱我，可是，可是我有爱呀。"柳叶转身，一脸绝望道，"长风，你一直把我当妹妹一样。求求你，救救他！我无能为力了，老马中了邪，任我软硬兼施，就是不肯出力。求你救救他，他不能死！"

长风心里百味杂陈，又酸又疼，眼不由得发热，她上前欲揽住柳叶，然而不知为何，她感到柳叶身上有种疏离之气，竟使她无法亲近。她站在柳叶身边，道："他不会死。"

二人心里都生有恐惧，这事太蹊跷，歹徒有备而来，而且心狠毒辣。行魔鬼手段，岂会留活口。立然的命，九死一生。

院子里嘉禾大声叫爹，大勇大踏步进屋，喘着粗气道："找到立然了，果然是洪帮的人干的！"

长风与柳叶齐齐望向大勇，只见大勇额鼻冒汗，神情却是如释重负，便知消息定然无误。

"坐下说，你有伤。"柳叶道。

长风倒了杯茶，道："你先喝口水缓缓。"

大勇接过杯子来不及饮，便道："大珠山的暗哨是老当家生前安插，城里台上台下的动静，也能摸个大差不差，这次，城里所有的暗哨都启动了。你让我留心洪帮上下的出入，还真就管用。今天一早，洪帮二爷的亲信叫石头的，就去了当铺，当了一枝金笔。随后买了份茶点去了依凤楼，依凤楼的头牌小凤仙从良后，石头迷上了小凤仙的干妹妹。两个时辰后依凤楼的暗哨传出来消息，让大伙儿盯紧了这厮，人票的下落就着在这厮身上，那小凤仙的金主也不是别个儿——洪帮的二爷。老严跟着石头转到城郊的一座宅子，宅子内外防范严密，他不敢妄动，就回来报信。我让老严把金笔买来，一看，可不正是立然的！立然定是关在那座宅子里。"他一口气说完，方把手中茶水喝掉，左手掌摊开，正中一枝金笔。

柳叶脸色苍白，抓了金笔看了又看，道："好像真是立然的，长风，你瞧瞧，是不是。"

"是。"长风接过金笔道，"金笔是订制的，上面有立然名字的缩写。"

大勇道："那我这就拆了那些贼骨头，救出立然去！"

"等等，"长风道，"你说石头是二爷的亲信？那二爷，可就是弑杀兄嫂的秦秋国？"

大勇虽然直莽，却也不是愚钝之人，恍然大悟道："我想到了！那个打我黑枪的家伙，就是秦秋国，我听过他的声音，难怪当时听着耳熟。我非宰了他，这一枪不还，我白姓了王！"

"不可，"长风摇头道，"此事已脉络分明，秦秋国瞒着秦帮主劫货绑票，事情败露，杀兄嫂自救，顺理成章上位。然而秦秋国若死在我们手里，就坐实了我们杀害秦氏夫妇的罪名，且不说整个洪帮都将与我们为敌，便是在政商两届，也必然落个不仁不义之名，谁还敢再与我们为伍。"

"难道任他自在？"柳叶愤愤不平。

"岂能任他自在，"长风冷冷道，"绑票越货，弑杀兄嫂，他该死。只是，得让他死得透彻。"

"怎么做？"大勇问道。

"我带海音去洪帮，由海音送他上路。你去救立然，必须同时进行。这两日秦秋国忙于帮中之事，无暇处置立然，待得他地位稳固不可动摇，立然性命不保。"长风道，"你可有把握？"

"他在我手里丢的，我会亲手把他找回来。不惜代价。他若出了事，你这辈子不好过，我也不好过。"大勇看着长风道："倒是你去洪帮，我不放心。"

长风道："海音陪着我呢，我不怕他们。你怕吗？"她转向门口问。

门口站着那个小姑娘，腮颊泛着潮红，目光炯炯，也不知站了多久了。

长风又道："斩妖除魔，不是易事。你还是个孩子。你若不想去，我不勉强。你去与不去，此生我看顾你不变。"

海音整理了一下自己的裙子，挺着胸背就进了屋，走至长风面前，徐徐跪倒："父母之仇滔天，若为报仇万死不辞，请您帮我。"她遇到过最凶恶的危险，见识过最残忍的杀戮，此刻，她的脸上毫无惧色。

第十六章　定风波

不由得忆起《红楼梦》里，妙玉饮茶多是用雨水，想必那时候的天必定是清澈舒朗的，所以，雨水入茶才格外甘甜。

院子里摆满了花圈，洪帮人皆着麻衣孝服。大厅布置成了灵堂，正中摆放一口双人红漆描金灵柩，香案上牌位森立，三牲供品罗列，蜡烛长明，香火不断。上方则高悬秦秋生夫妇的遗相。生前恩爱，死后同棺，夫妇二人的遗相笑容肆意。传闻死得凄惨，一个断了头，一个碎了心。吊唁的宾客如流水，但都不敢多看遗相一眼，那笑容瘆的慌。

秦秋国的膝盖刺痛，昨夜守了一晚的灵，跪得太久了。可他仍然跪得无比孝诚。帮里的几个掌事向来对大哥忠心不二，洪帮姓秦。他也姓秦。海音去向不明，不知何故。她是帮主传承之人。孔令法全城搜寻，他也在全城搜寻，端看谁的眼明，谁的手快了，或是看谁更幸运。他垂着头，嘴角有抹冷酷的笑，比运气，他可正鸿运当头呢。忽地唢呐响，又有吊唁之客进门，他叩地迎客，心底重复一句——哥，别怨我，人不为己，天诛地灭啊！

"小姐？"

"是，小姐！"

"小姐回来了！！！"

秦秋国听见各种惊喜呼叫，心里一杵，猛地抬起头，便看见一个美丽女子牵着海音的手，站在灵柩前。女子穿一件藕色的旗袍，乌发白面，端然肃穆。海音通身的孝白，头上别一朵白花，面容竟带着一股凛冽的气息。孔令法站在她们身后。秦秋生忽然生出不祥之兆，瞬间思前想后，觉得并无疏漏，就呜咽叫道："侄女儿，你跑哪去了？可把叔叔吓死了！你若有个三长两短，我可怎么给你爹娘交代？"一边就摸爬站起，去抱海音。

海音不躲不闪，直勾勾盯着他，眼睛里射出剑芒。他莫名打了个寒颤，竟不敢上前了。

"您是哪位，这两日小侄女与您一起？"他强自镇定问长风，长风出入青岛极少，又刻意隐蔽行踪，他并不认识。

"是，她逃出去后都与我在一起。"长风也望向他，眼神清冷，有着洞察一切的澄明。秦秋国身上的麻衣贴在了背上，粘粘的，又刺又痒。此刻他竟出了一身冷汗。

几个掌事都是老江湖，看出此中有蹊跷，下意识就围护住了海音。孔令法道："小姐，先给你爹妈磕个头吧。"海音跪了下来，却是跪在几位掌事的脚下，道："众位叔叔伯伯，请为我做主，替父母报仇！"掌管码头库房的刘掌事一把拉起海音道："闺女，使不得。我们跟随你父亲多年，他的仇就是我们所有人的仇，恨不得千刀万剐了那仇人！你，你可知杀人者是谁？"

海音站起身，道："我亲眼所见。"转向秦秋生，"二叔，你杀我爹娘的那把匕首磨得真锋利，你还我爹娘！"说着扑上去又踢又打。

灵堂内外一下子就沸腾了。秦秋生乱了阵脚，他自然不敢推开海音，喝道："哪来的妖女，迷了我侄女的心智，来洪帮作怪？石头，还愣着做什么。"那石头就上前，欲拉扯长风，海音掉头护住长风。

"且听听她怎么说！"这时孔令法一开口，满堂鸦雀无声。

长风道："我是泉苑茶庄之人，茶庄与贵帮一向合作愉快，我与秦太太亦有私交。两日前，茶庄在贵帮码头货物被劫，东家被绑票。茶庄觉得此事太过蹊跷，便上门讨说法。洪帮主仁义，答应查清此事。谁知当晚，小姐跑进茶庄，直说叔叔杀了她的父母……"

"胡言乱语！你这妖女血口喷人！"秦秋国打断长风道："明明是你们诬陷洪帮，见敲诈勒索不成，杀人泄愤。"

"你才胡说，"海音怒道："我亲眼见你杀死我爹娘。"

"我为何要杀人？"

"为了自保，因为你劫货绑票。"长风道。

"证据呢？货在哪里，人票在哪里？"

长风道："近郊李村有个还乡清官的大宅子，据说现在宅子归了依凤楼的小凤仙，倒是好个窝赃的去处，二爷本事。只是兄嫂也能下去手，未免太过毒辣。"

秦秋国瞬时变得狰狞，道："如此造谣生事，今日你休想迈出洪帮！石头，去她说的地儿看看。"

长风淡淡道："不必去了，已然晚了，这会儿只怕就剩下个空宅子了。二爷何等人物，若无确凿证据，十足把握，我不会贸然行事。等等吧，你杀人劫货的人证物证就在路上了。"

一番对证，洪帮上下皆信了长风十分，几个掌事悄然散开，堵住各处出口，一些年轻气盛的二代弟子怒目秦秋生，蠢蠢欲动。江湖无论何派，犯上作乱，欺师灭祖，可都是不可饶恕的罪行。

秦秋国心知大势已去，不由恶向胆边生，使了个眼色给石头，那石头心领神会，上前一步，长风刚叫了声海音小心，石头的左手已扣住海音的脖子，右手持枪指着头道："都让开！"

长风后脑一凉，秦秋国的枪指在了她的头上。

孔令法料想不到他们竟然在洪帮公开行凶，等反应过来，海音已被劫持。不由得又惊又怒道："秦秋生，你连侄女都不放过吗？"

秦秋国道："我不伤她，你让我们走。"

海音却道："不许放他们走，我要他偿命！"

秦秋国嘿嘿道："侄女儿，你这是作为帮主的第一条命令。可惜呀，得废了。走吧。"他心想得快走，等那土匪头子来了，更难脱身。

"你走不了，杀人偿命，欠债还钱。你还欠老子一枪。"大勇冷着脸进来，举枪对准他。

"立然呢？"长风问道。

大勇回道："在后面，脚崴了走不动。"

秦秋国忽然笑起来，道："棋只差一招，当时该补上一枪的。哥，你就这么想让兄弟去陪你？"他对着遗相一甩手，秦秋生的照片玻璃稀里哗啦地碎了，一把匕首斜插在秦秋生的眉心。

灵堂里骂声四起，海音尖叫："杀了他，你们杀了他！"

他愈是穷凶极恶，众人愈是不敢妄动了，眼睁睁看着他们就往外走。便在此时，立然一瘸一拐进了灵堂，见此情形，急道："放了她，我跟你走！"他行动不便，偏又走的着急，一个踉跄失去平衡，跌跌撞撞扑到长风身上，两人眼看着要歪在地上，秦秋国手疾眼快，伸手去捞，三人揪做一团。慌乱中但闻一声枪响，立然的灰西装渗出暗红。长风一把推开秦秋国，抱住了立然。紧跟着又一声枪响，秦秋国眉心冒出一抹血污，仰面倒在灵柩前，正是大勇趁着混乱一枪击中。

石头一时不知所措，下意识把海音扣得更紧。

孔令法道："放了小姐！"

"放了她，我就没命了。"

"是，你的命令儿无论如何得留下。"孔令法一句一顿道，"但你若伤了小姐，你那乡下的老母寡嫂弱侄，都得陪葬，你家的祖坟，我掘地三尺，也把尸骨刨出来，喂狗。"

石头放下枪，他不是秦秋国，他杀人卖命原就是为挣钱养家人。

"帮主，怎么处置他？"孔令法恭敬问道。

"押下去，按帮规处置。"海音道。她经此大难，迎风长成人，已很有其父之范。先对着大勇磕了三个响头，拜谢枪杀秦秋国之恩，方才跪在父母灵前大哭。

长风按住立然的伤口，血迅疾染了满手，她从未如此惶惶然，恍惚间似乎听到立然笑呵呵地说，我吃遍城里的山东菜馆，才找到这家，你尝尝可对胃口。那年她十二岁。又听见立然兴冲冲地说，今年我就毕业了，泡好茶等着我呀。那年她十六岁。立然的声音越来越沉重了，他说，我总是空杯以待的，我总是等着的。

长风哭出声来。

立然呻吟道："死在你怀里，已是死得其所了。"

"你不可以死，你还没娶我。"

立然笑容慢慢泛起道："好，我不死，我娶……"一句话未说完，嘴里吐出一滩血。

大勇抱起立然低声说："走吧。"

子弹卡在肺叶，手术就动了几个时辰，期间几次凶险，不得已切了一片肺，医生说熬过三天就有希望活下来。术后立然高烧不退，偶尔清醒便问长风："我梦见你说要嫁我。"长风坐在床边看着他，迷乱中的立然有些不一样，素来他是气定神闲，不慌不忙的。这会眉眼紧皱，像个马上要考试，却没底气的孩子。

长风握住他的手，轻轻道："不是梦，你不死，我就嫁。"立然笑了一下，又昏睡过去，握着的手不肯松开。

第四天，立然退烧。他活下来了，只是还需要在医院观察一段时间，防止感染。伤在肺部，只怕将来要长期调养。但立然按耐不住了，这日恰好几人都在，立然求了大勇，帮忙找套房子："路段要好，不可太偏僻，峻峰在青岛读书，偏僻了不方便。风景要雅静，长风不喜欢嘈杂。房子要新洁，花园大一点……这也是没办法，现时买地盖来不及了，先住着。"

"你饶了我吧，你让个玩枪弄刀的给你鼓捣房子，你咋不让杀猪婆娘去给你绣花？"大勇顿时愁眉苦脸。

长风低头喂立然喝粥，只是微笑。立然咽了一口道："咱们认识好些年了，一起喝酒品茶无数，我可曾求过你什么。多大点事儿，就推三阻四，又没求你去伤天害理。"

"我倒宁愿你这么求，杀人放火还好办些。"大勇道。

柳叶坐在靠窗沙发上，阳光照着一半脸，半明半暗。她站起身笑道："买房的事交给我吧，你们一个伤者，一个得照顾伤者，是没功夫再操办婚礼。总要有个大约的日子，我心里好有个数，办得从容。"

"秋凉可好？"立然问长风，眼光温柔如水，"我心里是想出院就办的，但委屈你我不舍得。"

长风笑道："你做主吧。"

"那我这就去准备，少爷大婚，天大的喜事。"柳叶说完道了别，拿了遮阳伞往外走。耳听得立然对长风道："还有个事与你商量，我想让峻峰入了张家族谱，可好？"柳叶微微眯眼，笑了笑，也不回头，就走了。

长风倒是震动不已，张家向来门户森严，虽说张老爷已不在世，娶个逐出门的下人也罢了，然而来历不明的孩子入家谱，这不仅仅意味着家业多分一份。立然此举，更是为了她们母子不受非议。长风几乎就要流下泪了，道："峻峰有你做父亲，实在是他的幸运。"

大勇道："好了，好了，你们别酸了，我听着倒牙。一大堆事呢，走了！"

立然道："长风送送大勇。"

长风应了一声，与大勇前后出病房。

"你回茶园？"长风问道。

"我回去给师父师娘报个喜。"大勇回道，"还得给你置办嫁妆。咱不是小时候一块火烧分两半那会儿了。千金小姐，王侯公主有啥，我给你弄啥。我王大勇的妹子，要嫁就得风光大嫁。张家商贾世家，咱比不过门庭，那就拿嫁妆塞满他家的屋子，没得让人小瞧了你。"

长风微笑道："哥，辛苦你。"

大勇也笑道："那一年你回山东，我在师父师娘坟前立誓，绝不让你再受欺凌。我有一条命呢。世道乱成什么样，世人有多苦，我不管，但你不能苦。立然很好，你该放下的也放下吧，人的眼睛为啥长在前面，不长在后脑勺，就为让人往前看不是。"

语重心长的一番话，长风岂不知他的心意，点点头道："我听哥的。"

大勇一挥手，道："回房吧，仔细他等急了。走喽！"一路迈开大步，哼着小曲。

长风正要回病房，远远看见医院大厅有个女人，可不就是丽君，身形较之怀孕时，婀娜许多，听说生了个儿子。她从走廊看过去逆着光，白衣的护士，蓝衣的病人，姜黄旗袍的丽君，都蒙着一层灰。丽君也看见了长风，禁不住眉头一皱，又想起电话里听到的消息，怒气不可控，擦身而过时狠狠道："好手段，张家这就成你的了！"不待长风回应，便疾步去了病房。

长风有些诧异，丽君竟似已知立然娶她之事，但立然刚醒来，还未告知家人。她往医院外面走，医院东墙二百米有个花市，兴许能找到几枝茶花。她留了空暇，两兄妹大约有许多话要讲的。

丽君十分不安中，五分愧疚，五分怨怒，一路盘算如何打消立然的执念。万万料不到，刚进病房，立然一巴掌打得她先懵了："勾结贼人，买凶劫自家的货，你倒还有脸来看我？"他伤后虚弱，但是用了全力，一巴掌打毕，靠在床头气得直哆嗦。

丽君又羞又怒，跳起来道："你来青岛怎么不提前通知我？我哪知道你在船上？"

立然指着她怒道："你还狡辩！"

丽君道："我拿了钱去赎你，那伙人忽然就消失了。我急得不行，偏生宫元去了省城，你，你哪里知道我的煎熬……"说着就掉下眼泪，半生的委屈憋不住，哽咽道："二哥，你尽管打骂，就像小时教导我做人做事一样。只是，不可以娶长风啊。宫元的脾性你最清楚，一旦知道长风的消息，还有那个孩子的存在，得闹成何样，你，你娶不成！"

立然冷道："我娶亲不会请他观礼。"

丽君猛地抬头，眼前之人，故作冷傲的姿态，不过是为了掩饰内心的恐惧，以及阴暗。这是她的兄长，她竟然觉得陌生。想想自己兄妹都因情所困，变得面目全非，心里就软了。

"二哥，你确定要娶她，不后悔？"

立然回道："我已过了后悔的年纪。"丽君道："好，我帮你。他不会知道你娶何人。"立然道："秋凉之时，你们不妨回山西走走。"丽君道："我尽力。"立然道："你去吧，不用再来，我受伤之事也不必说与他。"丽君道："他今年忙得很，变了个人一般，很多事都不在意了，不联系，他亦不多想的。"立然问道："他忙什么？"丽君回道："还有什么，不就是一门心思跟日本人斗法。说这两个月去北平，弄什么批文。"

立然沉默片刻，方道："你走吧。"丽君道："婚礼我不参加了。你我兄妹，总得有个称心如意的。"她亦沉默了片刻，接着道："二哥，你说的对，山西很冷。冷起来，血冻得像粘稠的粥，简直是骨头缝里冒寒气。可这山东，也不暖和。你，备好棉衣吧。"叹息了一声，端起床头前一杯茶，一饮而尽，凉茶苦涩，终是无可奈何去了。

门外，雨丝清扬，恍如隔世。不由得忆起《红楼梦》里，妙玉饮茶多是用雨水，想必那时候的天必定是清澈舒朗的，所以，雨水入茶才格外甘甜。

晚间的湿气极重，从海上升起，渐至迷雾围城。初秋时节，雾是特有的凉白了。汽车在浓雾中离开码头，行驶在一条又一条街道，经过灯红酒绿的剧院、夜总会，经过灯火通明的欧式洋房、美式大宅，经过灯光如豆的平民小屋。这是一个新兴的城市，地理环境的优越令城市日新月异，已是民国最繁华的三大港口城市之一。异族漂洋过海，通过港口进入这个国家，一艘艘大船运来烟土，运来士兵武器，运走黄金白银。满清的遗老逃至这个城市，渴望得到异族的庇护，成立联谊会梦想复辟前朝。聪明的商贾在这里捞取巨大的财富，并不在乎城市挂着黑红金三色旗还是太阳旗。宫元不爱这个城市，但他痛恨那些长驱直入，掠夺资源，侵蚀文化的外族人，于是他留在这里。

此刻他看起来很疲惫，身子靠在汽车的后座上，闭着眼睛问司机："刘子山那边可有消息？"司机名志远，学过几年武术，映朝送来给他做助理，志远回道："刘先生昨天打了两个电话，问您回来没有。您办公室有一封电报，两封信。"宫元嗯了一声。志远迟疑了一下，又道："太太前天把山东街那套洋房买了。"宫元道："随她高兴。"志远道："位置倒好，出门就是戏院，酒楼，时装店，咖啡馆。"宫元道："热闹得不堪，她就爱这口。"志远道："商会大楼也近。"宫元道："我对会长没兴趣。"志远道："会长的位置，更方便做事。"宫元道："映朝想得太多了。"志远道："四爷是担心您。"宫元道："我倒不担心他。有他在，咱们乔家，就有出路，就有退路。他永远不会辜负乔家。"宫元脸上露出浅浅的笑意，守护乔家是映朝生存的意义，并且坚定不移。而他呢，他生存的意义何在？信念从未消失过，但他有时是厌倦的，就像退潮后的沙滩，平静却狼藉。灵魂需要安放，然而他在很多年之前，就心无所依了。

家是温暖的。紫檀木的圆餐桌，西洋的水晶吊灯，正面墙上雕着福禄寿的紫檀挂屏，乃至暗紫色的丝绒窗帘，条几上的紫砂观音熏炉，西洋鎏金的自鸣钟，丽君把泉州的家又照搬到了山东。她固执地催眠自己，活在初次与宫元相会的场景里。家里的气氛与平常人家无二，大女儿明月活泼爱娇，儿子涧林尚小，憨厚可人。

只是丽君看着明显不安，她亲手盛了一碗汤给宫元，道："怎么就提前回来了？不是说月底回吗？"宫元道："直系奉系争战，又出了曹锟贿选总统的丑闻，批文竟不知找哪家了。索性先回来观望着。到处兵荒马乱的，这几年倒是青岛城相对安全，真是讽刺。不过也难保能安全多久，这里乱起来，就不是内斗了。"丽君道："明日别出门了，好吗？"宫元道："明日约了人谈事，一早就得去商号。"丽君哀求道："陪陪孩子们，我们都很想你。明月，不是要爸爸教你画荷花？"明月道："不差一天，爸爸要忙就去。"丽君斥道："你这孩子，好不懂事！"明月道："无缘无故，干嘛训我！"放下碗筷，赌气回房。宫元问道："出事了？"丽君慌乱道："没呀。"涧林道："妈妈偷偷哭，舅舅要结婚了，不爱她了。"

"胡说！"丽君一巴掌扇过去，涧林吃痛，嚎啕大哭。宫元抱起涧林在腿上哄，漫不经心问道："立然要结婚，没请我们？"丽君道："他电话请了，正好你去北平，说月底才回。"宫元一笑，道："这会子巴巴买船票去泉州，也来不及，可惜就错过了。等他何时来青岛，见见吧，总不能一辈子不见面。倒想瞧瞧，哪样的姑娘就入了他的眼。"丽君面前的碟子啪一声碰到了地上，任是地毯绵软，也摔成了两瓣。

一夜无话。天亮了，房子外面有阳光在喧闹，大雾过后必然大晴天。空气难得干爽，天空像刷了淡淡的金粉，每一条光线都如金丝般亮泽，典型的美丽的秋天。宫元照常处理事务。他外出近一个月，商号在志远的打理下井井有条，不愧是映朝一手带出的人才。信件他要亲自处理，其中一封很奇怪，落款处空白。他先拆开了这封信。信中只有两句话：

九月初三，青岛湛流路2号，张立然、安长风成婚大礼。
长风有一子，生于民国元年五月二十八日。

他先没看懂。他看了近半个时辰，魂归位了，然后就笑起来。这世界可真荒谬，他笑得泪流满面，今天原来是九月初三。

湛流路直通崂山，远离闹市区。湛流路2号的房子是德国商人买了地皮自建的，德国人因战乱回国，这房子要转手，正巧就转给了立然。房子是罗曼式的建筑风格，厚实的砖石墙，半圆形拱卷、逐层挑出的门框装饰和高大的塔楼，倒把峻峰爱得不行。他有了漂亮的新家，有了父亲，有了姓氏。

就在这一天，九月初三，他的母亲穿着大红嫁衣，鲜美绝伦。然而大礼刚成，那个男人就闯进他的家，对他的母亲说，我找了你很久了。他的母亲脸若白纸，身上的嫁衣像风中飘荡的斗篷，哪里还是一向心神宁静，风雨不乱的母亲。而他的父亲，给了他姓氏与关爱的父亲，大口大口地吐血，那原本也是个沉稳淡定的男人。

峻峰恨那个闯入的男人。他的人生第一次起了杀机。然而他却不知道，造就他身上蓬勃杀机的，正是他身上流着的另一半血液。

第十七章　一寸金

所有的付出，终有一日会有结果，即便流失了，因为流失的是爱，也会微笑着目送，温柔生命中那一席光阴。然而至亲挚爱却非花非云，故又有伤别离。执于人世间的爱恋，却不执着于结果，便是爱人恋物的真谛。

立然缠绵病榻，忽忽已有两个月。看中医，看西医，每天打营养针，喝辛苦的中药。房间里弥漫着阉割后的植物的味道，晨夕不散。他迅速消瘦，皮肉离骨，瘦的脱了相。某天，床对面镜子里的他一眨眼，鬓角如霜了。他看着自己笑，满脸的皱纹。苍老在一刹那降临。他终日躺在新房的弹簧大床上，或就靠在床头，望着镜子发呆，不肯走出房间半步。

长风小心护理着他的身体，也护理着他的心灵，完美的无可挑剔的妻子。无人提起那天的事，也无人提起那个人。都比他高尚。他嘲弄镜子里的自己，你真是个丑陋的、卑鄙的人。然而他连痛苦的力气都没有了，痛苦原本就是最消耗心力的一件事。他陷入了恒久的虚空。南方有嘉木，北方有佳人，佳人爱嘉木，他爱佳人，他内心的沦陷如这个时代的烽火，硝烟不断。烽火停了，他的城却成了一座空城，他的灵魂无法面对的空城。这是他的命运。

这日他又一晚无眠，煎熬着却不敢随意翻身。长风就睡在一帘之隔的书房。书房无门，一挂珠帘。他们的新房是个套间，卧房，书房，卫生间，衣帽间，设施齐备，德国人的严谨风格。长风浅眠，他稍有动静，便会惊醒。是他拒绝同床，肺有疾不愈，理所当然的借口。亮光映射紫红窗帘，那浓郁的红就有些清透，正是新婚的暧昧的绯色。几步之外，长风盖一床翠玉锦被，睡得端端正正，幽暗中但见长长的黑发拥着净白的一张脸。热水汀嘶嘶响，他心头热燥，浑身潮湿，又出了一身汗，然后开始作冷，嗓子奇痒，吭吭咳嗽。他气息未稳，长风已收拾妥当，冲了杯热奶过来，忧心忡忡道："怎么这两日倒咳嗽的紧了？"

立然斜靠在床头，接过奶喝了两口，道："不妨事，你去加件衣服，一天比一天冷了，才几月。在泉州，这会热的还只想吃冰镇的果子呢。"

长风随手披了条羊毛披肩，笑道："想家，还是想吃果子？"

立然道："都想。"

长风道："凉的不许吃。柳叶送来大包极品血燕，润肺强过吃药，昨晚临睡我泡上了。天还早，你再眯会，醒了正好吃。"

立然道："给我倒杯茶吧，病了许久，忌了茶水许久，嘴里淡得很了。"

长风道："我煮水泡茶。"

立然道："哪用得如此麻烦，你一向是温着茶水过夜的，给我倒一杯就行，我不过为品个茶味罢了。"

长风转身到书房，就倒了杯温茶，立然喝了几口道："都说人走茶凉，其实人若有心，茶亦不冷。余温之中亦有一种温香。温香是知天命的优雅，温在其表，香在其魂。你学会泡茶的那日起，任夜长夜寒，你的茶从未冷过吧，能一辈子喝你茶的人真正有福气。你坐下，我有话跟你说。"

长风的眼睛掠过一丝哀伤，一闪即逝，她坐在梳妆台前的椅上，含笑道："你说。"

"记得你与柳叶初学茶艺，最后一泡茶你泡的格外用心，深情如祭奠。我曾问你，杯将空，人欲散，何以如此郑重？你回答我，茶之道，最后一泡的收至关重要，怎么告别，至关重要。"立然微笑道："把宫元请来吧，我想见见他。"

长风闻之不语，半响方道："世间事可两全者众多。只是，当选择了与鱼同游，就注定与飞鸟无缘了。"

立然叹了口气，又道："那一年，他走后留了信给我，信被我父亲扣住。我一直以为，若是早见到信，两家的亲事就不会有。直到跟大勇回山东，见你第一眼，我心里便肯定了，那时没有阻止两家的亲事，没有把你怀孕的消息告知宫元，今后我更不会。为了不让宫元得到你的消息，我断了与他的往来。你看，我就是一个如此卑鄙之人。我怕啊，我怕宫元一出现，一切又成了泡影。怕啥来啥，我用尽心机，也斩不断你们之间的缘。"

"他来与不来，都改变不了什么。"

"你不必同情我。"立然神色黯然。

"你看我是在同情你？"

立然忽地坐直，一挥手扫落床头柜上的茶盏，怒道："你怎么就不明白，不管什么情，我都不要！我受不了！面对你，我就会想到自己的不堪，你想我死在你手里吗？"

长风站起身，去拉窗帘，天大亮了，乍见光，她的眼有点酸疼。她看着窗外的天说："他会来见你。"

立然极力平息情绪，低声道："对不住，我害了你半生。"

长风道："你从未害过我。你病痛不愈，便是心里生了病的缘故。"说完就朝门外走，她背影秀婷，双肩较之以往却鲜见的松散，步态阑珊。

立然喃喃道："一城，两地，三个人，各自伤心。咱们仨，谁心里没病？"

长风打开盘花白漆的门框，道："那血燕补肺，又不生热，真是难得，倒是柳叶有心。我专为你配了润肺的花茶，配着雪燕吃，许就好了呢。"立然目送长风的背影，渐渐平静，等一朵花开，也是花开的情分，只要真心欢喜。人，真是奇怪，一边盼着春色点将，一边害怕花事草草，但终究是关不住，也留不住。

长风带上房门，拢紧身上的披肩，仍感到凉，这才想起，已经立冬了。

走廊尽头的落地窗外茫茫的天，要下雪的模样。两个月来，她闭门不出，亦不见客。直至有一日，峻峰放学回家，说在校门口见到了宫元。母子俩一番长谈，她方知峻峰的怨气深重，竟不知如何解开。

这时峻峰照常来问早安，远远喊了声："妈。"长风道："周末不上课，不多睡会儿。"峻峰道："习惯早起，睡不着了。爸醒了没？"长风道："醒了。"峻峰道："我去看看他。"长风唤住他，犹豫道："你要不要回茶园一趟，嘉禾想你的紧。"峻峰道："上周不刚回吗？"忽然犹疑，问："妈？"长风整理峻峰的衣领，心道这孩子在家也穿着校服，可知对新的学校爱得很，这身校服倒越发衬得身姿挺拔，真像那个人。她更觉愧疚，缓缓道："今天他来。"峻峰腔调立变，声音干闷，问："他来作甚？"长风道："立然要见他。"峻峰楞了一下，道："我去看看爸。"

长风下楼。厨子在厨房做早餐，丫头在客厅擦家具，司机在院子里洗车。她的家看着就像一个家。丫头道了声："太太。"长风心不在蔫地应了一声，客厅的陈设全换了，现在是中式布置，白粉墙，金漆案几，蜀绣织锦的椅垫，地面铺着大团如意天华锦纹栽绒毯。长风拿起案几上的电话，拨了个号，想了想，对小丫头道："去厨房瞧瞧，血燕炖好没。"小丫头扶正手里的青花瓷方樽，就去了厨房。电话那头大勇喂喂喂，很急迫。长风接口道："立然没事。"大勇道："吓我一跳，这一大早的。"长风道："立然要见宫元，你去一趟乔家商号吧。"大勇冷笑道："我？我去？我去就揍他个满头包！"长风幽幽喊了声："哥。"大勇架不住了，道："好好好，我去！"

大勇放下电话，叫了伙计道："等柳掌柜来了告诉她，这批茶共三百箱，下一批得等福建的老茶到了再配，让她看着订单发货吧，先顾着老主顾。"又叫了马云龙道："我办点事去，你代我去洪帮走一趟，那边有批煤运去邹城，想借咱们的人马一用，你去回他们，就说我应了。"他拿了车钥匙，出茶庄就开着猛车，速度快得地面扬起一层灰。

马云龙吆喝道："走嘞。"随行押茶的一名手下问："去哪?"马云龙骂道："你头大耳朵聋,没听当家的说去给洪帮运货。"大头往地上吐一口水道:"这几年当家的不走正道,连累着咱们都成臭走镖的了!就像今儿个,天黑就下山赶路。明明干着痛快的无本买卖,却偏吃腌脏辛苦饭,头的脑子长屎尿了。"马云龙道:"你的大头还想吃饭,就闭上你娘的臭嘴!他是当家的,他就说了算,规矩大过天,懂不?"大头嘟囔道:"当家的又不是不可以换。"马云龙道:"再胡说割你的舌头!洪帮二爷啥下场,被扒皮抽筋了,江湖上人人只道活该。他的姘头呢,油锅里泡了个澡,如花似玉的美人儿进去,出来个修罗鬼。可没人同情他们。"大头道:"难不成咱爽快日子一去不回了?"马云龙瞪了他一眼,又看了看另外几名手下,道:"这大青岛遍地黄金,有胆有心的话,爽快着呢。"大头道:"咱跟着二爷喝酒吃肉!"马云龙眉头一皱,道:"别叫我二爷了,晦气!"大头啪的抽了自己一嘴巴:"师爷,是师爷。"

大珠山的师爷训斥小喽啰时,他们的当家正巍巍立于宫元家里。大勇赌着一口气,没有听从长风去乔家商号,直接找上了家门。你闹婚礼,我搅你家宅,谁也别想安生。只是当宫元站在他面前时,他酝酿了十几年的怒火竟发作不得。宫元的样子很可怕,甚至比立然还吓人。他除了眼睛还精光四射,整个人就像一具骷髅。他看了一眼大勇,似乎认出大勇在婚礼出现过,一拱手道:"请坐。您是?"

大勇道:"不坐,这地太阴,坐着不舒服。我是长风的大哥,来替人传个信。"

宫元又看了一眼大勇,这一眼看得有寻思,然后道:"我记得,长风无父无母,无兄弟姐妹。"大勇冷笑道:"枉你算个读书人,狭隘至此!世上有亲生手足相残相杀,就有异性手足相亲相爱!"宫元望着大勇,再次拱手道:"说的是。大哥贵姓?"大勇道:"王,上下正反不变的王。别叫我大哥,你们姓乔的一人成天,唯我独尊,想要就要,想扔就扔,当不起你的大哥!嫌丢人。"

宫元脸一寒，道："那么，王先生来意？"

大勇道："有人要见你。"

"谁要见我？"宫元语气急促了。

大勇仰头大笑，道："除了立然那傻瓜，没人想见你。你徘徊门外不得入，还不明白？"他虽是大笑，但眼中却无一丝笑意。

宫元一时无语，良久方道："王先生看似立场鲜明，原来也不过怀璧其罪。"

大勇冷冷一哼，忽然暴起，一拳挥过去，正中宫元的下巴，然后搓着手道："怀璧你娘的罪，不是为着峻峰，我早废了你个畜生。"

宫元一个踉跄，差点倒下。他也是从小打架长成人的，想避过大勇这一拳并不难，然而他却不闪不动硬挨了，站稳脚跟后，只道："王兄，可以走了吧。"

大勇微愣，倒有些过意不去了，但又实是厌极了他，哼了一声道："走。"

"不许去！"丽君自客厅屏风后现身，先见满脸的激愤，随即垮下脸，哀求道，"不要去，好吗？"她看着那么卑微，卑微到不在乎有旁人在侧。宫元叹了口气，道："你听壁脚的本领又见长了。大大方方坐过来听不更好？"

旁边大勇阴阳怪调道："哟呵，不是一家人不进一家门，果然都是薄情寡义之人。我要有这样的妹子，非打断她的腿！立然也真倒了大霉，好友撬墙角，妹子挖大坑，都往死路里逼他呢。"他是存心要把婚礼被搅的局扳回来。

丽君见大勇一身短衫功夫裤，形貌粗狂，言语张扬，心里先就鄙薄起来，也不理睬他，拉住宫元道："不要去！"

"我去去就回。"

"不许去！我，我心口疼！你就不能去！"

宫元轻轻掰开丽君拉着他的手，道："你别怪我。我们夫妻多年，又怎会不知各自的痛处。只是，有些缠缚，是劫难，亦是心头的明月，躲不掉的。"他又叹了口气道："那时，你那时跟了映朝回家岂不是很好。"

丽君脸色瞬时煞白，嘴唇蠕动，却吐不出片言只语。宫元虽是心有不忍，然而胸中一股压抑多年的情火点燃了，直要迸发，再顾不得其他。

这时明月揉着眼睛出来，看父母脸色不对，道："爸，你又惹妈妈伤心了？"

看看明媚娇艳的女儿，宫元心里不由得一软，耳边听得丽君细细抽泣，又烦倦起来，说了一声："爸出去办点事，就回。"跟着大勇就去了。

明月扶住母亲，急道："妈，妈，咋回事呢？"

丽君的泪就扑拉拉掉个不住了："你爸，他去找别的女人了……"

丽君对明月讲诉过往之时，立然也正对峻峰讲着那些逝去的岁月，那些岁月中的人事，只是兄妹二人心绪不同，版本也就不免有所偏差。

"你父亲是个堂堂正正，顶天立地的男人，有大义，亦有柔情，他与你母亲，不过是造化弄人，怨不得他。"立然从第一次见宫元，二人一见如故，讲到二人反目，又讲到他刻意隐瞒长风的消息，苦笑道："你这么多年无有父亲，何曾不是我的罪过呢？我善待你爱护你，何曾不是为了赎罪呢？所以，你该恨的不是他，是我。"

峻峰眼睛红红，摇头道："不，不。"他自己也不知想说什么，但立然却懂了，摸着他的头道："你母亲把你教得很好，你是个好孩子。人要在特定的情景才能发现真实的自己，这么多年我一直非常痛苦，我的痛苦源于，看到了自己的丑陋，并反复纠缠，心心念念克制，但仍蠢蠢欲动。而今放下，倒觉得无比轻松了。去吧，告诉你母亲，我饿了，想吃燕窝粥。饭后最好再来杯花茶。见你父亲，我需要力气。"

"你不要想太多，妈说，这世间万物的相与，不过是因缘二字。你们都不是坏人。"峻峰说完这句话，泪却流下来了，他能去怨谁呢，然而心里怎么可能无怨，怨而不得疏泄，倒令他无所适从了，一种空旷的茫然。茫然而惆怅。但他还是问道："你需要换衣服吗？需要我帮你换吗？"

立然笑了，这孩子聪慧、坚韧，却也敏感、脆弱，真让人疼。他几乎是带着世上所能有的慈爱口气回道："见你父亲，衣服必然要换的，虽然他不会计较我穿着睡衣见他。但我换衣服的力气还是有的。我想下楼去吃饭，躺了两个月，皮都木了。你若肯等等我，容我梳洗更衣，我们就一起下楼。"

父与子一起下楼，把长风惊一吓，细看立然，气色精神还好，方定了神。他们成为一家人后第一次围坐吃饭，三个人皆不去思想前途，倒有一种奇异的亲和。当然，许是知晓这份亲和的来之不易，以及终将失去，于是越加爱惜。

"新学校很喜欢？"立然问。

"喜欢。学校，老师，同学，都喜欢。"峻峰咽下口中的白粥，心道，得亏他，我才能来青岛读书，我写信求他来山东劝妈，为此他差点送命。他又觉得惆怅，非常想说些热乎的，关乎爱与理解之类的话，但出口却是一句："外面下雪了，你穿的少了。我上楼给你拿件外套？"

立然坐着的方向正对一扇阔大的落地窗，窗外植了一株高昂的樱树，枝干光秃秃的。这会无数细白的花瓣穿过枯焦的树枝，扑在窗玻璃上，亮晶晶的，又滑落下去。他回峻峰道："不用。这么大的雪，我却感觉不到冷。"

长风扭头望窗外，道："今年初雪竟早了。回头得把你的棉衣收拾出来，备着上学穿。"

峻峰道："明日我穿厚大衣上学，雪地里走路也便利，棉衣太笨重。"

"听你妈话，穿棉衣吧，大衣挡风，但御寒不如棉衣，仔细冻伤。"立然道："我在北平读书那会儿，爱美不肯穿棉袍，冻得手脚生疮。但宫元就无事，他冬天也不穿棉袍。"

"那么，"峻峰看了看母亲，迟疑了一下，又问道："为什么他冻不坏？"

峻峰对宫元充满好奇，尤其今天听立然说，宫元是一个胸怀天下，敢争敢斗之人，这样的人，可不就是老师嘴里的革命先驱？而这个人，是他的父亲，他心里已然有了几分骄傲。他很想多听一些宫元的事。

到底是父子，立然心想，笑道："大约他是北方人，冻惯了的。"

峻峰嘟囔了一句："大约也是他皮厚。"他没注意到自己语气中的娇嗔。

长风看看立然，道："这时候泉州只穿夹衣呢。"

立然道："可不，要说养生，南方的温暖胜过北方的苦寒。尤其对于病人来说。"

长风暗自叹了口气，道："家里又不冷，热水汀还可烧得更暖。"

"南方的果子多吗？"峻峰问。

立然笑道："很多。无论南北，花儿谢了，都会结果子，老天从不辜负花开。你再大点可以去找我，我带你逛逛南方的风景，咱们家的茶庄茶园你也见见。"

"我去看看还回来，我觉得崂山的花开的也很美。"峻峰道，"天气温暖了，你得再回来。"

长风微微笑。是的，花儿谢了，就结了果子。这时节，北方的花儿是稀了。花儿四时不谢的地，人们的容颜更光鲜。只是他乡再好，也是他乡。一大一小两个男人都是念旧的人，所以即便不同行，也注定同心。念旧的人是坚果，硬的外壳里裹着香的核。有根有核的人，是幸运的人。长风十分感激立然，立然给了孩子最香醇牢固的核。

然而大厅里就进来一股寒气。大勇推开了门，一边扑打着身上，一边道："天变得真快，外面风都带哨子了。"

宫元站在他身后，望着餐桌上的人，表情克制，内心的痛苦从未如此鲜明。她的眉目、风采，都是他魂梦中时时萦绕着的，如今她就坐在那里，他却觉得咫尺天涯。闹婚礼那日倒不觉得疼，或者是痛苦到极致，反而没知觉了，人是这样的，大限来临时的绝望，反而令人不觉得苦了。

立然擦擦嘴角，站起推开身下的椅子，道："好久不见"

宫元道："好久不见。"

十二年未见，确是好久不见，弹指一挥间，十二年的喜怒哀乐就在眼前。

"咱们去书房，"立然道："长风，劳你泡壶好茶水。听说你忌了茶？"他问宫元。

宫元克制的面孔起了细微的变化，道："忌的是口而已。"

立然笑道："今日起不必再忌了。长风，泡咱们的青阳，让他尝尝咱们的本事。"

长风自宫元进门，就头脸轻垂，这时微微抬头，道："要喝茶，不如就在楼下的客厅，落地窗好赏雪，今年雪来的早，院子里的草地倒还没枯，只黄了叶梢，白雪打草头，可是比昙花一现更难得的景观。"

立然道："咱们俩的房间暖，我热了冷了也便于更衣。"

宫元的脸色终于大变，见立然已起身上楼，他看看长风，又看看峻峰，也跟了上去。

"立然搞什么，古里古怪。"大勇拉张椅子坐下，自己盛了一碗粥，稀里呼噜地喝。

长风心里又是好气，又是好笑，但又有难以说清的情绪。立然坚持去卧室的小书房，不就为示个清白。至于先刺激一下宫元，却是故意为之，到底气不平呢。

"你打了他？"长风问。

"可不。"大勇坦然回道。

峻峰沉默许久，忽然道："他长得很好看。"

"但我照下手不误，专打他的俊脸，"大勇道，"你去做功课，大人的事，小孩别掺和！"

峻峰一向敬重大勇，便道："我与海音约好了，去她家一起做功课。"

"要我开车去送你吗？"大勇问道。

"海音来接我。"他擦了擦嘴，"我吃饱了。"赌气回自己房间，没人在意他的意见，那他就躲得远远的。

"峻峰擦嘴的动作跟立然一模一样!"大勇惊异道。

"他发起脾气也跟你一模一样。"

"长得像乔宫元,尤其神似。"大勇道,"你想怎么办?"

"我不知道。"长风神思漂移,年轻时,无有太多的压力,无有情债,尚且不能在一起,现如今,众多的障碍,未见得就能跨越了。缘分是很神奇的东西,要天作美,地为媒,人和悦,方能相守,否则终会擦肩而过。她告诫自己要淡定,只是,看着那个人时,心跳的都疼了。

路途可真难走。宫元暗自讥讽,何时自己变得如此胆怯。脚下厚实的地毯,踩着像陷在了沼泽里,举步维艰。前方几步处,立然薄薄一片,轻飘飘如纸扎的人儿。这些日子,每个人都在煎熬。如果记忆就像随意翻阅的书籍,可回旋,可倒流,如果回望某处能够安心于它的成败、得失,那么,即便是因果分明,人生是否就能轻松一些呢。然而,他们皆是铿锵之人。他们相识便已相知。相知者,要么欣赏,要么厌弃。他们却是即相互欣赏,又相互厌弃。

门打开了。新装的锦绣房,依着泉州张家的富丽华美,好一个温柔乡。宫元只管盯着梨花木的大床,床头两只并蒂枕,窗前的挂衣架上,挂着一条玉白的羊毛围巾。立然见状轻笑了一声,道:"书房里坐吧。"率先挑开珠帘。

宫元顿时僵立。但见珠帘后一张榻床,榻床上锦被未收,床前一双女人的绣花鞋拖。他满脸惊愕道:"你们?"

"我只是保留最后一点骄傲而已,与你无干。我忘不了在婚礼上,她看你的眼神。"

宫元沉默片刻,道:"谢谢你。"

立然道:"不必谢我,说了与你无干。她若心中有我,我哪会管你死活,纵然你杀我砍我呢。坐吧。"

书房小巧,一面墙的书架,一张书桌,一套西洋皮沙发,一只三人坐,两只单人坐。宫元就坐在一只单人沙发上，立然仍是面带笑意，就坐于另一只沙发上。

"你救了我的命，我欠你的。只是，我没法子放下她。"宫元苦笑道："太多人想要我的命。那年找你躲命案，不成想能要了我命的她就在泉州等着我。"

立然倒一怔，问道："我何时救了你的命？"

"不是你把我从日本人手里救出来，挽救了东莱银行破产吗？"宫元也是一呆。

"此事我一无所知，自然非我所为。"

"丽君说是你找了洪帮及青岛的几个名流，再加上柳叶的丈夫暗助，四方聚力，方才救了我，救了东莱。"宫元说完，心里动了一下，细密的喜悦涌现，喃喃道："是她？"

立然叹了一声，点头道："这般谋略，丽君又不肯道明的，自然是她。你的福气真是大。是你的终是你的，我枉做了小人。"

"仍是要谢你，这么多年，多亏你照顾她们母子，并完成她的心愿，成就了她所想。"

"莫说其他，便就我引你认识她，误了她半生，我照顾她也当然。至于成就，她不是平常女子，即便无我，她也自有风光，我只是柴上浇油，她火旺，旺得也是泉苑茶庄。只可惜，我的茶翻山越海，走遍世界各地，却走不进她的心。她可是我十六岁，便已认定了的人。"苦笑又挂回立然的脸上。

宫元道："从头论起，是我先对不住你。但若重来，我仍会如此，哪怕一世毁誉。"

立然淡淡道："若能重来，你哪里还见得她？"

二人相视，终于对笑，竟是一笑抿了恩怨。人行于世，永远不知下一刻会遇到什么，遇见谁，如花开花落云来云去，此花谢彼花开，此云过彼云来，原为常态。直至某一天，会突然明白，其实遇到的是自己，自己曾经付出的爱，以及努力。所有的付出，终有一日会有结果，即便流失了，因为流失的是爱，也会微笑着目送，温柔生命中那一席光阴。然而至亲挚爱却非花非云，故又有伤别离。执着于人世间的爱恋，却不执着于结果，便是爱人恋物的真谛。

"茶来了。"立然语气越发平和淡然。

果然，长风托个茶盘，端了三只青花盖碗进来，就坐于长沙发上，先奉茶于立然，又奉茶于宫元，道："这是刚配出的新茶。今年雨水足，茶气偏清淡，我多加了果香。"

立然就笑起来："那日本人国武金太郎，巴巴地跑了来求配方，哪里知道青阳宛月之所以无敌，却是每批茶都要依着当年的时气调整方子，他还以为不过是一两页纸，三五句话的事。"

"说起来，也不过一句话，无非是顺天道顺茶意。"长风道。

"好一句顺天道顺茶意！"立然眉毛一挑，"可恨那金太郎愚昧，不仅心窍不通，竟做出绑架孩子要挟之事。他们大和民族啊，正孜孜不倦毁灭着那个和字。"

宫元正自饮茶，听到此话一惊，问道："被绑架过？"

长风知他所想，便道："被绑的是我妹妹的儿子，所幸安然无恙。"

"此事虽然暂时平息，但以金太郎之野心狼性，茶不到手，不会罢休，"立然神色忽又暗沉起来，"我这一去，最不放心的便是此人。"

长风波澜不惊，立然自然是要走的，释然也好，内疚也罢，他都得走。

宫元的思维与知觉无比清晰，他看着立然，看到了慈悲，也看到了残忍，冷静的慈悲与残忍。但他只能静默。

"宫元，"立然又道，"我这南人体质，终究与北地违和，又得了顽固的肺疾，休整生息还是生养地。今日请你来，便是要提醒你，不是我们灭了此人，便是此人灭了我们，没有妥协，没有退路。"

宫元眉一挑，道："你不必忧心。"

立然道："以你性情，我怎不忧心？这些年，你初心不变，取大义而舍小我。而我却乱世中偷安，只顾着家族兴盛安稳，只顾了自己的欲求。如今一股脑交于你，茶与人，你都要守护周全，容不得你再舍生取义。你可应我？"

"我答应你。"宫元道，"十几年前，你就曾劝我，怎可为着狗命赔上自己，我当时只恨不得上战场拼个痛快。如今看来，你更有见识，斗争有无数种方法，未必就直接白刃相向。"

"中日两国必有一战，最怕残酷到妇孺皆兵。我们若让父母妻儿沦落到那般田地，可真就千古罪人了。"立然似又找回几分当年指点江山的神采，"我们与金太郎也必有一战，你尽管去做，我走后，泉苑茶庄任你驱使。这些年，我与长风，也赚了不少，斗法斗钱，我们未必就输给金太郎。"

宫元冷笑："即使斗人斗命，也输不给他！我与宋玉亭正在筹备创办青岛物品交易所，交易所设土产、纱布、证券三部，从事花生米、花生油、纱布、面粉等期货交易，每部有四到六十家殷实商号为代理店。旨在扭转日本人控制青岛交易市场的局面。"

立然道："工商会董事宋雨亭？确是个人物。说到斗人，隋石卿可用，他身为青岛商会会长兼青岛自治筹备会理事长，自治筹备会成立之时，泉苑茶庄出了大钱支持他，此人虽世故，但操守尚在，又有大志，商会会长一职只是过渡，曾几次暗示泉苑茶庄竞选下届会长，当然也因茶庄与洪帮的关系。之前我因不常在青岛，又有私心不愿长风抛头露面，未回他。现今你也好，长风也罢，有个会长的身份，做事倒更堂皇。"他摇摇头，"我就是担心你任性。好在有长风，她冷静理智，旁边点提着，我倒还放心。长风，你可应我？"

长风木然道："应与不应，又有什么干系，你又何苦？"

"我做早该做之事，你们也做该做之事吧，那些陈年旧俗，教条家规，其实大可忽略不顾。这套房子，就做你们的家。宫元两边跑着，辛苦些吧。丽君那里，我自会说。"立然的口吻如释重负。

长风眼中泛出水光，终于望向宫元，两人相视，这是宿命的力量，也是必然的结局？然而这结局纵有喜悦，却隔着一层帐幔，于是喜悦也不能明朗。

立然心下也亦苦亦喜，正待说话，忽然脸色一变，门外尖锐的女声叫喊着，紧跟着门就开了，丽君像个疯子冲进来，明月在她身后喊："妈，妈，你慢点！"一边喊一边恶狠狠瞪身畔的峻峰，峻峰皱着眉头，强自忍耐。

"这世道变来变去，怎就脱不开个男盗女娼？二哥，你可真对得起我，给自家亲妹夫拉皮条！"丽君进门扫了一眼，冷笑，骂完立然，转向宫元道，"宫元哥，祖宗家法你没法子不守不要，乔家的祠堂里现时供着历代先人，将来供着的还有你，还有我。外面的贱人，休想进乔家的门，我许，老祖宗也不许！没得脏了乔家的祖坟！"说完，抄起几上的茶碗，一碗碗摔得裂碎。见长风只是端坐，声色不动，心里火气更盛，手里的茶盘照着长风挥去，"贱婢，所有人因你不得安生，你去死！"

几声呼喊齐响，峻峰疾步上前，欲护住母亲，却见茶盘已落在宫元的头上，那茶盘为寿山石所制，比之青竹茶盘，更为沉重，宫元的额角就渗出血水。峻峰怒火暴燃，手上使力，一把推向丽君，丽君倒退几步，蹲坐在地。明月亦冲上前，见母亲吃了亏，哪里忍得住，四顾一望，见书桌上有方砚台，顺手拾起，却是对着峻峰砸过去。

"明月不可，他是你哥哥。"宫元眼见来不及阻止，大叫。

明月只作没听到，那砚台不慢一下。好在峻峰敏捷，闪开了要害，砚台砸在了背上，却也疼得哎呦一声，拳头不禁握起，然而明月的脸、鼻子嘴巴那般熟悉，镜中日日见的，实是下不去手，只冷冷扫了明月一眼。看着峻峰的拳头举起又放下，明月倒是呆住了，不知怎么，泪就涌流而出。又听母亲哀嚎："你竟然护着她！"她哭得更凶猛，只觉这个世界无比荒诞，不由得跺了跺脚，随即想到她跟谁撒娇呢，她还能跟谁撒娇呢，她愣愣站着，脸上现出哀戚。峻峰紧绷的脸不知不觉松弛，这个少女，着实可恶，却也着实可怜。

宫元慢慢站起来，对丽君说道："你闹够了，累了就回家歇歇吧。"他语调平静，然而语气的冷漠犹如寒冰，那是从未有过的冷漠，丽君打了个冷战。

"立然，立然！"这时长风站起，众人皆是一惊，但见立然歪在沙发上，嘴角挂着一滩血，他穿了件灰白的羊毛衫，从衣领到衣角，鲜血点点团团，怵目惊心。

"哥，哥！"丽君扑过去，抱住立然喊，"你别吓我，你好好的，我听你的，妹妹什么都听你的了！你要她进乔家的门，我就让她进！你要我把乔家奶奶的位置给她，我也给！"

立然气息奄奄，妹妹披头散发，皮色铁青，脂粉未施，近瞧着细纹密密。妹妹与长风同岁，却苍老许多。他像小时一般抚摸丽君的头，叹了一声，道："傻妹子呀。明月，扶你妈回家。"

明月上前，喏喏叫了声二舅。

长风问峻峰："你大勇伯伯呢，快开车送医院！！"

"他出去办事了，我去看看回来没。"峻峰慌张出门。

宫元道："我开车来的，我去送。"

"爸，你还流血呢。"明月掏出身上的手帕，细细擦拭宫元头上的血迹。

"我没事，你舅舅要紧。"宫元道。

立然挣扎着坐起，道："不用去医院，只是气血不顺。"

长风道："我打电话叫医生来。你们，"她面向宫元，"你们都回去吧，我来照顾他。他是我的丈夫，由我来照顾最方便。"

宫元眼眸一暗，忽然自嘲一笑，对丽君道："还不走。"竟就转身而去。

立然目送他们一家三口离开，道："你何苦再折磨他。"

长风淡淡道："你怎么决定我做不了主，你要走便走，我留不住。但我与你拜了天地，峻峰入了张家的家谱，我便是你的妻子。你走与留，我都是。"

立然心里一软，旋即摇头，怅然笑道："不可以了。"这怅然，三分放下的怅然，三分伤感的怅然，余下的四分，却都是坚定。终究是坚定占了上风。他的心还是那颗心，只是走了样，再回不到原来，他满面温情，对长风道："你莫再犟了。"

长风的泪就出来了。

只过了半个月，青岛就进入了寒冬。岛城的冬天越显冷，但码头并不萧索，仍旧船来人往，货流八方。正是冬阳初生的时候，立然站在甲板上，挥手道："回吧，天挺冷，别码头冻着。"然后转身上船，大勇扶了他一把，他说了句"又劳你护送"，大勇笑笑，扶住他胳膊的手热乎乎的，十分有力。

大勇另一只手里团玩一对手球，手球上绘着八卦图。世间万事皆如八卦，阴阳相辅而就。有深浓冷郁的阴，必有厚重明朗的阳。生命的意义也许就在于生生不息的循环。就像花开是来怀念冬天的，旧曲儿是来祭奠昨天的。寒天的北雁南飞，雨后的流云彩霞，都是万物的格局、命盘在冥冥之中的安排。当岁月流转，它也验证了巧合、轮回、源始源尾的根本真相。立然回望了一眼，微微笑，风劲急，甲板上大风呼呼刮，直刮得他心底澄明，不着纤尘。

第十八章　黑漆弩

修己，以清心为要；济世，以务实为先。物尽其长，人尽其才，端枪杆子是救国，拿笔杆子、耍算盘子又何尝不是救国？只怕是更劳心劳力，更举步维艰。"

又一个十年。这期间，北洋政府被南京国民政府取代，老百姓看着青天白日满地红国旗升起，五色国旗就成了擦脚布。江山易主本平常，何况这乱世群雄，皇帝轮流坐，虽然换得是勤了点。对于青岛来说，这十年倒是相对安稳。泉苑茶庄的牌子已然响彻许多国家，青阳宛月为长风打下了一座江山。很多年之前，她看情爱是水中月，但求坐拥江山的牢靠。而今她的江山坚固，在风雨飘摇的世间茶香静怡，而她身外的世界，国与国之间，人与人之间，似乎都在憋着劲，都在为某一天的爆发而活。

有识见者，常有忧虑，家乱必有外侵。果不其然，九一八事变之后，日军野心再无遮拦，一九三三年一月三日，日军攻陷山海关。一月十九日，日军收编东北伪军为地方警备队，分驻黑龙江各县。二月二十五日，日军从通辽和绥中基地分三路进犯长城北部和东部整个地区，以及沿长城的一切关隘。二月二十六日，上海总工会发表《告全国工友书》，提出要团结一致，厉行抵货，加紧抗日。

初春还寒，青岛王哥庄广场正在上演话剧。一位姑娘在胡琴的幽咽声中唱叙九一八事变，因为饥寒，姑娘倒地不起，拉琴老汉竟拿起鞭子就打，这时观众中一名男青年站出来护住姑娘，并高声喝止："放下你的鞭子！"老人这才哽咽着说出实情，因为东北家乡被日本鬼子占领了，无处安身，只好逃难来青岛卖唱为生。凄苦的故事感染了在场观众，男青年高喊："打倒日本帝国主义！"观众随声高呼，声音此起彼伏。

一位身穿鹅黄大衣的俏姑娘跳着大叫："加油！"因为兴奋，她的脸涨得通红，旁边一少年道："你小声点！"那少年粗眉大眼，体格健壮，与大勇倒有七分的神似，他正是大勇的儿子王嘉禾，俏姑娘则是柳叶的女儿，马姝琪。

姝琪翻了个白眼，道："偏大声！这剧是俞大哥改编的，峻峰哥也有参与，我得捧场呢。"

"俞大哥是谁？"嘉禾问道。

"俞启威啊！峻峰哥的师兄，青岛国立大学物理系的高材生，鼎鼎大名的新时代青年，海鸥剧社就是他创办的。"

前年，俞启威组织了179人的学生请愿团到南京请愿，要求出兵抗日。虽然由于缺乏经验，未能与上海、南京的请愿学生取得联系。但是请愿团分头向南京政府各机关呈送了请愿书，并见到了蒋介石。去年的学潮也是由他起头的。

"了不起！这人我也听说过。我一定要考上青岛国立大学！"嘉禾攥着拳头鼓劲。

"不对，现在叫国立山东大学了。"姝琪嘻嘻笑，又道，"今年考不上还有明年，明年考不上还有后年，至死不休是吧。"

嘉禾脸腾一下红了，他在姝琪面前最是爱脸面，他考中学就考了两年。脸红归脸红，嘴是不肯服输的，道："你考时兴许成绩还不如我。"

"走着瞧呗。"姝琪继续逗弄嘉禾，却听得身后一人道："小姐。"回头一望，是司机胡三，便问："你咋来了？"胡三道："局长让我来接你。"

"不走，戏没演完呢。"姝琪扭头去看戏。

胡三看看周围熙攘的观众，凑前低低道："这里不安全。"

姝琪不耐烦道："挤不死人！"随即反应过来，"又抓进步学生？啊，峻峰哥也在，我得通知他去。"说着就往人群中钻。胡三一挥手，两个便衣一左一右，架着姝琪就往外走。

姝琪一边挣扎，一边大骂傻住了的嘉禾："你这笨蛋，还不快去找峻峰哥！"

嘉禾愣过神，拼命往舞台挤。

姝琪被架出人群，远远望见几辆军车开过来，心里着急，眼珠子一转，回头大声叫喊道："快跑啊，军警来抓人啦！快跑啊，军警来抓人啦！"她声音尖利高亢，引得众人皆回身观望，见三个男人绑了一个女学生，那女学生手脚踢舞，仍是大叫着："快跑啊！军警来抓人啦！"再往后望，军车卷着粉尘，渐渐近了。

人群立时大乱，台上的演员不知何故，面面相觑。嘉禾找到峻峰连声说道："哥，来抓人了，赶紧跑！"峻峰明白过来，先对身边一白面眼镜书生道："俞兄，你快走，我不在名单上，我来掩护演员离开。"那白面书生正是俞启威，他微一沉吟，点了点头，混进了四散的人群里。

"撤！"峻峰冲上舞台，开始指挥。

几个演员瞬间明白危机。演老汉的崔嵬一把拉住演姑娘的女学生道："跟我来。"

峻峰却阻拦住说："我带她走。"

"我不跟你走！我跟他走！"女学生也够任性。可是她只顾说话，脚迈得紧了，崴了一下，哎呀一声坐在地上。峻峰不说话，蹲下来，招呼嘉禾帮忙，背上她就走。崔嵬在后面叫："喂喂，你不要碰她，你没看她不要你碰她嘛。"嘉禾忍不住道："你一边去，她是我哥的妹妹，我哥当然能碰她！"崔嵬一呆，道："明月，是不是？"

"不是！我没哥！"明月嘴上虽硬，但却不反抗。崔嵬一想，可不是，两人长得多像呀，怎么之前就没发现。这兄妹俩真怪，人前跟不认识似的，难怪别人不知。大约又是豪门秘史，有钱人的故事，要不两人一个姓乔，一个姓张。

这时军警下车，数十个军警围抄过来，只拦截青年学生模样的观众。

"这边。"崔嵬率先踏上左边一条小路。

小路直通一个村子，他们进了村，崔嵬敲一户民宅的木门。出来个中年妇人，崔嵬唤了声娘。妇人道："还不进来。"他们进了院，刚把门关妥当，便听得街上有追逐声，随之有女声哭叫放开我，放开我。又听到不远处一声枪响。四人纵是年轻胆大，也不由得一哆嗦。明月不自觉就拉住峻峰的胳膊。同校读书，校园里兄妹相逢，她一向是视而不见的。她听闻峻峰参与改编青岛版广场剧《放下你的鞭子》，便报名参演，但是排练期间，仍当峻峰是陌生人，话也不肯说一句的。这一刻，她拉着峻峰，才发觉原来终是骨肉相连。她定要读青岛国立大学，定要参演，说起来是为斗气不服输，但内心的真正感受，至此才清晰明了。

大约一盏茶的功夫，街上渐渐安静。崔嵬的娘打开门，四下张望，说道："都走了。"

"娘，我先送朋友，过几天再来看你。"崔嵬道。

崔嵬的娘叹了一声，说："你呀，唉，好不容易找个报馆的工作，只怕又保不住了……"

峻峰依旧背起明月。出了村子，但见广场已无人迹，胡琴已断弦，长鞭沾满尘。明月忽然低低抽泣起来。崔嵬道："他们想抓的是俞启威，我去找他。咱们分开进城，更安全。"他望了一眼明月，对峻峰道，"请务必照护好她。"脱下身上的戏服，只穿着内衫，匆匆而去。

"你与他是何关系？"峻峰问。

明月吸了口气，呛道："关你何事？"

峻峰不再言语。嘉禾问道："哥，这人是干嘛的？也是你们校友？"

"他是俞启威的朋友，青风报的记者。"

"哪个学校的？"

"他家境不好，13岁缀学，现在青大中文系当旁听生。"

"门缝里看人怎势利了！家境不好咋啦？"明月道，嘴边还有一句话硬是咽回去——家境再不好，总好过私生子。搁往常的脾气，这可是最得意的话头，但今日就是说不出。

"哥又没说什么，怎么就势利了？你这乱咬人的毛病你娘教的吧，乔叔可不是这样人。"嘉禾不乐意了，愤道。

"哎，你可别乱认亲，我爸可没你这个暴发户侄子。"明月最容不得人说她母亲，急口快语，小刀子一般。

嘉禾嘲笑道："你爸还就非认亲，一趟趟地往我们那跑，挡都挡不住，非要认我爹做哥，我们可没去认他。倒也怪了，你爸咋就这么爱认亲呢。"

"你……"明月大怒，她手里真有刀子，保准就扔过去了。峻峰沉声道："够了！什么时候了，还闹？"

两人竟立时闭嘴。

这时对面开来一辆车，嘉禾叫起来："海音姐来了！"

车子停住，一双长腿从车里先出来，长腿穿了条黑西裤，配了双黑靴子。然后出现的是上身，紧俏的黑呢子外套。头脸也端肃，很有几分英气。

"听到消息就赶过来……"海音道，"又不能告诉旁人，若大勇叔知道，不定怎么骂你呢。"

"我爸才不会骂我哥。"嘉禾道。

"上车再说。"峻峰把明月扶进车后座，自己也坐在后面，又对嘉禾道，"你坐前面。"

"我的车子没几个人敢查。"海音道，也坐进来，发动车子。

明月嘴一撇，哼了一声。海音理都不理，只问："去哪？"

峻峰回道："先送她回家。"

"你大概都不记得了，今天是交易所正式成立的日子，乔叔找了你半天了。"海音道，"让逮着你就送到大沽路 21 号的大楼，大楼装修得差不多了，交易所今日挪过去。"

峻峰闷声道："早就说了我对经商没兴趣，他就是不死心。"

明月又哼了一声，轻声嘟囔了一句："狗咬吕洞宾。"

峻峰只做没听到，海音则是笑笑不语。倒是嘉禾自言自语道："当谁稀罕呢，谁巴谁呀。"

明月一肚子气，但想发作，却发作不出，今日今时，她泼辣的话去刺峻峰，自己却会先疼了。她的刁蛮上了紧箍咒，那紧箍咒是她一直在恨着怨着的人。

车子里气流汹涌。岂不知他们谈论着的大楼，在同一时，发生了爆炸事件，整个大楼亦是气流汹涌。

大沽路 21 号在大沽路的尽西头，是一座高五层的大楼，该建筑是 1931 年的"九一八"事变后，青岛市的工商业者，为了对抗馆陶路的日本取引所，在市长沈鸿烈的暗地支持下，于 1931 年冬成立了青岛市物品证券交易所股份有限公司筹备委员会，由商会会长宋雨亭，工商业大户乔宫元、梁和璞、董希尧、于维霆、姚仲拨等 21 人担任筹备委员，长风亦是委员之一，交易所在筹备期间，一面开始营业，一面组织内部结构，兴建交易大楼。至 1933 年 2 月，交易所领到正式开业执照，同时交易大楼落成。大楼高五层，主入口面对花园，一二层均为交易大厅，三四层为办公用房，五层为会议场所。

这日临时市场迁至交易大楼，并举行正式开幕仪式。仪式结束后，一干重要人士皆在五楼庆祝，就听得下面一声巨响，震得楼上玻璃裂了几块。其中几名政商家眷受不住惊吓，当场失声尖叫。

宫元与宋雨亭对视，二人心知事从何来。交易所营业以来，生意兴隆，由日本人把持的取引所，则门庭冷落。日本人在嫉恨之余，乃采取卑鄙无耻的手段，收买一些日本、高丽浪人，头缠黑布，手持棍棒石块，一再袭击到交易所参加交易的各商号的代表，进行捣乱破坏。为避开日本人的捣乱干扰，各商号代表改由陵县路齐燕会馆后门进出，但仍摆脱不了日本浪人的袭击捣乱。交易所筹备处遂决定把土产交易市场移到北京路同丰益土产代理店门前，纱布交易市场移到河北路同兴昌纱布代理店门前。河北路、北京路是我商民聚居的闹市区，来往行人众多，日本浪人不敢公开捣乱破坏，但暗地里仍是各种阻挠。宫元不得已求助于洪帮，大勇安排了洪帮及大珠山的兄弟狠狠教训了几次捣乱的日本人，方才镇住了场。如今正式挂牌，日本人眼见取引所再无生路，竟做出放置炸弹威胁之事。

楼上皆是有阅历有胆识的人物，只是逢此事故，也难免忐忑，便有人要下楼离去。宫元拦住道："楼下情形不明，请先留在这里，待下面安全了，再走不迟。"然后吩咐志远道，"下去看看，联系王大勇。"

宋雨亭冷笑道："他们散布恐吓之言——交易所朝成，宋雨亭暮毙，我倒要瞧瞧，还有什么手段。"

宫元则坦言："你是替我立于风雨之下，这暗里筹划交易所之人是我，大股东亦是我，索性就挑明了，让他们冲我来。"

"不可，你之前有官司案底，又远来他乡，我是土著，又有沈市长的关系在，这出头之鸟我做比你合适。"宋雨亭道。

宫元心里感激，倒不好再多言，只是接过了宋雨亭手中的酒杯。

陆续有司机保镖上楼，接自家的主人。爆炸的是一楼的交易大厅，动静不小，杀伤力不大，炸药在临窗的一组沙发下。碎玻璃划伤了几名员工，所幸无大碍。看起来是下马威的成分更多，对方还不想闹得不可收拾。然而21名委员，大小股东们，便是不为大义，只为之前已每年二十几万的纯利，也无一人生怯意。

志远回来，道："王先生联系上了。"

宫元嗯了一声，对宋雨亭道："处理善后，交给李总管吧，咱们送走了宾客，要做的事还不少。"

宋雨亭点点头，送走了宾客，却留了几名股东，这事儿自然不能就罢了。

所以当峻峰与海音出现在交易大楼时，现场已不慌不忙，楼下员工整理现场，楼上，父辈们倒是有些激昂。

"宋伯伯，梁叔叔、董叔叔好。"峻峰恭敬行礼，几位长辈都是见过的，泉苑茶庄亦是交易所的股东之一。

"这里怎么啦？"海音不解道。

"小日本又来作怪。还得请洪帮多照应。"宋雨亭开了个玩笑。梁和璞、董希尧也笑了，梁和璞道："上次洪帮教训那些日本浪人，很是管用呢。"

"伯伯们一句话，用得着尽管知会海音就是。"海音也笑对，随即一凛，问道，"安姨呢，没伤着吧？"

峻峰因着担忧俞启威的安危，一直心神不宁，这才想起母亲也是筹备委员，今日开幕喜迁，自然也要出席，不禁也慌了，望向宫元。

宫元道："她今日未能来，你云姨住院了。"

这下嘉禾慌了，问道："我妈咋啦？早上不还好好的？"他在青岛读中学，大勇因顾虑国武金太郎，不放心长风母子独居，索性就住在一起，权当做个保镖。长云大多时间在崂山，管理茶厂茶园，三日前跟一批茶来青岛，专为嘉禾过生日。

"摔了一跤。"宫元欲言又止，恰好这时大勇赶到，嘉禾迎上就问："我妈呢？"

大勇随口道："在普济医院，你去陪陪。"

"你不去陪？"嘉禾不满地问道。

"这里有事要办，你去陪着。"大勇回道。

"这里的事难道比我妈重要？"嘉禾的拧劲发作，倔强得很。

倒是宋雨亭道："此间已无妨，你们都去吧，我与和璞、希尧等马局长来了就走，这事儿指望不上官府衙门，可也得报个案，别回头出大事他们抱怨咱们。"

宫元想了想，觉得局势已经控制住，道："也好，海音留下，听几位叔伯吩咐。"瞪了一眼峻峰，"跟我走。"

海音道："你们尽管走就是。"

大勇拉过海音，细细叮嘱，洪帮与大珠山有二十几人在门外把守。海音就笑起来："行了行了，我又不是小孩子。"她平日里待人礼敬，但周身总令人感觉有说不出的冷淡，这一笑却是毫无防备的亲昵，流露出一种孩子气，倒像女儿在对父亲撒娇。

峻峰亦上前，低低说了几句，他的举动惹得大伙儿都笑。海音脸上飞了红，推了峻峰一把。

大人们风波不惊的风范，奇异地安定了峻峰的心，俞启威即便被抓了，一没杀人，二没放火，还能就地枪决了不成。只要活着总有法子救。他挂念俞启威的消息，又想海音十年磨一剑，实非普通女子，也不必强行留下陪护，便跟着宫元而去。

长云是滑了胎。她此次来青岛，一为儿子过生日，二为与大勇商求置产，她希望在青岛有自己的家，她的丈夫，她的孩子们住在自己的家里。早起大勇似乎有些不耐烦，但她一点都不在乎，她曾经是很在乎的，她还是个少女时，人生中的唯一信念便是这个男人，她努力了十几年取悦他，后来终于明白，她永远取悦不了他，她甚至无法惹怒他。不是自己低能，一个人的魂魄在哪里，那么喜怒哀乐自然也在哪里。但他是她的，他高兴，他不高兴，都是她的。她不紧不慢，有些轻狂，有些诚恳，却坚定无比地说着她的诉求，说了三天。大勇的情绪也爆发了，但他唯一能做的就是离开。她拉住他。大勇挥手挣脱，她的身子就飞到了柜子上，肚子正对柜子的边角。然后她的肚子剧痛，长风赶来时，她下身流了一裤子血。

长云不是安静温和的人，失去孩子，她却一反常态，不哭不闹，甚至看不到伤痛。长风第一次看不透这个妹妹的所思所想。只在嘉禾进病房时，长云阴深深的眼里闪现出火花，她说道："你们都是大人物，做大事的人，别耽搁了，都走吧，让嘉禾陪着我。"

长风道："傻话，万事不如人要紧。"

长云抬抬眼皮，道："姐，你们走吧，我想清净一会。"

长风心里一揪，想着长云一上午躺在病床上，大睁着两眼，却一言不发，病房里清净得空气都要凝固了。长风对大勇道："你留下陪陪她娘俩。"

长云立即哑着嗓子道："可不敢，我已经落了个不通人情、不识大体的恶名，再拦着他，可就十恶不赦了，姐你别再害我了。"她的话貌似负气，听着很不舒坦，但长风倒放下心来，她终于又放纵自己的情绪了，虽然只肯对大勇。大勇双眉一挑，长风赶忙打岔道："你想吃什么？喝点鸡汤？我回家弄去，让大勇送过来。"

长云道："麻烦姐姐。"叫过嘉禾到身边，剥了粒糖，塞进嘉禾手里，再不理其他人。

出了医院，大勇说了句，"我去看看海音那边。"头也不回，径直走掉了。

长风叹了口气，瞥了一眼峻峰道："回家。"就上了宫元的车子。

峻峰犹豫片刻，道："妈，你们先回，我去学校办点事，办完马上回。"

长风道："哦，临近毕业，你倒忙了。"

"让他去，"宫元看着峻峰，若有所思道，"我跟你妈在家里等你，我们有话对你讲。"

峻峰先去了青风报馆。崔嵬不在报馆。这天是礼拜六，学校没上课，他找至青岛大学教育长赵太侔的家，赵太侔是俞启威的姐夫，之前他跟随俞启威来过几次，倒也熟门熟路。进了门发现，崔嵬在，俞启威的女朋友李小姐也在。

"启威被抓了。"崔嵬道，怒目贲张的一张脸。李小姐抿着嘴，嘴角紧翘着，一个倔强的女孩子。赵太侔道："正等你呢。"

峻峰走在街上，时值暖春，他身上却阵阵做冷，是因有叛徒设了陷阱，方才抓捕到俞启威。今日街上巡警明显多，青岛城回归了，可是戒备照旧，只是换了统治者，从外族的欺压变成了自己人内斗而已，那些虎视眈眈的日本人会暗地里嘲笑吧，嘲笑这个民族的愚蠢。

他失魂落魄地进了家，大厅里母亲在泡茶，他的父亲在打电话。望见他进来，长风喊了声："峻峰，你坐下。"他恍恍惚惚就坐在了母亲身边。宫元放下电话，亦坐在他们母子对面。

"眼见要毕业了，好多事等你接手，我的意见是商号的生意就交与你打理，交易所那边离不得我。你这一向天天在外跑，忙什么呢？"宫元问道。

"我对做生意没兴趣。"峻峰回道。

宫元哦了一声，问道："那么，你想做什么？"

"国之将亡，我要做一个有良心的中国人该做的事！"峻峰激动起来，"我爸说你年轻时曾为了理想杀人，可你这些年都干了什么呢？外敌入侵，你反而妥协偷生了。你的生意越做越大，钱越挣越多，你已经不敢为了理想不顾一切了，但我敢！"

"峻峰！"长风轻喝道，"妈素日里总教你，识人识事莫看表面，怎么今日就这般浮躁。"

宫元倒笑起来，道："你爸走之前，千万叮嘱我要守护你们，切不可再冲动行事呢。"

峻峰道："我也知你们不发祸国殃民之财，也在与日商斗法，可这是不够的。你们即便是斗到日商赚不到一毛钱，也阻不住人家的坦克军舰！"峻峰很难过，他觉得自己的血气是孤独的火柴棒，往胸口擦了又擦，却被冰雨一波一波地冲击、践踏，难怪总也擦不亮。现在的他，试图搀拉今时走不动路的宫元，他呼唤、鼓劲，偏偏宫元像是活在昨天的星光里，不接朝阳。

"你看不起我们做的事儿是吧，"宫元笑，"知道国武会社吗？"

"知道。嘉禾被绑之事是他们所为。"

"国武会社的支柱产业为粮、油、茶、煤，十年前几乎垄断了北方市场，现在这些商品的北方份额，我们占了八成。国武会社已是一败涂地。"宫元道，"知道青岛水产组合吗？"

峻峰一愣，道："知道，日商的渔业公司。"

"这么多年，日本渔船肆无忌惮地在中国渔场掠夺资源，日本人筹建的青岛水产组合操纵、垄断了青岛渔业。我们成立了青岛渔业股份有限公司，购置了"永安"、"久安"渔轮，年产万箱。并鼓励民族资本大力购置机械动力渔轮，我的银行无息贷款支持。为了改变渔民低效落后的捕捞方式，我们还把渔民组织起来，倡导使用新式渔具，扶助渔民改用机帆船。至去年，实业部核准登记的渔轮共 77 艘，每艘平均年产万箱，捕鱼海区跨越黄渤两海。更重要的是，我们的渔业股份有限公司不仅使青岛渔业摆脱了日本水产组合的操控，最后还迫使日本人的渔业生产也接受了我们公司的管理，可谓打了一场漂亮的翻身仗。"宫元又道，"交易所不用我说了吧，你的母亲全程有参与，我们未成立交易所之前，日商的取引所在经营过程中欺压华商，导致中日资本失衡，日商成为交易市场的操控者。我们只用了三年，便扭转了日本人控制青岛交易市场的局面。孩子，我初心未变，不过是以另一种方式行事而已。"

"可是，国家危难，从商是救不了国的，唯有从军！"峻峰坚持道。

长风看父子二人辩论，倒了杯茶给宫元道："润润喉咙。"又对峻峰道："修己，以清心为要；济世，以务实为先。物尽其长，人尽其才，端枪杆子是救国，拿笔杆子、耍算盘子又何尝不是救国？只怕是更劳心劳力，更举步维艰。"

宫元道："你母亲说的极是。我们擅长的是行商，那么商场上杀敌更有效。强大的经济是战争的有力后盾，必须击垮日商在中国土地上的巧取豪夺，绝对不能让这群强盗控制我们的经济命脉，为日本掠夺我们的财富。那些枪炮弹药哪一样不是银钱换来的？"

峻峰一咬牙，道："父亲，我答应你，接受你希望我接手的所有产业，我只有一个条件。"

"你说。"宫元道。

"救救我的朋友，他被抓了。"

"为什么被抓？"

"他们说他是乱党，说他煽动民心。"

"他是吗？"

"他只是要求南京府抗日。"

宫元便道："你找错人了，现放着救苦救难的菩萨你不求，找我个怒目金刚作甚。"

峻峰一想，可不是嘛，咋忘了姝琪她爹了，可见慌乱失智。他倒了杯茶，毕恭毕敬呈于母亲，道："妈，您可不能坐视，帮帮儿子。"

"若真安了个乱党的帽子，未必好办。"长风道，"我走一趟，趁着未定案，事情还可周旋。"

"妈，谢谢您。"

"先别谢，我不打保票，还有一句话——记得你的承诺！"长风接了茶杯，慢条斯理喝了一口。

宫元就道："你别吓他了。姓马的做了这些年局长，北洋政府也好，南京政府也罢，换来换去的政权，他的位置铁打不动，还不是咱们的恩惠，这会子讨他个人情，不过是收点利息。"

"你就宠他吧。"长风飞了宫元一眼，"改天他拿把菜刀上街，我瞧你拦是不拦。"

宫元笑道："之前可能，今日之后，他不会了。我的儿子，分得清利弊。"

"走呀。"长风道。

"啊？"峻峰问，"哪去？"

长风笑起来："真正是呆了。去马府呀，难不成我们替你办事，你在家睡大觉？"

"关心则乱，这孩子仁义才呆了。"宫元也笑道，"你母亲又不知详情，你自然要去。"

峻峰方才领会，喜道："父亲不同去？"

"我刚与你大勇伯伯通电话，我们也有事情要做，不陪你们去了，由你妈足够。"宫元道。

峻峰便知是为交易所被炸的事，便道："父亲保重。"

宫元笑道："我还未老呢。"

长风看着他们父子，一个年富力强，一个初生牛犊，皆是意气风发，满怀壮志，倒觉得虽然乱世，这仍是自己最好的时光。

不久，俞启威出狱，出狱时身染重病，双腿断折，由洪帮秘密送至上海养病。

立秋那日，青岛刮了场百年不遇的大风，市北区馆陶路 22 号不小心走了水，风助火势，竟救不下，大火烧了个痛快淋漓。馆陶路 22 号，就是日本官办青岛取引所。

从沧口步行一小时便可到达李村，或者可以由青岛沿植林的公路到河西，那里有一条翻修过的公路可到达李村。流向西南方的李村河西岸有一个大的集市。1898 年德国人在这里设置了按察司，坐落在李村西北 600 米一个小山上的漂亮楼房里。此外，这里还有基督教会、教堂和华人监狱。李村山，风景秀丽，在东北角的一座 226 米高的山上有一道古战壕，以北可以看到西部大片的果园。壮美河山，肥沃土地，可见一斑。国武会社强行圈地、非法侵占的一万多亩农场便在此处。

然而就在这年，国武农场被迫停止了运营。中日就国武农场事件曾经过多年谈判，唯有今年势态强硬，日商国武金太郎被迫放弃了国武农场。

第十九章　破阵乐

少时，以茶会友，以茶配书，总不免随香茗缭绕心起念动。待到此时浮华过后，闻其苦而知清香，品其甘而知冷暖，终究明白，互相陪伴才是幸福的模样。

一九三五年的冬天，青岛天现异象。持续多日的大风降温及雪天，带来了冰封海面的壮观景象。近海浮冰厚达半尺，渔港码头海滩出现了大面积海冰，上百条小渔船被十三四寸厚的浮冰冻住。形状各异的海冰让海域变成了晶莹剔透的"极地世界"。

天有异象，必有战事。这么凶猛的天气，是野心家的戾气所凝聚，历史上的天灾哪次不是连着人祸。大过年的，人心未免惶惶，年长者经了太多的战事，看了一任任朝廷，都会看气数了，只说南京政府也不像真龙模样，遍地兵、匪、盗、贼，都硬气得不成体统，不就是正主儿没龙气，压不住？难不成真要被外族占了天下？此时就想念大清朝了，大清朝好歹也坐了几百年呢，都忘了大清朝也是异族。

这日正是小年，风雪倒停了，太阳也亮晶晶的，但还非常冷，城里人车稀疏，黄包车夫都穿上了羊皮大袄，跑是跑不动了，走一步吐一口寒气，跟吐烟圈似的。宫元一早就到了湛流路的宅子，看见只有长风一人在吃扁食，便问道："峻峰呢？"长风道："海音接走了，不知道又在搞什么，神神秘秘的。"

宫元道："过了年二十三了吧，要不开春给他们把亲订了？"

"可不，都二十三了。我们老了。"长风微笑道，她的笑容有些恍惚，眼神又喜悦又忧伤。她爱穿清淡色的衣服，今天倒穿了件深紫罗兰的薄棉旗袍，衬得越发脸白若玉，发黑如墨，十根手指秀美似兰，无意识地拨弄着盘中的扁食，那神情倒有几分小女儿态。上天是厚待她的，曲曲折折的人生，在她脸上并未留下苦难的痕迹。

宫元很少见她这样，长风是柔的，也是刚的，但不是娇的。不由得就心软若棉了，道："你与我初见时没两样，老的是我。我没吃呢，分我几个扁食。"

"哄谁呢？"长风笑道，拨了几只扁食盛在小碗里，递给宫元，"你今天不该来的。"

宫元接碗，顺势接住长风的手，她的手腕纤细，握在手里，颇有楚楚可怜的错觉，宫元虽知她的纤细与她的坚强是对双生花，仍忍不住道："委屈你了，其实我是家主，家规怎么就改不得……"

"别！"长风打断宫元道，"这样很好了。"哪里是为着家规，不就是为了身边人，他是，她也是。人活着，不能只为着自己，能顾着别人，便是成全自己的体面了。

吃过早饭，二人喝茶。风在门外头，人在屋里头，案上茶飘香，心中日月藏，真正是安静又温暖的好。少时，以茶会友，以茶配书，总不免随香茗缭绕心起念动。待到此时浮华过后，闻其苦而知清香，品其甘而知冷暖，终究明白，互相陪伴才是幸福的模样。两人难得的清闲，平日里各自忙，周围又总是围着许多人，像这般对坐品茶，却也少有。

远近的炮竹声声响，此起彼伏。烽火乱世，老百姓的日子，过的是当下。铜壶里水吱吱响，宫元没见过这把壶，看了看，问道："玉川堂的壶？"长风道："是，立然托人捎来的。"宫元道："我几次电话，邀他来青岛过年，他又推脱。"这话题太沉重,二人都沉默起来。

"立然说,南边的粮价涨了五成了。"长风过了一会道,"我昨日问峻峰,他是不肯涨价的,说钱越来越毛,粮再涨价,怕是要饿死人了。不少人趁机囤粮,这么下去可不是法子。"

宫元道:"莫说百姓囤粮,沈市长虽辞了渤海舰队总司令一职,可南京政府只说他顺手,仍令他筹集舰队一年之军粮,前几日宋雨亭找我,想我能出力,我与峻峰商量,他不同意动这边的粮,那从山西调吧。为了世道不宁,这些年映朝始终在收购粮米囤着的,粮仓加建了一个又一个。"他说着就笑了,"囤了这么多年粮,原本可以大赚一笔,只是军粮不可涨价,卖给百姓的粮,峻峰也不肯涨价,这国难财是注定发不了了。"

长风也笑道:"这话可别让峻峰听到,不然又抱怨你不如他爸有格调。"

宫元嘴角翘了翘,他是父亲,立然是爸。峻峰身上流着乔家的血,却在张家的家谱上顺正排行,倒是不偏不倚,他笑道:"若论利,粮终归是不如茶。你儿子抱怨,他辛辛苦苦做一年,不如青阳宛月一季的利润,儿子竟比不过娘强,真膈应。"

长风微笑道:"你听他掰扯呢。"

这屋子的一楼是一个大厅,加一个起坐室,一个饭厅。起坐室三面落地窗,一面墙砌了个大壁炉,冬天里围炉赏雪,自是快事。二人身上暖洋洋的,舒服得一动都不愿动。这时外面大厅里传来说笑声,提谁谁来了。

两个青年男女脱了大衣进来,倒是一对璧人。峻峰挺拔中带着几分俊秀,海音俏美中透出一股子英气。海音先道:"乔叔叔,安姨,新年好!"

长风便道:"过年好。这大冷的天,你们去了哪里?快坐下喝杯热茶暖暖。"

海音亲亲热热挨着长风坐下,对着峻峰一努嘴道:"问他,我给他当司机去了。"峻峰端起茶喝了两口,道:"去给华光纱厂的周老板拜年了。"

"华光纱厂好像破产了,你寻摸什么呢?"宫元道。

"是破产了，正月二十二公开拍卖。父亲，你不知道是谁想拿下华光纱厂吗？"

"你说。"

"国武金太郎。"峻峰道。

宫元脑子过了一下，便明白了，日商在青岛开设了内外棉、大康、宝来、钟渊、隆兴、富士六大纱厂，这六家纱厂联合起来，几乎击垮了当地的所有纺纱厂，可以说完全控制了行业话语权。国武会社丢了农场，想继续扎根青岛实业，进军纱厂自然是最稳妥的。

"消息可靠吗？"宫元问。

"可靠。"峻峰道，"华光纱厂就是被日商的六大纱厂恶意逼得破产，周老板憋了一肚子怨气，听闻我要参加竞拍，把底价都给我了，只盼着纱厂不要落入日本人手里，就心满意足了。可怜他半生心血……"

"你要个纱厂做什么？"长风道，"在青岛，国人最不能涉足的就是纱厂，这个行业在日商的围剿下，已形成一张网，进者必亡，况且你又丝毫不懂。"

"妈，你莫急，"峻峰笑道，"我若没有把握，才不趟浑水。"

海音也笑道："他呀，是连经理工程师都有人选了的。"

宫元道："你只把成本利润核算给我听听。"

峻峰道："那我便以上海最大的日商纱厂公大为例，一担棉花价值卅八元，以一担为一百斤，一斤为十六两，一磅为十二两计算，一担棉花，可成十二磅之布十匹半。即卅八元一担棉花，织成布匹之后，卖价可得六十五元一角，其利益约有一倍。假定每匹布有三元之利益，则公大第一厂每日可出二千五百匹，即一日之利益，约六千二百五十元；一月之利益，约十八万七千五百元，除去工资三万四千元，电力二万元，职员约一万五千元外，每月之利益，可在十一万元以上。此外每日可出纱九十包，此项纱的利益，在十一万元以上。况且此项纱之利益，尚未计算在内，可见纱厂业利益之厚。"说完颇为得意。

宫元笑道："了不起，连人家的商业机密都弄到手了。那你再说说，既然纱厂业利益丰厚，为何我国纱厂不振，相继破产？"

峻峰道："虽说是日商联合霸市，但纱厂业以棉花纺成纱为事业，其目的，在每日能制造多而好之纱，要谋达到此目的，非注意机械之改良，而日本纱厂对于机械改良，颇为注重。一厂之兴亡，全在机械，岂止纱厂。中国厂家，大半相反，重要职员，奔走于交易所中，大做其买进卖出之业务，在交易所中专做投机事业。对于纱厂机械设备，完全不顾，岂能纺出好纱，以供给市场？纱不好，当然不易脱手。同时万一在交易所中失败，纱厂亦随之倒闭。"

"你如何解决这些问题？"

"机械设备日本比我们先进，可日本不是唯一的技术先进国家，我的朋友帮我找了个德国留学的机械师，对于纺织印染甚至植棉技术都颇有研究。至于管理经营，朋友帮我挖了上海荣丰纱厂的一个厂长。"峻峰饮了口茶继续道，"一、不搞投机事业。二、不揩油，如中国纱厂买进棉花，比日本纱厂每担约贵二元以上，皆是经手人的中饱。非绝对革改不可。三、关于管理方面者，事情复杂，一言难尽，厂中事务，应完全由经理一人负责办理。机械方面，由技师长负责办理。只要能专心在纺织上，不做投机，绝无失败之理，至少每年开支上所需费用，必有着落，怎么就败给日本人呢？"

宫元越听越凝重，问道："你朋友是哪个？"

峻峰一笑道："大学同学，家里也是经商的，在上海有好大的产业。"

"我们乔家在上海也有分号，我亦认识几个商业名流，你说的是哪个？"宫元又问。

"父亲，他叮咛我不可暴露他，他为我作这番谋划，我怎能辜负他。"峻峰坚持道。

宫元心里倒感慨起来，便是自己在峻峰的年纪，也做不到这般的思谋，乔家几代人，竟是不在家谱的一个孩子，有祖父之风范。欣慰之余忍不住心酸，单为着这孩子的胆气，也值得一试，当爹的历练孩子，这钱赔了也值，再说他没得赔不起。他端起茶壶，亲手给峻峰倒了一杯，道："那就做，商号里的钱，你只管用，不够，我再给！"

海音一直默默陪长风喝茶，这时笑吟吟道："哪里用得着乔叔再出钱，洪帮可是想分一杯羹呢。"

长风就笑了："不可以。聘礼没过门，就用你的嫁妆不成，没这道理。"

峻峰一下笑出声来，海音叫了声安姨，脸就红了。长风又道："你们过了年就订亲吧，媒人就请你大勇伯伯，我虽是娶媳妇，更是嫁女儿，一应由我筹备，可好？"

海音原不是扭捏小女儿，听了长风的话，道："我父母双亡，多年蒙您眷顾，恩情难报万一，一切听您安排。"

峻峰道："慢慢报吧，以后尽是机会。"

海音瞪了峻峰一眼，憋不住又笑起来。

长风道："竞拍的钱，我出吧。儿子出征，做娘的弄点行头花得起。"

宫元道："财大就是气粗，你娘越发了不得了，她现有个赫赫大号——女茶王，威震业界。可怜那国武金太郎，惹谁也不该招惹她呀。"

四个人又笑。海音忽然想起一事，道："还有一事，前天一商船困在码头，船上的日侨个个形迹可疑，国武金太郎为首。不寻常的是日警有三十多人在码头设岗，青岛港政局上前检查，日警拔刀示威，声称'外国人不能受中国人之检查'，强行将日侨与货物护送出界。事出蹊跷，我吩咐码头工人在卸货时偷偷抽取了几箱货，箱子里是鸦片及军火。"

宫元手中茶一顿，道："难怪，沈市长接了南京消息，说这两年青岛流出的烟土数量大增。沈市长平生最恨鸦片误国，大怒，责马局长全力追查，却始终无头绪，原来是金太郎作怪，既然还有军火，日警护持也就更说得通了。"他冷笑一下，"海音，你与峻峰跑一趟崂山。"

海音看看峻峰，不解其意。

"你是说烟土走陆路出青岛？"长风问宫元。

峻峰也问道:"你是说让大勇伯伯的人暗中封住出城的道?"

这俩母子真真是一对灵透人,海音见得多了,倒平常了,便道:"乔叔叔放心,陆路有大勇叔,水路交于洪帮,量他的货出不了青岛城。"

宫元道:"宜快,这两日冰天雪地,货出不了城,天一晴,雪一化,可就困不住了。"

"那我们即刻出发,正好给大勇叔拜年呢。"海音道,说完就站起。

长风担忧道:"路上滑,不安全。"

峻峰安慰母亲道:"没事儿,我们慢慢开。"拉着海音急冲冲走了。

宫元道:"警局里得报个案,老马寻线索快疯了。"

"毕竟无凭无据,倒不必正经报案。我给柳叶打个电话,通一下消息吧。"长风道。她在听闻青岛流出大量鸦片,而始终找不到作祟者时,便冒出个思绪,但她不敢想下去。心不在焉拿起电话,先与柳叶聊了一堆家常,最后方说了说消息,柳叶似是吓呆了,好一阵才愣过神,长风心里更觉不安,放下电话,她也发起愣来。

宫元看着不对,问道:"嗯?"

"刚才说峻峰订婚,立然总要来吧,柳叶高兴的,她还可惜呢,可惜立然见不着冰雪封海天的美景。"长风笑笑,"这样的景天美是美的,只是未免太阴冷太凌厉了,见不着也好。"

她站在窗边观景,宫元走过去,揽住她。雪极厚,凭空院子高了一大截,两个人都想,汽车在雪堆里,可如何行走。

午饭二人无心吃,下午茶水倒喝了许多,喝得头晕,双双醉了茶,更觉得心慌。眼看着天色渐暗,长风焦虑得坐立不宁,不由暗暗埋怨宫元,宫元也是着急,明月打了几个电话,催他回家,他最后发了火。想来丽君又会闹,年是过不素净了,可他顾不得了。天黑透时,院子里亮起车灯,他们听着汽车的声响,握住了对方的手,两人手心里都是汗。

华光纱厂拍卖那天，拍卖厅里座位满了，日本取引所的几位主事伴了金太郎而来，都是趾高气昂的人物。青岛本地参与竞拍的只有峻峰，但打气的不少，除了亲友，商会中也来了几个人观战，乌压压坐了两排。峻峰请的工程师及经理也到场了，工程师叫杨书林，经理叫何正，二人是俞启威在上海养病期间，发展的全国各界救国联合会的成员。

说白了，这场竞拍是金太郎与峻峰的争战。底价是三百万大洋，峻峰抬价到五百万大洋时，金太郎额头就变成了瓦灰色。坐在他右侧的国武一郎凑过去低低说了几句，他脸色变幻不定，结果出乎他的意料。原以为那崽子参加竞拍不过为抬价，哪想是志在必得，够愚蠢，可也够胆量。他倒想看看那崽子如何在六大纱厂的夹击中活下去。只是这口气真咽不下，但僵持下去，他也胜不了，那崽子身边坐着山西乔家的大当家，茶中女王，洪帮帮主，个个家底丰厚。即便最后那崽子放弃了，他也成了冤大头。

国武金太郎停止了喊价。竞拍结束了。日本人、中国人都站起来。胜利的喜气洋洋的中国人验收成果，失败的日本人昂胸挺肚，极力保持一种风度，一种民族特有的风度。

金太郎走至长风面前，道："夫人风采更胜往昔。"

长风道："阁下亦未有改变。"

"令郎南金东箭，夫人倒要多操心。"金太郎望望人群中的峻峰，道，"年轻人锋芒太露，终究不是善事，愿令公子能有夫人的修为。"

长风微笑道："您的后人亦不差。差与不差，倒也不关修为。"

国武一郎脸上一拧，但他看着长风，竟就忍住不语，还对长风行了个国礼。

这时大勇手里捏着两颗核桃，骂道："没偷没抢没绑人的，锋芒露了咋地，年老了不修德，才不是善事，不得善终呢。"

国武一郎骂了句日本话，以掌为刀，劈向大勇的脖颈，姿势迅猛灵动，竟是个高手。大勇冷笑，右手架住国武一郎的手掌，左手握着核桃就击向国武一郎的眼睛，出手的速度之快不亚于国武一郎。国武一郎左手举起，也架住了大勇的手，二人一时难分上下。

然后人就都围上来了，中国人比日本人多好几倍，中国人不团结，尤其喜欢窝里斗，可是这里的中国人都很团结。海音的手伸进大衣的内兜，那里面有一把枪。金太郎喝住了国武一郎，鞠了个躬，领着日本人就走了，那躬鞠得杀气凛凛，有攻有防，腰背的每寸肌肉都硬邦邦紧绷着。宫元心道，这人非常危险，但很不幸，他选错了对手。

三个月后，乔安纱厂开工。峻峰重用技术人才，开办技术培训班，培养新生骨干力量。同时采取合股线策略，购置多台合股线机。另外，他还提高薪金待遇，废除艺徒制。让纱厂最为自豪的莫过于他们的福利待遇，厂里设有俱乐部、宿舍、浴室、花园、义园、矜恤部、饭食部等。一系列举措深得工人心，日商纱厂的工人多有求跳槽者，然而用工有限，求不得的工人开始恶意怠工，日商纱厂不得不考虑提高工人待遇。

峻峰从最基本的做起，全程参与，和工人一起奋斗在第一线，也赢得了大家的尊重，而且他善于合作，与上海几大纱厂互利互惠，纱厂开工便得以赢利。忙活大半年，纱厂步入正轨，长风便着手筹备订婚事宜，茶庄事务全交于柳叶。

这日宫元抱了个金丝楠的首饰匣来，首饰匣有年头了，边角鎏金，锁扣是两块完整的碧玉。长风咦了一声，问道："哪里弄的这个？"

宫元舒了口气，道："母亲着人送来的，给孙媳的礼物。"

打开一看，匣子装满了猫眼石，黄金，翡翠，珍珠，红白黄绿的珍稀首饰，做工更极精巧。长风十分意外，捡起一串南珠道："好稀罕。"

宫元道："可不，好几件是先头宫里赏的，纵有钱也买不到，传下来有三代了，母亲给峻峰，也是代代相传的意思。"他说着就想起从泉州回家那年，母亲不肯答应他娶长风，软硬兼施地磨他。几十年过去，老太太眼睛花了，耳朵也不灵了，什么也不入心了，整日里木木呆呆。可那天他回山西提到峻峰，老太太先是笑，随即拉着他的手就哭，翻来覆去只说："我有孙子，我有孙子。"他就懂了，老太太心里明白着呢。

长风问道："老人家身体可好？"

宫元道："父亲去世那两年，母亲很是虚弱，这几年神经钝了，身体倒是康健许多呢。"

长风嗯了一声，宫元自言自语一般道："改日得把他俩的结婚照片寄一张回去，能找个法子让老太太见见真人最好。"

长风不语，丽君这两年虽不上门闹，但终归的不安生，这边宫元来，那边明月打来电话。这一匣子的首饰只怕也要瞒着丽君，至于峻峰回山西探亲，只怕今生都不能。这十年，丽君跨越生死界三次。死亡那么沉重，没人背负得了。

她做出若无其事的样子，道："你从家里来的？"

"我从交易所来的，"宫元忽而正色道，"还给宋雨亭拜了年，老宋这年过得畅快，一个劲谢我。"

长风暗自点头，果然是瞒着丽君的，首饰是捎到宫元办公室的，老人家真精明。她不由微笑，道："宋雨亭为什么事谢你？"

宫元道："几个月前沈市长不是接了南京电报，委实挨了一顿骂，北平抓了个鸦片贩子，鸦片都卖到南京府了，供出来货源来自青岛。前几日沈市长又接了南京电报，肯定了他治理鸦片的功劳。咱们布的阵防，除非他们会飞，否则鸦片出不了青岛，老宋能不谢我？"

长风也道："大勇为这事，专门在每条出城的道都设了暗哨，便是铁路那块的装卸工，大勇的人也占了五成，马云龙最近都住车站了。大勇为嘉禾被绑，一口气憋了多少年，这回发狠要人赃并获。港口码头更严实，海音那孩子做事缜密，不弱她父亲分毫。"

宫元道："是个出息孩子。"

正聊着，峻峰与海音进门，峻峰问道："怎不开灯？"随手把里外厅的大灯都打开了。

长风看看外面，可不，已是开晚饭的时间。屋子里灯光暖黄，外面是淡青色的天，乍凉时节的黄昏太美，总令人生出急迫之感，唯恐留不住。长风吩咐小丫头开晚饭，又望望宫元，问道："留下吃吗？"

峻峰道："父亲留下吃饭吧。"

宫元道："难得都在，当然留下。"

四人挪至饭厅，长风盛了一碗汤给海音，问道："你俩从哪里来的？"

宫元就笑："怎么见人就问从哪里来。"

"大约是我最近无所事事，就想知道你们做什么了。"长风也笑，"你们都忙，我太轻松，便就无聊了。"

峻峰道："从厂里来的，今天清理仓库，有批新棉要入库。"

"棉花你们自己采购？"宫元问。

"他们厂里有专门的原棉采购部呢。"海音回道。

峻峰也回道："自己采购省了两三道的盘剥，好大一笔钱呢。"

宫元笑："倒没看出你是当家一把好手。"

峻峰道："可不，过日子的好手，嫁我的可享福喽。是吧？"他侧着身子靠近海音，笑嘻嘻问。

海音道："是是是，嫁给大少爷你，是天大的福气。"

正商量着婚事，小丫头慌张进来，说道："外面闯进来一大堆警察，拦不住。"紧跟着马彦哲进来，一身戎装，他身后两名警察一左一右，守住了门口。

海音腾一下站起问道："你们做什么？"

马彦哲道："对不住了，有人举报，乔安纱厂里的棉花包藏有鸦片军火。"

"胡说！"峻峰大怒。

"然后呢？"宫元放下手中的筷子，问道。

"确实搜出了鸦片军火，峻峰得跟我走一趟。"马彦哲道，"我是不信的，倒信有人栽赃，所以必会全力调查。"

长风问道："但人必须得带走？"

"是！我也没办法。"马彦哲道，"但我保证没人伤害他。"

"你拿什么保证？"海音道，"除非你把姝琪送到洪帮，我就让他跟你走。"

马彦哲道："秦帮主要抗法吗，洪帮真要与政府对敌吗？"

海音道："你可以试试。"

"如果我带不走人，再来的就是军队了，货里藏着枪呢！"马彦哲转向宫元道，"你知道轻重，这事谁也扛不住，上头拿鸦片拿得正紧，都闹到南京政府了，我也没办法。"

宫元道："几个月前我们也举报过，国武金太郎贩运鸦片军火，不见你们作为。我们被栽了赃，倒得马上关起来。秉公持正真就成了笑话。再者，我们前头举报，后头抓赃，这赃抓得不蹊跷吗？"

马彦哲道："您这话可就不中听了，你们举报人家，空口无凭。别人举报你们，可是捉了个现成。你让我怎么办？再蹊跷，也得依法办事不是？"又对长风道，"向来我能帮的，哪一次不帮了？再说他在我那里，总比落在保安大队或者海军陆战队手里要好。"

"你原不必亲自来。"长风听出了马彦哲的话外之音——不要拿往日的恩惠相逼，欠你们的早还清了，前有王嘉禾，后有俞启威，两条人命，算起来不定谁欠谁。

"是不必来，但我亲自来了，我吩咐人胡乱抓了回去，心里过不去，孩子叫了我多年的叔叔，我也没法对柳叶交代。"马彦哲道，"希望你明白。"

宫元道："你的情我们领了，但是他不能跟你走。我跟你走吧，那地我熟。"

"我跟你走，"峻峰喝完碗里的汤，擦擦嘴，站起来道，"我没干的事儿，还能赖我身上不成。"

"不要去！"海音拉住峻峰。

"让他去吧。"长风道，又对马彦哲说，"举报的人是谁，现在何处？您方便告知吗？"

马彦哲沉吟一下，然后道："是火车站的装卸工人，现在何处，我也不清楚。其实举报人是谁不重要，货里搜出了东西才重要。"

长风不再追问，说道："请您多照应着孩子。"

"我会的。"马彦哲道："走！"门口的两个警察上前，要给峻峰上手铐，马彦哲一挥手，说了声不用，两个警察便一左一右紧贴着峻峰走了。

海音转向长风，道："为什么要他去？那牢狱是讲理的地吗？"

长风叹了口气，道："今日我们愿意他也得去，不愿意他也得去，由不得我们了。"

"我不管！我要救他！"海音叫起来，"谁动他一下，我跟谁拼命！"

"先别慌，去把大勇找来。"宫元道，"车站是他的人，他兴许能查出什么人在捣鬼。至于栽赃嫁祸，除了金太郎再无他人。"

海音顿时稳住情绪，几乎是飞奔而出，院子里汽车回倒时，撞翻了一株新植的碧玉海棠，那汽车就轧过小树苗走了。

长风给柳叶打电话，柳叶全然不知发生的一切，只说峻峰在牢里不会受私刑，絮絮叨叨一堆话，可也说不出个准头。最后含糊表态，若查不清真相，就算马彦哲拼上仕途，也救不出人来，这事太大了。

要马彦哲为个不相干的人自毁前程，绝无可能。长风忽然无比惊恐，也许真不该让峻峰去的。她看向宫元，宫元的眼里也是满满的忧惧。

已至午夜，青岛火车站有一辆火车驶过，汽笛鸣声凄厉。火车站早就人迹稀少，车站值班员打了个哈欠，又进了值班室。附近街上的房屋大都熄灯了，车站不远处，一群人进了一个小院子，院子里亮起光。

老严里外搜查后，道："头，马云龙跑了。"

"说，这事还有谁掺和？"大勇一把拉过一个人，劈脸打了一巴掌，那人是大珠山安排在车站的暗哨，他被大勇打得顺嘴流血，叫道："头，师爷说这是日本人的棉花，是头让往棉花里藏鸦片藏枪的啊。"

"蠢货！"大勇一脚踢翻那人，对老严道，"找，掘地三尺也要把马云龙挖出来！"

夜色黑暗，院子里的灯光如鬼火，大勇悔恨不已，怎么就没发现身边有一匹豺呢。他听到海音对孔令法说："鸦片与枪是金太郎的，马云龙在为金太郎做事，盯住金太郎。"他越加羞惭，恨不得就替了峻峰才好。

倒是海音看出他的难堪，反过来安慰他："叔，天若不公道，大不了我们就把天捅破。"他瞬时激起斗志，老天都不怕的人，他们还怕什么？

第二十章　山鬼谣

生逢乱世，清白二字最难写。能守住大节，已然难得。

大珠山和洪帮全体出动，四处搜寻马云龙。但马云龙在江湖上厮混多年，善于隐匿，像是平地失踪了一样。自峻峰被带走，无人再见过他，马彦哲说上头下了令，为嫌犯的安全起见，不允许探视。这话的另一种倾向也可以解释为——防止串供。问上头是谁，马彦哲回答不便相告。海音差点砸了警察局。马彦哲倒像块海绵，软着揉，硬着锤，千变万化，最后还是那个形状，就是不肯松口。就连他唯一的千金，宝贝女儿姝琪为峻峰绝食三天，他依然无动于衷。一句上头有令回绝了所有人，亲的，疏的，台下的，台面的，便是柳叶也无可奈何了，一怒之下，带着姝琪搬到了茶庄去住。马彦哲一向惧内，这次竟然拒不顺服。

到了星期六那天，宫元先打电话问了长风那边的情形，又打电话约好与宋雨亭见面，早餐也不吃，就要走。丽君带着两个孩子吃早餐，冷冷看着他，见他要走，想到他昨晚至凌晨方回，便道："这早出晚归的，索性饭也不在家吃了，就住那儿多方便。"宫元顿了一下，他本就疲惫不堪了，再没耐心，便道："我不想与你吵，你安生些吧。"

一句话噎得丽君脸都黄了，又恨起来，自己原来是个多么心高气傲的人，怎么就落到这般的田地呢。立然每次电话里都交代她，无非要她宽容。她心里是想体谅的，就像宫元宽容她曾经做的事一样。可是不行，她做不到，她怎么可能体谅一个她爱的男人去爱别人？宫元宽容她，是因为宫元并不爱她。想通这一点，令她更难受，她根本控制不了自己的情绪。她看了明月一眼。明月便道："爸爸，你今天别出门了，我有话跟你讲。"宫元道："我得走。"明月问："去哪里？"宫元道："约了你宋伯伯。"明月又问："见完宋伯伯呢？去那边吗？"宫元毫不遮掩道："是，我最近都得在那边。"

涧林闷头吃饭，他是个内向的孩子，胆儿小，非常畏惧母亲，但是很爱父亲，因为父亲比母亲慈爱和善。宫元在家的时候他会活泼一些，这时也道："爸爸，你今天别出门了，我也有话对你讲。"说完望望丽君，一脸讨赏的神情。

丽君却立时躁了，涧林是她心里的另一根刺，她常常想象着没有涧林，她面对宫元的姿态，起码是理直气壮的。然而想象过后，她厌憎自己的同时，也厌憎着涧林。她沉着脸呵斥涧林道："吃你的饭，饭也堵不住你的贱嘴！"

涧林脸就涨红了，十几岁的少年，最敏感的年龄，他的母亲不喜欢他，但他不明白为什么。

倒是宫元安抚他道："有话等爸爸回家说。"又对明月道："你哥哥遭人陷害，进了牢房。"说完就走了，没再对丽君说一句话。

丽君愣了一下，方一字一句道："报，应，啊！"

"妈，你胡说什么？安生点吧！"明月啪一声放下手中的筷子。丽君倒呵呵笑起来："眼珠子都红了，你不至于认个野种当哥吧，等他死了你再哭不迟。"

"你有病！"明月一把推开身下的椅子，怒冲冲出门了。

丽君止住笑，这一家老小都迷了心窍吗？她瞧瞧涧林，涧林低着头搅碗里的粥，泪珠子一滴滴落碗里。她倒又心疼起涧林来，盛了一碗粥，道："换一碗再喝。"然而涧林哭得更凶了。

宫元约了宋雨亭在交易所见面，他出来的早，到了交易所，交易所还没开工，只有几个清洁工人在打扫。他上五楼，坐在沙发上翻阅志远给他的资料，问道："这批煤洗完要多久？"

志远道："最多十天，然后就发往各地。"

"映朝怎么说？"

"说是价格按您的意思挂交易所，没问题。"

宫元嗯了一声，如此一来，日商的取引所里煤炭一种将是虚挂了。

"峻峰少爷的事要告诉家里吗？"志远小心翼翼问。

宫元道："不必，家里也帮不上，别添乱了。你下去吧。"

志远走后他仰靠在沙发上养神，这几日常常头晕，体力也不支，精神的消耗太大，他斗天斗地斗人，从不知疲倦，不知畏惧，然而在峻峰入狱的那一刻，他便意识到，他的命门有多软弱。

宋雨亭按时赴约，脸色不好看，坐下便道："我专门去见沈市长，说了其中关系，他倒问我——跟刘子山合作过的那个乔宫元？刘子山咋发家的？开烟馆贩鸦片！你就敢打包票他们现在没继续做？又说，案子捅到南京政府了，上头责令严惩不贷，绝不姑息。"

宫元道："沈市长意思，倒像我与刘子山在合伙贩卖鸦片，我与刘子山合作开银行，原就是各取所需，至于他如何发的家，我虽有耳闻，但我认识他时，他捐款兴办济南孤儿院，投资兴建山东大学，捐款二十万元疏浚小清河，出资五十万元修筑烟潍公路，捐款二十万元兴办东莱中学，把莱阳路楼房及对面空地赠给青岛女中。商人唯利，但他难得有忏悔心，有负罪感，我与他合作，便是看他有义举。"

宋雨亭心里暗赞宫元的为人，道："南京国民政府接管青岛后，刘子山还将太平路 37 号大楼让与国民党市党部呢。只是刘子山出身不清白，沈市长又是个多疑的，这许多年青岛在他严查下，鸦片仍屡禁不止，为此被上头多次指责无能，他难免痛恨作祟者。"

"宋兄请直言。"宫元道。

宋雨亭叹了口气道："沈市长说，不冤枉，但也绝不放过，要公开审理。"

宫元冷冷道："那就审吧。"

宋雨亭心生同情，道："于今之计，得尽快找到栽赃之人啊。乔兄，用得着我的地方，知会一声即可。"

宫元道："多谢。"

宋雨亭又道："乔兄，你虽来青岛数年，但毕竟不是本地人，对有些人事可能不够了解，对于某些没有底线，见风使舵之人，我的建议是敬而远之。"

宫元自然明白，宋雨亭在说刘子山为人不可靠，据说德军占领期，刘子山与胶澳海关税务司赫德合作贩卖鸦片，日军占领期，刘子山成为日军的买办批发商，鸦片运输日军包办。刘子山找他合作办银行，自是看中乔家汇通银号的名头与业务，他当时为落跟青岛，刻意忽略刘子山的过往，又确定刘子山亦舍了那缺德的挣钱路子，便欣然合作。若为着自己的决策误了峻峰的命，他可就万死不辞了。其实他不是没知觉，他被捕那年，刘子山宁可折了东莱银行，也不敢得罪日本人，他心里便就有了疙瘩。他点点头道："宋兄好意，在下心领，我会处理。"

又聊了几句交易所事宜，宫元便道别，宋雨亭知他心焦，也不留他，心里琢磨着想法子延长调查时限，好给宫元留出反转的空间。宋雨亭绝不信这对父子会贩卖鸦片，商圈里哪个不知宫元年轻时的人命案子，起源便是阻止死者开烟馆。只是沈鸿烈的态度明确，有些私密他没对宫元讲，这位沈市长的父亲抽鸦片败光祖业，三十出头就搭上命，沈市长着实痛恨烟毒。哪怕错杀，也绝不会放过一个嫌犯。何况对南京政府也得有个交代，商人唯利，政客为仕，于公于私，这张牌沈鸿烈不会乱打。

宋雨亭叹了口气，他与沈鸿烈虽有结义之名，可彼此心知肚明，互利互惠的成分远超情义。他不禁嘲笑自己起来，还告诫宫元远离无原则无操守之人，其实自己亦是趁波逐浪之人。生逢乱世，清白二字最难写，能守住大节，已然难得。他帮乔宫元，何尝不是在怜悯自己。

宫元出门时脚下都虚浮了，志远吓一跳，迎上问："当家的？"宫元一摆手，道了声："去湛流路。"志远不敢再问，打开车门，候宫元上车，便开车去了。

谁知长风竟不在家，问小丫环，回道是接了个电话，去茶庄了。他又赶向茶庄，他脑子脱不开一个念头了——因为自己的激进，害了亲生的儿子。他答应立然的，终究没做到。长风会恨他吗，可即便恨他，他也要陪着她。生平第一次，他乱了方寸。

然后他在茶庄的后院里见到了长风。院子里摊着几箱子茶，锡纸包装得极精致，只是这会儿全拆开了，一盒盒的茶叶上，都长着寸把长的毛，毛白如雪。长风的脸亦白如雪。柳叶还在拆，一盒盒的白毛茶在阳光下散发着霉气。柳叶停住手，绝望道："果然……全霉了……"长风看看宫元走近，木然道："东南亚的货全发了霉，被退回来了，客人要求双倍赔偿。"

祸事连连。这是今年的春茶，整整五百箱，长风配这批茶在崂山呆了一个月，损失不下二百万。更大的损失不是钱，而是泉苑茶庄的声誉，青阳宛月打下的市场，长风多年的心血。

宫元心神竟定了，他的女人，他的孩子皆在难中，他只能更强壮更有力量，怎么就慌了神了。他对长风道："没关系，赔就赔，咱能赔得起。什么都能赔得起。"钱没了再赚，江山没了，还有人，人在，江山就在。长风自然懂宫元的意思，她摇摇头，只问道："沈市长怎么说？"

宫元并不隐瞒，回道："刘子山早年贩卖过鸦片，我与刘子山合作办银行，倒成了疑点。"他没再往下说，可长风感受到了他的煎熬，他的愧疚，尽管当着柳叶面，她仍上前握住宫元的手，道："会查清的。"宫元则感受到了长风对他的心疼。就在这个艰难的处境里，两个人达到了伴侣间最醇厚最坚固的境界，足够他们释然前半生，面对余生的障碍亦再无芥蒂。

柳叶表情复杂，咳了一声道："原来上头是沈市长，难怪老马不敢不听。"

长风道："统算一下赔偿，你就回去吧，住在店里，处处不便，你又不愿意跟我回家住。连着孩子一起受委屈。"

柳叶道："也好，我回去接着缠老马，总得让你见见峻峰。妹琪为这事，恨着他爹呢，直说要断绝父女关系。"

正说着，明月冲进来，喊了声爸，宫元以为她来闹，道："你来做什么？回去！"长风看看柳叶，柳叶便道："我找妹琪去，劝劝她。"就躲出去了。

明月十分激动，道："有办法救哥哥了。"她说的是哥哥。

早上明月生气跑出门，一个人在大街上走了许久，海风拂面，街市繁华，样式多变的房子带着不同异族风，显示着这个城市的历史。没有人能改变历史。那个跟她长得八成像的人进了大牢，也许会死，因为她的父亲一脸灰败。父亲看重外人胜过家里的孩子，明月受不了，家里又不是没有儿子，所以她往常比母亲还关注父亲的去向，每天打电话问行踪。她满脑子都是峻峰背着自己的情形，忽然脑子里一道光，她不怪父亲了，没有人能改变历史，就像没有人能改变她身上与峻峰同样的血液。她恍恍惚惚拦了辆黄包车，车夫问了几声去哪里，她才回道，"去青风报馆"。她去找崔嵬。

今天报馆不上班，但崔嵬周末总窝在报馆写稿，明月到的时候，崔嵬正与两个人在谈话，她一进门，那两个人的声音戛然而止。崔嵬便道："她是我的女友，也是，也是峻峰的妹妹。"那两人打量明月一番，明显放下了警惕，兄妹俩长得极像，看脸就错不了。明月听着那两人是认识峻峰的，便看看崔嵬询问。崔嵬又道："这是峻峰厂里的工程师杨书林，这位是何正何厂长。"停了一下，接着道，"我们是志同道合的朋友，我们正商量救峻峰。"明月心里就亮了。她点点头，问道："怎么救？"

"制造舆论！"崔嵬道，"爱国青年与日商竞标，兴办实业，大幅度提高工人福利，仁善治人，日商企业员工纷纷跳槽，招致日商报复，身陷牢狱。报纸上一登，那姓沈的就算想拿峻峰当替死鬼交差，也得掂量掂量民意了。"

杨树林也道："当然这只是拖延时间，关键还在证据，只要找到金太郎藏匿鸦片与枪支的地方，峻峰就有救了。"

何正也道："我们的人在秘密查找，你哥哥一定没事。"

明月喃喃道："我哥哥一定没事。"

"爸爸，我哥哥一定没事，"明月道，她叫着爸爸，眼睛却注视着长风。

长风上前，对明月道："你这孩子跑得头发都乱糟了，一头的汗，进屋喝杯茶吧。"

明月心道，她的样子不算顶美，并不比妈妈更美，瞧着却舒服得很，声音尤其中听，闻者心静。明月没有拒绝喝茶。那壶茶清，香，苦，厚，甘，随着明月的心境变化滋味，明月承认，这是她喝过最有味道的茶。

报纸登出来了，虽没点名道姓日商为何人，但小道消息传播迅速，金太郎之恶又上一层，强买李村土地，贩卖鸦片，现又祸害爱国商人，民情激愤。从中国收回青岛主权之时开始——日本驻青岛总领事馆开馆，并借口享有领事裁判权，擅自设置总领事馆"日本帝国警察署"，分别在吴淞街、奉天路、山东街等9处设立警察署派出所，公开挂牌执行警察职务。日本警察在青岛行使警察职权，自称是为了保护在青日侨权益。实际上日本警察横行于青岛城乡地区，对青岛的城市管理、地方治安等进行直接干涉与干扰，日本警察还直接抓捕中国人，由警察署派出所审理，甚至还直接处理中国人之间的纠纷，日本警察不仅横加干涉青岛警务，还公然庇护从事贩卖枪支、走私毒品的不法日侨，干扰中国警方执行缉私公务。青风报连续三天头条刊登征讨文章，抗议国民政府不仅无作为，反而助纣为虐，要求国民政府行使主权，搜查金太郎产业，还无辜者清白。

金太郎的宅子在奉天路日警派出所隔壁，他还养着一批日本武士，住所极其安全。但他有个习惯，每周六必去新舞台大剧院消遣。这日又是例常玩乐时间，他只带了两名随从出门，却被国武一郎拦住，道："父亲，最近少出门的好。"国武金太郎道："这个岛上，中国军队还不如咱们帝国的驻军多，至于中国人，蚂蚁一样的生灵，就算爬满大地，也不为惧。"

"可是父亲，还是小心些为妙。"国务一郎仍劝阻道，今日一早，院子里的梧桐树上落了只漆黑的乌鸦，叫得他一天忐忑不安。

国武金太郎不悦道："你来中国几年，胆子倒小了。今晚练练你的刀吧，刀不荒，心不慌。"

国务一郎不敢再说，低头道："是。"他听着父亲的皮靴踩得木地板咔咔响，一径远去，默然回到房间，坐在桌边给弟弟写信。国武会社连遭重挫，父亲剑走偏锋，太过急躁。弟弟是军人，来信时含糊说过，不久的将来，将戎装来青岛。弟弟暗示的信息太过明朗，父亲听了大喜过望，行事不免张狂。国武一郎很担心等不到弟弟到来，事态失控。他写完信，拿起书案上的小太刀，刀出窍时寒光如电，他用御刀纸仔细擦拭，然后握着刀走到院子里，高举向空。刀刃上一弯玄月朦朦胧胧，他又想起那个女人的脸，那张脸亦皎洁高雅如月。他要把那个女人的儿子送进地狱。他讨厌那个女人清风明月般的悠远淡定。女人的头应该是低垂的，腰应该是弓弯的，便如他家乡的女人们。他想象着那个女人哭泣的样子，莫名兴奋起来，手中刀动，划出一弧银亮。

新舞台是仅次于上海天蟾舞台的第二大剧场，它有三层观众席，有池座、边座、包厢、码票，共可容纳三千名观众，这晚正在上演话剧茶花女。一个女侍托着个托盘往楼上走，托盘上放着两杯红酒。楼上都是贵宾包厢，她行至三楼，远远望见三楼最尽头的那间包厢门前，站了个男人，男人戴一顶低低的鸭舌帽，盖住了大半个脸。女侍手中的托盘一晃，差点洒了酒。等她稳住，男人不见了，显然是进了包厢。

女侍放下手里的托盘，步履加快，走过长长的一道廊，也站在了那间包厢门口，她摸了摸口袋，掏出一把枪，确保保险已开，便抬脚去踢包厢的门。谁知她身后伸出一双手，捂住她的嘴往后拖。她左手肘后击，右手腕转动，手中的枪口正对身后袭击之人，就要扣动之际，听得身后人轻道："海音，是我！"女侍的手就放了下来。女侍自然是乔装的海音，身后之人是大勇。

大勇拖着海音退了几步，进了一间包厢，方道："长本事了，还瞒着大人？"

海音一看，包厢里七八个壮汉子，全副武装着。心里不禁一松，却嗔怪道："你们一个个的只管等，不许我行事，我可等不得。"

大勇道："我们若只等，今晚还能碰上你？"

海音道："那为何瞒着我？"

大勇道："你若参与，事露了又是一个峻峰，洪帮也脱不了身。我大珠山杀人放火，可没人拿我怎样。"

"定是安姨的意思，我倒错怪了她。"原来海音见长风心思都在处理茶祸之上，几次交代海音不可妄动，不免心里不满，赌气要自己拿下金太郎，逼他招供。她这时才明白，长风对她的爱护之切。

大勇道："你这个丫头，不知好歹，还怪上别人了？算了算了，先别说了，干正事。没人出包厢吧？"

趴在门眼上放风的一个人回道："头，没人出来。"

海音道："刚进去一个人，我瞧着是马云龙！"

"可不是他。"大勇嘿嘿笑，笑得咬牙切齿。

却说马云龙进了包厢，摘下帽子，一屁股坐在椅子上，道："见你一面真难。"

金太郎道："报纸上矛头直指我，这时候就不该见面，停止一切行动。"

马云龙道："大珠山与洪帮追得我没地藏了，我得离开青岛，余下的款子，还请国武君行个方便。"

金太郎笑起来："你这是怕我栽了，没处拿钱了吧。"

马云龙也笑道："拿命换的钱，下半辈子就靠它活了，不到手我心里不安。"

"怕什么，我栽了死了，不还有他呢，你的钱落不空。"

"找他要钱？我那是找死呢！"马云龙道，"国武君，现如今满城找您麻烦，就差个人证了，若有人作证，您，可就真栽了……"

"威胁我？"金太郎笑得更开心，"你来找我，也是找死呀。杀了你，人证不就灭了？"

话音刚落，他身后的两名武士已抽刀架住马云龙。马云龙不慌不忙，仍笑道："我替你们运了这些年鸦片，手里也有点东西。我来之前，把东西都留给我的伙计了，我十二点前回不去，那些东西就会送进青风报馆，到时，你、他、我，咱们三个就可以作伴，一起儿上头版新闻了。"

"让你失望了。"金太郎道，"你那伙计叫大头吧？"

马云龙脸色立变。

金太郎又笑道："那大头已经心有别属了。你能背叛你的主子，大头自然能背叛你。你们中国人，都是些不讲道义、贪生怕死之辈！不过，以他的性情，大头这会应该没了命。"

马云龙叫了一声，脖子一缩，滚在地上。金太郎示意，两个武士举刀挥向马云龙。这时包厢的门哗啦一声，门扇倒地，大勇冲进来，扬手一枪，击毙一个武士。紧随其后的海音举枪，打死了另一个武士，然后一脚踢翻金太郎，金太郎手里的枪被踢飞。

大勇看着坐在地上的马云龙道："走吧，二爷！"便有几个壮汉上前，分别架起马云龙及金太郎，一行人顺着后门的楼梯到了大街上，早有两辆汽车等着。"你坐前面那辆车，把马云龙羁押在洪帮。"大勇对海音道，又吩咐手下人，"你们几个跟着秦帮主。"海音问："你呢？"大勇道，"我们还有事得做。"一把拉过金太郎，率先上了后面的一辆汽车。

新舞台后街的这条路比较狭窄，向来行人寥落，路灯也没有装，趁着月光，海音隐约望见车里端坐一人，那轮廓姿态，可不正是乔宫元。她笑了笑，这两位长者，一智一勇，智者无敌，勇者无畏，她这几日的幽怨委实可笑的很，还以为人家当爹当娘的不肯拿命拼，却不知人家撇清自己，是为守护好儿子的心上人。她押了马云龙上车，回洪帮等待，好戏才开场呢。

生死攸关，金太郎极力镇定道："绑架侨民，该当何罪？"

"死罪！"大勇道，"不过是你死。杀了你，尸体往海里一扔，兴许还能漂回你老家。"

金太郎不理大勇，喊道："乔先生，你要什么？"

宫元头也不回，冷淡道："我要鸦片，要枪。当然，你不给，我不强求。"

"如果我给呢？"

"你给，就活。"

"乔先生还不想我死，是留着我做个人证吧。"金太郎忽然诡秘一笑，"其实令郎之事，谋划者另有其人，你们挡的不止我的财路，也是他的财路。"

宫元不语，大勇骂道："妈的再耍花样，老子立时毙了你！"

金太郎道："你们大珠山虽已改了营生，可你们在这青岛明来暗去，安然无恙，就没想过为什么？真当是局长夫人的面子？哈哈哈……"金太郎大笑，"这些年不动你们，不过是借你们的山路、你们的关系走货，你们大珠山就是贩运鸦片的帮凶！"

"你他妈的血口喷人！"大勇大怒，手里的枪一托子砸金太郎头上。

"你说马彦哲？"宫元道。

金太郎眼前一花，强忍住疼，道："从他找我要那孩子，我们就开始合作了。他那夫人更厉害，找了大珠山来当保镖运货，在青岛，你们的货，可是水路陆路畅通无阻。所有的鸦片，可都是夹在你们的货里流出去的。令郎入狱，也不为过。"

大勇气得大叫："我宰了你！"

"话说，灭了我的口，也就好了他，令郎更危险！"金太郎扭身对宫元道，"我在一日，他行事就要顾虑一日。"

"大勇，"宫元止住大勇，对金太郎道，"给我货，我留你一命。"

金太郎道："我信你。"然后说了一个地址。宫元吩咐司机掉头，司机应了一声，开车的是志远。汽车行至火车站附近的一个院子，院外停着一辆大卡车，志远按了几下喇叭，就有十几个汉子从院子里出来，上了卡车，志远开车在前，卡车紧随在后，开到了金太郎指定的地址。这是一家日料餐厅，平时只接待日本人，确是藏毒的好地方。此时餐厅已无客人，一个日本女佣跪在地上，正擦洗地板。餐厅大门还开着，门口各挂一盏灯笼，血红的灯光流泻一地，照得那大门如传说中阴曹地府的入口。

金太郎下车，站在车前说了句日语，就有三个日本武士迎出来，还未说话，便被人从后面搂住脖子，割断了喉咙。

"在厨房后面的杂物间。"金太郎看了一眼脚下捂着脖子抽搐的同族，神色不动。就连大勇都觉得寒战，这人可真狠绝。

卡车上的十几个汉子迅速进去餐厅，擦地的女佣哇哇叫，被一巴掌抽得失了声，晕死过去。也不知过了多久，女佣回过神，发现店里终于静下来，那些人消失得就像没来过一样。她站起身，才看到餐厅里还坐着金太郎。她上前鞠了个躬。金太郎咧开嘴，失魂落魄地笑起来，笑得非常渗人，吓得她又跪在地上。

然后女佣听见身后有皮靴踩踏地板的声音，她抬起头，看见金太郎仍然坐着未动，只说了一句中文。女佣在中国两年，不会说中国话，但能听懂不少，金太郎说的是："马君，咱们的货丢了……"金太郎的话没说完，女佣听到一声枪响，金太郎就滚下椅子，栽倒在女佣面前，额头上一个硕大的窟窿正冒血泡，眼睛是大睁着的，死得不甘心。女佣惨叫，又一声枪响，她就趴倒在了地上，臀部微翘，上身微蜷，形状犹如一只小兽。这是她们民族的女性典型的姿势，就在今晚，她的男性同胞，国武一郎还在缅怀的女性之美。

马彦哲沉默了片刻，对胡三道："通知国武一郎，他父亲遭人暗算，让他来收尸。"

第二十一章　撼庭秋

这一叶人生，经受的是水与火的历练，品味的是流光与炎凉的味道，这一杯沉沉浮浮的起落，必得一颗平常心来沉淀，得失来来往往，悲欢载浮载沉，不过是拿起和放下。

翌日。太阳升起，马府里的灯灭了。柳叶似乎一夜未眠，她披了一件晨衣临窗听风，风声掠过窗外的元宝枫。栽种那棵元宝枫，不过为取叶子的一点红意，她曾试过从泉州移植凤凰树，可她不是长风，长风南茶北移，造了个神话，她移植一棵凤凰树都未能存活。她听到黑墙盖瓦之上空，一片乌云在酝酿一场雨。再远些是大海的啸声，据说所有的水都是相通的，即使地面上未连接，在深深的地下，水与水从不分离。那么，她听到的海啸声，也许就是泉州的水声。

马彦哲也醒了，他坐在床上点着一只雪茄，抽了两口，道："你也别净往坏处想，峻峰不还在我手里。他们敢破釜沉舟，我就敢让人在牢里得急病，大牢里得了急病一命呜呼的事，哪年没几桩？"

柳叶转身，一脸嘲弄道："然后呢？大珠山与洪帮满世界追杀我们？"

马彦哲道："最不济去香港，我几天前就吩咐了胡三买船票，先让姝琪过去。这些年赚的，够我们在香港过几辈子好日子。"

"怕了？"柳叶冷笑。

马彦哲呸一声吐了口浓痰，道："老子怕就跟闺女一起走了！"

"你要走便走，我不走！"柳叶道，"留我一口气，我也要看看这些人的结果，看看这个城市的结果。"

马彦哲哈哈笑道："娘们儿，比泼皮，比狠，老子得对你挑大拇哥！第一眼见你，老子就知道咱们是一路货。老子陪着你看！"

"把妹琪送走。"柳叶喊了一声，她的贴身丫头在门外应着，柳叶说了句请小姐过来。

马彦哲起床更衣，道："怎生想个法子，把这事结了才好，金太郎一死，担了罪，顺了民心，我把峻峰一放，继续当我的局长。"

柳叶道："你急，有人更急，毕竟峻峰在你手里呢，等着吧。"

正说着，妹琪进屋，问道："这么早啥事？峻峰哥的官司清了？"

柳叶看了马彦哲一眼，道："我们给你在香港找了学校，你明儿就走，吴妈跟你去。"她拿出一个袋子，"这里面装着咱们家在香港置下的产业，三间店铺，一家烟草公司的股权，这是银行的本票，你到了香港，找一个叫丁同的律师，他会帮你安顿好一切事务。地址在里面。"

妹琪立时就炸了，跳起来道："我碍你们眼了，还是咋地？把我往外轰！峻峰哥不出来，我哪都不去！"

马彦哲道："忙完这里的事，我跟你妈就去陪你。"

"不回来了？"妹琪问。

"去了就不回了。"马彦哲道，"我也老了，就在那养老，香港多好，又暖和，好吃的又多。"

妹琪沉思了一下，又逼视马彦哲问："你到底做了什么坏事，要全家逃走？你，你杀了峻峰哥？"

柳叶一个嘴巴子扇在妹琪脸上，妹琪怔住，捂着脸叫道："妈！"

柳叶语调阴冷："他是你哪门子的哥？他要的是秦海音。我的女儿，没脸没皮要一个不要她的男人，我丢不起这人，马上给我滚到香港去！"

"我不去！我不去！要我走，我就死！"姝琪声嘶力竭地叫着，她睡醒一觉天就塌了，她的父亲赶她走，她的母亲拿尖利的刀子戳她的心。

"那就死吧，想死的人拦不住。"柳叶丝毫不为所动，"你死了，峻峰陪葬，也算对得起你了。"

姝琪听着母亲恶毒的话语，浑身发抖。她觉得母亲这刻是恨着她的，可是恨什么呢，恨她喜爱一个不要自己的人？恨她喜爱的那个人叫峻峰？"爸，爸！"她拉着马彦哲的胳膊道，"妈疯了，妈疯了呀！"

马彦哲面无表情道："你走，峻峰就没事，明天就走。"

姝琪呆立良久，方道："好，我走！你们这些疯子！！"捂着脸哭着冲出屋子。

柳叶叫了声吴妈，姝琪的奶妈就进屋来，吴妈四十出头，干净利落的一个妇人。柳叶问道："差不多了？"吴妈回道："早都收拾利索了。"柳叶摆摆手道："去看着小姐，明天一早的船票，别误了时辰。"吴妈回了声是，退出去了。

"你也真下得去手。"马彦哲冷哼。

柳叶道："我这是救她呢，只怕打都打不醒。"

这时丫头在门外面报，说是长风来访。柳叶看看天，幽幽低声道："我就说有人比你急。"

马彦哲道："你见，还是我见，还是一起？"

柳叶森然道："她一个人来，我就一个人见她。我们姐妹，这点情义还是有的。"

柳叶泡了一壶茶，用最好的水，最好的壶，最好的茶叶，泡茶的过程行云流水般舒展，长风道："你泡茶的样子是很好看的。"

柳叶就笑起来："好看不管用，好喝才管用。立然总说跟你比，我泡茶有形无神，有香无魂。我琢磨了半生，终于明白过来，不是我泡的茶不好，是他的神魂不在茶，他品的是人，不是茶。你尝尝今天的茶，可与往常不同？"

长风端起茶杯，轻轻吸了一口茶气，道："闻着味儿是用了心的。"

"可不，给你喝的茶，若不用心怎敢端上桌？"柳叶咯咯笑，"喝啊，你怎么不喝？"

"我未必要喝这杯茶，"长风放下茶杯道，"我们一起喝了几十年的茶，今天的茶，我却不想喝。"

柳叶端起面前的杯子，慢慢喝着，道："今天的茶确实不好喝，欠功夫，火候差了。这木炭不中，看着火苗儿挺旺，但热气不匀。你不喝是对的。"她放下杯子，"论煮茶，我的运气终归是不如你。"

长风笑笑，道："跟运气无干，你把木炭压得太多，炉子里不透风，火就是死火，热气自然不匀。"她拿起钢筷，从炉子中夹出两块木炭，扔进茶洗里，那木炭本来还冒着火花，在水里吱吱响，白烟缭绕。炉子里的火苗果真就稳住了。

"嗳，又学了一招，"柳叶赞叹道，"其实我何曾不知道理，只是为泡好这壶茶，等得心焦，忍不住就一块块加炭火，却忘了物极必反，倒把火给加坏了——峻峰的事，是我的主意；几年前秦秋国劫货，也是我把行程通知的丽君小姐，她找到秦秋国，只是我们没想到少爷也同行；哦，你婚礼那日，乔宫元收到的匿名信也是我找人写的。"

"为什么？"长风脸色大变，直视柳叶问道。

"你问我？"柳叶歇斯底里笑起来，"为什么，同样是泉苑茶庄的工人，你就能得到立然的心，我跪在地上求他收了我都不肯？为什么所有的人都把自己有的给你，不管你要不要，却没有一个人看我一眼？你猜猜，我为什么嫁马彦哲？我倒想问你一句为什么？！"

"你既然见不得我与立然在一起，何不早早告诉宫元我的消息？"长风问道。

柳叶道："我虽然见不得你与少爷在一起，但我也见不得你得偿所愿。凭什么我得不到我想要的人，你就能得到你想要的人，我不甘心，所以我岂会告诉乔宫元你在哪里？后来写信给乔宫元，也是无法之中的一法，毕竟唯有他能毁坏那场婚礼！"

长风心里绞痛，这个她视如姐妹的女人，她们从少女至今，几十年在一起，却还不了解彼此。

"你不怕马彦哲和日本人合作的事公布于众吗？"长风冷冷问道。

"你不知道金太郎已经死了吗？"柳叶冷冷反问道。

"马云龙在洪帮。"长风轻描淡写道。

"所以，你握着我的生死符？"柳叶冷笑道，"但你别忘了，峻峰还在我手上。"

长风盯着柳叶问道："我若定要公事公办，你便就让峻峰出不了牢狱吗？"

柳叶沉默半晌，方问道："立然知道峻峰出事吗？"

长风道："他好不容易将养的身子，我不会让他急怒再伤了身。"

"我就见不得你这惺惺作态样！你真为他好，就该早断了他的念想！你不爱他，却一次次利用他！你走就走了，又去泉州找他要茶树，不就因为依仗他对你的感情？他这一生，就毁在你手里！你不去找他，年月久了，他总能淡下来，或以为淡下来，然后成家，娶妻纳妾生儿育女，他能要别的女人，就能要我……我这一生，也毁在了你的手里，你是个害人精，我们这些人的不幸，都是因为你！"柳叶歇了一口气，又道，"你就公事公办吧，至于峻峰，他即日就能回家，我是为立然，他救了我一命，我还他一条命。我只有一个请求，姝琪去香港，你们，放她走！"

"你竟然以为我会动姝琪？我们枉自相识一场。你加诸我的罪名，我认了你就快活了？"长风脸上的表情简直悲凉了，"我今日来，想的仍是你我各自周全。"

"事已至此，如何周全？"

"你们夫妻何不就与姝琪一起走呢？马局长劳碌几十年，退休陪妻女，顺理成章，无人说不二。”

柳叶问道：“就这样？”

“还要怎样，难不成咱们俩拼个家破人亡，再回到几十年前的一无所有，孑然一身？”

柳叶漠然道：“如果我不想走呢？”

长风道：“你愿留便留，然而他得辞去职务，他已不配做这个城市的执法者了。”

“你倒是仁慈，越显得我歹毒无情。可是长风，我一点不后悔，我不后悔啊。”柳叶说完又咯咯笑个不停。她心里多种情绪交战，忽而镇定，忽而疯狂，精神几近错乱。

长风看着她，反而沉下来，叹了口气道：“你并没想要峻峰的命。”

言罢，她把炉子上的滚水兑进茶壶里，“你的茶凉了，我的水太热，滚水兑凉茶，也许就两全了。”说完倒了两杯茶，自己先端起一杯喝。这一叶人生，经受的是水与火的历练，品味的是流光与炎凉的味道，这一杯沉沉浮浮的起落，必得一颗平常心来沉淀，得失来来往往，悲欢载浮载沉，不过是拿起和放下。

柳叶也端起茶杯：“喝了这杯茶，你我各安天命，再相见便是陌路人。”

长风只说了句：“好。两头是路，吃一盅各分东西。”喝空杯中茶，起身道别，走了几步停下，回头凝视柳叶问，“本不想问，却忍不住多言，东南亚茶叶发霉长毛也是你？”

柳叶喝空杯中茶，也不看长风，把玩着手中杯，笑眯眯道：“不是我。茶厂不是你亲妹妹管的吗？”她越说越觉得好笑，放声大笑起来，“你自己的妹妹都恨着你呢，你咋不问问她为什么？”她笑得眼都糊了，放下杯子抹脸，白绸子手帕洇了一团湿。

长风转身离去。马府的回廊阴凉，可她走出一身闷热，脸部潮红如晚霞。柳叶癫狂的面孔击中了她，击中了她心里的恐惧，她脸上的红云化作水珠，一颗颗往地上落，脸渐渐苍白。她错了吗？如果时光倒流，一切可以重新开始，她又怎么样去做人，才能成全她身边的所有人？她看世界变幻清晰如镜，可她看不清人心起伏。她背负得起一片天，却背负不了一颗人心。原来，拳头大的人心，比整个世界还沉重。

秋天爱憎分明，秋天爱憎难分。万物归于收成，万物归于残败。

长风与柳叶决裂的那日，长云度过了人生中又一个不眠之夜，她数不清有多少夜晚是睁着眼度过的。她将自己裹在黄菊缎面的被子里，只露出头来，仍觉得冷。滑胎之后，她便变得怯冷了。医生说她失于保养，为何非要保养呢，一年一年的，她消逝的何止是健康。月光如白霜，洒了一地，她静听着天地的声音，夜风，海啸拍打礁石，肆无忌惮的作派。她也曾肆无忌惮。她等人来清算她的肆无忌惮。奇怪的是，她等的迟迟不来，但她不想再等了。

天越来越冷了，抵御寒冬太辛苦，倒不如就结束在第一场秋霜里。她起床，打开床头的箱子，从箱子最底下拿出一套西瓜红的棉袄棉裤。一股子樟脑丸的味儿。衣服搁久了，担心虫咬，樟脑丸四季放置。樟脑丸的味道是岁月的味道，三分辛酸，两分甜，剩下的全是烟尘气。她穿上棉袄棉裤，头发梳成麻花辫，把自己吊在了房梁上。她在樟脑丸的气味里看到大雪茫茫。雪地里一高一矮两个人，一个男人，一个女人。男人一身黑，女人一身西瓜红。

红衣人问："你可以不眨眼睛杀掉任何人吗？"

黑衣人回道："不会。每个人都有想保护的人，死也要保护的人。"

红衣人又问："我是你保护的人吗？"

黑衣人回道："是。"

红衣人可真高兴，迈着两条短腿吃力地追随黑衣人。

追得好累啊，她终于不用再追了。

长云去世的第二天，青风报刊登了一篇文章，日商金太郎贩卖毒品军火，栽赃嫁祸青年爱国商人败露，转移货仓时发生内讧，金太郎与一千人等同归于尽。政府缴获毒品若干，将择日当众销毁。军火下落不明。马彦哲卸任局长一职。

办完长云的后事，长风病倒了，病势汹汹，竟至卧床不起。她躺在床上，前所未有的孤独，她听到叶子一片片脱离树干，听到叶子一片片落到地面，听到叶子一片片在秋雨中腐烂。直到秋叶落尽，她才缓过神来，像补补丁一般，修补茶庄、茶园，修补海外的客商窟窿，期间的艰难倒令她精气神还阳许多，趁火打劫者居多，她把繁冗复杂的善后工作，分解得简单直接，继续合作的，三年内价格降三成，不愿再合作者，三倍赔偿。

无需权衡，所有客商皆选择继续合作。闹归闹，好茶源不能丢，何况闹的目的本来就为各求利益；更何况，奇货可居，不扬言一个涨字已是恩典。长风的大手笔令业界瞩目，经此一劫，泉苑茶庄的信义之名反而远播海内外，求合作者不惜降低自利。

宫元那边，交易所，渔业公司，稳定发挥着作用。

乔安纱厂当年盈利为青岛纱厂之首，峻峰计划加盖员工宿舍。

这四年青岛的民族工商业发展快速。德租日占期，中国工人与商人的正当权利无法得到保障，日本浪人也到处滋事，中国警察却无力制衡。其实在一九二二年，青岛回归中国之后，日本人在青岛依然享受着一些特权，日本侨民始终拒绝缴税，围堵打压民族企业，企图从经济上控制青岛。然而民族工商业的崛起，令日本人经济侵占青岛的野心，一时停滞不前。

有一日峻峰对宫元说道："父亲，你是对的，曲线也能救国。"宫元不疑有他，只想他得了行商的乐趣。谁知不久，青岛日本九大纱厂工人举行大罢工。罢工工人24000余人，规模超过1925年、1929年两次大罢工，反日爱国性质也更为突出。以致公开贴出了"反对日本帝国主义侵略中国"，"反对资本家残酷压榨剥削"的政治标语，这是以往历次罢工所未见的。

连着数日不见峻峰，宫元便驱车去了乔安纱厂。外面罢工如火如荼，乔安纱厂却一派蒸蒸气象。到了峻峰的办公室，也不等通报就闯进去了。倒把里面的人吓了一愣。四个人围着一个人在讨论什么。中间那人单眼皮，戴眼镜，长鼻薄唇，他并不认得。海音也在，叫了一声父亲。另外两人也打了个招呼，一个是厂里的工程师杨书林，一个是厂长何正，这两个人他都认识的。

宫元对峻峰道："你几天不回家，你妈让我过来看看。"

峻峰道："厂里忙，回去晚了怕吵着我妈。她这一向睡不好，有点动静就醒。"

那几人看他父子说话，便有离开的意思，宫元便道："都别走，我有话说。"他也不客气，直接就问道，"罢工是你们组织的吧？"

几个人面面相觑，"是！"峻峰铿锵有声。

宫元道："幼稚！"

峻峰道："东北沦陷，华北岌岌可危，社会各界都在以各种方式抗日救国，我们只是在尽一个中国人的责任。"

"十一月二十日，日本驻青岛总领事西春彦到市政府逼问沈鸿烈，今天上午沈鸿烈亲自率领公安局长、社会局科长等，到四方、沧口各纱厂监督开工。工人不为所动，军警逮捕 150 多名不良工人及涉嫌煽动罢工的社会人士。"宫元道，"你们可知？"

"我们不怕牺牲。"峻峰道，"若牺牲唤醒国人的斗志，我们宁愿死。"

"那么，你们可知今天下午，刚从上海赶到青岛的日本第三舰队参谋长去见沈鸿烈，要求从速彻底取缔罢工，警告说日本第三舰队的海军陆战队已做好了准备，随时可以在青岛登陆，'协助市政当局恢复正常秩序'，开工生产？"

"乔伯父的意思是，日本会利用罢工事件，借机再次武装入侵青岛？"那个戴眼镜的年轻人问道。

"你是？"宫元问。

"在下俞启威，峻峰的校友，亦是朋友。在此谢过乔伯父救命之恩。"俞启威恭敬回道。

宫元点点头道："我想着也是你。你有案底，不宜再留此地了。"

"乔伯父认为已到风尖浪口？"

"沈鸿烈已下令全城搜索闹事者，尤其共产党。"宫元笑笑，"沈鸿烈其人，对青岛的建设及发展功不可没。只可惜他曾是东北军的高级将领，深受张学良不抵抗政策的影响，他作为青岛市长的十大施政纲要里就有一条'慎重邦交，保护外侨'。明日，会有大动作。"

"启威，你去上海，"峻峰担忧道，"这里的行动有我们！"

"去吧，趁还来得及。只怕豺狼不罢休……"宫元亦是满脸担忧，"日本第三舰队可早就在青岛前海泊着呢，人家的野心大着呢，可不是一城一池就满足得了。"

"我不去上海，我去蓝家庄！"俞启威道，"这种时刻，我绝不离开青岛，上面的意思是成立青岛抗战先锋团，我选了毕家村、蓝家庄做根据地。不在市区，非常安全。"

"那是在崂山的地。"海音道，"还不如就去大珠山！对吧，峻峰？"

"对，就去大珠山！"峻峰兴奋道，"大珠山地势险峻，群山连绵，进可攻退可守，又有大勇伯伯打下的根基，日本人奈何不得，沈鸿烈更奈何不得。"

宫元也道："确是好主意，想来你大勇伯伯也不会反对。"

"他哪会反对，只会高兴，他几次说要把大珠山给我。"峻峰跃跃欲试。

宫元便道："海音，你现在就送俞先生过去，顺便把那批货也带去，放你那里终归是个隐患。"货是金太郎那批军火，他心里想的是万一日本人再次武力控制青岛，军火出城就难得很了。

海音连声答应着。

俞启威躬身长鞠，道："乔伯父义盖云天，赤心奉国，启威为国人谢过了。"

宫元摆摆手道："这倒不必，我也是中国人。"

看海音带着俞启威而去，宫元又道："两位回避一下？"

杨书林笑道："我们该去车间了。"便与何正走了。

"您老人家今天真厉害。"峻峰道，"令小生刮目相看。"

宫元道："行了，行了，别拍我马屁，说正事。"

"刚才，还不是正事？"峻峰故意逗乐。

"我呀，眼皮子紧跳，我一生见多了烽烟，眼睛亮着呢。青岛守不住。一旦日本入侵，沈鸿烈未必据守，他的东北海军从东北撤离时，未做任何抵抗，还能指望他保卫青岛？"宫元道，"我与你娘都在盘点资产，除了运营必需的，不再扩张，不再投资，集中资产换成黄金，枪一响，就运出城，运到大珠山。"

"父亲的意思是粮号纱厂也得做准备了？"

"是，这也是你娘的意思。"

"明白了。"峻峰点头，又问，"父亲真觉得就要开战？"

"等着瞧吧。罢工这把火就是引子，当然，没有这把火，人家也会自己找柴生火。"宫元无比沉重，又道，"我走了，你抽空回家，你妈想你呢。"

"好嘞。我送送您！"峻峰正说着，电话铃声响起，他接起便说，"爸，我妈不肯走，我劝过了，劝了好几次……您不要来，不要来，您身体不好，就在武夷山呆着，也千万别回泉州，我听说日军的飞机炸了金门……不用担心我们，我知道我知道，局势一紧张我们就躲进崂山！"

"你爸又让我们离开青岛去崂山？"宫元道。

"可不！他还想来青岛呢，嘴上说咱们都在青岛，姑姑也在青岛……"峻峰道，他私下里提起丽君，随立然叫姑姑。

宫元当即笑着说："听着是要死一块的样儿，倒是有志气。"

峻峰也笑道："我爸是病糊涂了，胆子越发小了。"

"可别小瞧他，他的胆气不输项羽。行了，行了，你别送了，忙你的吧。"宫元出得门，叹了口气。志远迎上来问："去见宋雨亭？"

宫元道："不去了，见谁都没用，浩劫已起，躲不掉。"

宫元担心的事发生了。

日本方面借口罢工事件，调集九艘军舰驶来青岛。12 月 3 日，日本派遣海防军陆战队一千余人强行武装登陆，进占四方、沧口等地区，包围纱厂，断绝交通，逮捕工人，迫使国民党青岛市政府接受日本提出的七项无理要求，逼令工人复工。12 月 13 日，市长沈鸿烈通报市政府做出四项决定，完全接受日方七项要求。市政府和日方都做了充分准备，完全实行武力强制办法。复工日，沈鸿烈把其全部武装即保安大队、海军陆战队，加上从威海特区调来的海军教导队（属第三舰队），都开赴四方、沧口和东镇各日商纱厂、染厂地区，岗哨林立，荷枪实弹；登陆的日本海军陆战队更是凶神恶煞，戒备森严。两国陆海军警多达四千多人。沈鸿烈、西春彦、新任日本第三舰队司令长谷川等在青首要亲往督察。在强大的武力镇压下，工人被迫复工。

日本人的无耻行为及国民政府的无能激怒了更多国人，山东大学首先成立了"反日救国会"，继而全市学生联合会成立，学生宣传队在栈桥和街头演讲演剧，高呼"民族已到最后关头，不奋起，就灭亡"，反日情绪在广大工人、青年会和各阶层中日益高涨。沈鸿烈接南京政府密令，暴力镇压闹事团体。

青岛时局一触即发。正如宫元所说，罢工事件只是引头，日方未想到南京政府极力配合压制工人学生的反日行动，这罢工的引头也就发挥不了应有的作用了。于是，便发生了找柴生火事件。

那是一个很平常的下午，五六名日本水兵走到德县路圣功女子中学附近时，突然遭到两名骑自行车中年男子的枪击，致两名日本兵身负重伤，其中一人抢救无效死亡。后人研究，两名中年男子乃是日本武士所扮。然而第二天，日本驻青岛总领事大鹰立即向中方提出严重抗议。声称："日军要武装登陆，以保护日侨的生命和财产安全"。沈鸿烈认为人证物证俱无，便严辞斥责了大鹰的蛮横态度，拒绝了日军登陆的要求，但答应保护日人的生命和财产安全。与此同时，日本海军借口两名士兵遭枪击而进入临战状态，十余艘军舰开进前海，炮口对准市区，并有四艘已驶入大港停泊。紧接着，日本开始关闭日企，撤侨。

许多人察觉到危险将临。中秋节那晚，宫元吩咐下人做了一桌子菜，又开了一坛老汾酒。

丽君看他如此有兴致过节，倒猜不透了，她端坐在椅子上，不动声色望着宫元。宫元就笑了，道："陪我喝两杯？"丽君的心一下子酥软，这个人笑起来还是那样好看，灯光柔化了他眼角的皱纹，看着竟似泉州初见时的样子。她给自己倒了一杯酒，一仰脖子干掉，又给宫元倒了一杯，娇嗔道："两杯？怎么够。"宫元笑道："是，两杯可不够。"也一口喝干杯中酒。夫妻俩难得相处融洽，连带着儿女也兴高采烈起来。明月给涧林开了一瓶桔子水，道："你喝这个。"再给父母的杯子斟满酒，她自己浅浅倒了小半杯，举起杯子道："愿年年岁岁有今朝，国兴家和人团圆。"挨个碰杯子。

丽君笑道："偏你词儿一大堆。"

宫元道："说得多好。只是难啊。"

"我同学都说要打仗了，爸爸，打仗了我们怎么办？"涧林问道。

"我们就回打呗！没得别人打我们，我们不还手，又不是没手没脚？"明月夹了一筷子琵琶蹄筋，可着劲儿地嚼。

丽君道："王太太说打不起来，就算打仗，跟老百姓也没关系，该吃吃，该喝喝，该玩玩，该乐乐。赵太太说必打无疑，那小日本人远来征战，图啥？不就图咱们的花花地界，咱们地界上的宝贝，咱们的钱财？有本事的收拾收拾跑吧。"王太太与赵太太都是丽君的牌友，家财颇丰。

"这赵太太倒还有几分见识。"宫元道，"我几个老友也在筹划送家人出去呢。"

丽君立时心生狐疑，她想了想，冷笑道："机会来了是吧，可找着冠冕堂皇的理由，赶我们娘几个走了。"

"妈！"明月喊道。

"娘几个忍气吞声过日子，还嫌碍眼，非得赶尽杀绝，这心也忒毒了！"丽君不理会明月，她的性子一旦上来，谁也治不住。少女时代脾气就大，不过那是娇宠的大，而且有分寸，并不招人厌。现在脾气大，却是长久不如意的躁狂，发作起来，连她自己都受不了。

宫元这次却受住了，他看丽君时甚至带了点怜惜，眼前的女人一生享尽荣华，按理应修行雍容，她却刻薄如斯，可见心里有多苦。他微笑着，和声道："你这是想哪去了？战事一起，想走就来不及了。"

"要走，一起走……"丽君感受到了宫元眼里的怜惜，这点温柔令她心酸不已，脾气也就没了，声音又是那软糯的南音了。

宫元道："我还不能走，咱们的产业在青岛的不少，紧赶着拾掇，也需一些时日。"

"她，走吗？"丽君盯着宫元问道。

明月与涧林又一下子紧张起来。

"她走不了，"宫元道，"且不说茶庄茶园现今只有她打理，便是因峻峰，她也走不了，峻峰不肯走的。"

"他当然不肯走！他是共产党！他得抗战啊！"明月说得漫不经心。其实，她心有点疼，她的男朋友崔嵬为了抗战，去了最残酷的战场，在爱情与信仰之间，崔嵬选择了信仰。她没一起走的原因是，她走了，她妈真就疯掉了。她不怪崔嵬，她不也为亲情牺牲了爱情吗？若日军在崔嵬走之前就兵临青岛，崔嵬也许就不走了。她简直要恨日军来得太慢了。

丽君道："我可不管你们玩什么花样。走就一家子都走，你不走，我不走！"

宫元不再说什么，明年的中秋未必还能这样子吃饭。他给孩子们夹菜，给丽君倒酒，看着丽君一杯杯灌酒，忍不住想，可别说女人是软弱的生物，这兵荒马乱、不知生死的境况，竟也抵不过她们的爱恨情仇。

很多人仍心存幻想，毕竟身家性命皆在这个岛城。宫元认识的几个实业家也在观望，要他们舍了辛苦打下的基业，着实肉疼。宫元曾对长风说，他们明里不过生意人而已，虽然与日商争斗，也只是商斗。城破了，难不成会屠平民？国际公约中的战争法不也有保护非战斗员、战争受难者和平民这条？

长风听了这番话未做评说，显然她对那个民族有另类的理解。事实证明长风是对的，就在三个月后，日军攻占南京，屠城长达一个月。

与此同时，日本于 12 月 26 日宣布封锁青岛海面的交通。27 日，沈鸿烈炸毁日本在青岛投资经营的九大纱厂，另将发电厂、啤酒厂、自来水厂和港口的船坞等设施进行破坏后，率领部队、党政机关及家属等近万人向鲁西南撤退。

1938 年 1 月 10 日上午 9 时，日本海军第二舰队及部分海军陆战队 60 余艘军舰和几十架飞机侵入青岛海域和领空，在军舰和飞机的掩护下，在距青岛东 18 里之山东头登陆，开入市内，日军未发一弹，就占领了青岛市各要地。

1 月 14 日，日本华北方面军的国崎支队和海军第四舰队先后进入市区。至此，青岛再次沦陷，第二次沦为日本帝国主义的殖民地。

日军踏上青岛仅七天，拼凑临时政权，成立了伪青岛市治安维持会，由日本军政要人担任"顾问"。治安会贴出第一份公告：日军担任保护青岛职责，实行共荣。工农商界，正常营业。若有痞徒乘机惑纵，甚至闹事，一经拿获，必将严惩。

公告落款处，治安会会长大名赫赫，为原公安局局长马彦哲。

第二十二章　丹凤吟

茶道，不过是茶艺而已。茶道，一分在茶，九分在人。大道至简，形式上自然简洁，心境和情趣方为道。

日本人的军队登陆后的第二天，马府紧闭的大门开了。马府的大门有日子未开了，平日里只边门进出个婆子，买些日用。马彦哲夫妇深居不出，无人得见一面。便有传闻两人生了治不好的病，见光即发，着风过人，要不把女儿送去了天涯海角。也有传说这对夫妻已经去世，男的被人暗杀，女的失心疯跳井了。马府本在热闹的街区，传闻一出，小商小贩都绕开马家。过人的传染病也罢，横死也罢，这房子多晦气。有太阳的日子，能看到紧闭的院子里迷离的烟雾升腾，更显神秘诡异。知情人心里就叹——两口子沾上那玩意，不废也废了，可知报应不爽。人啊，行事抬头望望天，世道再乱，天理不乱，报应不过是个早晚。

大门打开是因为有客来访，来人是两个不速之客，一个穿日本军装，一个西装礼帽，气质迥然不同，五官长得七分像。随从叫门，两人进去，七八个日本兵留在门外。

婆子领着两个人进了一间偏厅，偏厅里一套太师椅，雕花处积满尘，一看就很久未坐人了。这时从屏风后出来一个人，那人面色黑紫，打了个哈欠，对着西装礼帽之人道："一郎君，别来无恙。"

国武一郎吸吸鼻子，闻到屏风后的迷香甜气，当即皱眉道："你抽上了？"

"玩玩，打发时间罢了，"马彦哲一脸嬉笑，"这位是？"

"我的弟弟，国崎支队参谋长国武次郎。"

国武次郎年不到四十岁，日本人中算高个，皮肤白，戴副金边眼镜，倒衬得国武一郎更像个武夫。他的声音也温和斯文："请多多指教。"很地道的中国话。

马彦哲用手挡了下哈欠，连声道："请坐，请坐。我消息不灵通，昨儿听老妈子讲，才知道贵军长驱直入，占了这青岛城。恭喜，恭喜。"

三人分别坐下，马彦哲又奉承道："次郎君的中国话很棒。"

国武次郎道："父亲曾请了中国老师教我们，我非常热爱中国文化。"

"国武君是个了不起的人，他不幸遇难，我非常愤怒。"马彦哲道。

"那么，父亲死于何人之手？案子为何始终未结？凶手为何逍遥法外？"国武次郎直视马彦哲问道。

这时国武一郎插话道："我不跟你说了嘛，是共产党为了煽动民意，抢劫了我们的货，杀死了我们的父亲。那青风报就是共产党控制的报纸，父亲死后，青风报披露了所有细节。"

"愚蠢！"国武次郎冷冷看了国武一郎一眼，又直视马彦哲道，"送那个年轻人进大牢，是你还是父亲的主意？"

马彦哲怔了一下，接着笑道："次郎君怀疑我？没错，这主意是我出的，事儿败了怨不得旁人，您要杀要剐我没话可辩。"

"我来告诉你案子为何未结，凶手为何逍遥法外！"哗啦一声，屏风倒了，三人回头望，只见一个女人摇摇晃晃站在屏风前，她焦黄的一张脸，身上瘦得骨头嶙峋，她身后的烟榻上，一杆翡翠嘴的烟枪兀自冒着烟。

"马太太！"国武一郎惊呼，眼前的女人形容如鬼，与往昔的娇媚判若两人。

柳叶冷笑道："与你父亲合作这些年，银子大把挣，是他太急功近利，强买纱厂不成,逼着我们出损招。好啊,他丢了命,我家老马还丢了官呢!你赔我们个官不成?老马官都丢了,你要他怎么破案?怎么抓凶手?"

马彦哲心里头大叫了声好,嘴里却长叹一口气,显然是欲言又止。

柳叶这么理直气壮,一副悔不当初的模样,倒令国武次郎打消了对马彦哲的疑念,他道:"我的父亲漂洋过海,为国武家的兴盛耗尽了毕生的精力,最后竟惨死异乡。为人子者,未能保护父亲,已是罪不容诛,唯有把凶手斩杀于父亲坟前,方解大恨!"他这边说,国武一郎那边就不自在地动了动身子,低下头。

"再说,赔你个官有何难?"国武次郎又道,"治安维持会正缺个会长,我就荐了你如何?"

马彦哲慌忙站起身来,满口应承道:"小可必竭尽心力!"

"你原就是公安局长,做着必然顺手。"国武次郎道,"对于父亲的死,我始终感觉不简单。那个年轻人是关键,你,替我找到他!"

"乔安纱厂已经关了,只怕人也跑了……"国武一郎道。

"我听说,他的母亲尚在青岛。"国武次郎刻意压低了嗓音,"他的母亲,就是父亲信中所说的女茶王?"

国武一郎一愣,道:"是!父亲梦寐以求却不得的青阳宛月便出自她手,据传茶艺亦是天下无双。"

国武次郎笑道:"我修习茶道多年,倒是要见识一下这天下无双。"

他兄弟二人侃侃而谈,柳叶听得眼皮子跳,也不知为喜为怕。

"我亲自请女茶王一见吧,切磋一下两国茶道,"国武次郎道,"马会长,那年轻人先不用管了。"

马彦哲听出门道了,是啊,把人家娘给请走,当儿子的还能不找上门?他看看柳叶,见柳叶低头沉思,夫妻连心,他想,我这太太,果然不是凡物。

"明日就上任吧!"国武次郎望向烟榻,道,"天降大任,斯人不可辜负,能戒就戒了吧。"兄弟俩道了别,一起而去。

柳叶躺回烟榻，狼吞几口，方道："没想到啊，还有今日？不枉我苦熬，不枉啊！"

"我，我这有点慌……"马彦哲倒是没了高升的兴致。

"慌什么？"柳叶道，"我那姐妹高风亮节，不会更不耻乱咬人，何况请她的是国武次郎，又不是你！再说了，谁也没见你杀人，空口无凭的。最妙是你被免职，倒脱了凶手之嫌，真真的因祸得福了！哈哈哈……"她笑得岔气，呛呛咳了起来。

马彦哲道："你戒了吧，原为抽几口玩玩，你却当成营生来抽，可就伤身得很了。"

"戒！干嘛不戒？"柳叶道，"我得养着身子看好戏呢。"

"咱把闺女接家来吧。"马彦哲道。

"再等等，等尘埃落定，万事结果，"柳叶道，"现在接来，就闺女那脾气，你这会长还当不当？"她的话音里藏不住刻骨的残忍，但马彦哲只做不懂，喃喃道："真想亲眼瞧瞧那两人论道。"

柳叶笑得更大声了，道："品茶论道，我那姐妹输不了，别的，可就不好说了。她呀，就是运气太好了，以至于忘了凶险为何物，竟就留下不走。可是一个人的运气，终究不可能好一辈子！"

国武次郎离开马府，就去了泉苑茶庄，进店一瞧，他找的人还就在，原来长风这几日都在盘点账目，以备随时抽离。她放下手里的账本，看着进来的两个人，淡淡道："两位喝茶还是买茶？"

国武一郎心道，这女人风姿永远清平，温良如玉，坚韧也如玉。他血液奔涌，只恨不得打碎了她的风骨，看她慌乱低头。

国武次郎眼前一亮，眼前的女人美而清洁，是的，他感觉到了清洁。应该不年轻了，然而身上的气息却无一丝一毫的世俗之气，这是茶水滋养出来的高洁，不是脂粉堆出来的美。他整理了一下自己的衣领，方道："求道亦求茶。"

长风道："楼上请。"

"不必了，我祖上亦是吃茶饭的，家里也有几亩茶园，也修习过几天茶道。"国武次郎微笑道，"我对贵国的茶道极感兴趣，我的父亲曾有幸与你切磋，过后赞不绝口，我今日来，想请夫人过府一叙，请教一番。"

"你是？"长风问道。

"国崎支队参谋长国武次郎，家父国武金太郎。"国武次郎回道。

长风哦了一声，依然淡淡道："贵国的茶道，我倒是领教过不少，实在没什么兴趣。但你既然来了，自不能空着走。容我交代一下。"

旁边两个伙计只听得呆住了，反应过来，怯怯道："掌柜的……"却不敢阻拦。

长风吩咐道："两位国武先生请我喝茶，你们下门闩，看好店。"交代完伙计，她从柜台后走出，店内生着火，非常暖和，她只穿一件素色旗袍，越显得脖颈修长，腰背挺直。走至门口，拿起衣架上的墨兰厚呢大衣穿在身上，径自先行，背影沉着淡定。国武一郎怔怔望着长风的背影，听见一句日语，一看，他的弟弟正若有所思盯着他，他脸一红，跟着国武次郎出了店门。门外的车旁，几个日本兵的枪口下，那女人婷婷而立。她的发一顺儿梳到脑后，挽了个发髻，露出光滑的额头，不像时下的女人，厚厚薄薄的刘海。寒风刮着她的头脸，她的发髻纹丝不乱，发髻上的一根银簪子闪闪发光。

两个伙计商量之后，遵照长风的嘱咐关店下门闩，一边嘀咕，掌柜的没说要去报信，我们要去报信吗？掌柜的要我们关店，关了店之后呢？两个人坐在店里，倒不知是走是留了。

这时店门砰砰响，伙计直跳起来，听见外面叫妈，赶紧开门，宫元与峻峰进门，峻峰看了一圈，问："我妈呢？"伙计带着哭音道："被日本兵带走了。"

"说清楚，哪来的日本兵！？"峻峰声音都走了调。

"少东家，我们，不知道啊！"伙计回道，"进来两个日本人，一个穿军装，一个穿便装，外面把守着七八个日本兵，后来，他们就把掌柜的带走了。"

宫元的脸已无活人色："掌柜的留了什么话？"

伙计道："掌柜的说——两位国武先生请我喝茶，你们下门闩，看好店。对了，穿军装的说，他是国崎支队参谋长，国武金太郎是他爹。"

峻峰一抬腿，就要往外冲，宫元一把拉住他，道："你去哪里？"

"去救我妈。"峻峰道，"国武，是国武！"

"你知道你妈在哪里？"宫元道，他又对伙计说，"掌柜的可是已经结了你们的薪水？"

伙计道："已经结了，多给了半年的安家费，本来只让我们做完今天。"

"那你们就回家待着，何时开张，再请你们回来。"宫元道。

打发走了伙计，宫元道："是我大意，原该让她跟你去大珠山，她定要扫尾，我只说两国交战，不涉平民，却不知国武家来了一匹狼。"

"便是拼了这条命，我也得把我妈救出来。我回大珠山，找大勇伯！"峻峰道，"父亲，洪帮还算安全，你去找海音，让她务必打听出母亲关在哪里。您还行吗？"他的父亲貌似摇摇欲坠。

宫元长吸一口气，道："没事，我只是，想你妈。"一句话说完，父子俩眼睛都红了。

父子分头行动，宫元见海音不难，海音留在城里，原就是她的主意，她要做眼线。倒是峻峰，出城颇费了一番周折，城里的大道都设了关卡，荷枪实弹的日本兵严阵以待，盘查进出者。他在小巷子里穿来绕去，方才出了城。出城五里之外，每个村庄都有大珠山的暗哨。他为抗战做了周全的准备，却没想到第一战竟是为自家的事。此刻，他理解了俞启威曾说的话——我们为民族而战，我们就是为自己而战。

当天晚上，国武府发生了一场激战，枪声响了好一阵。据附近的居民说，数人闯入国武府，被埋伏的日警围住，那些人都是不怕死的，硬生生打出个缺口，扬长而去。双方皆有大量伤亡，国武府门口一条血线直通码头。相对于城里的兵力，码头倒部署稀松了。

长风听到这个消息时已是翌日的夜晚，她被关在了安徽路12号。安徽路12号，即后来大名鼎鼎的盐田公馆，青岛海军情报部。国武次郎以上宾之礼相待，她住的房间在顶层楼的其中一间，另外两间是国武兄弟的临时住所，还有一间小小的和室，长风经过时，看到一个穿和服的少女在泡茶。她的饮食起居也是这个少女在操持。这个少女给她铺床，给她端饭，但却一言不发，她以为少女不会说中国话，谁知少女在收拾长风未动的食物时，不动声色道："绝食，不是好主意。"

长风道："你不是日本人。"

少女道："我是中国人。"端起托盘就走了。

再次进屋，少女拿了双木屐，道："换上，他请你去。"

长风嗯了一声，换上木屐，示意少女带路，少女看看她，低低说了句："最后一杯茶不好喝，但也得喝。"不待长风说话，少女已迈开碎步，步形身姿与日本女子一模一样。

少女把长风领进和室里，和室是新装的，国武次郎着和服席地而坐，正自煮茶。少女鞠了个躬便要退出去，国武次郎道："你别走，此为学习的好机会。"少女就势跪坐于榻榻米前，脖颈微垂。

"忙到现在方才有空闲与夫人一聊，"国武次郎道，"夫人吃住可还习惯，若有需要尽管吩咐惠子。"

少女又躬了一下身。

"夫人请坐。中国人做事效率太低，几乎一间房，三天弄不好。夫人请看，这屋子丑陋如斯。我在东北的茶室，总令我感觉仍在家乡，我是仿着京都建仁寺的如庵所建。夫人若能京都一游，便知东亚文化，唯有日本可发扬光大。"国武次郎倒了一杯茶，"夫人尝尝我家乡的茶。此为玉露，乃茶中极品，甘甜柔和，茶汤清澄，有着不食人间烟火的仙气，就如世间最美好的女子。"

长风坐下，端起眼前杯，抿了一口道："我读日本的茶祖荣西所著《吃茶养生记》，里面记录了南宋时期流行于江浙一带的制茶过程和点茶法，后细观摩，日本茶道受教于南宋的茶道，但对点茶、分茶和斗茶的推崇，又远高于南宋，已然到了画地为牢的程度。你今日分茶，造就茶碗中绮丽幻象，技艺确是高超，却还不如令尊当年的铜壶一泡，来得顺从其美。还有贵国这玉露，观茶汤品茶性，不过是我的三级崂山绿而已。听闻贵国百棵茶树中找不出一棵玉露，又要在发芽前二十天，茶农搭起稻草，小心保护茶树的顶端，阻挡阳光，使得茶树长出柔软的新芽。而我的茶树，生长于云雾缭绕的山间，棵棵受天地自然滋养，茶性亦疏阔自然。其实日本茶，亦是中国茶种，乃唐朝时期，日本僧人带至京都比睿山。再是嫁接变种，但天差地别如此，也令人诧异。"

国武次郎笑笑，道："夫人才学。中国地大物博，万物生长有灵。但茶之道，贵在一个道字，若无道，茶便是解渴的蠢物，所以日本茶道讲究仪式感，夫人武断为画地为牢，未免失之偏颇。"

"你所说的茶道，不过是茶艺而已。茶道，一分在茶，九分在人。大道至简，形式上自然简洁，心境和情趣方为道。"长风放下手中杯，再不喝一口。

"夫人既喝不下日本茶，倒不如交出青阳宛月，我们一起品道，一起把茶道推行于世界。"国武次郎道。

长风一笑，道："你父亲曾要过茶方，你应知结果。"

"结果我父亲惨死异乡。"国武次郎斯文不变，"夫人对我父亲之死可有预测？"

长风道："令尊行事神鬼莫测，结果也神鬼莫测，我非神非鬼，更预测不到。"

"我父亲之死起于令郎，也应终于令郎，"国武次郎沉默片刻，又道，"昨夜，国武府贼子夜袭，明显是探路寻人，只是中了我的埋伏，有死有伤。夫人，你不担忧令郎的安危吗？"

长风沉下脸，道："茶道见人道，贵国的道就是威逼利诱，强取豪夺吗？"

"夫人言之差矣。自唐以来，但凡中华之道流转日本，皆能大放豪光，发扬光大。自是因为大和民族更优质。再者，我是与夫人合作，何来巧取豪夺之说？大和民族的铁蹄必将踏平世界每一个角落，到时夫人的茶遍布世界各地，难道不是千古美事？"

"你们既有信心征服世界，又为何执着于一茶一道？"长风冷冷道，"抑或说，你们便连一茶一道都无自信？你们一边蔑视他人的文化，一边掠夺摧毁他人的文化，何其卑劣。"

国武次郎拍手道："夫人真是能言善辩。那么，夫人已做了决定？"

"向来器与人挑茶，却不知茶性易染，茶亦挑器挑人，方存真味，"长风道，"我的茶，不予污秽之器，不予无道之人。"

国武次郎叹了口气，道："我敬夫人的才学风骨，真不愿夫人受苦。惠子，你去泡碗茶给夫人。"

惠子低头而出。

国武次郎又道："惠子是你们中国人，我在东北收养的孤女，跟我五年，也略懂茶，你不肯喝我的茶，那便喝她的茶吧。"

长风注视国武次郎，道："我若不喝呢？"

"我的哥哥也不赞成你喝这碗茶，"国武次郎道，"他从小偏爱抹茶，每每看着石臼把茶叶碾磨成微细的粉末，就特别兴奋，他享受那种粗暴的快感，粗暴令他血液奔涌。"

长风听得身上发冷，似乎整个人沉到了冰冷的水底。

国武次郎道："我厌恶野蛮，任何事我都希望文明解决，面对美好的东西，即便不得已去毁灭，也应该采用得体的方式。夫人，这茶，是我对你的敬意。"

惠子端了一碗茶来，跪在他们面前。

"伺候夫人喝茶。"国武次郎道。

惠子举起茶碗，望向长风，眼里有哀求，有痛苦，有怜悯。

长风问道："你多大了？"

惠子不语，国武次郎道："十六岁。"

"这么年轻，还是个孩子。"长风叹了一口气，接过惠子手中茶，一口口喝下去。她看到惠子的眼睛清水流光，那光在小小的房间里游晃，晃得她头晕。她手里的碗掉在地上。她拿不动一只碗了。有人出去，有人进来，有人脱了她的衣服。她的身体休眠，意识却是清醒的，进来的是国武一郎。她直勾勾看着国武一郎，漠然的表情，便如蔑视猪狗。国武一郎恶从心起，狠狠捏住她的下巴，见她无动于衷，忽然一笑，翻转长风的身子，摆了一个羞辱的姿势。

国武次郎坐在房间的沙发上喝一杯清酒，隔壁房里时而传出几声毫不压制的喘叫。他皱了皱眉，放下酒杯，招招手，惠子就跪在了他的脚下。他抱起惠子坐在腿上，轻轻啃咬惠子的脖子，惠子身子抖得像只待宰的小羊。他拉开惠子和服的绑带，和服滑下肩，少女青涩的胴体光溜溜。他啃咬那小荷一样尖尖的乳，喃喃自语："小可爱，我的小可爱。"惠子呜呜咽咽，国武次郎嘘了一声，惠子紧紧闭上了嘴巴。黑暗中沙发咯吱响，不静听，简直听不到人呼吸。

长风睡了一天一夜，说是睡，又分明在梦里，母亲在树下纳鞋底，要给她做一双新鞋子，父亲教她背书，她手里攥着几颗花生糖，一颗一颗数糖，长云的，柳叶的，立然的，宫元的，大勇的，数来数去，总是不够分。柳叶就说，你死了，就够了。她恍然大悟，便去茶园挖了个坑，闭着眼睛躺在坑里等死，觉得心里非常安宁。却听得峻峰喊："妈，妈，茶园的茶树都开花啦。"她坐起来，只见漫山遍野的茶花，红白黄紫，瞬间花开，瞬间花落，一茬又一茬，地上的花瓣一层一层变厚。花香太浓了，熏得她头晕，她又躺下，躺在花瓣里。柳叶一把拉起她说，茶花这么开，把茶树的养分都吸干了，明年的茶叶怎么办，你对得起立然，对得起泉苑茶庄的牌子吗？柳叶恶狠狠晃她，晃得她五脏六腑不得其位。她哇一声，吐了一地，睁眼一看，柳叶正一脸仇恨瞪着她。她头疼欲裂，一时竟不知何年何月，身在何处，痴痴道："茶花全开了。"

"你为什么不死呢？我真想杀死你！"柳叶道，"可惜杀了你也来不及了，立然终于死在你手里了。我早该杀死你的！"

"你怎么在这里，你怎么变得这样子难看？"长风心智渐渐清明，涣散的眼神有了恐怖，"立然怎么啦？"

"他来救你，要把你换出去，用他的命换你的命！"柳叶掐住长风的脖子，"害人精，你个害人精！"她因吸食鸦片，脸上的肉瘦干了，一双手亦如鸡爪，长风本能挣扎，身上的衣服就开了。柳叶忽然松开手，指着长风大笑："瞧瞧，瞧瞧你这个恶心样子。还说我难看，你比我难看千千万万倍！"

长风低头，才发现她坐在床上，只穿了一件和服，和服的前襟敞开，她的身上青青紫紫，无有一寸正常颜色。

柳叶呸了一声，道："活该。"

长风拢住衣襟，慢慢下地，问道："立然现在是生是死？"

柳叶冷笑道："我不知道，但我马上就会知道。只要他还有一口气，死的就不是他。他若死了，我就来掐死你。"她逼近长风，声音越来越低，几不可闻，又说了几句话，然后看了长风一眼，便离去了。柳叶这一眼看得极深，仿佛要记住长风最后的模样，这一眼盛了太多的东西，滔天的怒意，如山的悲哀，以及她自己都没发觉的心疼。

长风两腿发软，就势坐在了地上，她心里清清楚楚，从今之后，这世上再无柳叶此人。她坐在那里，静默犹如槁木，心已成死灰。然而柳叶并没有告诉她，立然其实是被柳叶送进了地狱。

立然的船是在昨天靠岸的，如果排除战乱的干扰，他的船应该在 1 月 12 日到达青岛，那么他就有充足的时间劝离长风。只是命运不可控，命虽为定数，运却为变数，所谓天命运数，半点不由人。他瞒着众人而来，在船上听闻青岛沦陷的消息，已然忧心如焚。下了船见日警严查行人货物，但街道整洁，房屋齐全，毫无枪炮凌虐的痕迹，倒放心不少。

先去茶庄，却见店门紧闭，心就又吊了起来。匆忙拦了辆黄包车回家，小丫头开了大门，只说太太三日未回，少爷亦不知所踪。他站在门口，茫然如在梦中，小丫头叫他数声，要接了他手里的皮箱，他摆摆手，提着箱子便走，也不知走了多久，当他停下脚步，他站在了宫元的家门前。大门敞着，他径直走进去，走了几步，便听见小翠惊呼："二少爷！二少爷来了！"

丽君冲出来，看着他泪流满面，又气又喜道："你，你怎么就来了？！"

后面的明月倒是欢天喜地，接过行李道："二舅，你咋还说来就真来呢。"

立然努力挤出个笑脸，道："你们都在这里，我自然要在这里。"说完身子一晃，"给我倒杯茶，我很累。"

丽君搀着哥哥进屋坐下，小翠冲了碗热茶，立然咕咕喝下去，方觉得手脚暖和过来，问道："宫元呢？"

丽君两行热流，又牵连不断，哽咽道："他两日未归家了，满街上都是日本兵，家里女人孩子的，也不管不顾，我们娘仁埋到坑里，他也不肯回来的。"

"妈，爸是去救人！走之前留下志远保护我们，一有不对就带我们走，哪里不管我们了？"明月打断母亲，道，"二舅，峻峰妈妈被日本人抓去了。"

立然头一懵，急忙问道："为何？"

"好像被国武金太郎的儿子抓去了，不知是为茶方还是为国武金太郎之死……"明月道，"爸爸他们都不知峻峰妈妈关在哪里呢！"

丽君道："她那惹祸精儿子，跟她一个脾性，只怕连累着大伙儿一齐死。"

"行了，"立然止住丽君道，"怎么联系宫元？"

"爸说有事找志远。"明月喊，"翠姨，你去请志远过来。"

志远第一次见这位舅爷时只有八岁，立然送亲那年。可他一眼就认出了立然，这位舅爷虽然满面病容，却不显老。他行了个礼，便道："我去找当家的。"

"且慢，"立然道，可是想了想，又道，"你去吧。"

那边志远出门，这里丽君气道："二哥，你这些年撒手，她把茶庄当自个的呢！顶着咱们泉苑茶庄的招牌，挣了个女茶王的好名头！"

"我早就把在山东的股份转给了峻峰，茶庄的事务她自然有全权。"立然道，"峻峰在张家的家谱，用泉苑茶庄的招牌有何不妥？"

"你弄个杂种供着，将来哪还有脸见张家的祖宗先人？"丽君恨恨道。

立然一副恨之不才的样，痛心道："你年幼时也非无脑，怎么嫁了人就分不清好歹利弊了呢。且不说我的私心，但就你的境况，我何尝不是利益了你呢。"他一路上忧虑，下船后恐慌，这会动了真气，老毛病就犯了，吭吭咳嗽。

丽君不敢再犟，小声嘀咕道："那娘俩有毒，谁沾谁倒霉。柳叶之前为救她儿子，官太太的身份都丢了，她反而与人家绝了交往。她一失势，柳叶的官太太就又当上了。"

立然眼皮一跳，道："怎么说？"

"柳叶又当上局长夫人了，告示都出来了。"丽君道，"她两人之前情同姐妹，现如今她身陷囹圄，也没见柳叶想法子营救，可知人家也看透了她。"她正唠叨，只见立然起身，说了句我出去走走，便就走了。

丽君愣住，听到明月喊二舅，她回过神去追，却见立然回身道："你若拦我，我便再无颜护你了。"

丽君跺跺脚，哭道："你去吧，便为她死了，我也不拦你！我把你烧成灰，带回泉州，也算对得住你了！这大老远的送死来了！"

明月道："妈说什么晦气话！二舅你去哪里？爸回来我怎么说？"

立然道："我去马府，让你爸等我的消息。"

第二十三章　阳关引

与人相处，甚至于万事万物的看取，就像对茶的选择，是依着潜意识透露的欢喜。只要是欢喜就会甘愿，而甘愿终会承受，包括一切苦，所有痛。

柳叶躺在烟榻上，只穿了件家常的灰蓝袍子，松松垮垮，人也松垮，太瘦了，手腕上的翡翠镯子哐啷啷，抬臂时一滑就到手肘，放下时就卡在半手心。鲜翠的颜色，越显得人的皮色陈旧暗淡。她抽了一口烟。烟嘴镶了硕大一方翠玉，她不缺钱，她的钱多得几乎能买下整个泉苑茶庄。

然而她形容枯槁，脾气日坏，身体日差。人亦变得迷糊，烟雾中常常恍惚，自己是人是鬼。人说轮回道中无情，她喝了半生的忘忧水，直落了个茶渣无味，就连过往的一切，那些爱的恨的，似乎都如晒干了的咸鱼，只剩下腥气。那么，要怎样熬完下半生？屋子里常年气息浑浊，她的眼睛便就又发涩起来，这时下人来报，泉苑茶庄张立然求见。她一时没反应过来木呆呆问："谁？"问完随即坐起，尖叫："别让他进来！！！"

下人见惯了她的喜怒无常，应了声是，就要回了。

哪知柳叶又道："请他在……在，小客厅等我！"

她跳下烟榻，跌跌撞撞奔回卧房，先对着镜子照，只看了一眼，便把镜子砸了。满地的碎玻璃，每一片中都有一个绝望的女人。卧房床头柜上一只钟，嘀嗒嘀嗒，格外醒觉，只令人觉得岁月悠悠，天涯苍苍。她换上一件藏蓝色的丝绒旗袍，外披了条白貂的披肩，头发全梳到脑后，低低挽了个髻。她没意识到，她此时的穿衣打扮，竟活脱脱一个长风。

立然一见到柳叶，就怔住了。倒不是为她的打扮，而是为她的模样，简直就是变了个人。直至柳叶道了声少爷，他才凝神定心道："不要再叫我少爷，你早已不是我家的下人了。"

"可不，少爷大方，给我的嫁妆就是自由身。"柳叶坐下，吃吃笑道，"只是啊，身子自由了，心却未必，人都爱犯贱呢。我还叫你少爷吧。"

立然一时无语，倒是柳叶又道："听说你来，我惊了一下，又一想，你不来倒怪了。"歪着头凝视立然，清瘦的脸，黑灰夹白的发，见老了，可仍然好看，一身的清贵气。她用了几十年光阴，才与他平起坐，才敢直视他，才拥有买下泉苑茶庄的实力。然而，心里还是虚，一个深洞填不满的虚。

"你自然知道我为何而来。"立然顿了顿，又道，"前两年，长风只说你辞了大掌柜一职，却不说原委，但我想，其中必然有可解，你二人纵有千种不同处，万般不满意，终有一点是不变的，少年情谊不假。"

柳叶就笑起来："你错了，不可解。少年情谊是不假，但不同不满也不假。少爷不必绕弯子了，她关在哪里，我知道，如何救，我也知道，但我没理由救她。这都是她应得的。"

立然道："我求你呢？"

"你求我？为了她你求个下人！"柳叶怒道，"你越是这样，我越是恨她！"

立然望着柳叶，轻轻问道："柳叶，你要什么？"

立然的声音无比温和，表情带着一丝丝怜悯的温情。柳叶一下子崩溃了，眼前人喜怒向来深藏，天生的好涵养，彬彬有礼，却遥不可及。柳叶所有的骄傲，都败于那一丝温情了，她低声道："带我走。少爷带我走吧，我讨厌这里，我不喜欢这里。我想回南边，回泉州，白天在茶楼泡茶，晚上回大院，我就想做个丫头。我这辈子最开心的就是做丫头的时候，可是我那时不知道，等我知道，已经晚了，我已经不是张家的丫头了，我把卖身契撕了，我怎么就把卖身契撕了呢？那是唯一能证明我幸运的东西呀！"她边说边哭，眼泪冲刷掉脸上厚重的脂粉，露出死灰一般的脸，立然惊道："你，你吸鸦片？"

柳叶哭着摇头，又哭着点头。

立然长叹一声，站起来，走到柳叶身边，道："你若想回，就回吧。"

"少爷肯带我走？"柳叶抬起头，楚楚的表情因为鸦片变得惨不忍睹。

"你把茶庄当成了家，我岂能不让你回家。"立然不忍看她，转头道，"你变成今天这样子，我也有责任。"

"不，不怪你，怪命，"柳叶站起来，抓住立然的手道，"我不怪任何人了，我们走，去救她！"

"太太这是要去哪里呢？"马彦哲忽然站在门口。

"你监视我？"柳叶心里一冷，望望立然，怕了起来，"我哪都不去。"

立然见了个礼，道："马局长，好久未见。"

"你想见长风？"马彦哲未回礼，看着立然问道。

"是。"立然回道。

"这好办，我送你去见她。"马彦哲道，"来人！"便有两个警察上前，按住了立然往外走。

"你们要干什么？放开他！！！"柳叶急冲上前，却被马彦哲一把拦住，"国武君正缺个筹码，这人就来了，太太又立了一功。不过太太自然是不在乎的，太太本不是为这个，太太是为心里痛快，我得成全太太。"

"放了他……"柳叶眼睁睁看着立然被带走，扑通一声跪在马彦哲脚下道，"你放了他，我一辈子都跟着你！！！"

"太太这是说的什么话？你是我太太，当然要一辈子跟着我，我们原就是一根绳拴着的两只野鬼。"马彦哲得意地抖了抖衣服，"所以，他一定得死！"甩开柳叶，出大门上车，直奔海军情报部而去。

然而他无论如何也预料不到，一个女人一旦豁出去，能决绝到何种程度，他的一个错误决定，注定了他的灭亡。他原该想到的，柳叶那么要强的人，那一跪，跪的是怨，是恨，是决裂，是鱼死网破。

　　柳叶求见国武次郎的时候，国武次郎正在审问立然。立然并不清楚与国武太郎的仇结，长风为着他静心养生，素来报喜不报忧。路上马彦哲说金太郎死于峻峰之手，立然便想起明月的话，已然信了十分。于是就打定了个主意，一股脑把金太郎之死揽在自己身上，国武次郎用刑，他亦不改口。然而在听到柳叶的名字时，他昏沉的意识便清醒过来。

　　马彦哲见到柳叶，打了个激灵，心知不好，迅速扫了一下现场，这间地下室改成的临时审讯室兼牢房，虽然没有钢窗铁栏，但是几步一哨，全身而退不可能，看着柳叶进来，他喝道："疯婆子，又犯病了，回去！快回去！"

　　柳叶眼里只看到立然，她扑过去拉扯立然的链锁，一叠声道："少爷！少爷！我错了，我该死，我错了，我该死……"

　　立然挣扎着抬起头，道："求你，救救她……"说完这句话，就昏过去了，额头上的一缕血滴在了柳叶手上，柳叶看着满手的血啊啊大叫。

　　马彦哲赶忙上前，双手抱住柳叶就往外拖，一边对国武次郎解释道："我太太，最近精神有问题。"

　　国武次郎冷眼旁眼许久，这时却笑得意味深长："我倒想听听马太太的疯话。"

　　柳叶癫狂道："放了他！你父亲的死与他无关！"

　　"哦，那与谁有关？"

　　马彦哲拉住柳叶的手不可控地颤抖。

　　柳叶冷笑不止，疯一般推开马彦哲道："先让他滚！我家里有你父亲留下的书信，你看了便知。他为着与你兄长的友情，一直不肯拿出来！你让他滚回去拿！"

　　马彦哲的眉毛动了动，眼里精光一闪而逝，随即又紧紧拉住柳叶道："好，好好，你说有就有，我们一起回去拿。"

"马会长呢，去一趟也不妨，这马太太就不必来回奔波了。"

柳叶掰开马彦哲的手，依然不肯看他一眼，只对国武次郎道："你要青阳宛月，我可助你，让我见长风。"

国武次郎神色一变，道："没问题，她就在楼上。来人，带马太太上楼。"一个日本兵就候在了柳叶身边。

柳叶又望望立然，道："他若死了，你父亲死亡的真相将永沉水底。"

国武次郎道："马太太放心，我不再动他。但也请马太太快一点，他伤得不轻，早医治为好。"

柳叶点头，默然跟着一个日本兵往外走。马彦哲呆望着她，一动不动。柳叶阴沉沉道："杀人者偿命，你藏不住凶手，我也藏不住，还不快去拿信？"

马彦哲失魂落魄也跟着往外走，国武次郎一挥手，两个日本兵上前："护送马会长回府。"

隔壁刑室里有哀嚎声，那是一个反日青年在受刑，新的刑具，他发明的。听叫声，国武次郎知道那个犯人坚持不了多久了。国武次郎在东北时，见识过无数的软骨头，也见识过无数的硬汉子，眼前的立然算一个硬的，羸弱的身体，裹着一颗绝不妥协的心。他亲自端起一杯水，扶起立然的头，灌了几口。立然的嘴里就有血水流出，他倒更觉此人可敬，这是咬破了舌头啊。他又想起东北时遇到的一名国军军官，刑具轮遍，也只是闷哼，舌头都咬断了，浑身鲜血淋漓，骨肉形散，却仍保有一种教养与风度。

这是一个古老的国家，这个国家的文明深刻而厚重，唯有摧毁它的文化，它的骄傲，方能征服它。为此不惜代价。父亲的死亡也是代价。父亲的死亡有各种说法，可每种说法他都感觉到有不对。所以他很愿意听听柳叶的说辞，柳叶暗示父亲之死，是兄长的缘故，他并不相信。兄长有责任，但不会是凶手。战争还在继续，家族考虑传承为时过早。然而也不好说。若父亲真留了信件，也许就破了谜团。不知为何，他对那个疯疯癫癫的女人，有种期待。生活就是这样的，平静清澈的呈现只是幻象，真相往往就在浑浊的风口浪尖，劈头盖脸呛人一顿，绝地有大明悟。他又喂了立然几口水，这次立然接住了。他放下水杯，把立然从刑架上解开。

立然几乎跌坐在地，手扶住刑具前的一张椅子，慢慢坐稳，等他坐下时，便如坐茶楼听书一般从容了，那几口水给了他维持体面的力气。

国武次郎叹息道："你们中国人，体质太弱了。意志的坚强若没有健硕的身体匹配，乃是大缺憾，乃是为人的悲剧。"

立然道："坚强的意志配上健硕的身体，若只用于杀戮掠夺，才是为人的悲剧。"

"这是一个黄金时代，一个重新创造世界格局的时代，唯有毁灭才能重塑。"国武次郎道，"生于这个时代，是我的荣幸。强大的人才有机会生存。"

"我还活着，"立然道，"无数的健硕的、不健硕的中国人都还活着。活着，并不是只有毁灭才能创造。你们永远无法理解的东西，才是这个世界存在的真谛。"

"是吗？"国武次郎笑，"我军第一次登上这个城市时，与德军苦战了数日，伤亡颇重。而今次，我军未发一弹，未伤一卒，就占领了城市各要地。而在不久之前，在南方的另一个城市，在南京，我军六名战士，杀掉了一千中国人，这一千人若肯反抗，即便赤手空拳，我军的六名战士也必成英魂。这一千人，未曾捆绑。你们的基因中有极大缺陷！"国武次郎反背双手，在室中悠闲踱步，一边道："我深信，我们是在帮助你们，改良你们。当然过程不会顺利，毕竟你们的民族特性局限了你们的思维，无法预见结果的伟大。"

立然但觉血流奔涌，胸口闷疼，一口血就吐了出来，他呸呸吐了几口，拿手去抹嘴，然后望着沾满鲜血的手道："真恶心。"这时外面传来高跟鞋的声音，他的眼里忽然多了点光彩，又道，"你，你们民族的狂妄自大，将把你们送进坟墓！"

国武次郎放声大笑起来："你我拭目以待，为此我不杀你！"

柳叶晦暗的脸奇异地潮红，像发烧打摆子的病人，又像是喝醉了酒，步履蹒跚。

"等得急了吧。"她笑问，只是那笑意味深长，国武次郎读出了笑意中的恶趣味，却不急不躁，也笑道："马太太是值得等的，况且我不怕等，与张先生讨论战争与哲学，很有意思。只怕张先生等不得，他的健康太糟糕了。"

柳叶仍带着笑："你看，我说帮你就帮你了，长风同意把方子给你，你自营也好，合作也罢，总归的达成了目的。他，放了吧。"走近立然，柔声道，"你放心。"立然点点头，便知长风无恙，又见柳叶的神情笃定，一下子松懈，感觉浑身的力气全流失了，忍不住斜靠在椅子上，大口吸气。柳叶便现难忍之态了。

"马太太果然才能，"国武次郎道，"那么，谈谈我父亲之死吧，你们与我父亲合作多年，你在其中，劳苦功高。"

"你贩卖鸦片？"立然问柳叶道，"你与日本人合作贩卖鸦片？"

"我这一生做过太多坏事，卖鸦片算的什么。我对长风说，她害了你一辈子，其实害你的是我啊！害你被绑架丢了半条命是我，害你的婚礼被闹场是我……"柳叶道，"那年在武夷山，你去了广州，如果不是我故意给他们俩制造单独相处的机会，他们未必就在一起……少爷，你真真是救了个白眼狼！"

立然脸如白纸，剧烈咳嗽起来，他身上的杏色羊毛袍子，胸前又染上新的血迹。柳叶慌张大叫："快请医生，救救他！"立然摆手，张嘴说话，声弱如蚊虫："救她。"柳叶抱住立然的头，道："我知道，我知道，我知道！"唇贴上立然的脸颊，看着像是在吻，只有立然听到极低一句话："她明天就能走出这里。"

国武次郎鄙夷道："马太太，他活不成了。"

"生不同路，死同行，上苍毕竟待我不薄。我可真欢喜，你莫怪我的欢喜。我但愿你活着，哪怕用我的命，用所有人的命换。但是真能同死，我咋就好开心呢，我的确是坏女人。这一世我欠你的还不了了，下一世我给你做一辈子的丫头！"柳叶吻上立然的头，这次是真的在吻，怀中人奄奄一息，她也将命丧于此，可她心里真的欢喜，她没想到，她的人生还有如此光景。她慢慢转头，笑嘻嘻对国武次郎道："你是个蠢货呀。"

国武次郎脸色立变，说了几句日语，室内一小兵就小跑而去。

柳叶继续笑道："一副高深莫测的自大样，却和猪什么没分别！"

国武次郎一巴掌扇过去，柳叶重重扑倒在地，却哈哈大笑："晚喽！老马这会已经出城了，要不，你的人不早就回了？你不该只派两个人跟他去，老马是狐狸，更是狼，咬人狠着呢。你们国武家一窝不如一窝呀，你比你父亲还蠢，所以你注定比你父亲死得还惨。你父亲被老马一枪爆了脑门，你可没这么便宜，你会被千刀万剐的。你哥哥可比你聪明多了，他选择与老马合作。"

"马太太，死有时不可怕，生不如死才可怕！"国武次郎走至门口，又说了几句日语，然后走回来，站在柳叶面前道，"我不喜欢粗野泼辣的女人，你需要教训。"

这时进来四名日兵，分别架起立然与柳叶，出了门，右转走十几步，进了另一间刑室。这间刑室里也没有窗户，一盏瓦斯灯白日长明。刑室中没有刑架，却垒了个类似土炕的东西，半米高的金属板约六米长，金属板下的焦炭火苗幽蓝，一人趴在地上，纹丝不动，他的后脑毛发脱尽，露着森森白骨，后身黑糊，还冒着烟气。皮肉的焦臭味扑鼻而来，熏得柳叶只欲作呕，她一直被架到金属板前，她看到金属板泛着暗红的光。

"马太太，你要立着过，还是躺着过？"国武次郎道，"这人走了两步就栽倒，实在无趣，没办法，只好拖着他过了一趟。对于热血沸腾的人，我向来主张是以毒攻毒，肉体上的烧灼，很容易冷却灵魂的狂热。"

"我就是个灵魂非常狂热的人，而且非常顽固。"柳叶道，"我走一趟试试，不劳你们，我自己走！"

国武次郎示意，士兵松开柳叶。柳叶望着国武次郎道："你答应过不动他。他是个干净的体面人，你不要肮脏他。"

国武次郎点点头，道："我对他说过不动他。他生死由天。"

金属板下石凳一条，权做台阶。柳叶迈上石凳，一脚踩在钢板上，她的脚底就冒出白烟，她哆嗦了一下，另一只脚毫不迟疑也迈上去，一步一步往前走，她的额头渗出冷汗，但是表情却有一种恶毒的兴奋，双眼亮得犹如黑夜中的兽。她在地狱中行走，却仿佛正走向天堂。走到头，她停住，对着动容的国武次郎讥嘲道："我再送你一趟。"她竟真的转身往回走，只是她的步子越来越小，越来越慢，脚下滋滋响，烧糊的骨肉味。她的步态颤颤巍巍，几次差点栽倒下来，可她硬是走到了尽头，方才身子一歪，倒在地上。她的双脚便似炉灰里扒出来的地瓜。她终于呻吟出声。立然醒来，睁眼一望，叫了一声，道："你何必！你原不是傻人，又何必做傻事！？"

柳叶止住呻吟道："你不也在做傻事，你又何尝是傻人？多年前长风曾说，与人相处，甚至于万事万物的看取，就像对茶的选择，是依着潜意识透露的欢喜。只要是欢喜就会甘愿，而甘愿终会承受，包括一切苦，所有痛。她说得多好，直指人的心。我不比她会说，可是我做得比她好。我淋漓尽致地做了，用尽全力去爱，哪怕伤害自己，这一世倒也痛快！我唯一后悔的是，我害了你。少爷，你恨我吧！"

立然喃喃道："我不恨你。"

国武次郎震撼不已，楼上楼下两个女人，一个静如止水，处变不惊。一个疯疯癫癫，惊涛骇浪。她们有一点是相通的，你能毁灭她们的肉体，但你毁灭不了她们的灵魂。她们拥有世间最坚定不移的信仰，那信仰也许是爱，也许是其他所重视的东西，那信仰就是她们的灵魂。不可否认他心里的敬意，一时之间他有犹豫，便就放过她。

然而就在此时，他派去马府的亲随匆匆进来，他听完消息，沉默片刻道："马太太，马会长杀了我的士兵，逃走了。"

柳叶咧嘴想笑，却疼得呲牙，含糊不清道："他不逃才怪。"

"马太太，我哥哥在此事中是何角色？"国武次郎道，"你还有一个机会。"

柳叶嗤了一声，道："你若想不明白，为何不去问你的好哥哥？"

国武次郎点点头，道："你说的很有道理。"抬臂举枪，扣动扳机，柳叶应声闭嘴。

"柳叶！"立然挣扎至柳叶身边，捂住她胸口，他眼前的血红渐黑，头一栽，埋在了柳叶怀里。

国武次郎看着交缠相拥的两个人，道："扔出去，扔在，闹市区！"

地上血迹斑驳，空气中弥漫着浓重的焦臭味，国武次郎皱了皱眉，走出地下室，一径上楼而去。

惠子在和室中擦洗地板，擦得非常认真，腰臀的曲线弯成一张弓。看见国武次郎，她跪拜行礼。国武次郎道："来。"惠子跟随国武次郎进了长风的房间。

国武次郎站在长风的面前，居高临下望着长风。长风坐在地上，固定成一尊石像。她的嘴唇发青。也许坐太久的缘故，尽管屋子里烧着暖气，可毕竟是寒天冻地。也许是咬的，楼下她的丈夫就是咬破嘴唇也不肯失态。国武次郎盯着她的唇看了又看，似乎想找出牙印的痕迹。他没找到。

"夫人，很荣幸将喝到您亲手配制的茶。"国武次郎道，"扶夫人起来。"

惠子搀扶长风坐在窗前的一张矮凳上，长风道："能帮我把大衣拿过来吗？"

惠子不言语，转身拿了床边衣架上长风的大衣，披在她身上。

长风拉紧大衣的门襟，对国武次郎道："他们俩怎样了？"

国武次郎道·"我上来前一死一伤，现在不好说。我已把他们放了。"

长风沉默，然后道："青阳宛月我给你。只是没有所谓的方子，配制的每一批都不尽相同，关键在于懂得分辨当季的茶性，所以，你要，就得跟我回茶园。"

国武次郎想了想，道，"可以，那么夫人打算何时回去？"

"就明天吧，"长风淡淡道："还有，我只教她。"她指着惠子道。

国武次郎本来心有疑虑，长风此举倒令他的疑虑烟消云散，笑道："夫人只教中国人？"心里却想，这女人已然驯服了，却偏还作出百般态。

长风道："是，我只教她。"

"今日大喜，有夫人助力，我们的茶必将如我们的士兵，统领世界。"国武次郎道，"晚上我们庆祝一下吧，我的哥哥必然更欢喜。"

长风的脸刷一下白了，国武次郎止笑，道："惠子今晚又得泡那茶了。夫人准备准备吧，让惠子伺候你洗漱。"深深看了长风一眼，就往外走，走了几步停住问，"夫人不关心那两人谁死谁伤？"

"死的是马太太，伤的是我丈夫。"长风回道，她面无表情，不悲不愤。

国武次郎赞道："夫人果然蕙质兰心，能与夫人合作，真是快事。"

等国武次郎远去，长风扫了惠子的脖子一眼，随即转开视线，问道："多久了？"

惠子胡乱拉扯衣领，遮掩身上的咬痕，脸上羞惭不已，低低道："四年了。"

长风道："不要责怪自己，你没有错。"惠子眼里冒出水汽，嘴张了张，终是没有言语。

"小鸟儿遇到狂风骤雨，打湿了羽毛，是命，是运，不是小鸟儿的问题。但天总有晴的时候，熬过风雨，小鸟儿的羽毛自会干。生逢乱世，人不如鸟，然而我们可以等，等天晴。"长风幽幽低语，眼神辽远，"再则，我们是人，鸟儿只能等，而我们，还能抗，能斗。"

惠子抬头，一脸茫茫然，忽然行了个礼，深深鞠了一躬，随即感觉不对，站直了身子，面红耳赤起来。长风心里道，知耻近勇，这姑娘年纪小小，心思缜密着呢。她拿定主意，站起来，拉着惠子的手道："我想洗洗，你来帮我。"二人就进了浴室。

第二十四章　满江红

茶与察同音，自有其中深意。茶之为饮，不同喝水，而在滋味，其味甚至不是源于叶片，而是发于自己内心和人生。更作茶瓯清绝梦，小窗横幅画江南。

先是街上的路灯亮了，站在窗口，远望灯火连绵，竟望不到头似的，再细看，那极远处的乃是朦胧星辉。虽又被奴役，但毕竟未经战火，城市看不出外伤，天上地上，城郭如常，山河依旧。

长风看那幽蓝星空，云深雾重，星子朦胧，就想起多年前的中秋夜，宫元闹着要帮她摘星。而那时，立然远在广州，若没有那个夜晚，若她能预见未来，她愿改变自己的抉择，哪怕就做个姨太太，只要立然能活着。她心里知道，立然已经不在了。她一时难忍耐心中的思绪，扶住窗棂，手指抓得发白，却丝毫不觉疼。下面院子里灯光尤其亮，一队巡逻的士兵长枪刺刀，队列森严，大门口警备狗比人气盛，不时凶狠叫几声。算算日子，还有十几天就要过年了，这几年贪安，不愿太激进，但终究不得安。峻峰是对的，国不定，家难安。

她想得出神，没注意身后来人，听得惠子道："晚宴开始了。"惠子的声音依然拘谨低沉，但长风听出语调中的波纹，便轻轻道："我瞧着外面变天了，要下雪的模样，明天进山，你多穿点衣服。"

惠子嗯了一声，道："不用担心我，我有数。"

二人也不多话，就走出房间，进了和室。

晚宴倒像是摆家宴，小方桌上一只青铜温炉，炉分上下两层，上层红肉翻滚，下层木炭火旺。国武兄弟南北对坐，正自小斟。国武一郎见长风穿回旗袍，禁不住又看得呆住。旗袍有一种奇特的魔力，一半圣洁，一半诱惑。高领掩着脖子严严实实，尊贵如女神。下身的开叉却若藏还露，走起路来，双腿飘摇如风中柳。和服与旗袍有异曲同工之妙，但旗袍比和服多了几分高雅，也多了几分妖娆。旗袍是兼具正房大气与情人妩媚的极品女子，而和服则像个低眉顺眼的通房丫头，美是美的，却终是少了令男人征服的欲望，那乐趣也就寡淡许多。

国武次郎一笑，道："夫人请上座。"长风便就坐于东，正对拉门。惠子半跪半坐于背门的西坐。

"东坡说秦烹唯羊羹，为此我去了一趟西安，还真就爱上了食羊肉。天寒地冻，围炉涮羊肉，真是冬日里莫大享受。"国武次郎拿漏勺捞取羊肉，放至长风面前的小碗中，"鲁地黄羊之美，竟不输西北蒙古。"

长风夹了一筷子羊肉，细细嚼，咽下，又夹了一筷子羊肉，细嚼咽下。她原是茶艺师出身，举止自有一种优美。小碗吃空，国武次郎紧接着盛满。国武一郎倒了杯清酒，递给她，她只管吃，视若无睹。国武一郎嘴角含笑，端起酒杯一饮而尽。

"夫人南茶北种，开辟出茶史新章，实为千古一人。后世茶经，我沾夫人之名，些微登录典册，大幸。明日与夫人同游茶园，得益必然匪浅，"国武次郎道，"等战事稍缓，我与夫人日本一游，再请夫人指点我家茶园一二。"

吃了两小碗羊肉，长风又喝了几口惠子盛的浓汤，虚弱的身体方才有了些气力，冷漠道："等战事稍缓？战争才真正开始。"

国武次郎道："总有停止的一天，我相信不会太迟，天皇希望早日结束东亚战场。我也不喜欢战争，只是战争是解决问题的最佳手段。"

长风道："好战的民族，种不出嘉木，泡不出好茶。"

国武次郎不以为意，笑笑道："夫人言之有理，但凡事皆有例外，常识有时只是智能的局限，你我皆非常人，何必自我局限。"

"我不过一平常人而已，种茶卖茶，过平常人的日子，没有什么害人的野心，"长风道，"我已吃得饱了，想休息，你们慢用。"

"羊肉虽补，未免油腻腥膻，夫人喝杯茶解解吧，"国武次郎道，"惠子，泡四碗茶来，夫人喝的茶用心泡，权当你的拜师礼。"

惠子低低应声，起身便就去泡茶了。

国武一郎难掩兴奋之色，道了句："明日我也去茶园一观。那次陪父亲去，无缘得见。"

长风恍若不闻，国武次郎道："你原该与父亲共进退。"

国武一郎一愣，道："如今，你我兄弟同进退。"他酒量本就不及国武次郎，这会酒劲儿上来，谈幼年生活，谈未来畅想，大有族长之风。国武次郎看着哥哥，道："我圆你的梦想，尽兄弟之情了。"

国武一郎望望长风，说了句日语，国武次郎摇头，二人便就沉默不语。

不多时惠子端茶盘进来，四碗茶，容器各不相同。国武次郎先取了青瓷盖碗，又端起昨晚长风用过的青花瓷盖碗，奉于长风道："夫人请。"

茶盘上只剩下一只粉彩盖碗，一只汝窑盖碗，粉彩盖碗是惠子日常惯用的，国武一郎执起汝窑盖碗，道："你怎知我爱这汝窑器？"惠子恭敬回道："大人吩咐的。"国武次郎道，"父亲也爱汝窑，这杯子我寻了好久，甚是难得，父亲用不上了，今日你用，也算父亲用过了。"

国武一郎心里一咯噔，总觉得兄弟今日言语冒失，又想，敢是得了好茶，欢喜糊涂了。又见长风端起茶喝，想起昨晚的旖旎风光，不由得神魂颠倒，他刚才那句日语便是阻止长风再喝迷魂茶，想与长风来个清醒相对，可惜兄弟不应。到底有些遗憾。然而来日方长，他倒也不急。他端碗喝茶，今晚的茶酒，似乎都胜于往昔，别有味道。

四人碗中茶空，国武次郎扫了惠子一眼，惠子低头弯腰退出，国武次郎接着看了长风一眼，长风眉眼低垂，国武次郎亦退出房间，并随手关上拉门。炉中炭火仍盛，噼啪作响，锅中的汤肉打着滚，国武一郎只觉热得发晕，晃了晃头，道："你的丈夫已死了，你的国家已破了，你的茶已归我国武了，你的儿子已被通缉了，跟着我，你才有活路，才有出路。来，陪我喝杯酒吧。"

长风抬起头，望向国武一郎，举手拔下头上的发簪，发髻散开，黑亮的头发流泻，衬着脸面越加白。国武一郎以为长风主动卸妆以侍，不由得喜不自禁，便去端酒杯，要来个杯酒相合。哪知手竟动不了了，心里着慌，脑子更是一片空白，想不通哪里出了问题，茶被掉包了？是惠子还是兄弟的手脚？长风手里的银簪闪着冷光，长风的眼睛也闪着冷光。国武一郎暗叫一声不好，欲起身，身子却如压了坐山，挪不了方寸，要待大喊，舌头却变成一根木头，硬邦邦动弹不得。

长风左手撑地，慢慢站起来，慢慢走近国武一郎，然后举起右手的银簪，对着国武一郎的脖子刺下去，拔出来，再刺下去，也不知刺了多少下，血流得到处都是，国武一郎歪倒，头砰一声撞翻了铜炉，锅里的汤汁浇在木炭的残渣上，吱吱作响，她才清醒过来，停止机械的动作，扔掉手里的簪子，冷冷道："进来吧。"

拉门推开了，国武次郎站在门口，道："你杀了我的哥哥。"

"你确定？"长风冷笑道，"你确定不是借我之手杀自己的哥哥？"

国武次郎道："夫人洗洗睡吧，明儿我们还得早起赶路呢。"

长风道："你不担心杀错？"

"错杀也强过放过。"国武次郎道，"何况父亲的尸骨尚且不能回家，在这异国他乡，着实寂寞，哥哥去陪伴他，倒是尽了孝。"

长风往外走，经过国武次郎身边时，道："听闻贵国大族，为免家产分散，只传长不传幼。恭喜，国武家是你的了。"便走进了自己的房间，打开灯，先冲进浴室，一边洗手，一边对着洗手池呕吐。

一夜睡不沉。耳边时而有风声，时而有哭声，时而又有怒斥声，睁眼一看，屋里屋外，黑沉沉，极远处隐约鸡打鸣，便觉得恍惚，好似重回了七岁那年，初入学读书，每日里早早起。冬日里黑中露白的天，镶在一格格方正的窗棂中。屋外大风呼呼刮着，窗檐上垂挂冰凌，根根尖脆。屋子里很暖和，母亲生了劈柴烤几分钟棉袄棉裤，直烤得松软热烫，趁热穿，舒服得心里也又热又软。吃一个鸡蛋，喝一碗粥，粥里必放糖，要甜得哕口才好。然后跟父亲去学堂。似乎冬天总在下着大雪，永远白茫茫。却偏不爱撑伞，大勇接她也不肯撑伞，两人任那雪花落一头一身，没来由的快活。贫穷的生活，因为安定，便不失幸福满足。

这几日总做梦，总梦到父母，也许大限已至，明天将是凶险一程。她起床，拉开窗帘，听北风呼啸，院子里的枯树枝左摇右摆，树杈中的鸟窝看着危危欲坠。站得腿酸了，东方第一道白冒出来，院子里忽然就人声踏踏，车声喧闹，一排排的士兵荷枪实弹，排着整齐的队列上了四辆军用篷车。她转身，正对进来的惠子，惠子端了一碗白粥，道："你胃里不舒坦，我熬了白粥。"她接过碗，一勺一勺往嘴里送。惠子轻轻道："他说，要引蛇出洞。"

国武次郎还真狠辣，这边厢用她，那边厢追杀她的孩子。不过也是，这人连自己的亲哥哥也照杀，何况他人？只是真当她怕死不成。长风放下碗，对惠子道："如果，不能如我们所愿，你只好再忍忍，再痛再难熬也忍着，鸟在天上飞，难免遇风雨，可多大的风雨都有天晴的时候。我家后山有株野茶树，扎根于薄土石缝，可也一直活着，树冠一年比一年高大，有一年还开了满树的花。至于我，若还落入他手，你能把我埋在茶树下，便好，若不能，便一把火烧了，随风撒了也不要紧。"

惠子泪流满面，方知长风是存着去死的心了。长风揽她在怀里，擦干她的泪水道："好孩子，我原发心救你出苦海，只是谋事在人，成事在天，且看我们俩的运气吧。"

"真的会有人救我们吗？"惠子可怜巴巴问。

"我的妹妹告诉我，让我今天去茶园。她骗过我很多回，但我知道，这次她没有骗我。"长风道，神思又漂移。柳叶临去前，附她耳边说的是——你想法子明天回茶园。虽然只有一句话，但后面未说出的话自然是，有人接，有人救。

惠子渐渐懂了，茶与察同音，自有其中深意。茶之为饮，不同喝水，而在滋味，其味甚至不是源于叶片，而是发于自己内心和人生。更作茶瓯清绝梦，小窗横幅画江南。

柳叶昨日眼见着马彦哲押走立然，不假思索便做了个决定，只是去找国武次郎之前，她叫了辆黄包车先就去了乔家。马彦哲太过自信，以为柳叶已无退路，走不了回头路。

接见她的是丽君。她自觉无颜面对，徐徐跪倒在丽君脚下道："小姐，我对不起少爷！"

"我二哥死了？"丽君愣了一下，随即哑着嗓子道，"我就说了，他来送死的！他的尸体在哪里？我得送他回家，不能让他做孤坟里的野鬼。"

"小姐，少爷没死，"柳叶扯住丽君的衣摆，道，"少爷是被抓起来了，跟长风关在一个地方，我们得救他呀！"

丽君一把抓住柳叶，把她从地上拽起来，道，"快说，在哪里？"

"在日军的海军情报部，那里兵力强壮，不可以硬攻，"柳叶又跪下来，连磕了三个响头，"国武兄弟要茶，我就把他们引到茶园，少爷若能同去茶园最好，若不能，你们好歹留住他们兄弟，换回少爷。就明日，你们千万做好准备。"说完起身，眼前一暗，抬头一看，宫元正站在她面前，她匆匆行了个礼，就要离开。

丽君问道："你去哪里？"

柳叶回道："海军情报部。"

宫元道了声："多谢。"

柳叶僵硬回了一句道："不必。"出了院子，泪就淌满脸，迎风变凉，心里悲戚无限，这不是她想要的结果啊。

柳叶走后，宫元叫来志远，道："送太太、小姐、少爷去大珠山。"

丽君也不犟着留下了，她望着宫元，哀求道："宫元哥，求你救救我二哥，我，我什么都答应你！"说着痛哭起来，外边明月领着涧林进屋，见母亲哭得痛不欲生，以为父亲的刺激，又是心疼又是怒其不争气，愤愤道："你们就不能省点事？烦死我了，我就该也去东北战场！眼不见为净，随你们闹去！爸，你跟我妈老计较个啥劲？"

丽君忙道："不关你爸的事，日本人抓了你舅舅，你爸正想法子救他，我是吓得慌。"

宫元道："你们跟志远上山，山上安全。我必救出立然。只是家里呆不得了，你们各自紧要的物件带着，其余的分给下人们吧。"

"爸，那你住哪里？"明月急了。

"爸爸现在去洪帮，你大勇伯伯也下山了。"宫元安慰女儿道，"爸爸很安全，你照顾好妈妈和弟弟，等着爸爸带你舅舅回去。"

"他，我哥哥来了吗？日本人正抓他呢。"明月犹豫片刻，还是问出来。

宫元道："他这两天一直在城里。"

明月嗯了一声道："他自然不肯走的，他妈妈一天不出来，他一天就不走的。"抬起脸，满面忧惧，"爸，你们千万注意安全。"

宫元笑笑，伸手抚摸明月的头顶，道："爸爸会照顾好你哥哥的，爸爸也会照顾好你们，还有你舅舅。"

丽君又哭起来，却是极力压抑住哭声了，那边父女父子情深意切，她吸了几口气，擦干泪，叫了小翠来，嘱咐小翠一家几口留下看家，若看不住，就逃命去吧。余下丫头婆子们，给了遣散金，都打发了出去。小翠跟了丽君几十年，万般不舍，可她一家子上下七八口人，还有个瘫痪在床的婆婆，也只好留家看院。

却也忙活了半晌，宫元亲眼送丽君母子上车，方去了洪帮的一处秘密房产，这处房产在八大关，八大关为各国驻青岛领事馆所在地，后来便有各国贵族资本家也在这里建度假别墅，秦秋生相中八大关的风景及地里优势，秘密买了一块地，建了座院子，权作狡兔之窟。峻峰便藏在这座院子里。院子四周围着小片树林，林子里寂静无比，偶尔几声寒鸦嘶叫，丝毫看不出隔几步一处的暗哨。宫元刚至大门口，门就开了，宫元进门，门吱一声关上。

大勇正与洪帮几个管事争执，峻峰坐在一张双人沙发上，头埋在手里，旁边海音紧偎着他，一只手盖在峻峰的手上，似乎在安慰他。

宫元不由胆颤，走时还都如常，怎么进了趟城中心，回来就成这个样，莫不是洪帮得了消息，长风有了事？这么一想身子就又发虚，问道："峻峰，你妈咋啦？"

海音沮丧道："还没有消息……"

"哦，那我这边有消息了。"宫元略微松了口气。

峻峰直蹦起来道："我妈可还好？"

大勇一步迈到宫元面前，急道："说呀！"

"她被关在安徽路 12 号，现在是日军的海军情报部，"宫元顿了一下又道，"立然也被关进了那里。"

"我爸？他怎么也进去了？"峻峰问。

"一言难尽。"宫元道，"你爸那脾气，不进去才怪呢，别看他说的头头是道，讲究个云淡风轻，急眼了可比我都冲动。"

"消息确凿吗？"大勇问。

宫元回道："千真万确。"便把柳叶拜访之事陈述了一番，说到明日长风将回茶园，几个人都犹如拨云见月般，大勇道："咱们等他们一出城就抢人！"

海音道："我这就把洪帮能打的人集中起来。"

峻峰望着宫元道："父亲已有了主意？"

宫元回道："路上伏击不妥，算起来咱们的人未必少过日军，只是日军久经战场，受的又是正规军训练，战斗力强过我们。路上伏击我们不占优势，就把他们围堵在崂山，随他们来，但能不能走，得看我们！"说到最后，已是咬牙切齿了。

"行，就这么弄！"大勇道，"来时容易走时难，老子要关门打狗。"

"咱们就用金太郎的枪弹，打金太郎的儿子！"宫元对海音道，"洪帮里会打枪的都去崂山，没问题吧？"

海音道："没问题！"

峻峰问道："他们必去两个地方，一是茶园，再是我的家，我们是在茶园还是在家里开火？"

"尽量在茶园，"宫元道，"村里人太多，以免伤及无辜。"

峻峰道："俞启威身边有个东北军下来的参谋，可以帮我们布局。"

"这是天助我们，"宫元道，"助我们救出你妈，救出立然。"

"走吧，赶紧回山呀！"大勇催道。

便在这时，院门声响，孔令法匆匆进来，先道了声帮主，说："大东家出事了！"

宫元一呆，问道："立然出事了？"

"是，大东家跟柳大掌柜被扔在了茶庄门口，我听了消息，就去察看，人大概是都不行了，没有了生气。两人身上都有很重的伤痕，大东家全身都是血，受过酷刑，柳大掌柜更惨。"孔令法不忍再陈述，转而道，"我怕周围有日本人的埋伏，没敢擅动。"

"他们打死我爸，他们把我爸暴尸街头？"峻峰喃喃道。

宫元眼前一黑，胸臆之间藏匿的一股悲痛之气瞬时引爆，喊了一声："立然，不该是你！"悲痛之下便是暴怒，眼前出现立然的脸，年轻的俊秀的脸，在泉州张家精巧的院落里，在赫青的天色里，神情坚毅对他说，"你在这里，断不会有任何事。"宫元血气上涌，只想着要拼了命才罢休，"立然，你等我，我去接你。"

父子二人杀机腾腾，大勇递给宫元一把枪，红着眼睛道："咱们一起去接他！"

这一日，柏林街上忽然挤满了码头工人，堵得水泄不通，巡警好不容易驱散人流，发现泉苑茶庄门口的两具尸体消失不见，此时，两辆车穿街越巷，出城而去。

汽车一路向东，到得栲栲岛村，车子一径开到石佛寺门外，峻峰下车，进了庙堂，跪在一须发皆白的老僧面前哭道："海静大师，峻峰求助。"

老僧正自打坐，睁开眼道："起来说话。"

峻峰兀自跪倒不起，哭道："我两位长辈，不幸惨死，我母亲身处危境，我要全力救母，两位长辈只能暂时安放庙里，待得母亲脱险，见他们一面，求大师再做道场送他们一程，他们死前受尽折磨，委实苦楚……"

海静长叹一声，抚摸峻峰头顶道："好孩子。你也不必过于难过，人在这红尘中打滚，免不了生生灭灭，逃不脱因果循环。你自去办你的，那二人我来安排，今夜里便念往生咒于他们，等你母亲便是。"

峻峰叩首道："谢过大师。"

海静望向门口的天，悲悯道："兵戈之象，大战已起，生灵涂炭啊，阿弥陀佛。你去吧。"

峻峰回到车上，几名僧人用白布裹了立然与柳叶，抬进寺中，然后关上了寺门。

峻峰哑声道："大师慈悲，愿超度亡人。"

宫元道："此番去大珠山，见了你姑姑，莫说立然的消息，拖得一时是一时吧。若你妈已知立然的死讯，也不定怎样呢。"

大勇不语，发动汽车，开向大珠山。海音开另一辆车随后。黄昏血色，连绵的山峦如沉睡的龙，硕大的一轮红日映得海天如血洗，几人只觉得热血沸腾，国仇家恨从未如此鲜明，这壮美山河，岂容他人践踏，战就战！

翌日大风，山林吼叫，海水狂啸。栲栲岛村的居民在多年后谈起那场战斗，仍心惊肉跳，先是茶园枪响，后来知道，茶园里被击毙的其实都是中国人，来自新成立的青岛保安队，那些中国人做了日本人的先遣肉盾。然而据守在村里的日本人，也没有走出村庄几个，为首的日本军官，从长风家的阁楼里摔下来，身上尽是血窟窿。几个日本兵拼死背着军官上了一辆车，逃出了村子，但伤成那样，只怕大罗神仙也活不成了。

据说是长风亲手杀死了那个日本军官，还有一说是一个十几岁的小姑娘，更离奇的传闻是，枪战之时，阁楼的天窗忽然跳下来一个男人，疯狂射击那名日本军官，全然不管自己也被射成了个马蜂窝，有人说天窗上跳下来的男人是柳叶的丈夫。

茶园里枪声响起时，国武次郎站在阁楼的通窗前，听着密集的枪声道："我大意了。令公子哪来如此强大的枪支人马？他是共产党？我顶顶讨厌商人参政。"话刚说毕，院里院外亦枪声大作。

长风道："你要钓鱼，又嫌鱼大，这天下的事岂能尽如你意？"

国武次郎笑起来："我钓鱼未必就杀吃，我想钓了养着，可惜鱼不懂。算了，夫人既已收了惠子为徒，自会倾囊相授，我们且慢慢来。咱们先回城吧。"

"你令保安队先行，日军押后，又令保安队去茶园，你们只在村里，下这番功夫钓鱼，若说不为吃，谁信？"长风淡淡道，"只是，你还走得了吗？你牺牲保安队，保存你的人，也走不出去。"

国武次郎道："夫人在，我就能走出去，我们都能走出去。"

"我若不在了呢？"长风忽然取下头上的发簪，刺向胸口。

国武次郎举枪对准长风的手臂射击。惠子一直垂手站立长风身旁，沉默不语。这时却一步挡在长风身前，并使力撞了长风一把，长风被撞倒在地，手里的发簪落在地上，惠子也倒在了地上，她的肩膀，中了一枪。

"不要死。"惠子捂着肩对长风哀求，"我能活，你为何不能？你要我忍，你却一死了之，你是骗子！"

长风跌坐地上，紧紧搂住惠子。

这时，阁楼的玻璃天窗忽然破了。

村民们一早得了密讯，闭门不出，无一伤亡。枪声停止后，村民陆续走出家门，见到后山茶园上空浓烟滚滚，竟是起了大火。风助火势，眼见茶园即将毁于一旦。村民们多年依靠茶园生计，纷纷提了水桶去灭火。然而火势之大，竟无法靠近茶园，便有人哭，便有人骂，骂日本人丧尽天良，最恶毒不过毁人饭碗呀。他们想不到，火烧茶园的，竟就是长风。

"为何烧茶园？这是咱们的心血啊。"大勇看着火苗随风窜，心疼不已。

长风披了件黑貂皮的斗篷，风刮着斗篷如扬起的帆，她眼前，一棵棵茶树叶片变黑，变红，最后烧成灰，半山通红。她一瞬间泪流满面，道："这也是他们两人的心血。人都不在了，这茶园我岂能独霸？"

宫元揽住长风的肩，道："烧就烧吧，留着只怕是个祸害。等战争停了，咱们再弄起来。"随即又对峻峰道："除了茶园，你娘亲已授意将全部财产兑换成黄金，不日可转交到你纱厂朋友的手上。也唯有他们救国的血性，才能抵挡日本人的胡作非为。"

一辆马车疾驰而来，志远手持长鞭，吆喝一声，刹住怒马。车未停稳，明月从上面跳下来，然后接住正在下车的丽君，扶着母亲大叫："爸，爸。"丽君看了一圈，劈头便问："我哥呢？"志远在旁边喏喏道："太太听说你们连夜赶回，又见山上人马全空了，非要来看看。"

宫元的痛又清晰敏锐，他回道："立然在寺里。"

丽君舒了口气，道："受伤了？不严重吧？"

宫元脸色大变，丽君生出不祥之感，问道："我二哥怎么啦？你们都在这里，他要是好好的，不可能躲起来。"

长风转身，望向丽君道："我带你去见他，我也好久没见他了，我也想见他。"她的嗓子不知是缺水还是被烟呛着了，喉咙沙哑，她的眼睛里也有红丝。丽君忽然就恐慌起来，身上一软，那边宫元上前，一把搀住了她。及至进了寺院，看见立然的尸身，丽君眼前一黑，歪倒在宫元怀里。

　　长风给柳叶换了一身衣服，新柳绿的织锦缎袄裙，还是柳叶婚前置办的新装，柳叶疼爱颜色，穿得极为珍惜，这些年过去，那绿竟依旧鲜艳不褪，衣亦随了主人，也是个着相不悟的。长风眼里汪出水，擦净柳叶脸上的污浊，又给柳叶梳头，泪就流成河。年少时二人瓦油灯下互为梳头，原来命运早就在布局。上苍虽有好生之德，为每个人都设置了回头路，只是世人愚痴，哪里肯开悟。柳叶瘦得干枯，头发依旧浓密，长风便就给她梳了根大独辫。梳完头穿鞋，柳叶脚上熟烂的皮肉一触就掉，长风拿了二人历年用旧的手帕，仔细包裹住柳叶的脚，方才套上了一双油绿缎子绣花鞋。做完这些，她一个踉跄，身后海音一把搀扶住。旁边宫元亦把立然收拾得无比整洁，丽君跪在地上，哭得死去活来。看着立然栩栩如生的一张脸，长风胸口的疼如刀绞一般，哭出声来。

　　石佛寺后山的茶厂里，也冒出两股滚烟。风吹得浓烟上天，天灰茫茫，紧跟着有白色的东西飘下来，大片大片的，丽君以为是烟灰，等落在脸上，化了，才知道下了大雪。历历往事在丽君眼前翻过，她叫了二哥，大哭道："你终于死在了这里，你这一生好苦！"哭着哭着又笑道，"走了好。走了好。"她哭哭笑笑，笑笑哭哭，明月吓得直叫："妈，妈。"

　　立然的骨灰装在一个茶罐里，偌大一个人，临了不过是一罐子灰。丽君捧着茶罐道："二哥，咱走，我送你回家。咱家多好，冬天不冷呢。这里多冷啊。"

　　长风捧着柳叶的骨灰，看那天空中雪片夹着烟灰，纷纷扬扬。人生如戏，唱的人痴，看的人迷，曲终人散，不过是一地烟尘，半捧香灰。

　　茶园不得救了，老天爷也救不了灰心的人。等到茶厂的烟散了，村民远远看到几个人从茶厂里出来，上车的上车，骑马的骑马，车马消失在大雪里。好奇者进茶厂一看，茶厂的空院里两堆人形灰烬，那茶罐子里装的是骨灰呀，火化的人却不知是哪两个。

雪持续不断下着，栲栲岛村被大雪掩埋，白茫茫一片干净。

风停雪住。茶园入山处竖了座一人高的石碑，石碑抬头三个大字：吃茶去。大字下方刻了首宝塔诗：

茶
铜炉，龙芽
开道眼，破浮华
斗赢一水，功敌千家
壶里装乾坤，杯中参透他
江山万仞涛涌，风流独自繁花
归去来矣随自在，任人贬来任人夸

吃茶去。